leykam: *seit 1585*

Inhalt

BORN TO BE WILD

Was wäre wohl passiert, wenn sich nicht genau dieser eine kleine Sperminator-Hero gegen Millionen andere durchgesetzt hätte? Und wenn nicht genau in diesem Augenblick im Ziel eine winzige Lady freudestrahlend auf ihn gewartet hätte? Und wenn nicht diese beiden Turteltauben genau zusammengepasst hätten? Dann hätte es diese Geschichte wohl nie gegeben. Niemand würde heute wissen, dass Träume sich irgendwann doch erfüllen können, selbst wenn das Schicksal noch so ein Arschloch ist und man selbst den Glauben an das eine Wunder verloren hat.

So war es damals, als im wohlig warmen Mama-Nest ein neuer Bonsai keimte und das Abenteuer seinen Lauf nahm. Wahnsinn und Talent werden einem in die Wiege gelegt. Wenn man Glück hat. Okay, vom Wahnsinn war in diesem Fall vielleicht etwas viel dabei, dafür ließ sich auch das Talent nicht lumpen.

Und von nun an überschlugen sich die Ereignisse. Bastian war keines jener Sonntagskinder, denen das Glück von Beginn an förmlich an der Arschbacke zu kleben schien. Im Gegenteil, mit jedem »Happy Börthday«, der ins Land zog, verstand es das Schicksal mehr und mehr, ihm eins vor den Latz zu ballern. Aber das Leben ist kein Wunschkonzert, und die Hoffnung stirbt ja bekanntlich zuletzt ...

1980: RAUS AUS DEM NEST

Alles rosa

Überall war Musik. Sie klang von draußen in sein Nest. Mama und Papa beschallten ihn abwechselnd damit. Mamas *Weiße Rosen aus Athen* konnte er nicht ausstehen, Papas *Smoke On The Water* fand er dafür voll krass. Da schüttelte es ihn so richtig durch in seiner kleinen Welt.

Seit einiger Zeit konnte er hören, was sich draußen tat. »Hi, mein kleines Mädchen! Ich bin's, deine Mama! Na, wie geht es dir in deinem Nest?«

Das war also Mama. Er wusste auch schon, dass es noch eine Mama gab, die Papa hieß. Wenn Mama sprach, war das für ihn sanft und weich, Papas Stimme klang eher so wie Mamas Magen, wenn er schon länger nichts zu essen bekommen hatte. Und Papa knurrte manchmal Sachen wie: »Wie geht es denn unserer Prinzessin in ihrem Nest?«

Was nun, dachte er, bin ich nun ein Mädchen oder eine Prinzessin?

»Und wenn es doch ein Junge wird?«, hörte er Mama fragen.

Papa knurrte: »Der Arzt hat ganz eindeutig ein Mädchen gesehen. Und du hast doch gehört, wie Tante Finni gemeint hat, dass es ganz bestimmt kein Junge werden wird, weil du so viel Süßes in dich reinfutterst. Das macht man nur bei Mädchen. Und die muss es wissen.«

»Die hat aber keine Kinder!«

»Egal! Wichtig ist, Mädchen lieben geile Rocknummern!«, wusste Papa, und schon war wieder mächtig was los. Papa knurrte ganz laut »Ta Ta Ta, Ta Ta Tata – Smoke On The Water«, und im kleinen Nest, das langsam immer enger wurde, ging's hoch her.

»Nein, hör auf damit!«, schrie Mama: »Das kannst du unserem Mädchen doch nicht antun.«

Was antun? Er fand das prima!

Und plötzlich Stille, aber nicht für lange.

»Weiße Rosen aus Athen …«

Immer wieder dasselbe, von Papa richtig geile Musik und von Mama dieses grässliche Geknödel, das sich in seinen Ohren mehr als schräg anhörte.

»Schatz, was soll das?«, knurrte Papa wieder. »Das arme Kind bleibt ja freiwillig für die nächsten zwanzig Jahre in dir, weil es Angst vor deinen Schnulzen hat.«

»Du bist so gemein, ich mag diese Lieder, die sind von meiner Mama!«

Was, es gab noch eine Mama?

»Mein Mädchen soll mit angenehmer Musik aufwachsen, nicht mit der schrecklichen Hard-Rock-Scheiße von diesen drogensüchtigen Vollheinis! Ups – sorry für das ›Scheiße‹!«

»Scheiße«? Was war das wieder für ein Wort? Klang eigentlich gut, das wollte er sich merken. Egal – also, wenn er sich entscheiden dürfte …

»Dein Uralt-Kitsch ist keine angenehme Musik. Ich krieg Durchfall, wenn ich das noch länger hören muss.

Und stell dir vor, unserer Prinzessin geht es genauso?«

Was immer Durchfall auch war, er fürchtete, er war knapp davor. Ihm hatte Papas »Rock-Scheiße« eindeutig besser gefallen, aber auf ihn hörte ja keiner.

»Was hältst du von Mozart?«, fragte Mama. »Ich habe mal gelesen, dass klassische Musik das Beste ist für kleine Prinzessinnen.«

Scheiße, er wollte die Rock-Scheiße ...

»Okay, immer noch besser als *Weiße Rosen*, da singt wenigstens keiner.«

Er hatte auch mitbekommen, dass er eine eigene »Bude« bekommen sollte, wenn er mal sein Nest verlassen würde. Mama hatte ihm erzählt, dass sie es gar nicht mehr erwarten könne, bis er bei ihr sei. Na bravo, das konnte ja was werden. Musste er dann den ganzen Tag Schnulzen hören? Zum Glück war Papa auch da draußen, und der hatte ihm das von der »Bude« erzählt. Mama hatte aber anscheinend was dagegen. »Das ist ein Mädchenzimmer, keine Bude!«

Ihm war es egal, er wusste sowieso nicht, was das bedeuten sollte. Alles war »rosa«. Was bitte sollte nun dieses »Rosa« sein? Hoffentlich so etwas wie Musik, eine tolle Rock-Scheiße am besten, aber bei Mama hatte er da gewisse Zweifel. Egal, so wie's aussah, gab es keine Chance, hier drinnen zu bleiben. Es wurde von Tag zu Tag enger. Wie sollte er da bloß rauskommen?

»Komm schnell!«, Mama schrie wie am Spieß. »Alles ist nass, da stimmt was nicht. Oder geht es schon los?«

Hey? Was hieß: Alles ist nass? Und was sollte nicht stimmen? Warum machte sie so ein Trara? Er war etwas verwirrt. Plötzlich krachte es gehörig und Papa schrie sein neues Lieblingswort. »Jetzt ist da auch alles nass! Ich bin über diese dämliche Rosenvase von deiner Mutter gestolpert – so eine Scheiße!«

»Egal, lass alles liegen, bitte komm schnell!«, flehte Mama, »ich glaube, wir müssen ins Spital, die Kleine will raus.«

Was? Meinten sie etwa ihn? Er wollte gar nicht raus! Da draußen war die Hölle los, jeder schrie, alles war nass und Papa war plötzlich ganz still.

»Scheiße!« Na also, ging doch!

»Schnell, schnell!« Mama übernahm das Kommando. »Ruf die Rettung! Pack die Sachen! Hol einen Fetzen, die Blase ist geplatzt! Und sag nicht immer dieses schreckliche Wort!«

Dann schwebte er – und mit ihm auch seine Mama. Gleich darauf wurden die beiden auf etwas Hartes gelegt und ab ging die Post. Sagte zumindest eine Stimme, und dazu noch: »Keine Angst, wir schaffen das!« He?

»Aua, die verdammte Küchentür«, Papa schrie sein Lieblingswort. Mama hechelte und eine fremde Stimme brüllte irgendetwas von »Sauerstoff«. Dann gab's einen ordentlichen Rumpler, irgendetwas wurde zugeworfen, und endlich war wieder Ruhe im Busch. Aber nicht lange.

»Uahh!« Mama brüllte, so hatte er sie ja noch nie gehört. Ihr ganzer Körper wackelte und sie schrie wie Gene Simmons von Kiss, wenn er besonders cool sein wollte.

Warum er das wieder wusste? Papa hatte es ihm erzählt. Und auch vorgemacht – »Uahh!«

Warum sich jetzt immer wieder ein Lichtstrahl in sein Nest verirrte? Eine dumpfe Stimme schrie: »Nein, bitte nicht, sie kommt jetzt schon!«

»Was? Jetzt?«, plötzlich brüllte da noch einer, »kann die sich die paar Kilometer bis zum Spital nicht zurückhalten?« Was hieß das jetzt schon wieder? Erst sollte er unbedingt raus und dann wieder nicht?

Angenehm war das wirklich nicht. Ganz schön eng der Gang, durch den er sich da zwängen musste. Vielleicht wär's einfacher gewesen, wenn seine Mama mal stillgehalten hätte, aber das tat sie nicht. Im Gegenteil! Sie zappelte hektisch herum, da konnte sich ja keiner konzentrieren. Es wurde immer heller, die Luft zugleich immer knapper. Na super, am Ende würde er hier ersticken, noch ehe er seinen ersten voll zugedröhnten Rocker gesehen hatte, weil ihm irgendetwas die Gurgel abdrehte. Er hatte es ja gleich gesagt, er wollte da nicht raus.

»Verdammt, die Nabelschnur hat sich um den Hals gewickelt!« Das klang jetzt gar nicht gut. Und überhaupt nicht mehr dumpf. Mama schrie auch nicht mehr, aber keuchen hörte er sie. Und weinen. Warum tat sie das? Dann brüllte sie verzweifelt: »Hilfe! Mein Mädchen!« Gleich darauf wurde es kalt, irgendjemand riss die Autotür auf. Er hörte nur etwas wie »Notarzt!« und dahinter »Scheiße!« Es klang wie »Scheiß-Notarzt«. Wie schön, Papa war auch hier. Langsam sollte wirklich irgendjemand dieses Kabel von seinem Hals entfernen, sonst würde das nichts mehr werden mit der Musik. Und wirklich, der »Scheiß-Notarzt« arbeitete an ihm herum und plötzlich bekam er wieder Luft. Gerade noch mal gut gegangen. Puh, endlich draußen. Er freute sich schon sehr auf Papa und *Smoke On The Water*. Und auf Mama auch, aber nicht auf *Weiße Rosen aus Athen*!

Jemand hüllte ihn in eine warme Decke und rubbelte ihn ab. Und dann hörte er den Notarzt sagen: »Meine erste Geburt im Ambulanzwagen. Ich gratuliere Ihnen zu diesem prächtigen Jungen.«

»Scheiße! Alles rosa!«

1990: MIT 10 IST DIE WELT FAST IN ORDNUNG

Auf der Flucht

Sie waren hinter ihm her. Vier Mann hoch. Oder besser gesagt, vier Jungs hoch. Wieder mal. Bastian rannte so schnell er konnte, durch den Flur, die Stiegen hinunter. Er hörte sie schreien: »Pummel-Basti!« und »Fetter Wolf!« und noch viele andere Worte, die man jetzt nicht unbedingt wiedergeben muss. Noch einmal um die Ecke, gleich hatte er sie erreicht, die rettende Tür zum Musikzimmer. Hoffentlich war sie offen. Sie kamen immer näher.

»Verdammt!«, fluchte Bastian. In Berlin hatte man sie vor einem Jahr eingerissen, aber jetzt könnte er eine so beschissene Mauer gut gebrauchen. Wie gerne wäre Bastian jetzt auf der anderen Seite einer megabreiten und himmelshohen Wand aus Stein und Stahl gestanden, die ihn vor dieser Terroristenbande hätte schützen können. Nichts da, die Tür ins Musikzimmer stand zwar offen, aber es steckte kein Schlüssel, mit dem er sie von innen hätte verriegeln können. Daher stolperte er durch den Raum zum Klavier, das an der gegenüberliegenden Wand stand. So oft schon hatte er darauf herumgeklimpert, heute sollte es seine Rettung werden. Darüber waren schmale Fenster, die ins Freie führten. Also rauf aufs Klavier, Fenster auf und raus. Da er aber alles andere als ein dünner Spargel war, blieb er in dem Fensterausschnitt stecken. Er spürte, dass sie seine Füße packten und ihn zurückziehen wollten. Im letzten Augenblick schaffte er es doch, sich durch die Öffnung in den Luftschacht zu wuchten. Dass er dabei einen Schuh an die johlende Meute verlor, war ihm zuerst gar nicht bewusst. Doch sie schienen sich damit zufrieden zu geben.

Jetzt musste er nur noch das Gitter über dem Luftschacht in die Höhe stemmen und auf den Gehsteig klettern. Das dauerte auch eine ganze Weile. Geschafft!

Doch plötzlich waren sie wieder da, sie liefen über den Schulhof und wieder hörte er die altbekannten Schimpfwörter. Bastian nahm seine Beine in die Hand und rannte einfach los.

Leider genau vor einen verrosteten Einser-Golf, dessen Fahrer es nicht mehr gelang, vor dem verzweifelten Schuljungen zu bremsen.

Als Bastian erwachte, hatte er keine Ahnung, wo er sich befand. Mama und Papa waren da, und Lisa, seine Schwester.

»Du hast uns einen schönen Schrecken eingejagt, kleiner Mann!« Papa lachte ihn an. »Aber echte Rocker sind harte Knaben, die haut so schnell nichts um.«

Mama hatte dicke Tränen in den Augen. Sie warf sich über ihn, drückte ihm jede Menge nasse Küsse in sein Gesicht und schluchzte: »Ich habe solche Angst um dich gehabt!«

Lisa meinte nur trocken: »Na, wieder da?« Das war's.

Dabei hatte sie den ganzen Schlamassel ausgelöst. Langsam konnte sich Bastian wieder erinnern, und jetzt wusste er auch, warum er hier im weißen Spitalsbett lag und seine Familie sich anscheinend sehr freute, dass er wieder aufgewacht war. Jeder auf seine Weise halt.

Wenn man seine kleine Schwester so ansah, mit ihren blauen Augen und den Engelslocken, war es fast nicht zu glauben, dass Lisa eine richtig gemeine Zicke sein konnte. Und das mit acht. Lisa war das schmächtigste Mädchen in der Klasse und wurde im ersten Jahr von einigen ihrer Mitschüler gehänselt und verspottet. Besonders zwei rotgesichtige »Arschlochkinder«, wie Papa Berger sie damals nannte, versuchten alles, um Lisa das Leben zur Hölle zu machen. Bis die kleine Lisa zur Kampfmaschine mutierte und sich wehrte. Mit Fäusten oder auch dadurch, dass sie Katzenscheiße in die Jausenbrote ihrer Peiniger schmierte, als die gerade am Klo waren. Sie ließ sich einfach nichts mehr gefallen, und irgendwann wurde sie dann von allen respektiert. Seither führte Lisa eine große Lippe in der Volksschule, was man von ihrem Bruder nicht so sagen konnte.

Er war eher der Typ »stiller Träumer«, der in seinen Gedanken oft ganz wo anders war als der Rest der Welt. Meist verlor er sich in Melodien, die in seinem Kopf herumzogen wie weiße Schäfchenwolken am tiefblauen Sommerhimmel. Wenn ihn die Lehrerin an die Tafel bat, musste sie dreimal »Bastian!« sagen, bis er es einmal hörte. Er war trotzdem kein schlechter Schüler, war hilfsbereit und ließ seine Klassenkollegen abschreiben. Er hatte also durchaus ein paar Freunde, doch dank Lisa waren das nicht allzu viele. Denn um selbst im Mittelpunkt zu stehen, machte sie auch vor ihrem Bruder nicht Halt.

Einen Tag vor der Jagd auf Bastian hatte sie in ihrer Klasse erzählt, er wäre gar nicht ihr richtiger Bruder, sondern irgendwo in einer Höhle im Wald gefunden worden. Aufgezogen hätte ihn ein Wolf, das wäre auch der Grund, warum er zuhause im Keller wohne, kleine Katzen fresse und Mama und Papa Berger ihn ab und zu an die Kette legen müssten.

Die Mädchen aus Lisas Klasse liefen schreiend davon, als Bastian sich auf dem Gang draußen seine Schuhbänder zuschnürte. Die Jungs aus den höheren Klassen wollten wissen, was da los war. Als sie den Grund der Panik erfuhren, war für sie sonnenklar, dass sie diesen gefährlichen »Wolf« jagen mussten. Bastian wurde wieder mal durch das Schulgebäude gehetzt, wie schon so oft zuvor. Diesmal war der Auslöser der »Wolf« gewesen, es gab aber auch jede Menge andere Gründe. Weil er es als »dicker Brummer« im Turnunterricht nicht schaffte, über den Bock zu springen, oder beim Fußballspielen den Ball nicht traf, beim Laufen über seine eigenen Füße stolperte oder einfach, weil ihnen langweilig war und sie jemanden brauchten, mit dem sie etwas »Spaß« haben konnten.

Dass sie alle begeistert applaudierten, ja sogar »Zugabe« riefen, wenn Bastian bei diversen Schulveranstaltungen auf der Bühne die aktuellen Popsongs in das Mikro röhrte, und zwar saugut und gänsehautfabrizierend, war ihnen in diesem Moment völlig egal. Eine andere Baustelle.

Musikalisch konnte ihm keiner etwas vorwerfen, da wurde er selbst von seinen Peinigern auch mal als »Genie« bezeichnet. Was bei den Jungs in diesem Alter aber viel mehr zählte, war Sport in allen Varianten. Wer sich da blöd anstellte, hatte von Haus aus schlechte Karten. Und Bastian hatte die allerschlechtesten.

Tante Finni rockt nicht

»›Singing‹ ist kein Scheiß-Name!«

»Das habe ich auch nicht gesagt! Ich würde nie ›Scheiße‹ in den Mund nehmen!«

»Aber gemeint hast du es so! Außerdem – ›Singing‹ passt doch zu uns, es klingt irgendwie nach Musik!«

»Es müssen ja nicht auch die Ortsnamen in Englisch sein!«

»›Singing‹ heißt schon seit dreihundert Jahren so, damals haben die Bauern hier auf dem Land noch nicht mal gewusst, was Englisch überhaupt ist!«

»Egal! Ich mag den Namen nicht! Und basta!«

Tante Finni, die mit ihren grauen, in alle Richtungen stehenden Haarborsten aussah wie Mama Bergers Staubwedel, kam aus dem Nachbarort St. Josef. Obwohl es nur fünf Kilometer Luftlinie waren, lag doch eine Grenze dazwischen, und weil ab und zu sehr genau kontrolliert wurde, konnte ihr Anfahrtsweg manchmal mehr als eine Stunde dauern. Dann brauchte Tante Finni einen Schnaps, um sich von den Strapazen zu erholen und kam ins Philosophieren. Sie mochte es nicht, wenn alles »verenglischt« wurde und dass die Jugend kein »ordentliches« Deutsch mehr sprechen konnte. Papa Berger, der ewige Rocker, hasste es, wenn Tante Finni von der guten alten Zeit schwärmte, in der alles angeblich so viel besser gewesen war. Dann bekam er wieder seine roten Flecken im Gesicht, so wie immer, wenn er sich aufregte.

Und wenn Tante Finni dann noch mit »Wir hatten zwar nicht viel, aber wir waren glücklich!« nachlegte, war Papa Bergers seelisches Wohlbefinden endgültig im Keller.

»Tante Finni, hör doch auf damit! Wir sind im Jahr 1990! Früher wärst du jetzt schon lange tot. Damals sind die Menschen mit sechzig in die Grube gefahren, heute wirst du locker neunzig!«

»Wie du immer sprichst. Das hätte es früher nicht gegeben!«

Ehe die Flecken von Papas Gesicht auf seinen ganzen Körper übersprangen, flüchtete er meist in seine Garage und schraubte am Kadett herum. Dort hörte er seine coole Rockmusik aus Amerika und England, die, wie man sich vielleicht vorstellen kann, wiederum bei Tante Finni rote Flecken verursachte. Papa Berger war der einzige Mensch in ganz Singing mit einem Plattenspieler in der Garage. Zwischen den Autoreifen und dem Rasenmäher hatte gerade noch ein selbst gezimmerter Holzkasten Platz, in dem hinter einer Glastür ein uralter *AEG Telefunken*-Plattenspieler versteckt war. Den hatte ihm Opa vererbt, und darauf spielte Papa Berger so oft es ging Deep Purple, Led Zeppelin, Jimi Hendrix und die Rolling Stones. Bei offenem Garagentor und mit einer Lautstärke, dass die Megaboxen an der Garagendecke zu glühen begannen. Ganz Singing hatte was davon, aber das war Papa Berger egal.

Rocker-Baby und Kuschel-Prinzessin

Bastian fand nichts dabei, dass Papa den ganzen Ort mit Rockmusik überflutete. Er hatte Wichtigeres zu tun. Gut, dass er nur einen Tag zur Beobachtung im Krankenhaus bleiben musste, wer weiß, vielleicht wäre sonst sein großer Tag ins Wasser gefallen – sein zehnter Geburtstag. Vor zwei Tagen war er entlassen worden. Es gab ein heftiges Donnerwetter vom Direktor für die vier Rabauken, die Bastian zu der schmerzhaften Bekanntschaft mit dem Golf gezwungen hatten, und die Warnung, dass sie beim nächsten Verstoß gegen Ordnung und Sitten von der Schule fliegen würden. Das war's dann auch schon.

Bastian war also Kummer gewohnt. Heute wollte er davon nichts wissen, seine Geburtstagsfeier ließ er sich bestimmt nicht vermiesen. Heute gab es alles, was seine Mama sonst nicht so gerne sah: Schokoladezigaretten, klebrigen Bazooka-Kaugummi, prickelnd süßes Afri-Cola und obendrein zehn Mark extra von Tante Finni, wenn Lisa und er für sie *Weiße Rosen aus Athen* singen würden. Für Papa war das ein »Scheißlied«, und die beiden Miniatur-Bergers konnten es auch nicht ausstehen, aber die zehn Mark entschädigten die wehrlosen Kids doch für die dreiminütige Misshandlung. Eigentlich hätte man in diesem Moment das schöne Singing in »Whining« oder »Crying« umbenennen müssen.

Lisa war im Gegensatz zu ihm ein Mädchen geblieben, die ganze lange Zeit, vom Bauch bis zur Zustellung. Bei Bastian war in der Lieferzeit ja irgendetwas schiefgegangen. Der Arzt hatte damals beim Ultraschall eindeutig keinen Schniedel gesehen, jetzt aber hatte er einen! Mama Berger war doch etwas überrascht gewesen, sogar ein bisschen enttäuscht, könnte man sagen, denn darauf war sie nicht vorbereitet. Und Papa auch nicht, denn der musste ganz allein das Kinderzimmer von Rosa auf Blau umgestalten. Papa, der eigentlich Gustav hieß, hatte sich damals nach Bastians fulminantem Start in dieses Leben doch sehr gefreut. »Aus dir mach ich einen echten Rocker!«, versprach er ihm noch im Ambulanzwagen, in dem der kleine Berger-Bonsai das Neonlicht der Welt erblickte. Mama Maria war nur am Weinen. Sie behauptete, das wäre vor lauter Glück, aber eigentlich wollte sie alles andere als ein Rocker-Baby und weder Lederstrampelhose noch »Hells Bells« auf dem Latz. Sie hatte von herzigem Rosa und permanentem Kuscheln geträumt, und genau das hatte sie sich dann fünfzehn Monate später nachliefern lassen – Lisa. Lisa und Mama hingen fast den ganzen Tag zusammen, die kleine Göre wusste genau, wie sie Mama Berger um den Finger wickeln konnte. Und die bekam gar nicht genug von ihrer süßen Kleinen. Eigentlich gut, dass Bastian das mit dem Schniedel passiert war, dachte er manchmal, sonst müsste er beim Fernsehen auf Mamas Bauch liegen. So konnte er sich daneben ganz allein auf dem Sofa ausbreiten, während die beiden aus dem Kuscheln gar nicht rauskamen.

Wenn Papa am Abend mal früher nach Hause kam, konnte Mama hin und wieder zu ihren Freundinnen fahren. Dann dröhnten aus einer mächtig überdimensionierten Stereoanlage Rocknummern in einer Lautstärke durch das Haus, dass die Scheiben klirrten. Die Stereoanlage im Wohnzimmer brauchte sich vor dem alten Plattenspieler in der Garage nicht zu verstecken, da war ordentlich was los bei Bergers »ultimativer Rock-Night«, wie Papa das Spektakel nannte.

Papa, Lisa und Bastian waren mittlerweile zu absolut unglaublichen »Luftgitarrenheroes« geworden. Irgendwie war er schon etwas verrückt, der Papa Berger. Vor allem, wenn er in seiner Unterhose auf dem Sofa stand und zu Deep Purple mit seiner imaginären E-Gitarre *Smoke On The Water* grölte. Bastian konnte das inzwischen auch schon perfekt, aber was Lisa aufführte, konnte keiner der Männer toppen. Die spielte in einer eigenen Liga, da musste man aufpassen, dass der Kristallleuchter und die Wohnzimmervorhänge heil blieben. Wie ein Gummiball hüpfte sie durch das Haus, und nichts war vor ihr sicher. Während einer Jam-Session zu Bruce Springsteens *Born In The USA* musste das Aquarium dran glauben, weil Lisa rücklings vom Sofa in die Zierfische krachte. In einer turbulenten Hilfsaktion konnten einige der am Boden nach Luft schnappenden Wasserzappler gerettet werden.

Mama war nicht wirklich erfreut, als ihr die bergerische Luftgitarrengang erklärte, dass an diesem Tag das Baden ausfallen musste, weil in der Wanne ein Flüchtlingslager für heimatlose Zierfische eingerichtet hatte werden müssen.

Mama dachte im ersten Moment, dass eines der männlichen Familienmitglieder das Aquarium zerstört hatte. »Das schaut euch wieder ähnlich! Könnt ihr nicht aufpassen?«

Lisa sah sie mit großen Augen an und flüsterte ganz leise: »Das war ich. Aber ich wollte das nicht!«

Und schon war für Mama wieder alles in Ordnung. Dass die Fische ihre Heimat wegen der süßen, kleinen Lisa verloren hatten, war etwas ganz anderes. Den Männern hätte sie dieses Kapitalverbrechen noch tagelang nicht verziehen, zu Lisa aber sagte sie nur: »Ist ja nicht so schlimm. Zum Glück ist dir nichts passiert, mein Schatz!«

Bleib so lieb, wie du bist heut

Zurück zu Bastians Geburtstag. Er war schon ziemlich aufgeregt, in einer Stunde sollten alle da sein. Mama hatte das Wohnzimmer dekoriert. Überall hingen bunte Girlanden, auf den Tischen standen ebenso farbenprächtige Lampions, und mittendrin saß schon seit Stunden Tante Finni und löste Kreuzworträtsel – beinahe unbemerkt von allen anderen. Mit den gewagten Farbkombinationen ihrer Bluse hob sie sich überhaupt nicht ab von dem knalligen Papierzeug, das sich über das gesamte Zimmer verteilte. Hätte sie nicht ab und zu mal beim Luftholen ein paar der winzigen Papierkonfettischnipsel in ihre übernatürlich große Nase gesnifft, hätte man durchaus glauben können, der Raum wäre zwar bunt, aber menschenleer.

So aber gab es alle Minuten einen Vulkanausbruch im großen Ohrensessel, weil die Papierschnipsel ja irgendwie Tante Finnis Nase auch wieder verlassen mussten. Und wenn Tante Finni nieste, dann hörte man das in ganz Singing.

Ihr Geschenk hatte sie Bastian schon am frühen Morgen überreicht – ein richtig großes Paket in einem Geschenkpapier mit rotgelbem Blümchenmuster. Fies war dabei jedoch, dass er es erst öffnen durfte, wenn alle da waren. Super, vielen Dank, Tante Finni. Die Karte dagegen durfte er gleich lesen, obwohl er auf die nicht halb so scharf war:

Happy Börthday, Bastian!
Kleiner Mann,
irgendwann bist du ein großer Mann!
Doch das dauert noch ewig lang.
Ich habe einen Wunsch:
mach eine große Freude uns.
Bleib so lieb, wie du bist heut
und lernen musst du auch, dann wirst du
gescheit.

Jetzt bist du zehn, die Jahre vergehen.
Die Sonne soll dir scheinen schön.
Und wenn sie mal nicht scheinen tut,
hau nicht gleich drauf deinen Hut,
alles wird gut!

Na bumm. Wenn Bastian nicht gewusst hätte, dass Mama ihm dann die Schokotorte verweigern würde, wäre er sofort aufs Klo zum Kotzen gelaufen. Die Reime waren grenzwertig, und »Börthday« schrieb man ganz bestimmt anders, das wusste er schon mit zehn! Seinen Versuch, Tante Finni das zu erklären, stoppte sie sofort: »Was fällt dir ein, du kleiner Hosenscheißer. Ich hab schon Englisch gesprochen, da bist du noch in Abrahams Wurstkessel geschwommen!«

Sollte er ihr erklären, dass er in einem Ambulanzwagen zur Welt gekommen war? Wenn Tante Finni sich einen Wurstkessel in den Kopf gesetzt hatte, dann würde sie von ihrem Wurstkessel auch kein Mensch abbringen. Bastian schon gar nicht. Er war knapp davor, auf die Schokotorte zu verzichten und aufs Klo zu laufen ...

Langsam trudelten auch die restlichen Gäste ein. Georg und Susi gingen in Bastians Klasse, beide hatten denselben Friseur. Die Haare hingen wie Spaghetti von ihren Köpfen – schulterlang. Bei Georg waren sie auch wirklich nudelgelb, Susi hatte schon Ketchup drauf. Ihre roten Fransen passten gut zu der dicken Brille, die ebenfalls knallrot war und ihr so richtige Riesenkulleraugen verpasste. Im Gegensatz zu Georg war sie etwas pummelig, aber das war Bastian ja auch. Selbst sein tägliches Luftgitarrentraining konnte die vielen Schokokekse nicht wettmachen, die Oma ihm immer zusteckte.

Ja, Oma war auch da. Die Mama von Papa Berger hatte erstaunlicherweise gar nichts Wahnsinniges an sich. Okay, vielleicht bis auf den Umstand, dass sie ununterbrochen lächelte. Bastian hatte sie noch nie mürrisch erlebt. Traurig schon, als sein Opa ein paar Jahre zuvor von der Küchenbank gekracht war und die Augen verdreht hatte, da hatte er sie sogar weinen sehen. Aber mit dem Lächeln hatte sie auch beim Weinen nicht aufgehört.

Bastian konnte damals durch den Türspalt genau beobachten, wie Opa am Boden ihrer Küche lag. Er hatte so einen komischen Blick drauf, Bastian wusste sofort, dass Opa jetzt keine der üblichen Grimassen schnitt, mit denen er die Kleinen sonst zum Lachen bringen wollte. Bastian war gleich auf den Dachboden verschwunden und hatte sich im großen Kleiderschrank versteckt, der so herrlich nach Opa roch. Oma hatte ihm und Lisa damals erklärt, dass Opa immer auf sie aufpassen werde. Und wirklich, das machte er: Denn Lisa und Bastian fielen in den kommenden Jahren von jedem Baum in ihrem Garten, brachen mehrmals im Winter im viel zu dünnen Eis auf dem Tümpel ein und nötigten zahllose Autofahrer zu einer Vollbremsung, weil ihr Ball über die Straße gesprungen war und sie hinterher. Nie war ihnen etwas passiert, weil Opa sich um sie gekümmert hat, da oben, wo immer er gerade war.

In der Nacht schlichen sich Lisa und Bastian oft heimlich aus ihrem Zimmer im ersten Stock hinaus in den Garten zum »Sternderlschaun«. Den Weg über das knarrende Vordach bis zur verrosteten Dachrinne, auf der sie dann runterkletterten, kannten sie schon blind. Niemand hatte sie da je erwischt, weil sie einen Deal mit Opa hatten. Dann lagen sie im weichen Gras, Hand in Hand, und schauten sich die vielen Sterne an, die über ihnen strahlten. Mama hatte ihnen erzählt, dass die Menschen, die sie am meisten lieb hätten, irgendwann zu Sternen würden. Damit man sie in schönen Nächten sehen könnte und in schlimmen Nächten wüsste, dass es sie trotzdem gab, auch wenn sie gerade hinter dicken Wolken versteckt waren. Opa war bestimmt auch so ein Stern. Wahrscheinlich der, der da links oben am hellsten funkelte. Dem schickten die beiden nächtlichen Ausbrecher oft ihre grauenhaftesten Grimassen rauf, genauso wie sie es mit Opa früher in der Küche gemacht hatten. Und manches Mal schnallten sie sich sogar ihre Luftgitarren um und rockten für ihn. Und sie stellten sich vor, wie er mitrockte, da oben ...

Rosinenpudding für 10 Mark

Papa Berger hatte es nun auch endlich geschafft, sich von seinem Büro in der Molkerei zu verabschieden und parkte seinen C-Kadett in der Garage. Er wollte ja eigentlich Musiker werden, im Keller standen immer noch ein alter Kontrabass und seine Fender-E-Gitarre mit dem vorsintflutlichen Röhrenverstärker, die er alle heiligen Zeiten mal zur Hand nahm. Gelandet war Papa in der Molkerei und durfte dort den ganzen Tag Joghurts und Käse essen. Zumindest dachten sich die Kids das. So etwas nennt man heute »Produktmanagement«, früher war er einfach »Mädchen für alles«, hatte Papa mal erklärt. Bastian fragte sich damals, ob sein alter Herr vielleicht irgendwann auch keinen Schniedel gehabt hatte.

Jetzt war das Geburtstagskomitee endlich komplett und die Feier konnte beginnen. Lisa wollte ihrer Mama helfen, war aber wieder mal etwas zu schusselig. Daher hüpfte ihr beim Reintragen vor lauter Freude der Schokopudding aus der Schüssel und blieb genau auf dem Haufen aus Fliegen, Spinnen und Ungeziefer liegen, der am Morgen bei der großen Wohnzimmerreinigung aus den hintersten Winkeln hervorgekehrt worden war. Eigentlich hätte sie den Mist längst fortschaffen sollen, hatte es aber wieder einmal vergessen, und jetzt wurde die ganze Sauerei von einer klebrigen Masse zugedeckt. Keiner bemerkte es, nur Bastian sah aus den Augenwinkeln, wie Lisa den braunen Matsch mit ihren kleinen Händen vom staubigen Boden aufhob und wieder in den Napf hineinpresste. Schokopudding würde er heute sicher keinen essen.

Tante Finni rief begeistert: »Oh, Schokopudding! Her damit!«, und schon bekam sie diese ganz besondere Leckerei vor die Nase gestellt. Eigentlich war sie gar keine richtige Tante, sondern die Schwester von Oma, also auch nicht mehr die Jüngste. Alle sagten Tante Finni zu ihr, auch die Nachbarn. Obwohl sie auch nicht deren Tante war. Nach zwei Löffeln meinte sie, so etwas Tolles hätte sie schon lange nicht mehr gegessen. Ob da auch Rosinen drin wären? Mama wollte das gerade verneinen, aber Lisa kam ihr zuvor und erklärte, sie hätte den Pudding noch etwas verfeinert. Mama war zwar überrascht, aber weil Tante Finni den Schoko-Rosinen-Pudding so begeistert in sich reinschaufelte, verlor sie kein Wort mehr darüber, sondern war einfach nur stolz auf ihre Tochter, die mit ihren acht Jahren schon eine perfekte kleine Küchenfee abgab.

Jetzt wollte auch Oma Schokopudding. Lisa sah hilflos zu Bastian rüber, schweigend waren sich die beiden einig, dass Oma sich diese Mixtur nicht verdient hatte. Also musste Bastian alles wieder in Ordnung bringen, wie immer, wenn Lisa etwas verbockt hatte. Er nahm die Schüssel, rief Oma zu, »Gerne, ich bring dir welchen«, und im selben Moment stellte er sich selbst ein Bein, was gar nicht so einfach war. Er schaffte es und knallte mit der Schüssel samt Rosinenpudding auf den Wohnzimmertisch. In hohem Bogen flog das Ding aus seiner Hand durch die Luft und landete punktgenau im Aquarium, das seit zwei Wochen wieder in Betrieb war.

Entsetzte Blicke landeten auf Bastian. Papa versuchte, das Zeug aus dem Aquarium zu fischen, aber das glitschige Ding glitt ihm immer wieder aus den Händen. Mittlerweile hatte das ganze Wasser eine unangenehme Farbe angenommen. Durch bräunliche Schwaden sah man den Fischen ihre Verzweiflung an. Mama schrie, dass man sie sofort in Sicherheit bringen müsste, und da es im Berger-Haus ein eingespieltes Wasserrettungsteam gab, wurden die Tiere in ein Badewannen-Auffanglager umquartiert.

Das »Warum sind da so viele Fliegen und Spinnen im Becken?« von Tante Finni ignorierten die Einsatzkräfte geflissentlich. Man hatte jetzt Wichtigeres zu tun.

Nach dieser Aufregung kam erst mal Oma zu Bastian und steckte ihm einen Zehner zu, wahrscheinlich aus schlechtem Gewissen, weil sie dachte, dieses Fiasko sei nur ihretwegen ausgebrochen. Lisa war deshalb etwas eingeschnappt und zeigte das auch offen.

»Oma, Bastian hat unseren schönen, selbstgemachten Schokopudding im Aquarium versenkt. Warum bekommt er dafür zehn Mark?«

Na super! Vielen Dank, Lisa, dachte Bastian. Er sah sich schon den Zehner wieder zurückgeben, aber Oma meinte: »Ja, ja, warte nur, Lisa. Für dich habe ich auch einen.« Oma, die gute Seele, griff nun ein zweites Mal in ihr Portemonnaie, und schon bekam auch Lisa eine finanzielle Entschädigung für die ganze Aufregung.

Darüber wollte Bastian heute Abend bei ihrem gemeinsamen »Sternderlschaun« im Garten noch mal reden. Dabei wusste er jetzt schon, was die kleine Kröte sagen würde: »Das hatte doch gar nichts mit dir zu tun, natürlich hab ich dich nicht anschwärzen wollen, ich war doch froh, dass du mir geholfen hast.«

Aber sie wisse ja, wie Oma ticke – und zehn Mark könne sie eben auch gut gebrauchen. Zumindest das Letzte stimmte: Oma würde niemals jemanden benachteiligen. »Das war nicht böse gemeint«, Bastian war sich sicher, dass Lisa ihm das am Abend genau so erklären würde. Wie sie es immer tat, wenn er von ihr enttäuscht war.

Weil seine Augen nass wurden, musste er schleunigst nach draußen in den Garten. Irgendwie konnte er seine Schwester nicht verstehen, zuerst musste er ihr aus der Patsche helfen, und dann fiel sie ihm in den Rücken. Das ging schon seit Jahren so.

Immer dieses Scheißlied

Susi, Bastians moppelige Freundin mit der Brille, hatte Lisa längst durchschaut. Bastian hoffte, dass sie die Tränen nicht in seinen Augen sehen konnte, als sie ihm ihr Geschenk, eine Riesentafel Schokolade, raus in den Garten brachte und die beiden gemeinsam innerhalb von vier Minuten zweihundert Gramm Nuss-Nougat verputzten. Irgendwie tat es gut, gemeinsam zu futtern, wenn es einem schlecht ging.

»Entschuldigung, wenn ich das sage, aber Lisa ist schon ein echtes Biest. Ich habe genau gesehen, wie die Rosinen in den Pudding gekommen sind«, verriet Susi. »Und wie sie dich dann bei deiner Oma schlecht gemacht hat, das war nicht besonders nett von ihr.«

»Ich weiß, aber sie hat das bestimmt nicht so gemeint.«

Er wunderte sich selbst, warum er sein Schwestern-monster immer noch verteidigte, und wischte sich die letzten Tränen aus den Augenwinkeln.

»Gut, dass Oma nichts vom Pudding abgekommen hat. Tante Finni ist ja noch etwas jünger, der macht das bestimmt nichts aus. Aber wer weiß, was mit Oma los gewesen wäre? Das hast du toll gemacht.«

Susi versuchte ihn zu trösten.

»Danke Susi!«, langsam vergaß Bastian, was Lisa da soeben gemacht hatte, weil Susi gerade besonders lieb lächelte.

»Wer weiß, vielleicht hätten sich die Fliegen in ihren dritten Zähnen verfangen und Oma hätte ihre Beißerchen vor lauter Schreck verschluckt?«

Jetzt lachten beide, und nicht nur die Schokolade schmolz in Bastians Händen. Susi sah mit ihren ketch-uproten Haaren so richtig knuffig aus. Dass er Oma mit heldenhaftem Einsatz vorm Ersticken bewahrt habe, sei schon ein kleines Küsschen wert, meinte sie dann. Bastians Wangen wurden die reinsten Heizkissen. Susi schmeckte nach Brausepulver, und er wusste gar nicht, was er sagen sollte. Zum Glück rief Mama, dass sie alle reinkommen sollten.

Langsam beruhigte sich die Lage, das Aquarium war eva-kuiert, und die Fische in der Badewanne freuten sich über mehr Bewegungsfreiheit. Aber da war noch Tante Finni. Zuerst sollte Bastian ihr Geschenk aufmachen, und dann wollte sie ihr Lieblingslied hören: *Weiße Rosen aus*

Athen. Bastian bedankte sich still bei seiner Mama, dass sie ihnen dieses Lied in einem Anfall von geistiger Abwesenheit irgendwann beigebracht hatte. Seither wartete Tante Finni bei jeder Gelegenheit darauf, dass Lisa und er dieses griechische Scheißlied singen würden.

Vielleicht ließ sie sich heute umstimmen. »Iiiichhh«, krächzte er, »Iiiich kann nicht singen, ich habe mich vorhin verkühlt, draußen. Meine Stimme ...«

Mama fiel ihm in den Rücken und meinte: »Bastian, mach kein Theater, vor einer halben Stunde hat man von deiner Verkühlung noch gar nichts bemerkt. Wo soll die denn plötzlich herkommen?«

»Ich verstehe das, bei mir geht das auch immer so schnell.« Yeah, Papa hielt zu seinem Sohn. »Bastian, hast du die Kraft, Tante Finni statt der *Weißen Rosen* unsere unglaubliche Luftgitarrenshow zu zeigen?«

Ja, natürlich! Ehe er noch den Mund aufmachen konnte, mischte sich Tante Finni ein und meinte: »Nichts da, der Junge singt. So schlimm kann das nicht sein.«

Sie sah ihm tief in die Augen. »Bastian, du wirst doch deiner lieben Tante wegen dem bisschen Verkühlung nicht ihren Wunsch abschlagen, oder?«

Du bist nicht meine Tante, dachte Bastian! Sagen traute er sich das nicht. Er wusste, es hatte keinen Sinn, und auch Papa gab sich geschlagen. Lisa verhielt sich überhaupt ganz ruhig, sie hatte wieder einmal gehofft, dass Bastian die Sache alleine schaukeln würde. Wie immer. Diesmal hatte das aber nicht geklappt, nach dem Geschenkauspacken würde auch sie *Weiße Rosen* trällern müssen.

Hektisch holte Lisa das riesige Paket von Tante Finni aus der Garage, wo es seit heute früh zwischengelagert wurde. Bastian konnte es beinahe nicht mehr erwarten, denn in dieser Verpackung hätte durchaus auch eine ausgewachsene E-Gitarre Platz haben können. Vielleicht würde es Tante Finni auf ihre alten Tage ja doch noch schaffen, ihn mit einem richtig coolen Geschenk zu überraschen. Papa hatte ihr bestimmt verraten, dass er sich nichts sehnlicher wünschte als eine eigene Gitarre.

Das Ding dürfte schwer sein, Lisa musste ganz schön schleppen. Dass ihr die große Schachtel auf dem langen Weg ins Wohnzimmer zwei Mal runtergefallen war, erwähnte sie mit keinem Wort.

Jetzt saßen alle auf der Ledercouch und starrten erwartungsvoll auf Bastian. Irgendwie musste der Karton feucht geworden sein, im Viervierteltakt tropften kleine Wasserperlen auf den Teppichboden. Mama half Bastian beim Öffnen. Als sie den Deckel hoben und Tante Finni von der Couch begeistert »Happy Börthday!« schrie, bemerkten die beiden ganz unten in der Box jede Menge Glasscherben, und dazwischen drei mickrige Goldfische, die friedlich vor sich hindösten. Im Licht des Wohnzimmerleuchters glitzerte es aus der Schachtel wie aus einem winterlichen Schneehaufen, ein kleines Rinnsal träufelte fröhlich durch den Karton auf Mamas Filzpantoffel. So sah keine E-Gitarre aus! Bastians Träume vom eigenen, megageilen Musikinstrument lösten sich in diesem Moment in Luft auf.

Tante Finni war immer noch begeistert, verstand aber nicht, warum Bastian sich nicht freute.

»Bastian, jetzt hast du dein eigenes kleines Goldfisch-Aquarium. Wer Verantwortung für Tiere übernimmt, der lernt dabei fürs ganze Leben.«

Allzu viel Verantwortung würde er da nicht mehr übernehmen müssen. Denn die dösenden Goldfische dösten gar nicht, die waren schon im Goldfischhimmel, weil ihnen vor einer halben Stunde die flüssige Lebensgrundlage genommen worden war. Dank Lisa!

»Ihr hättet beim Öffnen besser aufpassen müssen!«, schrie Tante Finni, die endlich die Bescherung entdeckt hatte und sich im Stadium der Schnappatmung befand.

»Ich hab mir solche Mühe gegeben, ein ordentliches Geschenk für Bastian zu finden, und dann das!«

Mama und Bastian waren sich keiner Schuld bewusst, mussten das aber jetzt gemeinsam ausbaden. Ausbaden war gut, das hätten die Goldfische auch gerne getan, aber leider war es nun mal, wie es war. Warum Lisa so scheinheilig vor sich hinlächelte, würde Bastian erst viel später erfahren. Er drückte Tante Finni trotzdem zwei schnelle Küsschen auf ihre rot angelaufenen Wangen und sagte artig »Danke schön«, während Papa die leblosen Goldfische mitsamt der feuchten Aquariumskatastrophe im Müll entsorgte.

»Könnte man da nicht Fischstäbchen draus machen?«, wollte Lisa wissen.

Kaum konnte Tante Finni wieder einigermaßen normal schnaufen, beschwor sie neues Grauen herauf:

»Puh. Auf den Schrecken brauch ich jetzt meine *Weißen Rosen*.«

Und weil sie schon in der Tasche nach ihrer Geldbörse
suchte und niemand die angespannte Stimmung noch
mehr aufheizen wollte, verzichteten Bastian und Lisa
auf den neuerlichen Versuch eines Gegenvorschlages in
Form einer noch nie dagewesenen Luftgitarrenshow und
beugten sich dem Schicksal:

»Weiße Rosen aus Athen ...« – sie hassten dieses Lied!

2000: MUSIK, WAS DENN SONST

Ervögelt

Jetzt hatte sich dieses Biest doch tatsächlich einen Termin beim angesagtesten Musikproduzenten des Landes ervögelt. Ja, »ervögelt«, genauso nannte es Lisa, als sie ihrem Bruder vor zwei Wochen davon erzählt hatte. Und dieser Termin sollte morgen sein, genau zu der Zeit, zu der Bastians zwanzigste Börthday-Party beim Kirchenwirt in Singing steigen sollte. Also unmöglich für ihn, dabei zu sein, sie musste das also alleine durchziehen.

»Warst du da nicht gerade mit diesem schnuckeligen Bankbeamten zusammen? Du hast doch so von ihm geschwärmt!«, fragte Bastian damals.

»Nein, ja, egal! Ich war allein auf dieser Hammerparty, und da war plötzlich dieser Typ und dann ...«, Lisa machte eine Pause.

»Was dann?«

»Dann bin ich mit ihm noch in seine Bude gefahren und da ist es halt passiert! Ist ja nichts Schlimmes, oder?«

Für Lisa war das nichts Schlimmes, sie sah das nicht so eng. Bastian hatte eine etwas andere Vorstellung von Liebe. Er hatte diesen Gedanken noch nicht zu Ende gedacht, da versicherte ihm Lisa: »So etwas hat nichts mit Liebe zu tun! Da treffen sich einfach zwei junge Menschen, die gerade nichts Besseres zu tun haben, als miteinander zu vögeln.«

Wo hatte seine Schwester bloß diese Ausdrucksweise her? Und außerdem, konnte sie Gedanken lesen? Bastian war einigermaßen verwirrt.

»Jetzt schau nicht so, Basti! Der Typ war echt abgefahren. Er heißt übrigens Joe. Dass er ein Macher in der Musikbranche ist, habe ich erst am nächsten Tag erfahren. Ehrlich!«

Lisa dachte bestimmt, dass sie Bastian damit beruhigen konnte. Sie war also nicht aus purer Berechnung mit dem Kerl ins Bett gesprungen, sondern hatte anständigerweise erst später erfahren, dass er ihr auch bei ihrer Musikkarriere nützlich sein konnte.

Und wieder las sie seine Gedanken. »Das ist ja auch gut für dich, oder? Wir spielen Joe unsere Songs vor und du wirst sehen, im Handumdrehen sind wir im Musik-Biz.«

Aha, sie hatte das also für ihn gemacht. Jetzt bekam Bastian rote Flecken.

»Du wirst noch sehen, was so ein bisschen Vögeln alles auslösen kann.«

Bastian wunderte sich oft, wie es möglich war, dass Geschwister so unterschiedlich sein konnten. Beide träumten sie denselben Traum, aber die Wege, die sie dorthin einschlagen wollten, konnten unterschiedlicher nicht sein. Musikalisch war Lisa genauso gepolt wie Bastian, aber im Gegensatz zu ihm führte sie schon jetzt das exzessive Leben einer Diva. Es gab keine Party im Umkreis von hundert Kilometern, die vor ihr sicher war. Selbst wenn sie gar nicht eingeladen war, fand sie immer einen Weg. Und meist später auch noch ins Bett eines x-beliebigen

Partygasts. Die Frage »Zu dir oder zu mir?« war ihr völlig egal, sie hatte mit ihren achtzehn Jahren schon mehr Lover nach Hause gebracht, als im Spätsommer Schwalben auf der Telefonleitung saßen, das war eine ganze Menge. Dabei wurde ihr ständig das Herz gebrochen, »Liebeskummer« war Lisas zweiter Vorname. Und Bastian, als uneingeschränkter Experte für fast alles, was seine Schwester betraf, war ihr Kratz- und Heulbaum. Wenn sie nicht gerade unter jemandem lag, lagen die beiden oft bis nach Mitternacht Seite an Seite im weichen Gras ihres Gartens und sahen in den Nachthimmel, wie sie es schon als Kinder getan hatten. Das »Sterndlerschaun« war mittlerweile eine Familientradition geworden.

Hier unter den Sternen hatten sich die beiden geschworen, die Bühnen dieser Welt zu erobern. Als Rock-Duo wie Ike and Tina Turner. Nur besser! Und auf Deutsch, in ihrer Muttersprache. Falco und Nena hatten es geschafft, da würde es doch kein Problem sein, damit ebenfalls durchzustarten. Weltweit! Und einen Namen hatten sie auch schon gefunden. Von Bastians erster Idee *Hill & Hill* war Lisa nicht wirklich begeistert, *Beli Ba* gefiel ihr schon bedeutend besser. Das klang wie einer der gerade hippen Fantasie-Bandnamen, aber Bastian hatte sich sogar etwas gedacht dabei: Es waren jeweils die ersten beiden Buchstaben von Berger, Lisa und Bastian.

Lisa lachte laut, als ihr Bastian nochmal ins Gewissen reden wollte:

»Scheiß dir nicht ins Hemd, Basti! Bleib locker, das wird schon! Ich komme etwas später zu deiner Party, und dann feiern wir auch gleich meinen ersten Produktionsvertrag.«

»Unseren!«

»Was unseren?«

»Unseren ersten Produktionsvertrag!«

»Natürlich unseren! Beli Ba goes Hollywood – wirst schon sehen! Okay?«

»Okay, Lisa.«

Und genau diese Aussicht auf einen Produktionsvertrag bei einem Major-Label war schuld daran, dass Bastian und Lisa schon seit Tagen im Keller an neuen Songs arbeiteten und das Wort »Sonnenlicht« nur mehr vom Hörensagen kannten. Jeder Rockstar hat einmal klein angefangen. Eine stickige Kammer ohne Fenster, dafür mit einer gehörigen Duftnote nach Schweiß und Zigaretten, das würde sich später als Stars bestimmt hervorragend im Lebenslauf machen. Und dass sie beide mal Stars würden, das stand für Lisa und Bastian aber so was von fest!

Musik liegt in der Luft

Ein Leben ohne Musik konnte Bastian sich nicht mehr vorstellen. Lisa war da ganz ähnlich und Papa Berger freute sich, denn endlich hatte er zwei Nachwuchs-Wahnsinnige, mit denen er seine Leidenschaft teilen konnte. Als Mama ihren Kindern eine Flöte für den ersten Musikschulunterricht kaufen wollte, marschierte Papa höchst persönlich zum Direktor und erklärte ihm, dass seine Kids die musikalische Früherziehung schon längst hinter sich hätten. So begann Bastian gleich mal mit Schlagzeug und E-Gitarre. Er hatte zwar große Probleme, mit seinen kleinen Händchen die dicken Saiten zu greifen, aber irgendwie schaffte er es. Und irgendwann hatte er alle durchprobiert, sämtliche Instrumente, die sie in der Musikschule zu bieten hatten. Völlig egal, ob man auf ihnen klimpern, schlagen, zupfen oder blasen musste, Bastian lernte schnell.

Mama wollte unbedingt, dass *ihr* Mädchen ein *anständiges* Instrument spielte. Geige! Lisa sah das völlig anders. Obwohl auch sie jede Menge Talent besaß, fabrizierte sie absichtlich die schrägsten Töne und war schon bald wieder raus aus der Nummer. Ihr Instrument stand sowieso längst fest. *My Heart Will Go On* von Céline Dion war gerade ganz vorne in den Hitparaden, und sooft Lisa diesen Song mit dramatischen Posen vom Wohnzimmersofa aus durch das Haus schmetterte, war Gänsehautfeeling angesagt. »*Ewri neit in mei drims – Ei si ju ...*« war zwar nicht wirklich lupenreines Englisch, aber Lisa brauchte ganz eindeutig keine Hilfsmittel, um sich musikalisch auszudrücken, da genügte einzig und allein ihre sensationelle Stimme.

Papa war mächtig stolz auf seine *Kleinen* und prophezeite ihnen eine große Karriere. Mama jedoch war da völlig anderer Meinung. Wichtig sei eine ordentliche Ausbildung, denn von der Musik würde heute bestimmt keiner mehr leben können.

»Dein Papa war auch mal so ein Träumer. Weißt du noch, Gustav?«, spöttelte Mama, »eure Band, wie hat sie geheißen? Ah ja ...«, sie lachte laut auf, »›The Flying Zebras‹, die stand ja kurz vor ihrer Weltkarriere. Habt ihr zumindest damals gedacht.«

Okay, mit diesem beschissenen Namen konnte man unmöglich eine Weltkarriere starten, das war selbst Bastian als musikalischem Jungspund klar.

Mama stichelte weiter. »Bis auf den legendären Auftritt beim Feuerwehrfest in Hinterhammelstetten ist diese Karriere aber nie so richtig ins Laufen gekommen. Ganze zwanzig Minuten habt ihr gespielt wie die Weltmeister, dann hat ein Orkan das Zelt weggeblasen und vorbei war's.«

Papa war nicht wirklich begeistert von Mamas Schilderungen seiner unglaublich intensiven, aber extrem kurzen Laufbahn als Hardrocker. Eigentlich war es ein Segen, dass der Wind damals zwei Drittel vom Zeltdach abgedeckt hatte. Die Leute im beschaulichen Hinterhammelstetten waren ebenso beschauliche Volksmusik gewohnt und hatten schon nach dem ersten Song entrüstete Buh-Rufe durch das Zelt gellen lassen. Jedes Mal, wenn jemand von diesen dunkelsten Minuten in Papas Musikerleben erzählte, bekam er diese roten Flecken auf den Wangen.

Mama Berger kratzte gerade noch die Kurve, indem sie ihm einen Kuss auf die Wange drückte und lachend hinzufügte: »Aber es war schon gut, dass ihr in Hinterhammelstetten gespielt habt, denn da haben wir uns kennengelernt. Und das alleine zählt, mein Schatz! Egal was sonst passiert ist ...«

Am leicht gequälten Lächeln von Papa konnte man sehen, dass er das doch etwas anders sah. »Der Auftritt war zwar scheiße, aber trotzdem irgendwie cool! Als bei *You Really Got Me* plötzlich das Zeltdach davonschwebte und überall Sirenen zu hören waren, das war schon eine Mega-Show.«

Und dann wandte er sich an seinen musikalischen Nachwuchs: »Das müsst ihr mir erst mal nachmachen!« Und lachend fügte er hinzu: »Aber ihr zwei, ihr werdet nicht im verschissenen Hinterhammelstetten vor dreißig Leuten spielen, bei euch werden tausende Menschen dabei sein. Da bin ich mir ganz sicher!«

Jetzt bekam Mama rote Flecken.

Papa hatte erkannt, was in seinen Kids steckte. Und wenn es auch bei ihm nicht geklappt hatte mit der großen Musikerkarriere, bei ihnen, davon war er überzeugt, würde sich dieser Traum erfüllen.

Trotzdem hatte Bastian beim Tischler im Ort eine Lehre absolvieren müssen. Zwei Jahre zuvor hatte er sie abgeschlossen, ohne einen einzigen Finger zu verlieren, alles noch dran an beiden Händen. Und Mama war auch zufrieden.

Mama war das genaue Gegenteil des restlichen Clans. Keine Spur von Wahnsinn. Sie war der ruhende Pol der Bergers. Wenn Papa sie in der Küche im *Sex Bomb*-Fieber zum *Dirty Dancing* überreden wollte, lachte sie nur, hieß ihn einen »Spinner« und kehrte den Küchenboden. Sie putzte und kochte den ganzen Tag und freute sich, wenn es allen gut ging. Papa war keine wirklich große Hilfe im Haushalt und seine Kids auch nicht.

Mama konnte manchmal auch ganz schön nerven. Vor allem, wenn sie wieder mal ihre Herz-Schmerz-Schlager-Stunde hatte. Da war *Weiße Rosen aus Athen* gar nicht das Schlimmste, es gab noch viel ärgere Schnulzen. Das Fett tropfte förmlich aus den Boxen, so schmalzig ging's in ihrer Küche zu. Als Kinder waren Lisa und Bastian dann meist mit dem Rad zu Oma geflüchtet. Egal was war, Oma war immer für sie da gewesen. Und ganz in der Nähe wohnten auch Susi und Georg. Die vier waren den ganzen Tag zusammengesteckt und Oma hatte sie mit Süßem und viel Liebe versorgt.

Vor drei Jahren war Oma dann beim Backen einfach umgekippt. Nach Opa und ihrem Hamster, den sie vor ewiger Zeit im Garten hatten verbuddeln müssen, war das der dritte Todesfall, den Lisa und Bastian miterlebt hatten. Wenn es Zoff zu Hause gegeben hatte, Probleme in der Schule oder auch Liebeskummer, bei Oma war alles wieder gut gewesen. Doch der Arzt, der von Papa gerufen worden war, als er sie gefunden hatte, hatte leider nichts mehr machen können. Seither hatten die Berger-Kids einen zweiten Engel im Himmel, der auf sie aufpassen würde.

Derselbe Arzt war etwas später ausschlaggebend dafür, dass sich Bastian im Keller sein eigenes musikalisches Königreich einrichten konnte. Zuvor waren dort Papas Weinregale gestanden, aber seit ihm Dr. Schuster das

Trinken verboten hatte, soff er nur mehr heimlich. Stellagen voll Rotwein mussten von einem Tag auf den anderen entsorgt werden, weil Mama das so wollte. Doch da es völliger Unsinn gewesen wäre, 118 Bouteillen besten Rotweins einfach so zu vernichten, wanderten sie heimlich in einen kleinen Raum hinter der Garage. Einige der Jutesäcke, in denen Erdäpfel eingelagert waren, wurden auf dem Gemeinde-Kompost entsorgt und somit war genug Platz für den Alkohol. Papa Berger war zufrieden, er musste sich nur ab jetzt durch drei Reihen von furchtbar kratzenden Jutesäcken kämpfen, bis er zu seinem Stoff kam.

Der vom Alk befreite Kellerraum wurde zum Studio umgebaut. Ein gebrauchter Musikcomputer, ein uraltes Keyboard und ein nicht mehr wirklich taufrisches Mischpult waren der ganze Stolz von Bastian. Sein gesamter Lohn und all die Ersparnisse, die er vor allem mit hemmungslosem *Weiße Rosen aus Athen*-Singen für Tante Finni angehäuft hatte, steckten in diesem Keller. Und trotzdem stand er bei seinem Rocker-Papa tief in der Kreide.

Irgendwo im Nirgendwo

Morgen war es also soweit. Bastians Börthday und Lisas ervögelter Produzenten-Termin, der vielleicht all ihre gemeinsamen Träume wahr werden ließ. Grund genug für die beiden, sich im Studio einzuschließen und weiter an den Songs zu arbeiten.

Eigentlich wollte Bastian seinen zwanzigsten Geburtstag in einer hippen Location feiern, in einem ultraheißen Szenelokal, das zu einem angehenden Rockstar passte, der mit seinen megacoolen Freunden die ultimative Börthday-Party steigen ließ. Das scheiterte jedoch an einigen elementaren Punkten, die sich so ergeben, wenn man irgendwo im Nirgendwo auf dem Land zuhause war.

Die heißeste Location im Umkreis von fünfunddreißig Kilometern war der Kirchenwirt am Dorfplatz von Singing. Das war auch so ziemlich die einzige Location mit einem großen, sehr retromäßigen Saal zum Feiern, riesigen Essensportionen und vor allem jeder Menge Alkohol für seine Kumpels. Wobei wir bei Punkt zwei wären: Den Großteil von Bastians Freunden konnte man eigentlich nicht wirklich als »megacool« bezeichnen. Die freuten sich, wenn es etwas Ordentliches zu beißen und genug zu trinken gab. Dann waren sie glücklich! Punkt drei war die nicht zu vernachlässigende Tatsache, dass Mama und Papa gemeinsam mit Tante Finni als Geburtstagsgeschenk die gesamte Zeche übernehmen wollten, wenn die Party beim Kirchenwirt steigen würde. Und sie sollte am frühen Nachmittag beginnen, weil Tante Finni meist schon um sieben müde wurde.

Genug Gründe also, warum es statt einer rockstartauglichen Mörderfete einen eher beschaulichen Familiennachmittag mit Freunden und guten Bekannten beim Kirchenwirt in Singing geben sollte. Wobei, wer Bastians Familie und Kumpels kannte, der wusste, dass mit ihnen auch jedes noch so harmonische Nullachtfünfzehn-Fest aus dem Ruder laufen konnte.

Im Studio geht's heiß her

»Lisa, es ist zehn.« Bastian konnte es nicht glauben, als er verschlafen auf die große Studio-Uhr schaute.

»Abends oder morgens?« Lisa wollte es genau wissen.

»Wir sind gestern um vier ins Studio! Jetzt ist es zehn Uhr. Morgens!«

»Was? Gibt's ja nicht. Darum knurrt mein Magen so.«

Sie waren gestern in den Keller gegangen und hatten alles rund um sich vergessen. Da hätte im Garten ein Raumschiff explodieren können, sie hätten es nicht mitbekommen. Lisa und Bastian hatten gemeinsam drei Demo-Songs produziert. Das heißt, Bastian hatte komponiert, arrangiert, den Text geschrieben, die Musik eingespielt, und seine Schwester sang das Ergebnis dann ein. Ihre Lead-Stimme war einfach purer Wahnsinn. Bei den Chören musste Bastian aushelfen, weil Lisa kein Teamplayer war, nicht mal beim Chorsingen. Irgendwann gegen fünf Uhr morgens ging dann einfach nichts mehr, todmüde dösten sie synchron auf ihren Studio-Drehsesseln ein und träumten vom internationalen Durchbruch mit den neuen Songs.

Nach achtzehn Stunden im Studio sah selbst Lisa nicht mehr wirklich hammermäßig aus. Ihre Augen waren rot umrandet, ihre Gesichtsfarbe erinnerte an *The Munsters* und die Haare hingen ihr wirr ins Gesicht. Auch Bastian konnte heute eine Karriere als Märchenprinz vergessen.

Langsam kam Lisa wieder auf Touren.

»Warum hast du mir nicht früher gesagt, dass es schon so spät ist?«, schrie Bastians Schwesternmonster.

»Wie soll ich dir früher sagen, dass es jetzt schon später ist?«, versuchte er, die Stimmung zu heben. Das gelang nicht wirklich. Lisa gab wieder einmal ihrem Bruder die Schuld.

»Um zwölf muss ich bei Joe sein, wie soll ich das schaffen? Ich muss duschen, Haare waschen, mich schminken, und etwas Schlaf wäre auch nicht schlecht.«

Und Zähne putzen vielleicht auch, aber das behielt Bastian für sich. Alles in allem sollte so etwas eigentlich in zehn Minuten erledigt sein, dachte er. Bis auf den Schlaf, aber der wurde sowieso überbewertet. Lisa spielte die Diva, griff sich mit theatralischer Geste an den Kopf, stürmte zur Tür hinaus und stieß dort frontal mit Papa zusammen, der nachsehen wollte, ob seine Kids in der Kellerkammer bereits erstickt waren.

»Weg da!«, schrie die zukünftige Rock-Göttin und flitzte hektisch an ihm vorbei. Der kannte sich überhaupt nicht aus und fragte nur: »Spinnt sie schon wieder?«

Bastian klärte ihn kurz auf, und weil er schon mal da war, durfte Papa als erster Mensch außerhalb des Beli Ba-Universums die Songs hören, mit denen die beiden Berger-Kids den Durchbruch schaffen wollten – weltweit exklusiv also. Seine Meinung war Bastian sehr wichtig, denn so wahnsinnig er manches Mal auch sein konnte,

Papa Berger hatte doch einen tollen Musikgeschmack und ein untrügliches Gespür für gute Lieder.

Der Experte in den eigenen vier Wänden

»Lass mal hören, was ihr da fabriziert habt.« Papa konnte es gar nicht mehr erwarten, dem Ergebnis der letzten Nacht zu lauschen.

Er war voll konzentriert, bei leisen Stellen wiegte sein ganzer Körper im Takt wie ein einzelner Getreidehalm im Hochsommer. Wenn es so richtig zur Sache ging, würgte er mit enthemmtem Gesichtsausdruck seine Luftgitarre und am Ende dirigierte er mit weit ausholenden Bewegungen und geschlossenen Augen ein imaginäres Orchester, bevor er sich erschöpft in den großen Sessel vor dem Mischpult fallen ließ und nur mehr ein leises »Scheiße« rausbrachte.

»Scheiße«, das wusste Bastian, konnte bei Papa alles bedeuten.

Der brauchte noch einige Zeit, aber als er sich wieder gefangen hatte, sprang er aus seinem Sessel, fiel Bastian um den Hals und sagte mit Tränen in den Augen: »Das ist ja der absolute Wahnsinn! Scheiße, ist das gut!« Na was jetzt, Scheiße oder Wahnsinn? Wahnsinnige Scheiße? »Bastian, das ist Wahnsinn!«

Ja, das wusste der schon. Was er nicht wusste, war, dass auch ein megacooler Alt-Rocker wie Papa Berger vor Rührung weinen konnte.

»Nie hätte ich für möglich gehalten, dass man so etwas in einem Kellerloch wie diesem produzieren kann. Du bist ein Genie, Bastian. Und Lisa mit ihrer Röhre, unglaublich.«

»Danke, Papa.« Damit er nicht das ganze Studio unter Wasser setzte, versuchte Bastian, die Stimmung etwas zu heben. »Das alles hab' ich nur von dir.«

»Ja, genau!« In Sekundenschnelle mutierte Papa von einer Heulsuse zurück zum megacoolen Alt-Rocker. »Meine Gene sind ja doch nicht so schlecht! Ich hab's ja immer gewusst! Du und Lisa werdet mal nicht in Hinterhammelstetten oder sonst irgendeinem Kaff versauern, das wird ganz groß.«

Er war immer noch völlig von den Socken. Papa war Profi. Zumindest fast! Für einen durchschnittlich begabten Musikamateur, der gerade unfallfrei sein Radio einschalten konnte, war es wahrscheinlich wirklich kaum zu glauben, dass fast alle Instrumente auf diesem klapprigen Keyboard eingespielt worden waren. Von den Drums über den Bass bis zu den Streichersätzen, mit Sounds, die jetzt gar nicht so übel klangen. Manche waren verdammt nahe an den echten Instrumenten. Die E-Gitarren hatte Bastian zur Sicherheit selbst dazu gepfriemelt, und dann kam noch eines der besten Naturinstrumente überhaupt ins Spiel: Lisas rauchige Stimme.

Niemand wusste, wie sie es zu dieser Rockröhre gebracht hatte. Wahrscheinlich hatte sie sich wieder einmal skrupellos in den Vordergrund gedrängt, als im Himmel die Stimmen vergeben wurden. Lisa sang, wie ein Hirsch röhrt. Ein weiblicher! Mit ganz viel Dreck in der Stimme, rauchig und abgefahren. Noch keine zwanzig, aber die kleine Berger Lisa klang, als ob ihr das Leben schon so manchen Schicksalsschlag in die Magengrube gedonnert hätte. Papa war rundum begeistert.

»Und ihr wollt wirklich auf Deutsch singen?«

»Ja, warum?«

»Ich mein nur, es gibt halt nicht so viele Weltstars, die deutsch singen«, meinte Papa.

»Dann sind wir eben die ersten! Außerdem, denk an Falco ...«

»Okay, macht, was ihr wollt.«

»Lisa und ich sind uns einig, dass wir damit unsere Emotionen und Gefühle viel besser ausdrücken können als in irgendeiner anderen Sprache.«

»Egal«, sagte Papa, »ihr werdet es auch so schaffen! Ihr seid nicht aufzuhalten, in welcher Sprache auch immer.«

Papa hatten sie schon mal überzeugt, dann konnte es ja auch nicht so schwer sein, den Rest der großen Musikwelt mit ihren Songs zu begeistern.

Wichtig ist das Gesamtpaket

Nachdem Bastian die Songs auf eine CD gebrannt hatte, kam auch Lisa wieder zurück in den Keller. Sie hatte sich rausgeputzt wie eine Edelnutte auf der Reeperbahn. Der Mini war nicht mehr als ein etwas breiterer Gürtel, einen BH tragen nur Loser, aber keine zukünftigen Rockstars, und über dem nicht wirklich dezent geschminkten Gesicht stand in unsichtbaren Buchstaben »Fick mich!«

»Lisa, was wird das denn?«, fragte Bastian erstaunt.

»Was? Passt doch! Die sollen gleich sehen, dass ich mehr zu bieten habe als nur Singen.«

»Wichtig sind doch die Songs! Wenn du so daherkommst, nehmen sie dir nie ab, dass du eine ernstzunehmende Sängerin sein willst.«

»Basti, wo lebst du denn? Wichtig ist das Gesamtpaket. Und wenn Songs und Verpackung zusammenpassen, dann können die gar nicht anders, als mich unter Vertrag zu nehmen.«

»Uns«, ergänzte Bastian.

»Ja, natürlich. Uns!«

»Na dann, good luck, sister. Und grüß mir Joe!«

»Scheiße, ich bin viel zu spät dran.«

So, jetzt musste auch Bastian Gas geben, um sich von einer übermüdeten Kellerassel in einen blendend aussehenden Partytiger zu verwandeln. Was nicht wirklich gelang, er hatte halt nicht mehr als zehn Minuten. Was soll's, als Naturschönheit brauchte man keine elendslangen Marathonsessions im Badezimmer, das musste auch so gehen. Seine Freunde machten sich da wahrscheinlich auch keinen Kopf. Hauptsache saufen!

Bastian wusste, was heute sonst noch auf ihn zukommen würde. Sein großzügiger Teil-Financier, Tante Finni, hatte die Erwartung, dass die *Kleinen* wieder für sie singen. War doch klar, am zwanzigsten Börthday von ihrem Bastian. Sie war jetzt schon eine alte Tante und Bastian wusste, dass man sich so etwas nicht wünscht, trotzdem wäre es schön, dachte er, wenn Tante Finni vor Müdigkeit umkippen würde, bevor Lisa zurück vom Plattenlabel kam. Dann würde *Weiße Rosen aus Athen* endlich einmal ausfallen.

Bei jedem Börthday, zu Weihnachten, zu Ostern und manches Mal auch ohne Anlass mussten die Berger-Kids dieses Scheißlied singen. Tante Finni stand einfach drauf und immer noch drückte sie danach jedem der beiden ehrfürchtig zehn Mark in die Hand. Mit Tränen in den Augen. Tränen würden bestimmt auch Bastians Kumpels in den Augen haben, er wollte sich gar nicht ausmalen, welche idiotischen Kommentare er von den besoffenen Kerlen heute wieder hören würde.

Beste Freunde

Seit es Oma nicht mehr gab, hatte Bastian auch die pummelige Susi nicht mehr gesehen. Ein paar Tage zuvor hatten ihn sentimentale Gefühle gepackt und er hatte sie angerufen, um sie zur Party einzuladen. Sie hatte schon davon gewusst und gemeint, sie wäre sowieso gekommen, weil Georg ja auch dabei sein würde. Aha, was sollte das jetzt? Bastian war etwas überrascht. War sie mit Georg zusammen? Egal, er freute sich, sie mal wieder zu sehen. Die Schokolade zum zehnten Börthday war ihm immer noch tröstlich in Erinnerung, auch wenn sich Susis Liebe zu Schokolade schon damals an ihrer Hüfte und Taille erkennen ließ. Süßes tut eben manchmal einfach gut. Und Bastian war ja auch nicht gerade ein Spargel.

Nach einer sehr oberflächlichen Gesamtreinigung schaffte es Bastian gerade noch rechtzeitig zum Wirten. Hannes, der Lastwagenchauffeur aus dem Nachbarort, mit dem er sechs Jahre in die gleiche Klasse gegangen war, bis der sich entschieden hatte, eine Wiederholungsrunde einzulegen, war schon leicht illuminiert. Der »Hosenscheißer«, wie ihn nur sein bester Freund nennen durfte, war immer schon etwas anders gewesen, er hatte immer schon mehr Alkohol in sich reingeschüttet als seine Kumpels, immer schon mehr bei den Mädchen gebaggert als alle anderen und er hatte immer schon mehr Ohrfeigen abbekommen als der Rest. Eigentlich war er ein netter Kerl und brachte Stimmung in jede Hütte.

Und er war immer da, wenn man etwas von ihm brauchte. Ohne zu murren, zwei, drei Bierchen, und schon konnte man von ihm alles haben. Er war zwar mehr der Mann fürs Grobe, aber wie bei vielen anderen Arbeiten war er auch beim Einrichten von Bastians Studio Gold wert gewesen.

Dass dieser etwas raue Kerl ein Faible für Musik hatte, war eigentlich gar nicht zu glauben. Sein Opa hatte angeblich mal mit den Beatles im Star-Club in Hamburg gespielt. Ob Karten oder Musik, das wusste niemand. Aber genauso einen Höfner Violin Bass 500/1, den Opa Hosenscheißer seinem Enkel Hosenscheißer vererbt hatte, den zupfte damals auch Paul McCartney. Hannes war von diesem ehrwürdigen Instrument so fasziniert, dass er es mittlerweile fast genauso gut beherrschte wie der pilzköpfige Pauli aus Liverpool. Hannes und Bastian verband also nicht nur die Liebe zu riesengroßen Biergläsern, auch musikalisch passten die beiden gut zusammen.

»Hallo Bastian! Na, eine schwere Nacht gehabt? Du schaust aus, als ob du schon irgendwo vorgefeiert hättest, ohne uns.«

»Wäre wahrscheinlich besser gewesen, um den Tag mit euch Hohlbirnen heute durchzustehen.« Bastian lachte ihm ins Gesicht.

»Ohne uns gibt es keine Party. Zumindest keine ordentliche. Das weißt du.«

Ja, das wusste Bastian. Und langsam wurde ihm auch etwas flau im Magen. Wenn seine Kumpels erst einmal losgelassen wurden, konnte viel passieren.

»Ich war die ganze Nacht im Studio ...«, versuchte er Hannes zu erklären.

»Oh, du hast bestimmt geübt, für deinen Auftritt mit Lisa?« Der Hosenscheißer konnte so ein richtig blöder Kerl sein. Dann fing er auch noch zu singen an: »Weiße Rosen aus Athen sagen dir ›Komme recht bald wieder ...‹ Bastian, du kannst dir gar nicht vorstellen, wie sehr ich mich darauf freue.«

»Arsch!« Der Hosenscheißer würde eben jetzt noch nicht erfahren, dass er heute Abend die Geburt eines Rock-Duos miterleben dürfe, wie es die Welt noch nie gesehen hatte. Bastian hatte überhaupt keine Zweifel daran, dass Lisa mit seinen Liedern und ihrem Aussehen im Plattenlabel für Furore sorgen würde, selbst wenn sie noch so nuttig daherkam.

»Nein, im Ernst.« Hannes gab keine Ruhe. »Wenn ihr beide das singt und Tante Finni in Tränen ausbricht, das ist ganz großes Kino.« Der Hosenscheißer konnte sich jetzt gar nicht mehr halten vor Lachen. »Du hättest euch sehen sollen bei der Gartenparty im letzten Sommer! Mit diesem Gesichtsausdruck kann man ganze Landstriche lahmlegen. Ich glaube, heute werde ich mal ganz laut ›Zugabe‹ rufen.«

Ganz schön fies. Das konnte Bastian auch! »Wenn du das machst, muss ich nach *Weiße Rosen* halt eine kleine Geschichte erzählen, davon, wie man von einem Moment zum anderen den Namen ›Hosenscheißer‹ verpasst bekommen kann.«

»Nein, das machst du nicht? Du hast es mir versprochen! Bastian! Bastian? Okay, keine Zugabe! Alter Sack!«

Nur Bastian allein wusste, wie Hannes zu diesem Namen gekommen war, und der Hosenscheißer rechnete es ihm hoch an, dass er von seiner kleinen Unpässlichkeit vor einem Jahr bisher niemandem etwas verraten hatte. In einer Disco in München hatten sie mal wieder »Schnecken checken« gewollt, wie es Hannes immer so schön ausdrückte. Davor waren die beiden bei einem Chinesen futtern gewesen, und irgendwie hatte sich das Glutamat nicht mit den zehn Bacardi Cola vertragen, mit denen Hannes sich in der Bar die Birne vollgedröhnt hatte.

»Schau dir nur diesen steilen Hasen an! Die hat Hoppelbeine bis zum Himmel!«, hatte der Hosenscheißer anfangs noch geschwärmt. Irgendwann hatte er seine Eroberung mutterseelenalleine auf der Tanzfläche stehengelassen, weil seine Eingeweide ganz plötzlich eine Frühlingsrolle, acht Schätze und zehn Bacardi Cola hatten loswerden müssen. Wie ein verhaltensgestörter Hürdensprinter war der Hosenscheißer, der bis zu diesem Augenblick schlicht Hannes genannt worden war, über fünf Tische in Richtung Ausgang gesprungen. Leider zu spät, beim dritten Tisch schon war die Verdauung schneller und eine Duftnote verfolgte ihn wie der Kondensstreifen eines Düsenjets. Das war die Geburt eines neuen Namens. Man kann jetzt auch verstehen, warum die beiden seit damals niemals wieder in dieser Disco waren. Bastian musste Hannes Hosenscheißer hoch und heilig versprechen, dass niemand von diesem Fiasko erfahren würde. Auch darüber, wie Bastian den Stinker zuerst aus der Disco und dann nach Hause gebracht hatte, wurde Stillschweigen vereinbart. Aber so eine Nacht verbindet.

Nachdem mit dem Hosenscheißer alles geklärt war, trudelten schön langsam auch die restlichen Gäste ein. Plötzlich donnerte jemand seine Pranke auf Bastians Schulter. »Basti, alter Schurke! Schön, dich zu sehen.« Der brutale Handaufleger war Georg, der mit dieser Therapie keine großen Erfolge feiern würde, so viel war sicher.

»Wie schaust denn du aus? Hast du die Nacht schon durchgemacht?«

Hatten die sich alle abgesprochen und wollten kollektiv lustig sein? Wie bei den unsäglichen Faschingssitzungen im Fernsehen? »Helau, Helau, Helau – wolle ma ihn reinlasse?« Bastian schaltete auf stur und verlor absichtlich kein Wort von den Aufnahmen im Keller. Die würden heute schon alle noch mitbekommen, was los war. Außerdem blieb ihm gerade die Spucke weg, und das nicht nur wegen der Schmerzen in der Schultergegend, sondern eher wegen dem Sonnenschein, der hinter Georg gerade hervorlachte. Wo hatte dieser Kerl bloß so ein Mädchen her?

Ohne Spucke kann man nur schwer sprechen. Irgendwie stammelte er etwas von »Wauh, wo kommt du da her, bist du Geschenk?«

Bastian war völlig von der Rolle. Einmal wollte er es noch probieren, aber so richtig gelang auch der zweite Anlauf nicht: »Tschuldigung, hab Börthday! Und du so?«

Das war mal ein Anmachspruch der ganz besonderen Art. Als Rockstar sollte er sich eventuell später mal etwas Kreativeres einfallen lassen. Aber wahrscheinlich würde er sowieso niemals wieder einen Anmachspruch brauchen, weil ihm in Zukunft die Groupies von ganz alleine zufliegen würden. Sex, Drugs and Rock and Roll warteten auf ihn. Die Drugs waren nicht so ganz seins, wenn man Bier allerdings auch dazu zählen konnte, dann vielleicht doch. Auf die anderen beiden Attribute eines echten Rockmusikers würde er sich aber liebend gerne einlassen, wenn es soweit war. Jetzt jedoch musste er schleunigst versuchen, seinen Mund wieder zu schließen, sonst würde das Mädchen noch glauben, er hätte einen Schlaganfall.

Zack, nochmal die Pranke auf die Schulter, diesmal auf die andere Seite. Danke, Georg!

»Erkennst du sie nicht?«

Nein, Bastian erkannte niemanden. In ihm ratterten alle Nummer-Eins-Mädchen runter, von denen er irgendwann mal geträumt hatte. So ein echter Womanizer war er bisher ja noch nicht und an diese Zaubermaus hätte er sich bestimmt erinnert.

»Hi Bastian, ich bin's – Susi.« In der Hand hielt sie eine 200-Gramm-Tafel Nuss-Nougat-Schokolade, die bestimmt im nächsten Moment zu schmelzen beginnen würde, so heiß sah diese Susi aus.

Nur noch Augen für Susi

Susi? Bastian kannte nur eine Susi, aber die war fett wie eine Wikinger-Mami aus Flake. Die Susi vor ihm lachte ihn an, und plötzlich fiel bei ihm der Groschen. Es war dieses Lachen von früher, das ihre blauen Augen so strahlen ließ, dass man glauben konnte, direkt die Sterne am Himmel zu sehen. Und die lustigen Sommersprossen rund um die spitze Nase waren auch noch dieselben. Sie passten perfekt zu den leuchtend roten Haaren, die sie jetzt viel kürzer trug und die frech und etwas ausgeflippt in alle möglichen Richtungen standen. Und da war auch diese Figur – nein, die war nicht so wie damals, die war – was sollte man sagen – wauuuuuuh – alles war dort, wo es hingehörte. Da war nichts zu viel und nichts zu wenig, im Gegenteil, es war … Konnte es sein, dass man sich innerhalb einer Sekunde Hals über Kopf verliebte? Und dabei völlig vergaß, dass man in Kürze jede Braut auf Erden flachlegen könnte, weil man als Rockstar nicht mal mehr Anmachsprüche brauchen würde, um den Mädchen zu imponieren? Bastians Gefühle fuhren Hochschaubahn.

Da er keine unbeschadete Schulter mehr hatte, boxte ihm Georg freundschaftlich in den Bauch und meinte: »Na, da schaust du, ist das eine Überraschung?« Dann legte er seinen Arm um Susi, und im selben Augenblick verabschiedeten sich Bastians Träume ins Nirvana. Er musste in Zukunft wohl doch die »Variante Rockstar« wählen. Er wusste allerdings nicht, ob er das nach diesem Moment noch wollte.

»Susi, wie schaust du denn aus?« Bastian war immer noch nicht ganz zurechnungsfähig, aber bevor er noch weiterstammeln konnte, drückte ihm dieser Engel einen Kuss links und rechts auf die Wangen, dass er rot anlief wie ein pubertierender Schüler, der beim Pornoheftgucken erwischt wurde.

»Happy Börthday, Bastian! Danke, dass du mich eingeladen hast!« Und schon zog Georg sie weg, weil er Susi jetzt auch den anderen vorstellen wollte.

»Wir sehen uns noch, Basti.« Und fort war sie.

»Bastian, wie groß du geworden bist!« Tante Finni war jetzt kein wirklich aufmunterndes Kontrastprogramm, aber was soll's. Jedes Mal dasselbe, Bastian müsste längst fünfeinhalb Meter groß sein, so oft wie er diesen Spruch von ihr gehört hatte. Dabei hatten sie sich erst vor drei Wochen gesehen, aber das hatte Tante Finni längst vergessen. Und außerdem gehörte es einfach dazu. Wie das Singen von – stopp, daran wollte Bastian nicht mal denken, er wollte den Teufel nicht an die Wand malen. Vielleicht konnte er sich das heute sparen, wenn Lisa doch länger in ihrem Nuttenfummel die Plattenproduzenten bezirzen musste.

Mittlerweile waren alle Freunde Bastians da, auch seine Eltern hatten die zweihundert Meter von zu Hause geschafft. »Na, Rockstar, wie fühlst du dich? Gut schaust du aus!«

Endlich, auf Papa war halt Verlass. Mama drückte ihm einen Schmatz auf die Wange und meinte nur: »Alles Gute, mein Kleiner! Und trink nicht zu viel heute!« Obwohl er das nicht wirklich versprechen konnte, nickte er nur kurz und schaute schnell mal, was sich bei der halben Susi von früher so tat. Wie hatte sie das bloß gemacht? Bastian hatte immer noch seine Mops-Figur, aber Susi war kaum wiederzuerkennen. Und leider, das musste Bastian zugeben, passte sie perfekt zu Georg. Er war einer von diesen dürren Möchtegernextremsportlern, und Bastian hätte sich nicht gewundert, wenn die beiden gemeinsam joggten und vielleicht sogar ins Fitnesscenter gingen. So etwas wäre Bastian nie in den Sinn gekommen, er hatte ja andere Prioritäten. Oder eigentlich nur eine. Seine Musik. Für Sport blieb da keine Zeit.

Bisher hatte sich Bastian auch keine großen Gedanken über seine Figur gemacht, aber jetzt ging er mal im Geiste die Heroes der Rockmusik durch. Bis auf Meat Loaf fiel ihm kein fetter Bühnengott ein, es sei denn, man würde Elvis mitzählen, aber der war schon ewig Geschichte und hatte ein Korsett getragen. Sollte ihm das zu denken geben? Die meisten Rocker waren gut gebaut und schlank. Zumindest schlanker als Bastian, was eigentlich nicht so schwer war. Wahrscheinlich hatten die alle gar keine Zeit zum Essen, weil sie sich permanent die härtesten Drogen reinzogen und sich nach jedem Auftritt die Birne volllaufen ließen. Im nächsten Moment waren diese Gedanken wieder völlig vergessen, weil Susi vor ihm stand und ihn anlachte. Ihre blauen Augen strahlten, dass man glauben konnte, die Sterne am Himmel zu sehen, und ... aber das hatten wir schon. Bastian war ein Rockstar, und der hatte cool zu sein.

»Hi Susi, was geht ab?«

Ha? So etwas hatte er sein ganzes Leben noch zu niemandem gesagt, aber Susi brachte ihn völlig durcheinander. Sein cooles Lächeln wurde zu einem sabbernden Zähnefletschen, und seine Knie fühlten sich an wie der Schokopudding im Aquarium – inklusive den im ganzen Körper kribbelnden Fliegen und Spinnen, die offenbar von den Toten auferstanden waren. Cool war anders.

»Ich hab gehört, dass du mit Lisa an neuen Songs gearbeitet hast? Gibt's eine Chance, die mal zu hören?«

Ja sofort, bitte komm mit mir ins Studio, dachte Bastian. Papa hatte anscheinend geplaudert.

»Nein, sei mir nicht böse, bevor wir da kein Okay vom Plattenlabel haben, darf ich die niemandem vorspielen.«

Verfluchte Scheiße, dachte Bastian, wie blöd kann man eigentlich sein, warum sag ich denn das?

»Schade, ich wünsche euch von ganzem Herzen, dass dieser Traum in Erfüllung geht!«

Er auch! Welcher Traum? Ach so, der von der Musik. Dieses eine Mal hatte er an einen anderen, an seinen neuen Traum gedacht.

»Möchtest du Schokolade? Wie früher?« Ihre Augen strahlten … Okay, wir wiederholen uns, aber es war so.

Langsam lösten sich einige Knoten in Bastians Sprachzentrum und in der nächsten halben Stunde quatschten die beiden von alten Zeiten und vergaßen völlig, dass um sie herum zufällig eine Geburtstagsparty lief. Und so nebenbei verputzten sie dabei zweihundert Gramm »Nuss-Nougat«.

»Happy Börthday to you!«

Was sollte jetzt diese Störung? Bastian bekam zuerst gar nicht mit, dass die gesamte Meute ein Geburtstagsständchen für ihn sang. Mittendrin stand Tante Finni mit einer selbstverbrochenen Torte, auf der zwanzig Kerzen darauf warteten, von ihm ausgeblasen zu werden.

Musste das sein? Er war doch so schön am Quatschen mit Susi. Sie lachte ihn an, sprang auf und stellte sich zu seinen, teilweise schon unverkennbar betrunkenen, Freunden. Und dann schrie die Menge »Ausblasen! Ausblasen! Ausblasen!«

Weil Bastian so in Stimmung war und er sich durch die Nähe von Susi plötzlich so richtig stark fühlte, blies er vielleicht ein bisschen zu kräftig in die Flammen. Tante Finni hatte wohl etwas gespart beim Verzieren des Tortendesasters, denn mit der Schokoglasur verabschiedeten sich auch einige Kerzen und flogen lustig durch die Gegend. Ein paar davon konnte die verdutzt dreinschauende Tante gerade noch abwehren, aber dass hinter ihr zufällig ein leicht entzündbarer Fenstervorhang auf seinen großen Auftritt wartete, war so nicht geplant.

Es sah enorm feierlich aus, als der Stoff explosionsartig zu brennen begann. Normalerweise wäre jetzt Panik ausgebrochen, aber bei der Ansammlung von Wahnsinnigen wurde als erstes begeistert applaudiert und auf die tolle Einlage angestoßen. Bis kreidebleich der Wirt die Bühne betrat, lauthals schrie: »Seid ihr komplett irre?« und mit seinem Handfeuerlöscher auf den Vorhang spritzte.

Zum Glück entpuppte sich alles als halb so schlimm, der Brand war bald unter Kontrolle, nur den Stoff konnte man eher nicht mehr benutzen. Papa stellte sich völlig selbstlos zur Verfügung und startete eine Friedensmission mit dem Wirt. Weil die beiden am Tresen so viel zu bereden hatten, kam er erst eine halbe Stunde später wieder in den Saal, leicht wankend und seiner Stimme beraubt. Er lallte etwas von »schweren Verhandlungen« und zog sich für eine längere Nachdenkpause auf die harte Bank beim Kachelofen zurück.

Rata tara, ratatatata

Das Buffet, das ein leicht wankender, dafür umso lustiger Wirt gemeinsam mit seiner etwas giftig dreinschauenden Frau aufbaute, ließ keine Wünsche offen. Da war alles dabei, was man in einem Dorf wie Singing zu den Grundnahrungsmitteln zählte. Vor allem Fleisch! In allen Ausführungen! Papa hätte sich jetzt bestimmt sofort auf den Schweinsbraten gestürzt, man ließ ihn jedoch ausnahmsweise schlafen. Das hatte er sich verdient durch seinen selbstlosen Einsatz bei den Verhandlungen in Sachen Fenstervorhang.

Immer wieder sah Bastian kurz mal rüber zu Susi und bemerkte, dass auch ihre blauen Augen, die im Sonnenlicht so strahlten, wie ... des Öfteren zu ihm herblickten. Er vergaß völlig, dass Lisa eigentlich schon lange zurück sein sollte. Doch so wichtig ihm ihr Besuch bei dem Plattenlabel heute Morgen noch war, kam er ihm jetzt nicht einmal dunkel in den Sinn. Dass sie beide als Rockstars die Welt erobern würden, war sowieso klar. Viel interessanter war aber im Augenblick Susi. Blöd nur, dass Georg nicht nur im Fleisch auf seinem Teller rumstocherte, sondern auch immer wieder versuchte, an diesem wunderschönen Engel rumzufummeln. Susi schien das etwas peinlich zu sein. Irgendwann stand sie einfach auf und setzte sich zu Bastian.

Jetzt war sein Sprachzentrum wieder auf Null-Stellung. Ihm fiel absolut nichts Passendes ein, in seiner Großhirnrinde läuteten tausend Kirchenglocken und Susi sah ihn erwartungsvoll an. Ein Lied! Ja, vielleicht half ein Lied! Wenn nichts mehr geht, gibt es immer noch die Musik. Aber welches Lied? Da fiel Bastian *Im Wagen vor mir* von den Toten Hosen ein, eine punkige Coverversion eines Uraltschlagers. Yes, das würde genau passen. Er schaute Susi tief in die Augen und fing an zu singen. Die Worte fielen ihm so einfach in den Mund:

> Was will der blöde Kerl denn von dir nur?
> Er ist jetzt schon seit Stunden völlig dicht!
> Der trinkt doch jetzt schon mindestens
> die sechste Flasche Bier
> und hat längst rote Flecken im Gesicht.

Nach einer anfänglichen Schockstarre sang jetzt plötzlich die gesamte Börthday-Mannschaft begeistert »Rata Tara, Ratatatata«, und es war so richtig was los, im biederen Ballsaal vom Kirchenwirten.

Auch Susi war mittendrin im Kirchenwirten-Börthday-Chor, nur Georg war etwas verschnupft. Das »blöde Kerl« nahm er persönlich. Komisch, in seinem Zustand hätte keiner mehr gedacht, dass er überhaupt noch etwas mitbekam. Aus seinen Augen quoll schon mehr als nur ein kleiner Schwips. Mühsam quälte er sich aus seinem Sessel und versuchte, zu Bastian rüber zu wanken. Auf halber Strecke setzte die Schwerkraft alles daran, ihn auf den harten Wirtshausboden zu schleudern, Georg aber ließ sich das von der Schwerkraft nicht bieten und suchte Halt an den Fenstervorhängen. Er erwischte dabei genau den, der das Feuerattentat unbeschadet überstanden hatte. Da Georg zwar sportlich, aber nicht federleicht war, riss der Stoff mit einem lauten Ratsch in der Mitte entzwei und Bastians zukünftiger Ex-Freund landete doch noch mit voller Wucht auf dem Boden.

Schwerkraft gegen Georg – 1:0. Und weil laut Murphy alles zusammenkommt, wenn es gerade nicht passt, löste sich auch noch die gusseiserne Vorhangstange aus ihrer verrosteten Verankerung und krachte Georg auf den Kopf. Schluss – aus – finster! Er musste Bastians Geburtstagsparty im weißen Ambulanzwagen verlassen, leider fuhr Susi mit ihm. Zuvor aber sagte sie noch lachend zu Bastian:

»Ich werde jetzt mal Georg ins Bett bringen!«

»Der wird schon wieder! Er ist ein harter Knochen!«

Susi umarmte Bastian, drückte ihm links und rechts einen Kuss auf die Wangen, und sagte: »Vielen Dank für den tollen Tag! Und für das Lied, das du für mich gesungen hast.«

»Ja, ich weiß auch nicht, was da mit mir los war. Wenn du mal Zeit hast, könnte ich dir einige Songs im Studio vorspielen. Natürlich nur, wenn du magst.«

»Gerne, ich melde mich. Okay?«

»Ja, mach das!« Innerlich jubilierte Bastian, und wieder hörte er die Kirchenglocken läuten, diesmal doppelt so laut wie zuvor.

Susi marschierte zum Krankenwagen, drehte sich aber noch einmal um und rief Bastian zu: »Es war einfach ein Hammer heute. Danke! Und nochmals alles Gute!«

»Bis bald! Und vielen Dank für die Schokolade.«

Papa döste noch immer. Kurz hatte man daran gedacht, auch ihn in den Ambulanzwagen zu stecken. Einige Schnaufer später kam die gesamte Gästeschar zur Ansicht, dass für sein Leben keine Gefahr bestand. Eher für seine Leber.

Lisa war immer noch nicht da. Tante Finni wurde müde. Obwohl Bastian jetzt doch endlich mal wissen wollte, wie die Besprechung ausgegangen war, freute er sich, dass heute die beschissenen *Weißen Rosen* ausfallen würden. Denn lange würde es Tante Finni bestimmt nicht mehr machen.

Abtanzen, Ausziehn, Luftgitarre!

Die Party war wieder voll im Gang. Die Bergers ließen sich doch nicht von Kleinigkeiten wie leicht entzündbaren Vorhängen oder Ausfällen in Form von Gehirnerschütterungen und Alkoholvergiftungen die Lust am Feiern nehmen. Wer das glaubte, kannte sie schlecht. Business as usual – jetzt wurde so richtig abgetanzt, bis der Verputz von den Wänden bröckelte.

Okay, der bröckelte nicht erst seit heute, der Saal war doch eher prähistorisch und der leichte Brandgeruch hob den Level des Raumes auch nicht wirklich. Dafür war die Musik umso cooler, das machte alles wieder wett. Bastian hatte einige Boxen aus seinem Studio aufgebaut, daraus hämmerten abwechselnd Songs aus den Charts und uralte Rocknummern, zu denen es sich fabelhaft headbangen ließ. Langsam gab es auch von Papa wieder erste Lebenszeichen, Mama war mit Tante Finni in den Gastraum geflüchtet, wo sie bei Kaffee und Kuchen über den Sittenverfall der heutigen Jugend diskutierten.

Erst die Karaoke-Anlage vom Hosenscheißer trieb die ältere Generation wieder in den Party-Saal. Jeder kam mal dran, nur Tante Finni weigerte sich. Langsam wurde sie ungeduldig und wollte, dass Bastian mit dem Hosenscheißer »*Weiße Rosen aus Athen*« sang. Dessen Stimme klang gar nicht mal so schlecht, *Country Roads* war erste Sahne. Bastian suchte verzweifelt nach einer Vorhangstange, die sich lösen könnte, aber wenn man sie mal brauchte, war keine da. Einmal noch konnte er Tante Finni vertrösten, aber beim nächsten Mal ginge das bestimmt nicht mehr. Bastian wollte unter keinen Umständen mit dem Hosenscheißer *Weiße Rosen* singen, das wäre ja noch peinlicher, als es die ganze Katastrophe ohnehin schon war.

Um Tante Finni wieder auf andere Gedanken zu bringen, wurde der Karaoke-Anlage der Saft abgedreht. Den brauchten jetzt wieder voll und ganz die Studioboxen. Papa Berger weilte wieder unter den Lebenden und wusste, was er der versammelten Meute schuldig war. Gerade, als er mit seiner legendären Luftgitarrenshow starten wollte und sich die besoffene Bande um ihn herum versammelte, kam Lisa im Nuttenfummel in den Saal. Sie strahlte über das ganze Gesicht, zeigte Bastian ihren nach oben gestreckten Daumen, und für ihn war alles geritzt – die Berger-Kids werden Rockstars – yes!

Papa wollte sich gerade die Kleider vom Leib reißen, aber Mama hatte etwas dagegen. Das Hemd fehlte schon, aber sie konnte ihn daran hindern, auch noch die Hose auszuziehen. Dass er es in seinem Zustand kaum schaffte, den Gürtel zu lockern, half ihr etwas dabei. Alle schrien »Ausziehn! Ausziehn!«, doch Mama blieb hart! Aber auch alleine mit nacktem Oberkörper wurde die Show zur absoluten Sensation, und die Menge tobte. Bastian aber konnte es kaum mehr erwarten, mit Lisa zu reden.

Sie stand mittlerweile neben ihm, doch im Lärm der ekstatischen »Ausziehn!«-Rufe konnte er sie nicht richtig verstehen. Irgendetwas von »Vorvertrag« und »erster Produktion« drang dann doch an sein Ohr, und sein Grinsen wurde immer breiter. Hatte es das kleine Biest doch tatsächlich geschafft! Er liebte seine Schwester.

Papas Show war zu Ende. Tante Finni stand seit dem Beginn der Vorführung wie versteinert in einer Ecke. Es war für sie absolut unverständlich, dass sich ein alter Mann so zum Narren machen konnte. Überraschenderweise erholte sie sich schnell wieder von ihrem Schock und sah erwartungsvoll zu Lisa und Bastian. Und die beiden wussten, was das bedeutete. Nach dem, was heute passiert war und was dank Lisa noch alles passieren würde, ergaben sie sich dem Schicksal und sangen dieses Scheißlied.

Lisa gab Vollgas, völlig enthemmt schmetterte sie »Scheiß auf Rosen aus Athen!« in den Saal und die

Börthday-Gäste, die gerade noch teils mitleidsvoll, teils hämisch, gegrinst hatten, jaulten begeistert mit. Tante Finni bekam wieder mal nichts mit und freute sich, dass *ihr* Lied so gut ankam. Doch auch wenn sie Tränen in den Augen hatte, vor Rührung, es war das absolut letzte Mal, dass sich ihre »Kleinen« so zum Affen machen würden. Als zukünftige Rockstars hatten sie das nicht mehr notwendig. Die zehn Mark von Tante Finni waren lächerlich im Vergleich zu dem, was sie in den nächsten Jahren erwarten würde. Dachten sie.

Geiles Leben

Irgendwann muss jeder Tag zu Ende gehen, selbst ein so denkwürdiger wie dieser. Tante Finni war schon vor Stunden selig lächelnd mit dem Taxi heimgefahren. Mama hatte sich kurzerhand bei Papa, der partout noch nicht gehen wollte, eingehängt und die beiden wackelten zu Fuß nach Hause. Der Rest der Horde verließ laut singend das Wirtshaus, und der Besitzer betete drei Vaterunser, weil er diese Wahnsinnigen los war. Endlich war Bastian mit Lisa allein. Es sprudelte nur so aus ihr raus. Sie erzählte ihm mit roten Wangen, wie spannend es war, als sie hineingeführt wurde in den Besprechungsraum von Star Records.

»Das war eigentlich kein Besprechungsraum, sondern die Sky-Lounge im vierzehnten Stock«, berichtete sie ihm mit leuchtenden Augen. »Stell dir vor, Bastian, da war eine riesengroße Bar, edles Holz, Marmor und was so dazugehört. Die Typen hinter der Bar sahen richtig heiß aus. Ich glaube, da muss ich öfters hin.« Lisa zwinkerte Bastian zu, der wollte gar nicht daran denken, was ihr jetzt alles so durch den Kopf ging.

»Wir tranken Cocktails, und die schnuckeligen Kellner servierten kleine Häppchen. »Finger-Food« nennt man das.«

Ja, schon gut, dachte Bastian, ich bin ja nicht von gestern. Das interessierte ihn aber nicht die Bohne, er wollte jetzt endlich erfahren, wie die Songs angekommen waren.

Aber Lisa schwärmte weiter: »Und überall goldene Schallplatten und Fotos von Joe und Madonna. Der ist eine ganz große Nummer, mein Joe.«

»Gratuliere! Was hat diese große Nummer zu unseren Songs gesagt?« Langsam wurde Bastian die Schwärmerei zu viel.

»Er war begeistert! So eine große Nummer ist er aber auch wieder nicht, dass das wirklich zählt.«

Was jetzt?

»Dann kam der Big Boss rein, Mr. T. Ich glaube, keiner weiß, wie der wirklich heißt. Egal, er hat mich begrüßt, als wäre ich seine Tochter. So mit Umarmung und Kuss links, Kuss rechts und so. Ich glaube, der mag mich wirklich!«

Wahrscheinlich wollte er auch nur mit dir vögeln. Das dachte sich Bastian nur. Er wollte Lisa jetzt nicht in ihrem Begeisterungsdelirium stören.

»Und als er die Songs gehört hat, wurde gleich eine Flasche Champagner aufgemacht.«

Yes, Bastian hatte es gewusst!

»So etwas gibt's nur alle zehn Jahre, hat er gesagt.«

»Lisa, das ist ja der Hammer! Wir haben es geschafft. Du bist unglaublich. Schade, dass ich nicht dabei sein konnte.« Jetzt war Bastian im Begeisterungsdelirium. »Wann sind wir im Studio und nehmen die Songs auf?« Er konnte es kaum glauben, dass es endlich soweit war. Ihre erste gemeinsame Produktion! Wahnsinn!

»Oh, habe ich dir das noch nicht gesagt?«

Was kam jetzt? Was hatte sie ihm noch nicht gesagt? Wollte er das überhaupt wissen?

Und dann erzählte ihm sein liebes Schwesterherz, dass sie alles Menschenmögliche versucht habe, aber die Plattenfirma einfach nicht davon überzeugen habe können, sie beide als »Rock-Duo« unter Vertrag zu nehmen.

»So etwas funktioniert heute nicht mehr, haben die gesagt. Basti, sei mir nicht böse, aber ich muss das jetzt erst mal alleine durchziehen, sonst hätten sie mir keinen Vertrag gegeben!«

Bastian hatte das Gefühl, als ob ihm seine Gesichtszüge entgleisen würden.

»Lisa, das kann nicht dein Ernst sein? Wir wollten das doch nur gemeinsam machen. Entweder beide oder keiner. So geht das nicht!«

»Die haben mir keine andere Wahl gelassen, Basti. Ich hab's wirklich probiert.«

Er glaubte ihr kein Wort! Und weil ihn da gerade so ein blöder Ficus benjamina aus einem noch blöderen Blumentopf so richtig ultrablöd anschaute, trat er aus purer Verzweiflung gegen die rote Tonschüssel. Der Ficus benjamina verzog keine Miene, Bastian dafür umso mehr, und es war durchaus möglich, dass er sich zwei bis drei Zehen gebrochen hatte.

Erschrocken rief Lisa: »Bastian, was machst du da? Der Blumenstock kann doch nichts dafür.«

Nein, der konnte nichts dafür, das wusste er. Aber über ihm stürzte gerade eine kurz zuvor noch in allen möglichen Rosatönen schimmernde Welt zusammen, da konnte er keine Rücksicht auf blöd herumstehende Blumenstöcke nehmen.

»Basti, das wird schon wieder. Freust du dich denn gar nicht für mich? Du wirst dabei ja auch nicht leer ausgehen, da mach dir mal keine Sorgen. Übrigens, ich habe sogar schon einen Namen vorgeschlagen, was hältst du von Lucy Hill? Die waren total begeistert!«

Großartig, seine Schwester würde als Lucy Hill Karriere machen, und er durfte als Bastian Berger weiter Möbel tischlern – gut gemacht, Lisa. Selbst ihr neuer Künstlername war von ihm geklaut, zumindest teilweise. Super gelaufen! Danke!

Bastian brauchte einige Zeit, bis er wieder etwas klarer denken konnte. Vor ein paar Minuten hatte er eine mehr als rosige Zukunft vor sich, er sah sich im grellen Scheinwerferlicht gemeinsam mit Lisa in den größten Stadien dieses Planeten vor tausenden entfesselten Zuschauern. Und jetzt, innerhalb von fünf Sekunden, war plötzlich alles ganz anders. Für ihn! Für Lisa nicht, denn sie hatte einen Produktionsvertrag, der ihr alle Türen ins Musik-Biz öffnen würde. Während er vielleicht irgendwann mal vor zwanzig besoffenen Gummistiefelträgern im hintersten Hinterhammelstetten *Weiße Rosen aus Athen* trällern und auf einen ordentlichen Hurrikan hoffen konnte, der ihm all seinen Frust aus den Adern blies, hatte Lisa das große Los gezogen. Mit seinen Songs. Okay, das war wenigstens ein kleines Trostpflaster. Sein Name würde zumindest als Komponist auf den CD-Covers aufscheinen, wenn auch in der kleinsten möglichen Schriftart, nur sichtbar für Briefmarkensammler mit extrastarken Leselupen, aber immerhin. Wenn Lisa die Songs zu Hits machen würde, hätte er ja auch was davon. Und außerdem, wer weiß, vielleicht konnte Lisa ja wirklich nichts dafür. Man weiß ja, wie hart dieses Musikbusiness ist.

»Lisa, tut mir leid, dass ich so reagiert habe. Natürlich freue ich mich für dich. Nur, ich habe mir das ganz anders vorgestellt.«

»Ich versteh dich ja. Wenn ich erst mal im Business bin, dann ist es bestimmt keine große Sache mehr, dich da auch reinzubringen.«

Jetzt war der Augenblick gekommen, seine Schwester in den Arm zu nehmen. »Lisa, du wirst ein Superstar, da bin ich mir ganz sicher. Ich freu mich so für dich.«

Sie schaute ihn liebevoll an und in ihren Augen glänzten ein paar Tränen. »Bastian, du bist der Beste, ich werde dir das nie vergessen, was du alles für mich getan hast.«

»Ich werde noch viel mehr für dich tun. Ich schreibe dir die tollsten Songs, genauso, dass sie hundertprozentig zu dir passen. Authentischer könntest du sie selbst nicht schreiben. Ich kenne dich in- und auswendig, da kann gar nichts schiefgehen. Ich lass dich bestimmt nicht allein.«

»Ah ja, wegen der Songs, da muss ich dir noch etwas sagen. Star Records meint, der Markt wäre zurzeit geradezu ideal für Interpreten, die man als Singer-Songwriter verkaufen könne. Und die schreiben sich ihre Songs alle selbst. Die Leute lieben das. Ich musste denen einfach sagen, dass die Songs von mir sind. Das ist doch bestimmt kein Problem für dich, nicht wahr, Basti?«

2010: 30 JAHRE »STERNDERLSCHAUN« DE LUXE

Georg und der Apachenhäuptling

Genauso muss der Himmel sein, dachte Bastian. Zum Jubilieren schön, fast schon kitschig. Sie lagen Hand in Hand im samtig weichen Gras und schauten in den Nachthimmel – »Sternderlschaun de luxe«. Gerade in diesem Augenblick machte sich eine Sternschnuppe selbstständig und zog eine strahlend helle Spur über ihnen. So als wollte sie sagen, es wird alles gut mit euch zwei. Obwohl ganz schön was los gewesen war in den letzten zehn Jahren.

Nachdem Georg damals bei Bastians Geburtstagsfeier von der gusseisernen Vorhangstange ausgeknockt worden war, hatte Bastian ihn gleich am nächsten Tag im Spital besucht. Von der schweren Gehirnerschütterung war nicht viel zu merken, denn einen Dachschaden hatte er ja vorher schon gehabt. Georg sah aus, als wäre er von einem Apachenhäuptling skalpiert worden, allerdings nur bis zur Hälfte. Am rechten Teil seiner Schädeldecke prangte statt lockigem Haar nur mehr eine riesige, blutverkrustete Wunde. Er erinnerte etwas an Bruce Willis, der gerade mit dem Kopf in einem laufenden Mähdrescher zwei Atombomben entschärft hatte.
    Leider war Susi nicht da.

»Wie geht's eigentlich Susi?«, ließ Bastian so beiläufig wie möglich fallen.

»Lass mich in Frieden mit der Schlampe!«

Was? Wieso das? Bevor Bastian noch etwas sagen konnte, schoss es aus Georg heraus, als säße er bei einem geldgierigen Sexualtherapeuten, der sich gegen Einwurf von großen Scheinen all seine Probleme anhören musste.

»Ich habe ihr zwei Wochen vor deiner Feier den letzten Parkplatz vor dem Einkaufszentrum weggeschnappt. Okay, sie war zuerst da, aber du weißt ja, wie langsam die Weiber sind. Die müssen erst ewig nachdenken, in den Spiegel schauen, sich schminken, und was weiß ich noch alles, bevor sie sich entscheiden, irgendwo reinzufahren. Bei uns geht so etwas ratzfatz, da gibt's nichts zu überlegen.«

Sein dreckiges Lachen zeigte, dass er bei »reinfahren« nicht nur an einen Parkplatz gedacht hatte.

»Auf jeden Fall hat sich die Süße etwas aufgeregt, aber zwei Reihen weiter hat sie dann doch einen freien Platz gefunden, und ich habe einfach gewartet, bis sie ausgestiegen ist. Erst habe ich sie gar nicht wiedererkannt, weil ich ihr einfach nicht ins Gesicht schauen konnte. Hast du schon jemals solche Titten gesehen? Und diesen leckeren Knackarsch?«

Dieses dämliche Gequatsche war typisch für Georg. Das hatte Susi nicht verdient, fand Bastian und überlegte kurz, ob er nicht vielleicht gleich mal den Apachenhäuptling suchen sollte, der Georg auch die zweite Hälfte seines Schädels ... egal! Obwohl, in der Sache hatte sein teilskalpierter Freund schon recht, die Figur von Susi war wirklich sensationell.

»Ja, und als ich dann bemerkt habe, dass das die fette Susi von früher war, sind wir gleich auf einen Kaffee gegangen. Leichte Beute, habe ich mir gedacht. Ehemalige Fette werden bestimmt bald wieder fett, die Zeit dazwischen nutze ich schnell mal, um sie so richtig durchzuvögeln. Du weißt ja, wie das ist.«

Nein, wusste Bastian eigentlich nicht. Und er wollte auch gar nicht wissen, was Georg sich in seinem kranken Hirn alles so zusammenreimte.

»Und, ist was gelaufen?«, fragte Bastian, und er hoffte, dabei so gelangweilt wie möglich dreinzuschauen. Aber in ihm sah es ganz anders aus ...

»Nein, nichts. Die zwei Wochen haben mich ein Vermögen gekostet! Wir waren im Theater. Ich – im Theater – stell dir das mal vor. Hat eine Stange Geld gekostet, dieses Scheiß-Theater. Ich kann dir nicht mehr sagen, was da gespielt wurde. Nach fünf Minuten bin ich eingeschlafen, und wenn mich Susi am Ende der Vorstellung nicht geweckt hätte, würde ich heute noch dort sitzen. Auch beim hirnverbrannten Italiener waren wir, beim Luigi, der nicht mal unfallfrei bis drei zählen kann, aber mit seinem Südländer-Charme glaubt, alle Weiber rumzukriegen. Bei Susi hatte der allerdings keine Chance.«

Du aber auch nicht, dachte sich Bastian.

»Nach dem Luigi waren wir dann im Kino. Susi meinte, ich soll einen Film aussuchen, von dem ich glaube, dass er ihr auch gefallen würde. Also habe ich *Eyes Wide Shut* gewählt. Du weißt, das ist der neue, in dem Tom Cruise die leckere Nicole Kidman vögelt.«

»Das passt ja wieder haargenau zu dir, Georg! Du lädst deine Flamme ins Kino ein und wählst einen Pornofilm aus! Gratuliere! Du weißt, was Frauen wünschen ...«

»Blödsinn, das ist doch kein Pornofilm. Da hast du fast nichts gesehen, da kenn ich viel bessere ...«, entgegnete Georg.

Das glaubte Bastian ihm sofort.

»Außerdem, in einem echten Pornofilm gibt es selten Szenen, wo man heulen muss. In dem schon! Und als Susi so richtig in ihr Taschentuch gerotzt hat, habe ich ihr kurz mal meinen Arm um die Schulter gelegt. Und weil die Finger jetzt schon ganz in der Nähe waren, hab ich halt probiert, wie sich diese bombenfesten Titten unterm Pullover anfühlen. Vorbei war's mit dem Schluchzen, die hat mir eine gescheuert, dass mir die Tränen gekommen sind. Gleich darauf hat sie mich angelacht und gefragt, ob ich denn meine Finger nicht im Griff hätte. Ich weiß nicht, ob du das schon gesehen hast, aber wenn sie lacht, strahlen ihre Augen ...«

»Ja, ja, ist schon gut!«

Georg, der glücklose Womanizer, war sichtlich in seinem Stolz verletzt, weil es ihm nicht gelungen war, Susi ins Bett zu kriegen. Bei Bastians Feier hatte er einen neuen Versuch starten wollen, bis ihm die Vorhangstange dazwischenkam. Es war aber für ihn völlig klar, dass Susi ihm in Kürze mit Haut und Haaren verfallen würde. Alles nur mehr eine Frage der Zeit, bis er ihr mal richtig zeigen würde, wo der Hammer hängt. Seiner nämlich!

»Ja, ja, Georg, so wird's sein!«, Bastian tätschelte ihm freundschaftlich über die noch behaarte Seite seines lädierten Schädels. Dass er dabei mehrmals doch die andere Hälfte mit der jetzt wieder leicht blutenden Wunde berührte, war kein echtes Versehen, sondern pure Absicht, weil man so nicht über eine Frau wie Susi sprechen durfte. Über *seine* zukünftige Frau!

Tatsächlich Liebe

Weil es in der Gärtnerei neben dem Spital so knapp vor Ladenschluss nur mehr einige sehr mickrige Blumensträuße gab, fuhr Bastian mit einem riesengroßen Ohrenkaktus zu Susi. Sie war etwas überrascht, als er mit dem stacheligen Ding vor ihrer Tür stand, aber anhand dieser Pflanze konnte er ihr immerhin erklären, wie Georg derzeit aussah. Bastian musste zwar die eine Hälfte der Stacheln mit Susis Gartenschere großräumig entfernen und die andere mit roter Tonerde aus dem mitgelieferten Topf bestreichen, aber alles in allem war es ihm doch gelungen, Georgs Zustand und Aussehen einigermaßen nachzubilden. Susi lachte Tränen, und bei der Gelegenheit stellte Bastian fest, dass ihre Augen, auch wenn sie feucht wurden, strahlten, dass man glaubte, die Sterne am Himmel zu sehen …

Sie war Krankenschwester auf der Kardiologie, und eigentlich hätte sie an diesem Tag Nachtdienst schieben müssen. Aber eine Kollegin wollte am Wochenende etwas mit ihrer Familie unternehmen und tauschte daher mit ihr. Dieser Kollegin würde Bastian ein Leben lang dankbar sein, dessen war er sich sicher. Wenn Susi voller Leidenschaft von ihrem Beruf erzählte, begannen ihre Lippen leicht zu vibrieren und die beiden Grübchen auf ihren Wangen sahen ganz besonders bezaubernd aus. Sie liebte ihre Arbeit auf der Herzstation, weil sie Menschen helfen konnte, die verzweifelt waren, unter großen Schmerzen litten oder sich einfach aufgegeben hatten. Es gab auch immer wieder *simple* Sachen, Herzrhythmusstörungen, die überwacht werden mussten, Blutdruckmessungen, Belastungs-EKGs und sonstige Untersuchungen. Aber Susi war es ein besonderes Anliegen, sich um die hoffnungslosen Fälle zu kümmern. Den Patienten beizustehen, wenn sie nach dem dritten Herzinfarkt verzweifelt versuchten, doch wieder ins Leben zurückzukehren. Und auch für die Angehörigen war sie da, wenn diese Rückkehr leider nicht mehr möglich war.

Bastian stellte sich damals die Frage, ob man sich eigentlich noch mehr verlieben konnte, obwohl man schon bis zum Anschlag verliebt war? Doppelt? Dreifach? Tausendfach? Er hoffte, sein Herz würde diese wilde Klopferei unbeschadet überstehen. Wenn nicht, dann wäre er zumindest in guten Händen.

Sie quatschten die halbe Nacht. In der anderen Hälfte gingen sie spazieren. Kurz zuvor hatte es geregnet, dann aber waren Millionen von Sternen am stockdunklen Himmel zu sehen. Es war eine dieser kitschigen

Sommernächte, die noch kitschiger werden, wenn man bis über beide Ohren verknallt ist. Susi wollte nur kurz raus, Luft schnappen, doch dann marschierten sie drei Stunden durch die immer noch feuchten Straßen, und das Wasser glänzte im sanften Licht der Laternen. Und genau unter einer dieser Laternen küssten sie sich zum ersten Mal. Spätestens zu diesem Zeitpunkt war Bastian klar, dass er sich in dieses dicke Mädchen von einst auch verliebt hätte, wenn es immer noch das dicke Mädchen gewesen wäre. Es hätte ihm überhaupt nichts ausgemacht, denn bei Susi passte einfach das Gesamtkonzept.

Georgs Chancen, bei Susi doch noch zu landen, waren seit diesem Abend auf unter null gesunken, und das nahm er Bastian doch irgendwie übel. Sogar als er wieder alle Haare am Kopf hatte, ließ er sich lange Zeit nicht mehr blicken. Dabei konnte Bastian gar nichts dafür, schuld war der Kaktus.

Die Zeit heilt alle Wunden. Selbst die wirklich tiefen, die vom verletzten Stolz in die Seele geschnitten werden, wenn man als staatlich anerkannter Frauenheld eine gehörige Abfuhr bekommt und sich die Verursacherin dieser Abfuhr noch dazu in den besten Freund verliebt.

Nach längerem Schmollen stand Georg plötzlich vor der Tür, und weil Susi auch gerade da war, holten sie einige von Papas besten Rotweinen aus seinem Kartoffelsackversteck und quatschten die ganze Nacht über Gott und die Welt. Es war so, als ob nie etwas zwischen ihnen gestanden hätte.

Seit dem denkwürdigen Kaktusabend waren Susi und Bastian also ein Paar. Mit ihr konnte er lachen, viel sogar. Wenn sie in seiner Nähe war, war ihm sowieso permanent nach Grinsen zumute. Sie fuhren jetzt auch öfter mal in die Stadt, Susi hatte dort viele Freunde. Mit einigen Kollegen vom Krankenhaus zogen sie ab und zu um die Häuser. In den Clubs ging es dann ganz schön zur Sache. Die Musik hämmerte über den Dancefloor, und egal ob Ärztin oder Krankenpfleger, beim Abtanzen waren sie alle gleich. Das war doch etwas anderes als die alte Dorfdisco in Großklugskirchen, wo sich die heimische Jugend jedes Wochenende die Birne volldröhnte.

Susi und Bastian konnten aber auch prima miteinander weinen. Wenn wieder einmal so ein Schmachtfetzen wie *Titanic* im Fernsehen lief, heulten sie, bis alle Taschentuchvorräte aufgebraucht waren. Und ein Weihnachten ohne *Tatsächlich ... Liebe* war undenkbar. Aber auch Musikfilme wie der Streifen über die Comedian Harmonists, der ein paar Wochen davor im Fernsehen gezeigt worden war, gehörten zu ihren Favoriten. Einer stand jedoch über allen anderen: *Dirty Dancing* war Susis absoluter Lieblingsfilm. Und Bastian mochte ihn auch, weil er Susi danach immer so schön trösten durfte.

Letzter Wunsch: Sing zum Abschied ...

Privat hatte Bastian sein Glück gefunden, musikalisch war ihm seine Schwester Lisa sternenweit voraus. Sie hatte das geschafft, wovon Bastian ein Leben lang geträumt hatte. Lisas erste Produktion war raketenhaft abgegangen. Über Nacht war ein neuer Superstar geboren. Die drei Songs von Bastian, die offiziell Lucy Hill selbst geschrieben hatte, wurden allesamt als Singles ausgekoppelt und landeten für einige Wochen gleichzeitig auf den ersten drei Plätzen der Airplay-Charts, was bisher noch niemandem gelungen war. Die Redakteure der größten Fernsehshows versuchten, Lucy Hill zu ködern, teils mit höchst unmoralischen Angeboten in exorbitanten Eurobeträgen. Und das in Zeiten, wo die Mehrheit der übrigen »Stars« freiwillig *Weiße Rosen aus Athen* gesungen und dazu noch nackt Sirtaki getanzt hätte, wenn sie dort ohne Gage auftreten hätten können. Die meisten hätten nicht einmal Anfahrtskosten verlangt, für Lucy Hill aber gab es große Scheine.

Apropos *Weiße Rosen*. Vor sieben Jahren hatte sich Tante Finni einigermaßen überraschend dazu entschieden, niemanden mehr zu nerven mit diesem Scheißlied. Herzinfarkt! Nicht nur einer, sondern gleich mehrere hintereinander. Den endgültig letzten hatte sie zwei Wochen nach dem ersten, immer noch im Krankenhaus. Sie kam da gar nicht mehr raus. Übrigens, das Schmerzensgeld für das *Weiße Rosen*-Singen hatte sich in ihrem letzten Jahr fast verdoppelt, denn trotz der Umstellung von Mark auf Euro drückte sie Bastian und Lisa aus purer Gewohnheit weiter einen Zehner in die Hand. Ihnen war's recht. Und Tante Finni war's egal, Zehner blieb Zehner!

Nach ihrem Tod war's vorbei mit *Weiße Rosen*. Dachten zumindest die Berger-Kids. Dann aber übernahm Mama plötzlich den Part von Tante Finni, sie wollte unbedingt, dass bei der Beerdigung noch einmal dieses Lied gesungen wurde. Und weil Mama mit allem drohte, was ihnen hoch und heilig war, unter anderem mit dem sofortigen Entzug von ihrem selbstgemachten und absolut unvergleichlichen Schweinsbraten mit Knödeln an Sonn- und Feiertagen, gaben Lisa und Bastian ihr Okay zu den endgültig letzten *Weißen Rosen* am offenen Grab von Tante Finni.

Die Beerdigung wurde zu einem riesengroßen Spektakel. Nicht wegen Tante Finni, sondern weil die Presse Wind davon bekommen hatte, dass Lucy Hill, der derzeit angesagteste Star im Rock- und Pop-Business, auf dem Friedhof von Singing ihrer Tante die letzte Ehre erweisen würde. Die Kirche platzte aus allen Nähten, aber es war nichts gegen das, was sich dann auf dem Friedhof abspielte. Fünfundzwanzig Trauergästen standen Hunderte von Lucy-Hill-Fans gegenüber. Die engen Wege zwischen den Gräbern waren vollgestopft mit Groupies, denen man die kurzzeitig aufgesetzte Betroffenheit wegen Tante Finnis Abgang nicht abnahm. Auf den Bäumen der Umgebung saßen Presseleute mit Kameras und großen Teleobjektiven und warteten darauf, ein Foto von Lucy Hill am Grab ihrer Tante zu schießen, am besten tränenüberströmt und knapp vor dem eigenen Selbstmord stehend.

Diese Bilder bringen in Hochglanzmagazinen tausende von Euro, dafür ist den Fotoreportern jedes Mittel recht.

Als Bastian das alles sah, war ihm noch viel weniger danach zumute, vor dieser gaffenden Meute auch noch zu singen. Lisa war plötzlich nicht mehr zu bremsen und beharrte aufgeregt darauf, dieses Scheißlied noch ein letztes Mal anzustimmen, sie seien es Tante Finni schuldig.

»Bastian, stell dich nicht so an, vor so vielen Leuten wirst du bestimmt nie mehr auftreten!«, schnauzte sie ihn an. »Die Leute wollen Lucy Hill hören, also, lass uns das jetzt durchziehen!«

Aha, jetzt war Bastian klar, woher der Wind wehte, sie tat das nicht für Tante Finni, sondern nur für ihre eigene Scheiß-Publicity.

Was war bloß aus Lisa geworden? Nachdem Bastian eine weiße Rose in das offene Grab hatte segeln lassen, wollte er nur mehr nach Hause. Aber Mama Berger schob ihn mit sanftem Druck zu seiner aufmerksamkeitsgeilen Schwester und sprach in feierlichem Ton: »Es war Tante Finnis letzter Wunsch, dass Lisa und Bastian noch einmal *Weiße Rosen aus Athen* singen. Sie hat dieses Lied geliebt, und heute soll es sie auf ihrem letzten Weg begleiten!«

Respekt, Mama! Das hatte Bastian ihr nicht zugetraut! Nicht nur, dass sie geflunkert hatte, denn es war niemals Tante Finnis letzter Wille, dieses Scheißlied zu hören, weil sie gar nicht mehr dazugekommen war, jemandem ihren letzten Willen mitzuteilen. Abgesehen davon, war Mama ihr ganzes Leben lang ein stilles Mäuschen gewesen. Das Reden überließ sie meistens Papa, zumindest außerhalb ihres Hoheitsgebiets, das am grünen Gartentor endete. Im eigenen Reich, also innerhalb der bergerischen

Landesgrenzen, da war das etwas anderes. Da holte sie alles nach, und wenn Papa ab und zu mal Ruhe brauchte vor Mamas Verbalattacken, flüchtete er unter dem faden-scheinigen Vorwand in die Garage, dass er dort unbedingt checken musste, warum der Motor der Bergerkutsche vorhin so gestottert hatte.

Meist erklärte er dann seiner lieben Frau, dass wahr-scheinlich der ausgehungerte Haus- und Hof-Marder wieder mal ein paar Kabel angebissen hatte, die er, der Mann des Hauses, schleunigst auswechseln musste. Zum Glück wusste Mama erstens nichts davon, dass dieser Marder schon vor Jahren das Zeitliche gesegnet hatte, und zweitens aber schon gar nichts von den Rotweinflaschen, die gut verstaut in kratzenden Kartoffelsäcken auf Papa warteten. Anstatt der Motorhaube des japanischen Fami-lien-SUVs wurde dann ein französischer Merlot Cuvée geöffnet, und Mama wunderte sich eine Stunde später, warum ihr lieber Ehemann wieder mal so gut gelaunt vom Autoreparieren zurückkam.

Dass sie sich jedoch hier, vor all den geifernden Paparazzi zu einer Rede aufschwang, verblüffte Bastian. Doch so sehr er sie dafür bewunderte, dem plötzlichen Anfall von Selbstbewusstsein hatte er es zu verdanken, dass er wohl oder übel mit Lisa singen musste. Und so schwebte *Weiße Rosen aus Athen* als letzter Abschiedsgruß an Tante Finni über dem Friedhof von Singing.

Bastian hatte geglaubt, die Peinlichkeit ließe sich nicht mehr steigern, aber da hatte er sich getäuscht. Plötzlich applaudierte die Menge wie bei einem Lucy-Hill-Konzert und vereinzelt hörte man sogar Zugabe-Rufe. Kurz, die Beerdigung von Tante Finni wurde zum »Mega-Event«. Bastian hoffte, dass sie auf ihrer Wolke sieben trotzdem etwas schmunzeln konnte. Seit er zu denken fähig war, hatte ihn Tante Finni begleitet, und mit ihr auch dieses Lied. Und seit er denken konnte, hatte er es gehasst. Tante Finni aber mochte er trotz allem ganz gerne, auch wenn ihm das erst auf dem Friedhof so richtig klar wurde. Seit ihrem Abgang damals vor sieben Jahren dachte er bei jeder Familienfeier an sie und irgendwie fehlte sie ihm jedes Jahr ein bisschen mehr.

Lucy Hill

Die Beerdigung von Tante Finni – oder besser Lisas Auftritt vor dem offenen Grab – wurde gnadenlos ausgeschlachtet. In jedem Schmierblatt waren die Fotos auf Seite eins abgebildet, dazu die dramatischen Schlagzeilen, wie tragisch der Tod ihrer geliebten Tante für Lucy Hill gewesen sei. Lisa hatte es mit Bastians Songs geschafft, zwei Jahre lang fast durchgehend Topplatzierungen in den Charts einzunehmen. Ihre Konzerte waren alle ausverkauft, der Lucy-Hill-Hype nahm beängstigende Ausmaße an. Sie konnte schon vor Tante Finnis Abgang nirgendwo mehr hingehen, ohne dass sie permanent von pickeligen Vierzehnjährigen, adrett frisierten Krawattenträgern oder rotgesichtigen Mitfünfzigern belagert wurde. Das ganze Land war im Lucy-Hill-Fieber und die ursprüngliche Überlegung der Plattenfirma, eine neue Singer-Songwriter-Lady aufzubauen, die hammermäßig aussah und noch dazu alle ihre Songs selbst schrieb, war voll aufgegangen.

Glück für Lisa, Pech für ihren Bruder! Lisa hatte ihm zwar großzügig die Hälfte der Tantiemen zugesichert, gesehen hatte er von dem Geld allerdings nichts. Um das Geld ging es ihm auch gar nicht. Eigentlich wollten die beiden zusammen durchstarten, und jetzt ging Lisas Karriere durch die Decke in Richtung immer neuer Sterne. Bastians Rakete war dagegen am Boden explodiert und rührte sich seit zehn Jahren nicht von der Stelle.

Da er mit der Musik nichts verdiente und trotzdem von etwas leben musste, hatte er vor acht Jahren notgedrungen eine kleine Tischlerei eröffnet und war seither sein eigener Chef. Papa Berger hatte in der Molkerei einen Zahnarzt kennengelernt, der beim dritten Milchshake davon erzählte, dass er sein Wohnzimmer neu einrichten möchte. Das war Bastians erster Auftrag gewesen, und weil er seine Sache anscheinend nicht schlecht gemacht hatte, empfahl der Gebissdoktor ihn weiter. Der Arzt und seine Freunde spielten finanziell in einer Liga, die Bastian bis dahin völlig unbekannt gewesen war. Da gab es kein Feilschen um ein paar Euro. Wenn die abgelieferte Arbeit in Ordnung war, konnte man auch ganz schön was verlangen.

Er freute sich, wenn die Auftraggeber am Ende zufrieden waren mit seiner Arbeit, und mittlerweile verdiente er auch gutes Geld damit. Aber wenn er sich zum Planen und Zeichnen eines neuen Wohnzimmerschranks in sein Büro setzen musste, wäre er eigentlich viel lieber in sein Studio abgehauen, um neue Songs zu produzieren. Während er in der Werkstatt an den Möbeln bastelte, schwirrten permanent neue Melodien durch seine Hirnzellen. Und wenn er das Endergebnis dann ausgeliefert hatte, konnte er es gar nicht mehr erwarten, schnell wieder nach Hause zu kommen und im Keller das zu machen, was er wirklich liebte: seine Musik!

Es war gar nicht so einfach, auch noch Zeit zu finden, sich ein eigenes Heim einzurichten. Auch das hatte er mittlerweile erledigt. Der Garten seiner Eltern war zwar ein Stück kleiner geworden, dafür stand da ein schmucker Holzriegelbau mit allem, was sich eine junge Familie so wünschen konnte.

Dreimal F und viel Musik

Im Grunde hätte er also zufrieden sein können, wenn da nicht immer noch tief in ihm dieser Traum gewesen wäre, selbst auf der Bühne zu stehen und mit seiner Musik die Leute zu begeistern. Vor tausenden, ach was, zehntausenden von ausgeflippten Fans, mit seinen eigenen Songs! Die Stimmung in der Halle wäre unbeschreiblich. Nein, keine Halle, ein Stadion musste es sein, bis zum Rand gefüllt, und alle waren sie da, weil sie Beli Ba live miterleben wollten. Lisa und Bastian Berger, die Superstars am Rock- und Pophimmel. Die hemmungslosen Konzertbesucher würden jede einzelne Songzeile kennen. Bei manchen Stellen würde er das Mikro Richtung Menge halten, die Band würde zu spielen aufhören, und das ganze Stadion würde seine Songs singen. Seine Songs! A cappella! Das Gefühl müsste grenzgenial sein. Einfach zum Abheben und Schweben!

Komisch, dass er in seinen Gedanken immer noch mit Lisa auf der Bühne stand. Weil es für ihn schon als Mini-Berger gar keine andere Alternative als eine gemeinsame Karriere gegeben hatte, war das wahrscheinlich immer noch tief in seinem Unterbewusstsein verankert. Aber um ehrlich zu sein, irgendwie glaubte er nicht mehr daran. Lisa hatte es als Lucy Hill bereits zum Superstar geschafft. Also musste der Tischlermeister Bastian Berger alleine davon träumen, irgendwann einmal selbst die größten Hallen und Stadien zu füllen. Das Olympiastadion in München zum Beispiel. Ja, das wär's!

Derzeit backte er aber kleinere Brötchen. Gemeinsam mit Georg, dem Hosenscheißer Hannes und zwei weiteren Teilzeitwahnsinnigen namens Peter und Konstantin hatte er vor einigen Jahren eine Rock-Blues-Band gegründet, die sich »Die Kumpels« nannte. Sie waren schon seit der Volksschule Freunde, dass sie allerdings auch musikalisch zusammenpassten, hätte damals keiner gedacht.

Bastian hatte gar nicht gewusst, dass Georg seit Jahren schon heimlich Musik machte. Es war seinem Freund lange Zeit peinlich gewesen, darüber zu sprechen. Zu einem echten Kerl gehörten die drei Fs – Frauen, Fußball, Ficken – auch wenn es beim dritten F meist nur beim blöden Gerede blieb. Er ging vier Mal die Woche zum beinharten Hanteltraining ins Fitnessstudio. Musik war mehr etwas für Warmduscher und Aspirinschlucker, dachte damals nicht nur Georg. Aber weil er sich nebenher mit Vorliebe die CDs von Rock-Giganten wie Queen und den Rolling Stones reinzog, war eventuell *e*ine coole E-Gitarre das Missing Link zwischen den beiden Welten. Das ginge vielleicht gerade noch durch, falls doch einer seiner 3-F-Freunde draufkommen würde, dass er als unbarmherzige Kampfmaschine in der Freizeit einfach so friedlich vor sich hin musizierte. Wobei, friedlich war anders, Georg quälte seine Gibson-Klampfe, als wäre sie eine Pumpgun aus dem Vietnam-Krieg. Aber was da rauskam, klang gar nicht so übel, und so hatten »Die Kumpels« mit ihm und Konstantin gleich zwei E-Gitarristen.

Peter war ein wahnsinnig lärmgeiler Drummer, der Hosenscheißer gab seinem Beatles-Bass Vollstoff und Bastian klimperte als Sänger auf dem Keyboard oder durfte auch ab und zu eine alte Bluesgitarre zupfen. Irgendwie passten sie ganz gut zusammen, die fünf verrückten »Kumpels«.

Big im Musik-Biz: Mr. T.

Lisa hatte nur mehr selten Zeit, in Singing vorbeizuschauen. Man verliert sehr schnell die Bodenhaftung, wenn einen die ganze Welt glauben lässt, man wäre etwas ganz

Besonderes und Einmaliges. Plötzlich sind da jede Menge neue »beste Freunde« um einen herum, es wimmelt nur so davon. Alle sind geblendet vom Glanz des glorreichen Superstars. Wer da nicht mit beiden Beinen am Boden verankert ist, muss einfach abheben. Lisa war vieles, aber geerdet war sie ganz bestimmt nicht.

Vor Lucy Hills zweiter Produktion war Lisa schon so von ihrer eigenen Vollkommenheit und Unfehlbarkeit überzeugt, dass sie tatsächlich beschloss, alle Songs selbst zu schreiben. Das wurde zum Fiasko. Schon als Schulkind war sie nicht gerade ein Genie in Deutsch gewesen. Und schon damals war Bastian als Ghostwriter für sein Schwesterherz tätig gewesen. Ganze Aufsätze, die Lisa als die ihren ausgab, stammten aus seiner Feder. Eigentlich hätte ihm das zu denken geben müssen, aber er liebte seine Schwester und war stolz, dass er ihr helfen konnte. Lisa hatte schon damals eine Ausstrahlung, die ebenso selten wie anziehend war. Da war ein ganz besonderer »Glanz«, der von ihr ausging, und Bastian war nicht der Einzige, der sich in ihrer Nähe automatisch ebenfalls als etwas »Glänzendes« sah. Mit dieser natürlichen Gabe war es auch ein Leichtes für sie, die ganze Welt um den Finger zu wickeln.

Mittlerweile war Lisa im Nebel ihrer Göttlichkeit gefangen. Es stand für sie außer Frage, dass sie Großes für die Menschheit leisten würde. Ihre musikalischen Kunstwerke würden von immensem Wert für die Weltbevölkerung sein. Nein, mehr noch, für das gesamte Universum und noch darüber hinaus.

»Was ist denn das für eine Scheiße?« Dieser Satz hätte von Papa Berger stammen können, was das kleinere Übel gewesen wäre. Stattdessen kam er jedoch aus dem Mund eines der mächtigsten Label-Bosse im musikalischen Kosmos, nämlich von Mr. T., dem Boss von Star Records. Mr. T. hieß eigentlich Thomas Tramaschl. Allein für die Tatsache, dass er es geschafft hatte, angesichts dieses Scheiß-Namens von allen nur Mr. T. genannt zu werden, gebührte ihm höchste Anerkennung. Da war aber noch viel mehr, denn er hatte in den letzten fünfundzwanzig Jahren ein kleines Tonstudio zu einem der vier weltweit agierenden Major-Labels aufgebaut. Diese intensive Zeit hatte tiefe Spuren in seinem Gesicht hinterlassen. Aus dem einst drahtigen Marathonläufer war ein zigarrenrauchender Schwamm mit Glatze geworden. Mr. T. war zwar erst etwas über vierzig, sah aber erheblich älter aus. Er zählte zu den alten Hasen im Geschäft, die praktisch immer den richtigen Riecher hatten, wenn es hieß, neues musikalisches Terrain zu erobern. Mit diesen Songs war das jedoch unmöglich, und das gab Mr. T. Lisa unverblümt zu verstehen.

»Da ist ja jedes Kinderlied eine Symphonie dagegen, wer hat das denn verbrochen?«

Und plötzlich bröckelte bei Lisa der Lack der Unbesiegbarkeit. Wie beim Verputz der bergerischen Gartenhütte segelten immer mehr Teile ihrer Fassade zu Boden und landeten im Dreck der Demütigung, den sie seit ihrem Aufstieg zum Superstar so nicht mehr gekannt hatte. Aber Lisa wäre nicht Lisa gewesen, wenn sie nicht sofort eine Gegenoffensive gestartet hätte. Nach einem kurzen Schockmoment kam ihre bewährte Überlebensstrategie zum Einsatz. Wie so oft gelang es ihr, eine Niederlage so darzustellen, als wären alle anderen daran schuld, nur nicht die große Diva selbst: »Ich habe Bastian von Anfang an gesagt, dass diese Lieder ein Scheißdreck sind. Aber er wollte nicht auf mich hören.«

»Was, die sind von deinem Bruder? Kaum zu glauben, was ist mit ihm los? Hat er eine Gehirnblutung, dass er solches Material anbietet?«

Somit war Bastian als Songschreiber endgültig weg vom Fenster. Lisa besaß sogar noch die Unverfrorenheit, ihm die Songs vorzuspielen und alles brühwarm zu erzählen, keine Einzelheit ließ sie aus.

»Bei Mr. T. bist du derzeit unten durch, aber keine Angst, ich werde das schon wieder in Ordnung bringen, das verspreche ich dir.«

Darauf wollte er lieber verzichten. Was Lisa ihm bisher versprochen, aber nicht gehalten hatte, führte ihn von seinem Traum nur immer weiter weg, und was sie in Ordnung zu bringen versuchte, wurde zu einem Schokoladenpudding im Aquarium. Ihr Hang zur Realitätsverweigerung hatte sich offenbar rapide verschlimmert, und allmählich kam Bastian der Verdacht, dass sie dieser Haltung mit rezeptpflichtigen Stimmungsaufhellern noch ein wenig nachhalf. Sie schien allen Ernstes selbst davon überzeugt zu sein, dass ihr Bruder diese Naturkatastrophen von Songs verbrochen habe.

Die Plattenfirma aber beauftragte einige ihrer Haus- und Hofkomponisten sowie ein eigenes Texterteam, um Lucy Hill neue Songs auf den Leib schreiben zu lassen.

Wetten, dass ...

Irgendwann stand Bastians Schwester mit diesen Titeln bei ihm auf der Matte, um seine Meinung einzuholen. Und schon gab es den nächsten Streit.

»Du bist ja nur eingeschnappt, weil du die Songs nicht selbst geschrieben hast!«, schrie sie ihn an.

»Nein, das ist nicht wahr! Und das weißt du auch, Lisa. Aber bitte sei mir nicht böse, diese Songs nimmt dir keiner ab. Musikalisch nicht und vom Text her schon gar nicht«, versuchte Bastian ihr zu erklären.

»Mr. T. hat die Crème de la Crème seiner Komponisten und Texter zusammengetrommelt, die Songs sind einfach ein Wahnsinn.« Lisa blieb bei ihrer Meinung.

»Lisa, die Songs sind nicht schlecht. Aber sie passen überhaupt nicht zu dir. Was haben diese Techno-Rhythmen in Kombination mit den sphärischen Klangteppichen denn mit Lucy Hill zu tun? Das ist eine völlig andere Richtung. Lucy Hill steht für deutschen R&B, das ist ja ganz etwas anderes. Und dann erst diese Texte ...«

Lisa ließ ihn nicht ausreden. Wutentbrannt rannte sie aus dem Studio. Nur weil Bastian sich erlaubt hatte, ihr die Wahrheit zu sagen. Bei ihrem Status als weiblicher Singer-Songwriter ging es um Authentizität. Das Publikum musste ihr die Texte glauben und sich damit identifizieren können. Jetzt waren da Songs dabei wie *Ich geh auf Tauchstation in meine Raumstation ... und weiter ... ganz ohne Telefon, aber was macht das schon.* Da fragte Bastian sich schon, was das mit Lucy Hill zu tun haben sollte.

Früher, als er noch fest davon überzeugt gewesen war, gemeinsam mit Lisa die Charts zu stürmen, hatte er etwas Neues, Außergewöhnliches für ihren musikalischen Durchbruch schaffen wollen. Er kombinierte Soul-Musik mit fetzigen Pop-Rhythmen und schrieb dazu deutsche Texte, die auf ironische, oft auch etwas schräge Weise Themen behandelten, die allen am Herzen lagen. Er hatte das offenbar ganz gut hinbekommen, denn alle diese Songs wurden Mega-Erfolge. Leider nur für eine Hälfte des dafür vorgesehenen Rock-Pop-Duos Beli Ba. Der andere Teil, also Bastian, bekam nicht mal Tantiemen dafür, dass er die Musikwelt revolutioniert hatte. Zumindest die deutschsprachige.

Die drei Single-Auskopplungen von Lucy Hill hießen *Träumer an die Macht*, *Zeitenstürmer* und *Ganz vorne*. Alle Songs waren »Made by Bastian Berger«, aber kein Mensch wusste das. Die Fans liebten sie. *Träumer an die Macht* wurde auch in vielen angrenzenden Ländern ein Nummer-ein-Hit, weil der Song zufällig eine Woche nach den Terroranschlägen von New York erschienen war. Ähnlich wie *Wind Of Change* von den Scorpions nach dem Mauerfall wurde auch Lucy Hills *Träumer an die Macht* zu einem musikalischen Statement, leider in diesem Fall anlässlich einer schrecklichen Tragödie.

Lisa zog also wütend ab, aber am nächsten Tag war sie plötzlich wieder da. Ganz reumütig und nett, wie früher, wenn sie gut drauf war.

»Basti, sei mir bitte nicht böse, dass ich dich gestern so angefahren habe. Und auch das mit meinen eigenen Liedern ist schlecht gelaufen, ich hätte sie nie als deine ausgeben sollen.«

Und dann erzählte Lisa, wie sehr sie unter Druck stünde, und was alles schieflaufen würde, obwohl sie sich eigentlich nicht beschweren könne, denn alle ihre Konzerte seien ausverkauft, aber trotzdem … Und wie sehr sich Bastian glücklich schätzen konnte, dass er mit dieser Branche nichts am Hut habe.

Um ein Haar wäre ihm mehr als nur ein bissiges »Danke« herausgerutscht. Ja, er schätzte sich mächtig glücklich, dank Lisa nichts damit am Hut zu haben. Obwohl sie eigentlich gemeinsam hatten durchstarten wollen, obwohl er mit ihr monatelang Demosongs in seinem Studio produziert hatte, obwohl ihre größten Hits aus seiner Feder stammten und obwohl er sein Leben lang von dieser Branche geträumt hatte. »Natürlich, Lisa«, murmelte er nur. »Ich fühle mich großartig!«

Die Ironie entging nicht einmal ihr. »Es tut mir ja alles sehr leid!«, behauptete sie, auch diesmal spürte er, dass sie es wieder nicht ehrlich meinte.

Doch Bastian wusste auch, dass anscheinend nicht nur Lisa einen Dachschaden gröberen Ausmaßes hatte, sondern dass er sich da auch nicht ausnehmen durfte, denn sie traf wieder mal punktgenau den Nerv, der bei ihm für Harmonie und Frieden zuständig war. Der war offenbar nicht leicht zu verfehlen, sondern musste ziemlich ausgeprägt sein. Bastian ließ sich allen Ernstes darauf ein, sich mit Lisa am Abend wieder mal ins weiche Gras im Garten zu legen zum »Sternderlschaun«. Wie in alten Zeiten ...

»Wie damals! Basti, weißt du noch ...«

Vorsicht war geboten. Wenn sie ihn Basti nannte, hatte das bisher immer geheißen, dass sie etwas von ihm wollte. Anfangs aber quatschten sie wirklich nur über früher, über Oma und Tante Finni, den Rosinenpudding und ihre Luftgitarrensessions mit Papa in der Unterhose auf dem Sofa. Und über ihre Sessions im Studio. Über ihre Musik, die Songs, in denen sie beide sich so oft verloren und immer wieder neu gefunden hatten. Und weil sie gerade dabei waren, gab Bastian Lisa ein paar Tipps, wie sie ihre Songs verbessern konnte.

Bastian vergaß zwar vor den Regalen im Supermarkt manchmal, was er eigentlich kaufen wollte, aber ein Lied, das er einmal gehört hatte, blieb in seiner Denkzentrale auf ewig abgespeichert. Er hatte sich schon Gedanken darüber gemacht, was man bei den neuen Songs verändern konnte, damit sie auch wirklich zu Lisa passten. Er tat das ganz automatisch, sobald er Musik hörte, die ihm nicht ganz stimmig vorkam. Selbst *Weiße Rosen aus Athen* hatte er in Gedanken schon hundertmal überarbeitet, auch wenn die Vernunft in ihm dieses Scheißlied als jenseits von Gut und Böse einordnete und er jede Arbeit daran für verlorene Zeit hielt.

Also summte Bastian Lisa seine Variationen der Kompositionen vor. Die Intros erfand er ihr neu, weil dadurch die Grundstimmung der Songs schon einmal anders vorgezeichnet wurde. Er hatte Vorschläge für ganz neue Melodiebögen, die Bridges zwischen den Strophen waren nicht wirklich schlüssig und wurden neu aufgebaut und zum Schluss schlug er Lisa noch jede Menge Textänderungen vor. Er musste zugeben, dass dieser Abend mit seiner Schwester allen Befürchtungen zum Trotz richtig schön war, weil sie wieder die gemeinsame Leidenschaft für Musik ausleben konnten. Er konnte nicht wissen, dass es der letzte Abend dieser Art war.

Bastian dachte, dass Lisa sich niemals alle seine Ratschläge merken konnte. In ihrem von Starruhm, Alkohol und leichten Drogen dauerbenebelten Hirn würde nicht allzu viel zurückbleiben. Vielleicht half ihr jedoch schon das Wenige, zumindest einen der Songs etwas aufzupeppen. Was Bastian nicht wusste, war, dass Lisa mit ihrem brandneuen Handy ihr gesamtes »Sternderlschaun«-Gespräch aufgezeichnet hatte und somit einige Tage später Mr. T. *ihre* neuen Ideen zu den Songs präsentieren konnte. Der war hellauf begeistert, und mit ihm kurz darauf die Musikwelt. Man kann sich vorstellen, wie überrascht Bastian war, als Thomas Gottschalk in *Wetten, dass ...?* nach Robbie Williams plötzlich Lucy Hill anmoderierte, die einige ihrer neuen Songs präsentierte. Sie hatte seine Vorschläge eins zu eins umgesetzt, aber es waren wieder ausschließlich ihre Songs, und der Tischlermeister Bastian Berger wurde mit keinem Wort erwähnt.

Nicht einmal von Lisa selbst kam jemals so etwas wie ein »Danke«. Sie war selbst ja wirklich davon überzeugt, dass es ihre eigenen Ideen waren, die ihre Nullachtfünfzehn-Songs in geile Hits verwandelten. Die zweite Produktion wurde also wieder ein Mega-Erfolg und die Experten waren sich einig, dass Lucy Hill auch weiterhin nicht zu bremsen war.

Dass auch Experten irren können, zeigten die folgenden Produktionen. Gemeinsames »Sternderlschaun« mit Lisa war für Bastian von jetzt an ein No-Go, und das hatte direkten Einfluss auf die Qualität ihrer Alben. Obwohl er mehrmals kurz davor war, sich mit ihr in den Garten zu legen, weil sie wieder einmal mit vernebeltem Blick und Tränen in den Augen vor seiner Tür stand, zwang er sich, es nicht zu tun. Die Intensität der Heulanfälle seiner divenhaften Schwester standen diametral zur Abwärtskurve, die ihre Karriere in den letzten Jahren eingeschlagen hatte.

Wenn Lisa sich ankündigte, war Mama oft schon Tage vorher nicht mehr ansprechbar, Papas Weinvorräte neigten sich bedrohlich dem Ende zu, und Bastian wäre wahrscheinlich mit Georg und dem Hosenscheißer zum Quartalssäufer geworden, hätte er nicht an Susi einen Fels in der Lisa-Brandung gehabt, der ihm Halt gab. Und Susi glaubte auch weiterhin fest daran, dass sich seine eigenen Träume eines Tages doch noch erfüllen würden, auch wenn er selbst es schon lange nicht mehr tat.

Ein kleiner grüner Kaktus ...

Seit beinahe zehn Jahren waren Susi und Bastian jetzt schon unzertrennlich, sie waren einfach auf derselben Wellenlänge. Susi stand immer hinter ihm. Wenn er mal nächtelang im Studio versumpfte, weil er an neuen Songs bastelte, freute sie sich über das Ergebnis und hörte sich jedes seiner Lieder an. Neben Papa hatte Bastian jetzt eine zweite Expertin, der er blind vertrauen konnte, weil sie wirklich etwas von guter Musik verstand. Sie nahm sich aber auch kein Blatt vor den Mund, wenn etwas nicht gelungen war. Und weil sich das mit Susi einfach so perfekt anfühlte, hatte er vor einem halben Jahr etwas getan, was er schon viel früher hätte machen sollen: Er hatte wieder einen Kaktus gekauft. Okay, das war ja an und für sich nichts Großes. Wofür er ihn gekauft hatte, das war das Besondere. Zuerst hatte er versucht, ihn mit bunten Luftballons zu schmücken – keine gute Idee! Das Ding hatte sich mit aller Kraft gewehrt, und von den insgesamt fünfundzwanzig Ballons hatte nur einer die stacheligen Borstenattacken überlebt. Also Plan B – kein Schmuck. Bastian hatte Susi den ungeschmückten Kaktus vor die Tür gestellt, seine Gitarre genommen und im Treppenhaus aus voller Brust einen Titel aus dem Comedian Harmonists-Film gesungen, den auch die übrigen Bewohner des Gebäudes nicht überhören konnten:

> Ein kleiner grüner Kaktus,
> steht da vor deiner Tür,

hollari, hollaro, hollara.
Er will dir etwas sagen,
drum ist er heute hier –
hollari, hollaro, hollara.
Es gibt da einen Mann – der nicht mehr
warten kann -
der möchte dich zur Frau ein Leben lang,
lang, lang.
Ein kleiner grüner Kaktus,
steht da vor deiner Tür –
und er bleibt – bis zum »Ja« – einfach da!

Und Susi hatte wirklich »Ja« gesagt, ganz laut sogar. Aber erst, nachdem sie ihm entrüstet den Vogel gezeigt und lachend »Du Spinner!« gerufen hatte und dann weinend in seine Arme gesunken war. Erst dann hatten sie die Leute bemerkt, die plötzlich ganz zufällig auf allen Etagen des Hauses vor ihren offenen Wohnungstüren gestanden waren und mit Tränen in den Augen begeistert applaudiert hatten. Der Kaktus wartete seit diesem Moment in Susis Wohnung auf seinen großen Auftritt bei ihrer Hochzeit, die sie genau an Bastians dreißigstem Geburtstag feiern wollten. Morgen also.

Und deswegen lagen Susi und Bastian hier im weichen Gras beim »Sternderlschaun« und sahen zu, wie eine freche Sternschnuppe eine strahlend helle Spur in den Nachthimmel zauberte. So, als wollte sie ihnen sagen, dass ihre Ehe unter einem guten Stern stehen würde. Zumindest deuteten es beide so.

Drama Queen

Aber lange hielt diese Idylle nicht an.

»Was geht denn hier ab? Was macht ihr da?«

Lisa fuhr in die laue Sommernacht wie ein Tornado. Hinter ihr stand verängstigt ein braungebranntes Strichmännchen mit buschigen Augenbrauen und rosafarbenem Hemd. Er versuchte, Lisa zu besänftigen, aber wer sie kannte, wusste, dass so etwas nicht möglich war. Zumindest nicht in einem Zustand allerhöchster Entrüstung. Lisa jagte fuchsteufelswild über den Rasen und hinterließ dabei mit ihren Stöckelschuhen einen Flurschaden erster Güte. Immer wieder stolperte sie über ihre eigenen Füße und Bastian war sich ziemlich sicher, dass daran nicht nur die High Heels schuld waren, sondern dass Lisa schon eine ganze Menge getankt hatte. Und ganz bestimmt kein Wasser.

Noch ein paar Sekunden, bis sie die beiden erreichen würde. »Bastian!«, schrie sie, und ihre Augen funkelten in der bis jetzt so wunderschönen Sternennacht. »Was machst du mit der da? Das ist unser Garten, und ›Sternderlschaun‹ gibt's da nur für uns zwei! Da hat die gar nichts verloren!«

Papa und Mama waren inzwischen auch wach geworden und schalteten die Gartenbeleuchtung ein. Jetzt konnte man die ganze Katastrophe erfassen. Lisa war völlig besoffen, aus ihrem vor Zorn dunkelrot gewordenem Gesicht blitzten zwei weitaufgerissene Augen und signalisierten höchste Gefahr. Zwei Meter vor dem gerade noch in seine wunderschönsten Träume versunkenen Liebespaar verabschiedete sich zum Glück ein Stöckel und Lisa krachte der Länge nach auf den Rasen. Dadurch gewannen Susi und Bastian wertvolle Zeit, um aus der eben noch hauchzart über ihnen schwebenden Zukunftsidylle zu erwachen und der Realität ins Auge zu blicken. Der Realität in Form von Lisa Lucy Hill, die es einfach nicht verkraften konnte, dass nicht immer nur sie der Mittelpunkt des Universums war.

Lisas aktueller Liebhaber kam aufgeregt angerannt und wollte dem gefallenen Superstar wieder auf die Beine helfen. Die aber kläffte ihn an und schrie, er solle sie gefälligst in Ruhe lassen. Und dann tat sie etwas, was sie besser nicht getan hätte, sie nannte ihren Lover »Jeronimo«, obwohl er »Giuseppe« hieß. Das war eindeutig ein Fehler! Lisas Begleiter schnaubte wie ein wildgewordener Ackergaul, machte auf der Stelle kehrt und lief wütend aus dem Garten: »Nicht mal meinen Namen kannst du dir merken! Giuseppe! Ich heiße Giuseppe!«

Und fort war er. Lisa aber lag immer noch auf dem Bauch im feuchten Rasen und strampelte mit allen Gliedmaßen. Ein wenig sah sie aus wie ein Käfer mit gröbsten Koordinationsproblemen. Sie war so richtig verzweifelt und fauchte: »Das ist mein Garten, mein Bruder, mein ›Sterndlerschaun‹! Das nimmt mir niemand weg, nicht mal so eine Bitch wie du, Susi!«

Lisa schrie sich immer mehr in Rage, aber irgendwann musste Schluss damit sein. Bastian holte den Gartenschlauch aus dem Schuppen und versuchte, seine

Schwester mit einer Ladung kaltem Wasser wieder zur Vernunft zu bringen. Man kann sicher darüber diskutieren, ob das psychologisch wirklich die beste Möglichkeit war, aber zumindest brachte die nasse Abkühlung Lisa zum Schweigen. Ihr Gesicht war voll brauner Erde, der Strahl dürfte doch etwas zu stark gewesen sein. Die Erdpatzen auf ihren Wangen passten aber perfekt zu ihrem ursprünglich weißen Sommerkleid, das mit jeder Menge braunen und grünen Farbklecksen jetzt gleich viel interessanter aussah. Egal, sie würde sich bestimmt einen neuen Fummel leisten können.

Mama Berger kam mit einem riesengroßen Handtuch, in dem die ganze Familie Platz gefunden hätte. Krankenschwester Susi, gerade noch von Lisa als Bitch bezeichnet, zeigte wieder mal, warum Bastian sie so liebte, denn sie reichte seiner Schwester die Hand, um ihr aufzuhelfen. Lisa war sichtbar überrascht, nahm das Angebot aber an. Man musste jederzeit damit rechnen, dass Lisa nach einer kurzen Gefechtspause zum nächsten Angriff ansetzen würde, aber sie gab sich anscheinend geschlagen. Mama wickelte ihre feuchte Tochter in den Frotteeteppich und marschierte mit ihr ins Haus.

Papa hatte auch nichts Besseres zu tun und ging ebenfalls schlafen. Aber nicht ohne noch einen kleinen Umweg über die Garage einzuschlagen und sich einen tiefen Schluck aus einer besonders alten Rotweinflasche zu genehmigen. Mama würde sich bald wieder wundern, warum sich ihr lieber Gatte mitten in der Nacht seine Zähne putzte und wie denn die kratzenden Jutefasern in das Ehebett gekommen waren. Papa Berger würde wieder mal keine Ahnung haben. Langsam kehrte also wieder Ruhe ein im Berger-Haus, und Susi und Bastian versuchten dort weiterzumachen, wo sie unterbrochen worden waren und sahen wieder in die Sterne.

Doch es war nicht mehr so wie zuvor. Obwohl am nächsten Tag ihre Hochzeit gefeiert werden würde, gab es jetzt nur ein Thema. Lisa und Susi kannten sich seit einer Ewigkeit, seit Susi aber Bastians Susi war, war die Freundschaft abgekühlt. Lisa war eindeutig eifersüchtig. Bastians Schwesternmonster brauchte die volle Aufmerksamkeit, sie musste der Mittelpunkt sein, die Sonne, um die sich alles drehte. Bastian überlegte lang, ob das immer schon so gewesen war. Die Lisa, mit der er diesen großen Traum vom gemeinsamen Musikhimmel gehabt hatte, die war doch ganz anders gewesen.

Dass Bastian nur mehr mit Susi in die Sterne sah, mag einer der Gründe gewesen sein, warum Lisa so schlecht auf sie zu sprechen war. Bastian hatte sogar kurz mit dem Gedanken gespielt, Lisa gar nicht zur Hochzeit einzuladen. Aber sie gehörte nun mal zur Familie, und Susi war derselben Meinung. Also würde Lisa am nächsten Tag dabei sein, wenn die beiden ihren schönsten Tag feierten. Susi und er lagen noch stundenlang Hand in Hand, die Sterne leuchteten besonders schön, Lisa war jetzt wieder weit weg, und die beiden Turteltauben ließen ihre Träume in den Sternenhimmel ziehen. In diesen Träumen ging es jetzt nicht mehr um niederträchtige Drama-Queens, nicht um geklaute Harmonien oder halbvolle Konzertsäle, sondern einzig und allein darum, wie himmlisch ihre gemeinsame Zukunft werden würde.

Highway to Polterabend

Um 10 Uhr sollte die standesamtliche Trauung beginnen. Susi hatte bei ihren Eltern übernachtet, seit dem frühen Morgen war sie mit Pediküre, Maniküre, Friseur, Schminken und so weiter beschäftigt. Bastians zukünftige Frau hatte ganz schön was zu tun, dabei hatte sie das alles gar nicht nötig, sie gefiel Bastian so, wie sie war. Ob sie das heute auch von ihm sagen konnte, schien ihm dagegen fraglich. Denn als es am Abend zuvor unter den Sternen plötzlich doch etwas frostig wurde und das verliebte Paar ins Haus wollte, waren plötzlich Bastians wahnsinnige Kumpels vor der Tür gestanden. Sie hatten schon mehr als nur einen leichten Schwips und ließen ihm gar keine andere Wahl, als mit ihnen die Flasche Whiskey auszukübeln, die der Hosenscheißer mitgebracht hatte. Susi fuhr zur Sicherheit zu ihrer Mutter und ließ Bastian alleine zurück. Das war vielleicht ein Fehler. Aber sie wusste, wie das so lief, auf dem Land. Die Nacht vor der Hochzeit war die letzte, in der das Brautpaar getrennt schlief. Um dem Bräutigam in dieser harten Zeit beizustehen, waren gute Freunde da. Und Alkohol! Und wer so wahnsinnige Freunde hatte wie Bastian, der hatte es doppelt schwer. Denn es blieb nicht bei dem Whiskey, sie befreiten auch einige von

Papas Rotweinflaschen aus dem Kartoffelsackgefängnis, und Georg kotzte beim Nachhauswanken auf den Gehsteig. Die ideale Vorbereitung auf eine Traumhochzeit ...

Bastian selbst war es auch schon mal besser gegangen. In seiner Schädelhalle spielte eine fünfzigköpfige Hardrock-Band *Highway To Hell*. Wenn der schönste Tag des Lebens so anfing, wie sollte dann erst der Rest werden? Er legte sich einfach nochmal ins Bett und innerhalb von Sekunden schlief er wieder tief und fest. Bald aber tauchte Mama Berger wie eine Marien-Erscheinung in einem Wallfahrtsort schemenhaft über seinem Kissen auf. Sie rüttelte und schüttelte ihn, dass er im ersten Moment an ein Erdbeben dachte und panisch das Bett verlassen wollte. Da sie immer noch selig lächelte, war es wohl nicht so schlimm, also Augen wieder zu und weiterschlafen. Denkste! Mama hatte andere Pläne für ihn.

»Ich hoffe, ich werde bald Oma!«

He, was, wie? Er verstand nicht, was sie ihm sagen wollte. Warum wollte Mama Oma werden? Von wem? Wer machte denn so was?

»Aufstehn! Und alles Gute zum Börthday, mein Bub.«

Er war immer noch ihr Bub, wie schön! Kein Erdbeben, Mama wollte Oma werden und Bastian hatte Börthday, was für ein Tag!

Immer noch bekam er seine Augen nicht ganz auf, aber langsam dämmerte es ihm – da war doch was! Hochzeit! Musste das sein, konnte man die nicht auf morgen verschieben?

So nach und nach kam etwas Leben in Bastians Denkzentrale, die jedoch immer noch als Veranstaltungsort für das wildeste Rockkonzert ever zweckentfremdet wurde. Die letzte Flasche Rotwein war bestimmt vergoren, kein Wunder bei der Lagerung im veganen Jutesackversteck.

»So, raus mit dir! Es ist schon neun, um zehn müssen wir am Standesamt sein!«

Was? Schon so spät? Ein Blick in den Spiegel offenbarte Bastian ein Aussehen wie das einer Eule, die in einen verheerenden Waldbrand geraten war. So würde Susi heute bestimmt nicht »Ja« sagen, das konnte er sich abschminken, fürchtete die Eule. Apropos »schminken«. Nach dem Duschen schaffte Mama eilig einige ihrer Tuben und Tiegel herbei, mit denen sich die gröbsten Schäden im Gesicht von Bastian beseitigen ließen. Das musste genügen, den Rest würde hoffentlich seine natürliche Schönheit ausgleichen. Mittlerweile wurde der Druck am nördlichen Ende seines Körpers etwas erträglicher, langsam fühlte er sich zumindest halbwegs bereit für den schönsten Tag seines Lebens. Wenn er nur geahnt hätte …

Im siebten Himmel am Standesamt

Es war fünf vor zehn, Mama Berger stand seit einer halben Stunde fix und fertig beim Auto. Papa fand seine Krawatte nicht, Bastian musste noch mal aufs Klo. Bis zehn würden sie es bestimmt nicht schaffen, aber so wie Bastian Susi kannte, würde sie ihm verzeihen und auf ihn warten. Auf dem stillen Örtchen hatte er noch kurz Zeit, über den gestrigen Abend nachzudenken. Wie Susi auf Lisas Eifersuchtsanfall reagiert hatte, das war schon allererste Sahne. Kein Beleidigtsein, kein Augenauskratzen, nein, im Gegenteil, sie hatte Katastrophen-Lisa noch aufgeholfen und sie sogar verteidigt, als er hinterher über sie herzog.

Bastian war sich nicht sicher, ob seine Schwester heute überhaupt kommen würde. Doch wenn man von Teufel spricht oder auch nur an ihn denkt ... Im nächsten Moment riss jemand die Klotür auf und schrie: »Da bist du also. Happy Börthday, Basti!«

Lisa! Bastian wusste nicht, ob sie noch die Unterwäsche anhatte, oder ob das schon ihr Kleid für seine Trauung sein sollte. Das war nicht mal ein Nuttenfummel, das war noch weniger.

»Schön, dass du da bist, Lisa. Lass mich nur noch schnell fertigmachen. Und zieh dir ein Kleid an!«

»Das ist mein Kleid, du kleiner Scheißer!« Sie lachte. Und als ob es die selbstverständlichste Sache der Welt wäre und es die Nacht gestern gar nie gegeben hätte, hauchte sie: »Ich wünsche dir und Susi alles Gute! Ihr seid ein tolles Paar!«, immer noch bei der offenen Klotür. Und plötzlich tauchte hinter ihr die italienische Lovemachine auf, grinste und bekundete: »Happy Börthday!«

»Schnauze, Jeronimo!«, rief Bastian boshaft zurück.

»Giuseppe, ich heiße Giuseppe!«

»Tür zu, aber sofort!«

Lisa schickte noch ein reizendes Lächeln in Richtung Klomuschel, schmiss die Tür zu und rief: »Komm, Jeronimo, wir warten draußen!«

»Giuseppe, ich heiße Giuseppe!«

Um genau zehn Uhr fünfzehn traf der gesamte Berger-Clan im Standesamt von Singing ein. Susi sah hinreißend aus in ihrem schlichten cremefarbenen Kleid. Der Standesbeamte, Herr Gruber, bemerkte etwas verschnupft, er habe um zehn Uhr dreißig schon die nächste Trauung, und danach noch zwei, immer im Halbstundentakt. Seit man das Standesamt in eine uralte, eindrucksvolle Herrschaftsvilla verfrachtet hatte, gehörte Singing zu den angesagtesten Hochzeitslocations im Umkreis von hunderten Kilometern. Angeblich spukte hier seit Jahrhunderten der Geist eines ermordeten Mühlenbesitzers durch die ehrwürdigen Gemäuer, und so etwas sprach sich schnell herum. Weil das Gebäude außerhalb der Standesamt-Öffnungszeiten nicht zugänglich war, soll es sogar Brautpaare gegeben haben, die nur heirateten, um endlich mal die Gespenster-Villa von innen bewundern zu können. Dass für so manche der Frischvermählten der Spuk aber erst nach der Trauung begann, war vielleicht nur ein böses Gerücht.

Die nächste Hochzeitsgesellschaft war etwas zu früh gekommen, zwanzig Personen warteten jetzt schon seit zehn Minuten vor dem Standesamt. Haben die nichts Besseres zu tun, dachte Bastian. Wenn die, so wie es sich für normale Leute in Singing gehörte, auch eine Viertelstunde zu spät dagewesen wären, hätte es überhaupt kein Problem gegeben. Aber es war auch so kein unlösbares, denn die Braut der Konkurrenz-Veranstaltung entdeckte plötzlich Lucy Hill inmitten der ersten Hochzeitsgesellschaft. Und prompt verschob sich das nächste Programm um eine ganze Stunde, genauso wie es üblich war in den TV-Shows, in denen Lucy Hill auftrat.

Lisa gab ein A capella-Konzert auf der Terrasse der Gespenster-Villa, und der Standesbeamte war schwer am Überlegen, ob er sich sein Leben mit einem Strick oder durch einen schlichten Sprung vom Dachgiebel nehmen sollte. Heute ging es ganz schön rund im Standesamt von Singing. Mittlerweile waren zwei weitere Hochzeitsgesellschaften eingetroffen. Langsam wurde der Platz knapp, und die Schweißtropfen auf dem Hemdkragen von Herrn Gruber konnte man nicht mehr wirklich als »Tropfen« bezeichnen.

Nachdem sich die heftigsten Wogen der Lucy-Hill-Ekstase gelegt hatten, brachte Herr Gruber das Paar doch noch unter die Haube. Auf eine lange Rede verzichtete er allerdings, doch Susi und Bastian genügte das allessagende Schlusswort:

»Ich erkläre Sie hiermit zu Mann und Frau. Sie, Herr Berger, dürfen jetzt zum ersten Mal Ihre Ehefrau küssen!«

Das ließ sich Bastian nicht zweimal sagen, und er wollte gar nicht mehr aufhören. Susi war alles, was er brauchte, dessen war er sich in diesem Augenblick zu hundertzwanzig Prozent sicher. Und während sie beide

da vorne beim tropfenden Gruber knutschten, begann
seine Schwester mit ihrer Wahnsinnsstimme zu singen:
»Amazing grace, how sweet the sound ...«

In diesem Moment verzieh er ihr alles. Dieser Augenblick, in dem er Susi als seine Frau küssen durfte und
Lisa mit ihrer einzigartigen Stimme für sie sang, würde
auf ewig in ihm bleiben, ein ganzes Leben lang würde er
diesen Moment nicht vergessen. Er liebte Susi. Und Lisa.
Und die ganze Welt, er hätte alle umarmen können, die
ihm über den Weg liefen. Nur den schwitzenden Gruber
nicht, aber sonst alle!

In der Kirche ist die Hölle los

Um 15 Uhr hätte die kirchliche Trauung beginnen sollen.
Da sich die Hochzeitsgesellschaft beim Mittagessen etwas
verplaudert hatte, erreichten sie die kleine Kirche am
Waldrand erst um 16.30 Uhr. Wie in Singing so üblich, war
das gesamte Dorf versammelt, um dabei zu sein, wenn
einer der Hiesigen heiratete. Oder getauft wurde. Oder
auch begraben. Es wurde zusammengehalten, egal zu
welchem Anlass. Und danach gab es eine gemeinsame
Prozession ins Gasthaus, wo eine ausführliche Nach-
besprechung sehr oft bis in die frühen Morgenstunden
dauern konnte. Ja, so war das, in Singing. Dass die Leute
geschlagene zwei Stunden darauf warten mussten, bis
sich das Brautpaar endlich dazu bequemte, zu erscheinen,
das kam nicht so oft vor.

Zum Glück gab es den geschäftstüchtigen Kirchenwirt, der verantwortlich dafür war, dass keine Tumulte entstanden. Er hatte mitbekommen, dass es die Hochzeitsgesellschaft nie und nimmer schaffen würde, pünktlich bei der Kirche zu sein. Und schon musste seine brave Frau ausrücken, bepackt mit einigen Kisten Bier und diversen sonstigen Getränken, auch der höchstprozentigen Art, mit Wurstsemmeln, Brezen und frisch gemachtem Apfelstrudel. Sie machten einen Megaumsatz mit Bastians und Susis Hochzeit, die Warterei hatte sich zu einem ausgewachsenen Volksfest entwickelt, und die Leute waren mehr als gut drauf.

Genau wie Lisa, die sich schon beim Mittagessen vollständig die Kante gab. Eigentlich wollte sie auch in der Kirche singen, hatte aber dann mit ihrem Giuseppe, der jetzt von allen nur mehr Jeronimo gerufen wurde, etwas zu nahe an der Bar geparkt. Es kam, was kommen musste, Lisa hatte einen schweren Zungenschlag und man musste befürchten, dass dieses Fest für sie vorzeitig zu Ende ging. Jeronimo hatte alle Hände voll zu tun mit ihr. Bastians Kumpels, die sich nach dem gestrigen Junggesellenabschiedssaufen etwas länger hatten ausruhen müssen, waren mittlerweile auch dazu gestoßen und halfen dem dürren Italiano beim Raubtierbändigen. So richtig funktionierte das nicht, Lisa stolperte mit ihren High Heels durch die Gegend wie eine pubertierende Pferdestute.

Bastian bekam das alles gar nicht mit, Susi und er schwebten in einer eigenen Welt. So musste der siebte Himmel sein, den die Schlagerfuzzis immer besangen.

Aber heute fühlte er sich selbst in einer rosaroten Schlager-Endlosschleife gefangen, und er wollte, dass dieses Gefühl niemals aufhörte. Aufgeregt standen die beiden vor dem Altar. Links von ihnen, gleich neben der Kanzel, wurde der Kaktus platziert, als Symbol und Erinnerung an ihre erste Begegnung. Der übergewichtige Pfarrer fragte ernsthaft, ob es Bastians fester Wille sei, die hier anwesende Susi als Frau zu nehmen, sie zu lieben und zu ehren, bis dass der Tod sie scheide. In seinen Worten klang das sehr dramatisch und bedeutungsvoll. Bastian konnte sich jedoch beim besten Willen nicht mehr darauf konzentrieren, sondern wartete nur, bis der Pfarrer endlich aufhörte mit der Fragerei und er sein »Ja!« durch die geheiligten Kirchenhallen schmettern konnte. Susi lächelte verliebt, und dann war sie an der Reihe.

Doch bevor sie antworten konnte, gab es einen mörderischen Knall in der Kirche, und dann hörte man die sanften Worte »Scheiße, das tut weh!« Bastian hoffte, dass die nicht von Susi gekommen waren, denn eigentlich hätte sie ja nur »Ja« sagen sollen. Aber sein Schatz schaute ebenso überrascht wie er, und als sie sich umdrehten, sahen sie Lisa, die in inniger Umarmung mit dem Kaktus fluchend vor der Kanzel lag, von der normalerweise der dicke Pfarrer zu seinem Volk sprach. Offenbar hatte sie heimlich nach oben klettern wollen, aber in ihrem Zustand waren die steilen Holzstiegen doch ein nicht zu unterschätzendes Hindernis und schon bei der zweiten Stufe war sie hinüber gekippt und runtergeplumpst. Genau auf den armen Kaktus, der gar nicht verstand, wie ihm geschah. In seiner Panik verlor er ein paar seiner Stacheln an Lisas hilfesuchende Hände, wo sie einfach steckenblieben.

Die Verwandten, Freunde und auch einige Verehrer von Lucy Hill, die irgendwie davon erfahren hatten, dass sie heute bei der Hochzeit ihres Bruders dabei sein würde, schauten gebannt auf Bastians besoffenes Schwesterherz. Neuer Versuch, sie warf den liebestollen Kaktus zur Seite und schaffte diesmal sechs Stufen, bevor sie in die Knie ging und sich ihren Prinzessinnenschädel am Holzgeländer blutig schlug. Aber sie gab nicht auf. Papa Berger war schon bei ihr und versuchte sie runterzuholen, doch er hatte keine Chance. Wenn Lisa sich etwas in den Kopf gesetzt hatte, dann gab es kein Zurück.

Jetzt war sie endlich oben. Wie ein hageres, blasses Gespenst mit blutroter Stirn stand sie hoch über dem Kirchenvolk in ihrem weißen, fast durchsichtigen Designerfummel, schwer wankend im nicht vorhandenen Sturm in der Kirche.

»Na, sag schön ›Ja‹, du Schlampe!« Lisa hatte also wieder zur Form des Vortags zurückgefunden. Alkohol und Bastians Schwester passten einfach nicht zusammen. Und schon gar nicht, wenn man gerade den schönsten Tag seines Lebens feiern wollte.

»Das wird nie was mit euch beiden! Aber bitte, wenn ihr nicht auf mich hören wollt!«, schrie sie schwer lallend in das Kirchenschiff. Zusätzlich zum vielen Hochprozentigen beim Kirchenwirt dürfte sie auch eine Extraprise

»Weihrauch« inhaliert haben. Und dann fing Lisa plötzlich zu singen an:

> Scheiß auf Rosen aus Athen,
> geh doch fort, komm niemals wieder.
> Ich will dich hier nie mehr sehn,
> scheiß auf Rosen aus Athen.

So schlecht fand Bastian den Text gar nicht, aber für den Anlass doch etwas unangemessen. Susi hatte immer noch nicht »Ja« gesagt, sie stand fassungslos vor dem Altar und starrte entsetzt auf Lisa. Auch dem Pfarrer kam kein Lächeln über die Lippen, dieses Schäfchen auf der Kanzel hatte sich ordentlich verirrt.

Schaf Lisa setzte zur zweiten Strophe an. Doch zuvor beugte sie sich bedrohlich weit über das Holzgeländer, damit ja alle ihre rechte Hand mit dem Mittelfinger sehen konnten, den sie gut sichtbar in den ehrwürdigen Kirchenhimmel streckte. Kräftiges Murren aus den Bänken begleitete ihre Choreografie, und auch der Herrgott hatte anscheinend was dagegen. Mit lautem Getöse gab plötzlich das morsche Holzteil nach, an dem Lisa gerade die letzten Vorbereitungen für *Scheiß auf Rosen aus Athen 2.0* abgeschlossen hatte. Sie hatte sich eindeutig zu weit hinausgelehnt. Lisa kippte in Zeitlupe mit dem Teil nach vor und krachte einen Augenblick später zwei Meter tiefer auf eine beinharte Kirchenbank aus echtem einheimischem Buchenholz. Ihre Stinkefinger-Scheiß-Rosen-Darbietung war damit beendet. Leider auch die Hochzeit, obwohl immer noch das »Ja« von Susi fehlte.

Jetzt drehte sich alles um Lisa. Ihr Gesicht war schmerzverzerrt und sie schrie verzweifelt: »Ich kann meine Beine nicht bewegen!«

Giuseppe wollte zu ihr, war aber immer noch erheblich fehlkoordiniert unterwegs und lief in seiner Panik einen Kerzenständer nieder. Die Flammen griffen auf die anscheinend leichtentzündliche Altardecke über und wieder mal gab es für die Berger-Familie eine heiße Extraüberraschung der Sonderklasse. Diesmal applaudierte niemand, im Gegenteil, sie hatten aus dem Vorhangbrand beim Kirchenwirt gelernt. Papa Berger leerte geistesgegenwärtig den Inhalt des großen Weihwasserfasses über die Flammen und konnte so das Inferno in den Griff bekommen. Lisa aber schrie weiterhin wie am Spieß, Susi telefonierte mit ihren Kollegen vom Notarztteam, Mama Berger saß kreidebleich auf den Stufen zum Altar und wurde von Susis Eltern getröstet. Und der Pfarrer genehmigte sich einen bis zum Anschlag gefüllten Kelch mit Messwein, bekreuzigte sich zweimal und verschwand in der Sakristei. Tolle Hochzeit. Bastians und Susis schönster Tag war jetzt nicht gerade der Burner. Obwohl, Burner passte auch wieder irgendwie.

Lisas schrilles Gejaule hallte in der Kirche mehrfach zurück, und allmählich bekamen es alle mit der Angst zu tun. Angst um Lisa, denn sie lag immer noch in verdrehter Stellung auf der harten Kirchenbank, und es sah aus, als ob sich in ihrem Körper einiges verschoben hätte. Jetzt machte sich doch auch Bastian Sorgen um sie, obwohl er sie zuvor bei ihrer *Scheiß-auf-Rosen*-Attacke liebend gerne auf den Mond geschossen hätte.

Die Ambulanz raste mit Blaulicht und Folgetonhorn bis zur Kirchentür. Die draußen versammelte Dorfgemeinschaft applaudierte begeistert und freute sich, dass sich endlich was tat. Für die Leute gehörte das alles zur Show. So machte man das auf dem Land, je spektakulärer, desto besser. Bastian nahm Susi in den Arm und seine Frage, ob sie jetzt eigentlich seine Frau war, brachte ihm einen sanften Boxhieb in die Magengrube ein.

»Schau lieber nach deiner Schwester! Die braucht dich jetzt!«

Heaven and Hell

Er hätte bei Susi bleiben sollen, denn als Lisa ihn sah, schrie sie: »Das ist alles eure Schuld! Du und dein blödes Miststück, euretwegen ist das alles passiert!«

Ihr zu erklären, dass sie es ganz alleine war, die besoffen auf die Kanzel geklettert und in ihrem Dusel runtergekracht war, hielt er für keine gute Idee. Er ließ sie einfach weiterfluchen und hoffte, dass Lisas Verletzung nicht so schlimm war, wenn sie noch Kraft hatte, so über ihn und Susi herzuziehen. Aber leider hörte er auch den Notarzt, der Papa leise zuflüsterte, dass es nicht gut aussehen würde. Möglich, dass Lisa sich beim Aufprall einige Wirbel gebrochen hatte. Das Schlimmste, das daraus resultieren könnte, sei eine Querschnittslähmung.

Jetzt wurde Bastian blass und sein Magen verkrampfte sich, bis er sich beinahe übergeben musste. Damit hatte er nicht gerechnet.

Die Rettungsmänner legten Lisa ganz vorsichtig auf eine Trage. Lisa konnte zwar ihre Beine nicht mehr spüren, aber ihre Stimmbänder waren mehr als intakt, und das ließ sie alle hören. Sie fluchte auch noch, als sie nach draußen getragen wurde. Spätestens jetzt bemerkten die Schaulustigen vor der Kirche, dass es sich bei dem Spektakel nicht um eine besondere Darbietung anlässlich der Hochzeit handelte. Bastians Kumpels trieben die gaffende Meute auseinander, damit der Ambulanzwagen Lisa ins Krankenhaus bringen konnte.

Die Hochzeit war zu Ende. Zum Feiern hatte jetzt keiner mehr Lust. Das fehlende »Ja« von Susi konnte auch nicht mehr nachgeholt werden, weil der Herr Pfarrer unauffindbar war. Entweder lag er irgendwo im Beichtstuhl und hatte vor lauter Aufregung die Messweinvorräte ausgegurgelt, oder er hatte sonst irgendwo etwas Wichtiges mit dem Herrgott zu besprechen.

Katastrophen-Lisa hatte es geschafft, Bastians und Susis schönsten Tag zu zerstören. Und obwohl sich dieses Biest alles selbst zuzuschreiben hatte, machten sich alle große Sorgen um sie. Mama heulte hemmungslos, Papa sah auch nicht glücklich aus, selbst der Hosenscheißer hielt ausnahmsweise seine Klappe. Gemeinsam standen sie vor den Überresten der stolzen Kanzel, die Bastian als Haus- und Dorftischler bis zur Messe am nächsten

Sonntag wieder in Schuss bringen musste. Aber das war das kleinste Problem.

Nachdem Bastian die Hochzeitsgäste nach Hause geschickt hatte, raste er mit seiner Noch-nicht-ganz-Ehefrau« ins Krankenhaus. Auf der Rückbank saßen seine Eltern. Mama Berger schluchzte während der gesamten Fahrt, sein alter Herr war auch keine große Hilfe: »Wenn du weiter so dahinbraust, bekommen wir einen Familienbonus im Krankenhaus.«

Lisa wurde gerade untersucht, eine verlässliche Prognose musste der Oberarzt auf den nächsten Tag verschieben. Also fuhren sie wieder nach Hause, und Bastian und Susi verbrachten ihre erste Nacht als Ehepaar ganz und gar nicht so, wie sie sich das noch gestern vorgestellt hatten.

Die Schlagzeilen der Tageszeitungen am nächsten Morgen drehten sich alle nur um ein Thema: »Superstar Lucy Hill für immer gelähmt!«

2020: DAS LEBEN IST KEIN WUNSCHKONZERT

Smoke On The Water

Bastian war noch etwas angeschlagen, als er frühmorgens um neun Uhr erwachte. Susi war schon lange aus den Federn. Bastian dachte an die vergangene Nacht und den fulminanten Auftritt mit seinen Kumpels in Charlies Kneipe, die mit dreiundvierzig Besuchern gesteckt voll war. Der rotgesichtige Barbesitzer aus Irland gab ihnen seit einigen Jahren immer wieder Gelegenheit, ihren Wahnsinn öffentlich zu zeigen. Zusätzlich zum spektakulären Gesamtkonzept hatten »Die Kumpels« auch musikalisch jede Menge zu bieten und eigentlich hätten sie sich mehr verdient, als in dieser verrauchten Spelunke vor einer Handvoll besoffener Mittvierziger aufzugeigen.

Vor allem die sensationelle Luftgitarrenshow war jedes Mal ein Renner. Bastian legte als Höhepunkt ein Solo hin, das die Leute immer wieder zu Begeisterungsstürmen hinriss. Es war auch schon öfter vorgekommen, dass er sich, wie es ihm sein alter Berger-Papa in der musikalischen Früherziehung beigebracht hatte, einfach die Kleider vom Leib riss und in der weißen Unterhose zu *Smoke On The Water* alles gab. Seit Bastian denken konnte, geisterte dieser Song durch seine Hirnsynapsen. Er konnte sich nicht erklären, warum sich *Smoke On The Water* so tief eingebrannt hatte. Genau genommen galt dasselbe ebenso für *Weiße Rosen aus Athen*, wenn auch aus ganz anderen Gründen und vor allem wegen Tante Finni. Leider war sie mittlerweile Geschichte. Und dieses Lied auch. Die Kumpels hatten dergleichen nicht im Repertoire und sie würden sich auch nie dazu hinreißen lassen, dieses Scheißlied zu spielen. Nie! Nicht einmal bei der Luftgitarrenshow!

Laura und Felix, Bastians Kinder, waren inzwischen auch schon kleine Luftgitarrenheroes. Diese Familienbegabung wurde von Generation zu Generation weitergereicht. Susi und Bastian mussten eine kleine Ewigkeit lang basteln, bis sie endlich schwanger wurden. Ja, das »sie« ist an dieser Stelle schon richtig, Bastian hatte in der Schwangerschaft genauso zwölf Kilo zugenommen wie Susi. Nur hatte sie das Gewicht anschließend wieder verloren. *Seine* zwölf Kilo Babybonus warteten weiterhin geduldig darauf, aber er wusste, da konnten sie lange warten.

Zweiter Versuch

Auf jeden Fall hatte es nicht sofort geklappt mit der Bestäubung seiner Susi, obwohl sie es sehr oft probiert hatten. Die aus dem Ruder geratene Hochzeitsnacht blieb zum Glück lange die einzige, in der in dieser Hinsicht nichts lief. Sie wollten beide so schnell wie möglich kleine Luftgitarrengötter in die Welt setzen, aber nichts tat sich. Totale Funkstille in Samenzelle und Gebärmutter. Vielleicht lag es auch daran, dass Susi immer noch keine

Gelegenheit gehabt hatte, in der Kirche ein deutliches »Ja« zu hauchen. Diese Erklärung war zwar etwas weit hergeholt, aber einen Versuch, da war sich das frischgebackene Ehepaar einig, war es trotzdem wert.

Die morsche Kanzel hatte Bastian noch in derselben Woche nach dem Absturz repariert, aber das »Ja« von Susi fehlte immer noch. Also besuchte das »halbfertige« Brautpaar eines Tages den dicken Pfarrer und vereinbarte mit ihm, in der nächsten Sonntagsmesse ihr Ehegelübde zu erneuern. Er war nicht wenig erstaunt, denn seiner Erfahrung nach machten das sonst nur uralte, keifende Ehepaare, um sich daran zu erinnern, wie der Schlamassel begonnen hatte. Dass ein Paar sich bereits nach anderthalb Jahren das Ja-Wort noch einmal geben wollte, war ungewöhnlich für den Padre.

Dass es sich diesmal um keine Erneuerung, sondern eigentlich um eine Vervollständigung handelte, war ihm entfallen, wie er Bastian und Susi nach einer Flasche Messwein verriet. Nach Zuspitzung der Lage bei ihrer Trauung und angesichts der brennenden Altardecke hatte er sich in den Weinkeller der Pfarre zurückgezogen, um zum Herrgott zu beten. Dass dabei die eine oder andere Flasche hatte dran glauben müssen, zeugt von der Auslegungsvielfalt des Wortes »glauben«.

Nur die Eltern waren in ihren Plan eingeweiht, und so marschierten sechs gut gelaunte Menschen geschnäuzt und gestriegelt an einem schönen Sonntag im Mai in die Heilige Messe. Als der Pfarrer den Leuten erklärte, dass Bastian und Susi heute etwas nachholen wollten, was bei ihrer Trauung nicht gelungen war, nämlich das »Ja« von Susi, ging ein Raunen durch die Menge. Ihre Hochzeit war seinerzeit nicht nur Dorfgespräch gewesen, sondern im ganzen Land war darüber berichtet worden. Nicht aus Interesse an Susi und Bastian, sondern weil Lucy Hill besoffen von der morschen Kanzel direkt in den Rollstuhl geknallt war. Das mit dem Besoffensein hatte man jedoch vor der Presse wieder ausbügeln können, schuld war offiziell ein hinterhältiger Kreislaufzusammenbruch während Lucys berührendem Gesang bei der Trauung ihres geliebten Bruders.

Diesmal sollte nichts schiefgehen, daher hatte man Lisa zur Sicherheit nicht eingeweiht. Diese Nachtragshochzeit sollte ohne Aufregung über die Bühne gehen. Vielleicht hätte der Pfarrer in der Heiligen Messe nicht erwähnen sollen, dass Susi und Bastian seit fast zwei Jahren täglich – oder eher nächtlich – am Nachwuchs bastelten und der gesamte Berger-Clan hoffe, Susi werde nach ihrem endgültigen »Ja« vor dem Herrgott endlich schwanger. Bastian konnte sich nicht erinnern, das bei ihrem zweiten Ehevorbereitungsgespräch erwähnt zu haben. Aber so wie es aussah, waren der dicke Pfarrer und er doch etwas ins Plaudern gekommen. Und noch dazu hatte Susi diesen wichtigen Termin vorzeitig verlassen müssen, weil ihre Schicht im Krankenhaus begonnen hatte. Bastian konnte kaum glauben, was so einige Flaschen Messwein allein mit dem ehrwürdigen Herrn Pfarrer alles bewirkten.

Der auskunftsfreudige Pfarrer sorgte dafür, dass im Gotteshaus beste Stimmung herrschte. Unter tosendem

Applaus marschierte das Brautpaar zum Altar. Und nachdem Bastian mit einem lauten »Ja!« seine Susi auch ein zweites Mal in guten und in bösen Tagen ehren und lieben wollte, stellte der Pfarrer auch ihr die alles entscheidende Frage. Susi war so berührt, dass sie ihr erstes »Ja« beinahe völlig verschluckte, also bahnte sich ein zweites, dafür umso herzlicheres zwischen ihren schönen Lippen den Weg: »Ja!«

Und kaum hatte Susi zweimal »Ja« gesagt, war's erstmal vorbei mit ihrem Job im Krankenhaus. Denn sie wurde schwanger. Und das ganze Dorf freute sich mit ihr. Sogar doppelt. Zwillinge! Laura und Felix! Bastian fragte sich manchmal, was wohl gewesen wäre, wenn Susi vor lauter Begeisterung »Ja, ja, ja, ja, ja, ja!« gerufen hätte. Wäre das dann eine halbe Fußballmannschaft geworden? Dann hätte es eine ganz schöne Drängerei gegeben beim »Sternderlschaun«.

Wenn die zwei Kleinen nicht schlafen konnten, weil wieder einmal Monster und feuerspeiende Drachen über die Wände krabbelten, durften sie kurzerhand zu Mama und Papa ins Doppelbett. Dann wurde die sanft strahlende Nachtbeleuchtung aufgedreht, und schon gab es den Sternengarten im Schlafzimmer. Damit wurden die kleinen Berger-Twins im Handumdrehen beruhigt. Sie erzählten sich gegenseitig Geschichten, in denen es von Königssöhnen, Prinzessinnen und braven Zwergen, die hinter wilden Wasserfällen lebten, nur so wimmelte, und irgendwann schliefen sie alle selig ein. Im Sommer wurde das Ganze an den Originalschauplatz verlegt, also raus in den Garten, und auch jetzt, fast acht Jahre später, konnte es immer noch passieren, dass vier Bergers Hand in Hand im warmen Gras lagen und in den Nachthimmel schauten.

Ziemlich gelähmt

Was war eigentlich aus Lisa geworden? Bastian wollte damals nie mehr etwas zu tun haben mit seinem Schwesternmonster. Und schon gar nicht wollte er am Tag nach ihrem Kanzelsturz ins Krankenhaus fahren, um sie zu besuchen. Höchstens um sie zu erwürgen. Für ihn war sie in diesem Moment ein versoffenes, eifersüchtiges Biest, das es geschafft hatte, seinen und Susis Hochzeitstag zu zerstören. Den Tag, der alle anderen in den Schatten stellen sollte, an dem Prinzenpaare mit einer weißen Kutsche zur Kirche fahren und von begeisterten Menschen am Straßenrand mit Blumen beworfen werden. Er wollte einfach nur seine Susi heiraten, schlicht, ohne weiße Kutsche und anderes Tamtam, aber selbst das hatte Lisa zunichte gemacht.

Er wollte sie nie mehr sehen, aber Susi konnte ihn dazu überreden, sie doch zu besuchen. Gerade Susi, die Lisa als »Schlampe« beschimpft hatte, der sie die Schuld an allem gab, was nicht in ihre schräge Welt passte, wollte, dass Bastian seiner Schwester beistand. Wenn es stimmte, was in reißerischer Aufmachung in den Zeitungen über den Unfall von Lucy Hill geschrieben stand, würde sie niemals wieder gehen können. Aber Bastian war sich nicht sicher, ob das nicht wieder ein Publicity-Trick von Lisa war, mit dem sie endlich in die Schlagzeilen der Hochglanzmagazine zurückkehren wollte.

Auf dem Parkplatz vor dem Krankenhaus standen an die dreißig Übertragungswagen von Fernsehstationen aus ganz Europa. Die Reporter warteten gespannt auf jede Nachricht aus dem Inneren des Krankenhauses. Die Eingänge waren polizeilich abgesperrt.

»Hi Bastian, was machst du denn da?« Dr. Jasmin Bremer stand vor ihm, zufällig. Sie war Oberärztin in der gynäkologischen Abteilung und sah in ihrem weißen Ärztemantel sehr kühl und spröde aus. Kaum zu glauben, was Jasi, wie ihre Freunde sie nannten, sonst draufhatte, wenn sie ihre biedere Arbeitskleidung gegen High Heels, hautenge Leder-Leggings und ein Seidentop tauschte. Sie war öfters dabei, wenn Bastian mit Susi und ihren Kolleginnen und Kollegen durch die Clubs der Stadt zog. Einmal waren sie gemeinsam bei einer privaten Party eingeladen gewesen, und zu sehr später Stunde hatte er dann seine Luftgitarre gezückt und für ordentliche Aufregung gesorgt.

»Ohne weiße Unterhose hätte ich dich jetzt beinahe nicht wiedererkannt!«, erklärte Jasi und lächelte ihn an.

»Ich hab ja auch meine Luftgitarre nicht dabei!«, flunkerte er. Dabei konnte Bastian jederzeit aus dem Stegreif eine Session der ganz besonderen Art performen, aber heute war er absolut nicht in Stimmung dafür. Hätte er das hier vor dem Krankenhaus, vielleicht auch noch in seiner Original-Bühnengarderobe versucht, wäre der

Weg in die Psychiatrie nicht weit gewesen. Vermutlich hätte man ihn auf einem knarrenden Transportwagen festgezurrt und für längere Zeit aus dem Verkehr gezogen. Also ließ er es bleiben, setzte sein schönstes Lächeln auf und brachte Jasmin dazu, ihn an den Reportern vorbei zu seiner Schwester zu schleusen.

»Bastian, du verfluchter Kerl! Schau, was du angerichtet hast! Das ist alles deine Schuld. Und die von Susi, dieser Bitch!«

Nette Begrüßung. »Hab dich auch lieb, Lisa!«

Lisa war nicht allein im Zimmer. Neben Jeronimo standen einige schräge Typen ihrer Plattenfirma im Halbkreis um das Bett. Bastian konnte sich des Eindrucks nicht erwehren, dass seine Schwester die Aufmerksamkeit trotz allem genoss. »Es ist aus. Alles ist aus! Ich bin ein Krüppel, und alles nur wegen dir!«

In diesem Zustand hätte man eher einen angeschossenen Löwen bändigen als Lisa beruhigen können. Also ließ er sie einfach toben und hoffte, dass es ihr dann vielleicht besser gehen würde.

»Nicht nur, dass du meine Karriere ruiniert hast, jetzt ruinierst du auch noch mein Leben!«

»Aber Lisa, du hast ...«, wollte er einwerfen, doch er hatte keine Chance.

»Nichts aber, du bist schuld, dass ich hier liege und mich in Zukunft im Rollstuhl durch die Gegend schieben lassen muss.«

Ehe er was erwidern konnte, schnaubte sie weiter: »Und dass Lucy Hill nicht mehr dort steht, wo sie hingehört, das ist auch allein dein Verdienst. Vielen Dank! Aber ich werde es dieser dämlichen Kuh schon zeigen. Hanne Hunter soll sich schon mal warm anziehen!«

Die Wut, die aus Lisas Sätzen sprach, das war nicht wirklich schön. Etwas beruhigend aber fand Bastian, dass sie trotz ihrer beschissenen Lage so etwas wie Zukunftspläne zu haben schien. Hanne Hunter hatte anscheinend Lisas Kampfgeist wieder geweckt.

Die siebenundzwanzigjährige Hanne Hunter hatte es vor einigen Jahren geschafft, den Schlager aufzupeppen und wieder salonfähig zu machen. Sie war jung, sah blendend aus, hatte eine Wahnsinnsfigur und konnte noch dazu perfekt singen. Das ganze Land war plötzlich im Schlagerfieber. Ihre Konzerttourneen gingen durch die größten Stadien, während sich Lucy Hill mit immer noch ansprechenden, jedoch deutlich kleineren Locations wie Stadthallen oder Freizeitparks begnügen musste.

Während Lisa weiter über Hanne Hunter fluchte, warf Bastian kurz ein: »Aber die kann man doch mit dir gar nicht vergleichen ...« Er wollte noch anfügen, dass die Herz-Schmerz-Liedchen von Hanne und ehrliche, handgemachte Rock-Musik nun einmal zwei völlig unterschiedliche Paar Schuhe waren, aber dazu kam er nicht mehr.

»Warum kann man mich nicht vergleichen mit dieser Bitch? Ha? Bastian? Warum nicht? Was die kann, kann ich schon lange!«

Bastian hatte wieder mal einen wunden Punkt getroffen. Lisa konnte es nicht verkraften, dass sie eine

»Schlager-Tussi« von der Nummer-eins-Position in den Charts vertrieben hatte.

»So war's nicht gemeint ...«

»Na wie denn sonst? Wir war's sonst gemeint? Du hast doch nie zu mir gehalten! Sonst hättest du mir bessere Songs geschrieben. Aber nein, du wolltest ja immer dein eigenes Ding durchziehen«, blaffte sie ihn an.

Langsam stieg jetzt auch Bastians Blutdruck, in seinem Gesicht hatten sich große rote Flecken gebildet: »Lisa, das ist jetzt nicht dein Ernst! Du hast mich nie, nie, niemals gefragt, ob ich für dich Songs schreiben möchte!«

Die Plattenheinis, die gerade noch verlegen auf ihre Handys gestarrt hatten, schauten überrascht auf.

»Bis auf deine ersten drei Songs, die ja zufällig alle Nummer-eins-Hits wurden, gab es keinen einzigen Bastian-Berger-Song für Lucy Hill. Und selbst die hast du mir geklaut und als deine eigenen ausgegeben!«

Jetzt wurde es interessant für die Typen vom Label, anscheinend hatten sie da andere Informationen.

»Du hättest ja auch was sagen können!«

»Lisa, wenn du dich erinnern kannst, ich wollte dir ...«

»Hör doch auf damit!«, unterbrach ihn sein Schwesternmonster, bevor die Plattenheinis noch mehr mitbekamen.

»Und außerdem, ohne mich wären nicht mal die ersten drei Songs Hits geworden. Das war ganz alleine ich«, stellte Lisa fest. »Dabei hätten wir beide gemeinsam durchstarten können, ich auf der Bühne und du mit für mich komponierten Songs.«

»Eigentlich«, Bastian nutzte eine kurze Gefechtspause, »wollten wir beide gemeinsam auf die Bühne, falls du dich noch erinnern kannst!«

»Du? Auf einer Bühne? Schau, wie du aussiehst, du warst ja schon immer viel zu fett, wer will dich schon sehen? Du bist ein Typ für den Hintergrund, da kannst du fressen, soviel du willst, und wenn du gute Musik abgeliefert hättest, wären wir alle glücklich gewesen!«

Prack, das hatte gesessen. Lisa lief in ihrer seelischen Grausamkeitsskala zur Höchstform auf. Giuseppe schnäuzte sich betroffen in den Vorhang, die anderen Typen fingerten wieder geschäftig auf ihren Wisch-Handys hin und her, und Bastians Schwester legte noch einmal nach.

»Du bist und bleibst ein Loser! Aber jetzt hast du ja deine Susi-Schlampe, ihr passt prima zusammen!«

»So, das reicht, Lisa!« Jetzt war Bastian auf hundertachtzig und konnte sich nicht mehr halten: »Du hast mich dein ganzes Leben ausgenutzt, dir von mir Lieder schreiben lassen, die du als deine eigenen ausgegeben hast, mir meine Ideen geklaut, mich, meine Freunde und vor allem Susi beleidigt und verletzt und mir noch dazu meine Hochzeit versaut!« Er wollte gar nicht von den Tantiemen reden, die sie für seine Songs eingesackt hatte, von ihren Anschuldigungen und Miesmachereien bei den Label-Bossen, von all den ... ach, er hätte noch Dutzende von Dingen aufzählen können, die Lisa ihm angetan hatte. Aber Bastian hatte einfach genug, packte seine Sachen zusammen, auch das Geschenk für Lisa, ein großes Lebkuchenherz, auf dem »Alles wird gut, Lisa!« stand, und rauschte ab.

»Ja, geh nur und lass mich hier liegen, du ...« Das Wort »Arsch« hörte er nur mehr ganz leise, weil die Tür krachend hinter ihm ins Schloss fiel. Aus, das war's endgültig mit seiner Schwester, war sich Bastian sicher, sie war ein für alle Mal gestorben für ihn.

Im Enzian liegt die Wahrheit

Im Foyer des Krankenhauses lachte ihm der Schriftzug »Café« mitten ins Gesicht. Kaffee half ihm jetzt nicht, aber ein großes Bier und zwei Enzianschnapserl kippte er hinunter, um wieder einigermaßen klar im Kopf zu werden. Leider funktionierte das nicht, denn stattdessen wurde er so richtig sentimental. War er doch zu hart gewesen zu Lisa? Schließlich lag seine Schwester schwer verletzt im Krankenbett und musste vielleicht den Rest ihres Lebens im Rollstuhl verbringen. Beim dritten Enzian dachte Bastian an das gemeinsame »Sternderlschaun« in ihrem Garten zurück, und plötzlich liefen ihm Tränen über die Wangen.

Eine Kellnerin kam aufgeregt zu ihm und fragte: »Ist was passiert? Kann ich Ihnen helfen?« Und dann erzählte er ihr alles, vom Traum der Geschwister, als Rockstars durchzustarten. Dass sie mal im Olympiastadion hatten auftreten wollen. Und es Lisa als Lucy Hill stattdessen alleine geschafft hatte. Beim vierten Enzian war Bastian endgültig in Tränen aufgelöst und merkte gar nicht, dass die nette Bedienstete gar keine Schürze trug. Er erzählte von seinen Songs, die er für Lucy Hill geschrieben und die sie als ihre eigenen ausgegeben hatte, und davon, dass Lisa auf seine Susi eifersüchtig war und ihnen die Hochzeit versaut hatte. All das besprach er mit der Kellnerin, die sich auf einem kleinen Papierblock immer wieder Notizen machte.

Und plötzlich sah Bastian die kleine Lisa vor sich, wie sie beide mit Papa auf dem Sofa vor dem Aquarium Luftgitarre gespielt hatten. Ausgelassen, unbeschwert, glücklich. Was war sie doch für ein liebes Mädchen gewesen! Und vielleicht war sie das ja auch heute noch, vielleicht meinte sie das alles gar nicht so, vielleicht hatte er ihr Unrecht getan.

Bastian beschloss, sich bei Lisa zu entschuldigen, bedankte sich bei seiner netten Trösterin und wankte in den vierten Stock zu Lisas Zimmer. Im Treppenhaus kam ihm zuerst der etwas zerstört wirkende Jeronimo Giuseppe entgegen, etwas später folgten gut gelaunt und laut lachend die Handywischer von der Plattenfirma, die für ihn in seinem leicht illuminierten Zustand nur mehr »Handywichser« waren. Was er ihnen auch unbedingt mitteilen musste. Seine Schwester lag gelähmt im Krankenhausbett, und die Arschlöcher grinsten ihm ins Gesicht. Das ging ja gar nicht! Die waren eigentlich schuld daran, dass Lisa so war, wie sie war. Sie hatten seine Schwester zerstört und jetzt machten sie sich obendrein lustig über sie, wie sie mit gebrochener Wirbelsäule und der Aussicht, nie mehr gehen zu können, in diesem Bett lag.

Sein Hass auf die Typen schnellte augenblicklich auf Everest-Niveau. Man weiß nicht, ob es an seiner natürlichen Erregung oder an den doch sieben bis acht Gläsern Enzian-Schnaps lag. Auf jeden Fall hing an der Wand ein roter Wasserschlauch neben einer Brandmelde-Box, und sobald die Handywichser auf Bastians Höhe waren, schrie er »Feuer!« Er drückte auf den Brandmeldeknopf und schnappte sich den Wasserschlauch, aus dem sofort eiskaltes Wasser schoss. Der Strahl traf punktgenau die Typen von Lisas Plattenfirma und warf sie von den Beinen. Wie besoffene Schmeißfliegen krochen sie am Boden herum und versuchten, sich wieder auf die Füße zu kämpfen. Aber Bastians Strahl war stärker. Das Löschen eines nicht vorhandenen Vollbrandes ist gar nicht so einfach, das braucht seine Zeit, bis keine Gefahr mehr besteht.

»Feuer aus!«, schrie er nach einigen Minuten und befestigte den Schlauch wieder in der dafür vorgesehenen Halterung. Bevor die fluchenden, aber sehr gut befeuchteten Handywichser mitbekamen, dass es gar keinen echten Brandherd gegeben hatte, war Bastian schon einen Stock höher. Im gesamten Krankenhaus schrillten die Sirenen, Schwestern, Ärzte und Patienten liefen hektisch durch die Gänge, und fieberhaft wurde nach dem Auslöser für die Massenpanik gesucht. Der befand sich jedoch bereits im vierten Stock und öffnete leise die Tür zu Lisas Krankenzimmer.

Wunder gescheh'n

»Lisa, es tut mir leid!«, hauchte Bastian in den Raum, wo das große Bett stand. Aber das war leer. Seine Schwester war bestimmt evakuiert oder zu einer Untersuchung gebracht worden, dachte er. Als er die Zimmertür wieder schließen wollte, hörte er ein leises »Ah!« aus dem Badezimmer, dann immer wieder »Ah, ah!« und »Gut so!« Die Stimme gehörte eindeutig seiner Schwester. Aber Lisa war seit gestern gelähmt an das Bett gefesselt, sie konnte es also gar nicht sein. Bastian musste sich das näher ansehen und öffnete die Tür. Was er dann sah, sollte ihm nie wieder aus dem Kopf gehen. Seine gerade noch schwerstbehinderte Schwester stand nackt mit dem Rücken zur Wand in der Duschkabine, vor ihr kniete einer der Handywichser und schmatzte vor sich hin. Lisa hatte sichtlich Spaß bei dem, was er mit seinem Mund da zwischen ihren weit gespreizten Beinen machte. Sie jaulte vor Entzücken, schüttelte ihren Kopf hin und her, und ihr ganzer Körper zuckte unkoordiniert durch die Gegend.

»Lisa, was soll das?«

»Was soll was?«, rief sie im Zustand höchster Ekstase. Einfach so, als wäre diese Gegenfrage das Normalste auf der Welt. Nicht einmal ihre Augen öffnete sie, sondern sie genoss einfach nur den Handywichser, der mit seiner Zunge anscheinend gerade wieder eine neue Region entdeckt hatte.

»Lucy, was soll das?«

Hinter Bastian tauchte plötzlich Giuseppe Jeronimo auf und war ebenso entsetzt wie er.

Jetzt erst stellte der Handywichser sein Verwöhnprogramm ein. Er hatte bisher nicht einmal bemerkt, dass es mittlerweile zwei Zuschauer gab, die seine Unterstützung zu Lisas Intimpflege nicht wirklich gut fanden.

Jetzt erst öffnete auch Lisa keuchend ihre Augen und schrie entsetzt: »Was macht ihr denn hier?« Und dann wurden Bastian und Giuseppe Jeronimo Zeugen eines einzigartigen Wunders. Fátima, Lourdes und wie die Wallfahrtsorte sonst noch so heißen, konnten alle einpacken. Bastians gelähmte Schwester lief nackt aus dem Badezimmer, schmiss sich in ihren Satin-Pyjama und warf sich unter die Decke ins Bett. Jeronimo bekreuzigte sich drei Mal und schrie: »Herrgott, Danke! Sie kann wieder gehen!«

Gleich darauf dachte er wieder an das, was er vor wenigen Sekunden im Duschraum gesehen hatte. Weil selbst eine abgebrannte Glühbirne wie Giuseppe nicht annehmen konnte, dass der Plattenheini zuvor mit seinem Mund nur Lisas Beine wiederbeleben wollte, legte er nach: »Du verdammtes Miststück! Du schickst mich um Zigaretten, und dann vögelst du mit dem Typen da!«

»Ich hab' gar nicht mit ihm gevögelt. Ach, lass mich in Ruhe, Jeronimo!« Bastians Schwester war wieder im Kampfmodus, während ihr Handywichser zur Sicherheit still war und auf seinem Mobiltelefon hin- und herwischte.

»Giuseppe, ich heiße Giuseppe!« Und weg war Jeronimo. Oder wie er auch immer hieß.

Bastian war baff. Seine Schwester hatte tatsächlich die ganze Welt glauben lassen, sie sei gelähmt. Alle Zeitungen waren voll davon, und die nächste Platte würde sich ganz bestimmt doppelt so gut verkaufen. Wenn nicht noch besser. Man konnte ja später von einer wundersamen Heilung berichten, die nur durch die beispiellose Disziplin Lucy Hills möglich gewesen sei, mit der sie sich ins Leben zurückgekämpft habe. So etwas kam beim Publikum immer gut an. Lucy Hill und der Plattenfirma hatte gar nichts Besseres als der Kanzelsturz passieren können.

»Was ist?«, schnauzte Lisa ihren Bruder an. »Du brauchst gar nicht so belämmert schauen. Ja, ich kann gehen. Zum Glück! Gestern sah's noch ganz anders aus, aber es war dann doch nicht so schlimm. Freu dich doch mit mir! Ja, und warum soll man das nicht etwas ausnützen, so rein marketingtechnisch. Das verstehst du doch, Basti?«

Vorsicht, sie hatte »Basti« gesagt, das hieß, es bestand wieder höchste Einlullungsgefahr. Diesmal funktionierte die Masche nicht mehr. Bastian war zwar tatsächlich erleichtert, dass Lisa wieder auf beiden Beinen durch die Welt stolzieren würde, aber von ihrer Hinterhältigkeit, ihren Lügen und Intrigen hatte er endgültig die Nase voll. Doch bevor er ihr das sagen konnte, stürmte eine Bande pudelnasser Handywichser ins Zimmer.

»Da ist er, dieser Scheißkerl! Warte, du hast Glück, dass du schon im Krankenhaus bist, da hast du's nicht mehr weit zum Arzt!«

Aber bevor ihn der erste packen konnte, schrie Lisa:

»Lasst ihn in Ruhe! Sofort!«

Tatsächlich ließen sie von ihm ab, aber es fiel ihnen sichtlich schwer. In ihren nassen Anzügen schnaubten sie wie die Seerobben in Disney-World, und Bastian wusste sofort, dass sie nie mehr Freunde werden würden.

Alles nur geklaut

Die nette Kellnerin vom »Café« war gar keine nette Kellnerin, sondern eine beinharte Reporterin des größten Revolverblattes der Nation. Eine von der Sorte, die mit lächelndem Gesicht über Leichen geht, und genau diese Schundschreiberin hatte sich in das Krankenhaus geschlichen und war dort zur Story ihres Lebens gekommen. Nicht allein Bastian hatte sich bei ihr ausgeheult, sondern anschließend war ihr Giuseppe bei seiner Verzweiflungsflucht vor Lisa ebenfalls in die schmutzigen Hände gelaufen. Auch er war ein williges Opfer der »Informationsbeschaffung« dieser Journalistenkröte geworden, und so stand am nächsten Tag in großen Buchstaben auf dem Titelblatt des Schmierblatts: »Lucy Hill kann wieder gehen! Alle Songs geklaut!«

Es rauschte ganz gehörig im Blätterwald, als diese Schlagzeilen erschienen. Doch die Werbefritzen von Lucy Hills Plattenfirma waren echte Vollprofis. Seit der Einführung des letzten amerikanischen Präsidenten gab es den Begriff »Alternative Fakten«. Die Handywichser aus dem Krankenhaus gehörten zur Marketing-Abteilung und erfanden eine haarsträubende Story über die exzellenten Ärzte des hiesigen Krankenhauses, die Lucy Hill die ganze Nacht hindurch operiert hatten, mehrmals knapp vor dem Aufgeben gewesen waren, aber dank einer außergewöhnlichen Leistung und Gottes Hilfe eine Querschnittslähmung hatten vermeiden können. Aufgrund einer saftigen Spende war auch die Krankenhausleitung dazu bereit, diese Geschichte zu bestätigen. Blieb also nur mehr die Sache mit den geklauten Songs.

Den Fans von Lucy Hill war nur wichtig, dass sie wieder auf der Bühne stand. Ob ihre Songs jetzt von ihr selbst oder ihrem Bruder geschrieben waren, war ihnen herzlich egal. Lisa habe ihren Bruder, einen hochtalentierten, aber äußerst sensiblen Künstler, aus dem gefährlichen Musikbusiness heraushalten wollen, hieß es in der offiziellen Presseerklärung an die Redakteure der großen Zeitungen und Magazine. Die Schundreporterin, die den ganzen Stein ins Rollen gebracht hatte, wurde zu einigen Backstage-Terminen eingeladen, dort ganz besonders verwöhnt, mit Geschenken überhäuft, und obendrein bekam sie eine schriftliche Zusicherung für mehrere Exklusiv-Interviews mit Lucy Hill und anderen Musikgrößen.

Dass man eine ordentliche Nachzahlung der ihm zustehenden Tantiemen auf Bastians Konto überwiesen hatte, brauchte die breite Öffentlichkeit ja nicht zu erfahren. Bastian fand das mehr als angebracht, doch das Geld war ihm dabei nicht das Wichtigste. Obwohl er von seiner Schwester die Nase gestrichen voll hatte, konnte ihn die Plattenfirma doch überzeugen, ein paar Songs für Lisa zu »probieren«. Er müsse auch nicht persönlich mit ihr zusammenarbeiten, sondern solle einfach in seinem Studio »herumklimpern« und mal schauen, was zu Lucy Hill passen könnte. Man wusste jetzt, dass Bastian die ersten drei Hits von Lucy komponiert hatte und wollte checken, ob er wirklich so genial war, wie es diese Songs vermuten ließen. Bastian wehrte sich lange dagegen, etwas für Lisa zu tun, aber seine Liebe zur Musik gewann schließlich – und das Ergebnis war »bombastisch«. Genauso wurden die Songs in den Produktionssitzungen bewertet. Von diesem Zeitpunkt an komponierte und textete Bastian auch offiziell Songs für seine Schwester, die allesamt als Singles ausgekoppelt wurden und Lucy Hill wieder auf die vorderen Plätze der Charts brachten. Das konnten nicht mal die Handywichser verhindern, die immer noch nicht gut auf ihn zu sprechen waren.

Vielleicht geht ja doch noch was

Und nun waren es also nur noch drei Monate bis zu seinem Vierzigsten. Statistisch gesehen war er jetzt in der Mitte seines Lebens angelangt. Durch die Arbeit an den gemeinsamen Songs waren sich Lisa und Bastian doch wieder etwas nähergekommen. Lisa und Susi hatten sich auch irgendwann ausgesprochen. »Best Friends« würden sie trotzdem nie werden, aber es gab zumindest keine Hautausschläge oder sonstige Irritationen, wenn sich die beiden trafen. Susi hatte Lisa sowieso alles verziehen, umgekehrt war das nicht so einfach. Mit seinen

Kumpels spielte Bastian ab und zu kleine Gigs, für Lucy Hill schrieb er große Hits, seine Familie war großartig, die Tischlerei konnte er auch dank der Tantiemen weiter ausbauen und mittlerweile hatte er schon zwei Mitarbeiter, es war also alles in Ordnung in seinem Leben.

Nur tief in seinem Innersten brannte immer noch der Wunsch, selbst durchzustarten. Mit eigenen Songs, eigener Band, einer eigenen Tournee, und wenn es sein musste, auch mit eigener Schwester. Doch die war so in ihrem selbstverliebten Ich-bin-die-absolut-Beste-und-auf-der-Bühne-hat-neben-mir-sowieso-kein-anderer-Platz-Modus gefangen, dass das nie passieren würde. Wenn überhaupt, dann müsste er es wohl oder übel alleine probieren. Bastian hatte Zweifel, ob er das schaffen würde. Lisa war für die Bühne geboren, sie sah immer noch verdammt gut aus. Er dagegen hatte nicht wirklich die Figur eines Rockstars, da musste er Lisa leider recht geben. Vielleicht sollte er wirklich eher im Hintergrund bleiben, wie es ihm seine Schwester im Krankenhaus an den Kopf geworfen hatte.

Vor einigen Tagen war ihm eine echt geile Rock-Ballade gelungen, auf die er selbst stolz war. So eine Hammernummer passiert einem nur einmal im Leben, wusste Bastian. Schon nach den ersten Takten fabrizierte die Musik Gänsehautfeeling, und der Text passte genau in die Zeit.

Die verdammte COVID-19 Pandemie war gerade ein Showstopper all over the world. Überall wurden Lockdowns verordnet, um die Infektionszahlen runterzubringen. Man durfte längere Zeit nicht aus dem Haus, und das ging auf die Psyche von vielen Menschen, die plötzlich überrascht feststellten, dass es auch Mitbewohner in den eigenen vier Wänden gab. Home-Office, Home-Schooling, Home-Talking mit der Ehefrau, für die meisten eine neue Herausforderung. Viele sehnten sich wieder nach Normalität und träumten davon, was sie *irgendwann* mal machen würden.

Bastian hatte auch in dieser Zeit genug zu tun, im Gegenteil, er wünschte sich oft, sein Tag hätte mehr als vierundzwanzig Stunden. Er hatte so vieles auf seiner persönlichen To-Do-Liste stehen, das er unmöglich schaffen konnte. Also verschob er das Meiste auf später. Und genau diese Gefühle schrieb er sich von der Seele. Der Titel hieß *Aber irgendwann*, und Bastian nahm sich den eigenen Song gleich zu Herzen und beschloss, wieder mehr an sich zu denken. Es war sein Leben, es waren seine Träume, es war sein Lied. Daher wollte er diesen Song ganz bestimmt nicht seiner Schwester anbieten, sondern marschierte damit gleich zum Boss aller Bosse, nämlich dem von Star Records.

Bastian hatte Mr. T. in den letzten Jahren immer wieder einmal getroffen, wenn er im Studio von Lisas Plattenfirma ihre neuen Songs arrangierte. Er wusste, dass Mr. T. seine Arbeit schätzte, auch wenn er das nicht gerne zugab. Der Plattenmanager war mehr der spröde Knochen, der das Wort »Lob« nicht mal vom Hörensagen kannte. Es gab niemanden in diesem Universum, der von Mr. T. jemals ein klares Wort der Bestätigung bekommen hätte.

Aber er hatte seine eigene Art, so etwas wie Begeisterung auszudrücken. Wenn beide Augenbrauen unregelmäßig zu zucken begannen, bedeutete das schon einmal nichts Schlechtes. Dazu kam noch ein tiefes Grunzen aus den untersten Regionen seiner kreativen Musiker-Seele. Das war es dann auch schon mit den Jubelausbrüchen von Mr. T.

Als Bastian das riesige Büro des Allmächtigen betrat, erstarrte er beinahe vor Ehrfurcht. Mr. T. thronte auf einem alten, mickrigen Drehstuhl, ihm hatte er den Platz auf der versifften Ledercouch angeboten, auf der es sich vor Bastian schon die Crème de la Crème der Musikwelt gemütlich gemacht hatte. In einer Ecke stand ein prähistorischer Wurlitzer mit Singles aus den 50er und 60er Jahren des letzten Jahrhunderts. Daneben eine ebenso alte Waage mit gusseisernem Aufbau und einer überdimensionalen Scheibe in Augenhöhe, auf der ein roter Pfeil das Gewicht einer Person anzeigen würde, falls sich je eine auf die leicht verrostete Trittfläche verirrte. Niemand wusste, ob sie noch funktionstüchtig war, aber irgendwie passte diese Waage perfekt zur bunt zusammengewürfelten Einrichtung des Büros von Mr. T. mit seinem Retro-Charme.

Während sie gemeinsam Bastians neue Ballade hörten, konzentrierte sich Bastian auf Mr. T. und seine Augenbrauen. Schon nach wenigen Sekunden hüpften sie wie zwei Regenwürmer beim Line-Dance. Es ging rund in der oberen Gesichtshälfte des Label-Bosses. Als er am Ende des Songs auch noch ein sehr basslastiges Knurren hören ließ, konnte man sicher sein, der Song war angekommen.

»Bastian, gratuliere! Wenn das keine Nummer eins wird, lasse ich mir sofort ›Loser‹ auf den Arsch tätowieren. Das will ich unbedingt haben. Der Song passt haargenau in die Zeit. Und er passt haargenau zu dir.«

Was? Meinte er das ernst? Bastian konnte nicht glauben, was er da gerade gehört hatte. Es wurde ihm etwas schummrig, und Mr. T. entging das nicht.

»Was ist los, Bastian? Mach mir ja nicht schlapp, jetzt, wo ich dich zum Star pushen will!«, lachte er. Und dann setzte er noch einen drauf: »Lisa wird schön schauen, wenn die nächste Konkurrenz um einen Top-Platz in den Charts aus der eigenen Familie kommt.«

Bastian konnte noch gar nicht fassen, was jetzt auf ihn zukam. Mr. T. war ein Manager vom alten Schlag, den man beim Wort nehmen konnte, wenn er etwas versprach. Kein junger Schnösel, der jeden Rülpser in einer eigenen Vertragsklausel festgelegt haben wollte. Ganz im Gegenteil, er meinte, sie würden das machen wie echte Männer und nicht wie die frischen Zahlenheinis, die jetzt überall das Sagen hatten. Bei ihm ginge das noch ohne Vertrag und sonstigem Klimbim. Mit einem Handschlag vereinbarten sie die Veröffentlichung von Bastians erster Single genau am Tag seines Geburtstags in drei Monaten. Die Zeit sollte für die professionelle Produktion im Studio genügen. Die Marketingabteilung mit den Handywichsern würde eine Kampagne entwickeln, die alle Stücke spielte. Und wenn der Song einschlagen sollte, wovon Mr. T. absolut überzeugt war, würde ein ganzes Album produziert werden. Es sollte also richtig viel Geld investiert werden, weil er einfach an das Lied glaubte. Und an den Interpreten.

»Bastian, wie schaut's aus mit einer Live-Tour? Meinst du, dass du das mit deinen Kumpels schaffst?«

»Ganz bestimmt«, versicherte Bastian. Aber so ganz sicher war er sich da nicht. Seine Kumpels waren zwar eine Horde von Wahnsinnigen, aber vor mehr als einer Handvoll Besuchern hatten sie noch nie gespielt.

Mr. T. legte nach: »Ich denke da an so richtig großes Kino. Hallentourneen durch das ganze Land. Vielleicht am Beginn als Tour-Support eines großen Stars?«

»Kein Problem! Solange ich meine eigenen Songs performen kann, bin ich mit meinen Kumpels auch gern die Vorgruppe«, entgegnete Bastian.

»Auch für Lucy Hill?«

Jetzt kam Bastian doch etwas ins Grübeln. In ihm brauten sich schwarze Gewitterwolken zusammen, da hatte er doch Bedenken. Er verwarf sie sofort wieder, denn eigentlich konnte ihm gar nichts Besseres passieren, als bei den Konzerten seiner Schwester den Opener zu machen.

»Ja, auch für Lucy Hill. Und später machen wir es umgekehrt, dann ist Lisa mein ›Supporting Act‹«, schmunzelte er.

Mr. T. lachte laut auf. »Ha, ha, dann kannst du aber jede Familienfeier mit ihr vergessen. Lisa würde nie mehr ein Wort mit dir reden, wenn sie dir nicht sowieso gleich ein Killerkommando auf den Hals hetzt.«

»Ich fürchte, da hast du recht. Lassen wir es, wie es ist. Es ist bestimmt besser so für uns alle.« Bastian war wirklich neugierig, wie Lisa das aufnehmen würde, aber eigentlich dürfte es kein Problem für sie sein. Umgekehrt wäre es allerdings gänzlich undenkbar. Lisa war absolut nicht dazu geboren, irgendwo nur die zweite Geige zu spielen. Wo sie war, war oben, da hatte kein anderer Platz. Sie war der absolute Star! Wer versuchte daran zu rütteln, hatte keine Chance alt zu werden. Bastian aber hatte kein Problem damit, sollte Lisa ruhig die Diva spielen. In den riesengroßen Hallen zu performen, die Lisa als Lucy Hill füllte, war eine Chance, die man als Newcomer nicht so schnell bekam. Davon hatte Bastian ein Leben lang geträumt, ob vor, nach oder statt Lisa, war ihm mittlerweile egal. Zwar wäre früher für ihn nur ein »mit Lisa« in Frage gekommen, aber die Zeiten hatten sich geändert.

Aber irgendwann

Im kleinen Kellerstudio, das Bastian in den letzten Jahren zur High-Tech-Musikschmiede ausgebaut hatte, wurde also jetzt ein neuer Hit geboren. Immer wenn es ihm die Zeit erlaubte, saß er hier, ohne auch nur den Funken von Tageslicht zu ergattern. Aber das war nicht wichtig, er schraubte wie besessen an seinem Song herum und hatte immer wieder neue Ideen, wie man ihn noch besser machen konnte. Manches Mal besuchte ihn Susi und brachte Obst und frische Fruchtsäfte. Damit er wenigstens etwas

Gesundes zu sich nehme, meinte sie lachend. Und so unrecht hatte sie nicht, denn ansonsten schaufelte Bastian nur kiloweise Schokolade in sich hinein. Aber wenn er kreativ war, gehörte das eben dazu.

Auch Papa Berger ließ sich ab und zu blicken. Mittlerweile war er wirklich alt geworden, auch Luftgitarrengötter kommen in die Jahre. Die wenigen Haare auf seinem Kopf waren schneeweiß, sein legendärer Rock'n'Roll-Gang war längst nicht mehr so federnd und elegant wie in seinen besten Jahren, und wenn er die Treppe hinunterkeuchte, brauchte er ein paar Minuten, bis er wieder einigermaßen sinnvolle Worte herausbekam. Und der Weg nach oben? Da war er danach für eine Stunde nahezu bettlägerig. Sein Herz spielte nicht mehr ganz mit, aber er meinte, man solle sich darüber keine großen Gedanken machen. Unkraut vergeht nicht, und daher würde er bestimmt an die hundert Jahre alt werden.

Papa Berger war begeistert von dem Song. Das Einzige, was fehlen würde, sei ein Instrumentalteil, in den man ein ordentliches Luftgitarrensolo einbauen könnte. Bastian fand die Idee ausgezeichnet. Er verwendete zwar statt der Luftmodelle echte Gitarren, aber dieser Solo-Part gab dem ganzen Song noch mehr Dramatik und Würde.

Mama war glücklich in ihrer Welt, und da gehörte das Kellerstudio bestimmt nicht dazu. Aber einmal am Tag kam auch sie nach unten, weil sie meinte, ihr Bub müsse auch etwas »Gescheites« essen, nicht immer nur Obst oder Schokolade. Sie versorgte Bastian heimlich mit Schnitzel, Schweinsbraten und sonstigem Fleisch, vorzugsweise in der nicht sehr kalorienreduzierten Variante mit einem Fettrand in XXL-Übergröße. Genau was Bastian am liebsten hatte, Mama kannte ihn halt doch am besten, wenn es ums Futtern ging. Bastian lebte schon immer nach dem Motto: Das beste Gemüse ist immer noch Fleisch!

»Du warst bei Mr. T.?«, fragte Lisa, gerade als Bastian dabei war, das Gitarrensolo aufzupeppen.

»Hi Lisa, was machst du denn hier?«

»Du warst bei Mr. T.?«, wiederholte sie, ohne Zeit mit Höflichkeitsfloskeln oder wenigstens einem kurzen »Guten Tag« zu vergeuden.

»Warum warst du da?«

Okay, Bastian erzählte ihr halt die ganze Geschichte. »Ich hab da so einen Song gemacht ...«

Aber statt ihn ausreden zu lassen, meinte sie schnippisch: »Welchen Song? Lass mal hören ...«

»Es ist eine Ballade. Eine langsame Nummer, die leider überhaupt nicht zu dir passt ...«, rieb ihr Bastian unter die Nase. Nur, damit sie gar nicht erst auf falsche Gedanken kam.

»Egal! Lass hören!« Manchmal ging ihm ihr Befehlston gehörig auf den Senkel.

»Mr. T. möchte den Song mit mir produzieren. Stell dir vor Lisa, mit mir! Jetzt bekomme ich doch noch die Chance, meine eigene Single aufzunehmen.«

»Ich will dieses verdammte Lied endlich hören!«

Man hätte in diesem Moment auch »Bastian, ich freue mich so für dich, das wird ganz bestimmt großartig« sagen können, aber kein Wort davon. Lisa war im Ich-will-das-haben-Modus. Doch den konnte sie sich heute abschminken. Bastian war fest dazu entschlossen, ihr den Song nicht vorzuspielen. Wer weiß, was seinem Schwesternmonster alles einfallen würde. Dieser Song gehörte ganz allein ihm, den konnte ihm keiner nehmen, den würde er produzieren und damit auf Tour gehen – aus, basta!

Lisa sah ein, dass sie so nicht weiterkam. Plötzlich wurde sie ganz sanft: »Basti, lass mich nur kurz reinhören, ich bin ja so neugierig, wie der Song geworden ist.« Achtung, Lisas Einlullphase begann.

Eigentlich hätten bei Bastian jetzt sämtliche Warnleuchten blinken müssen, aber Lisa schaffte es wieder einmal, seine Harmoniezentrale zu aktivieren.

Sie ließ nicht locker. »Ich freue mich so sehr für dich, da ist dir bestimmt ein großartiger Song gelungen. Ich sag's ja immer schon, wenn Bastian was schreibt, wird das ein Hit. Und jetzt lass hören!«

Wenn sie ihn schon so lieb bat, konnte er gar nicht anders und machte ihr die Freude. Lisa saß mit geschlossenen Augen da, wippte leicht im Takt der Musik, ihre Hände vollführten sanfte Bewegungen dazu, und um ihren Mund bildete sich ein kaum erkennbares Lächeln. Sie inhalierte den Song förmlich. Plötzlich aber entstanden jede Menge Falten auf ihrer Stirn, und Bastian konnte es nicht einordnen, ob das ein gutes oder schlechtes Zeichen war.

Als der Song zu Ende war, meinte Lisa nur: »Nicht schlecht, das Lied. Aber ich glaube, du hast schon bessere geschrieben. Ich muss jetzt wieder ...« Sie stand auf, ging ohne Abschiedsgruß und hetzte die Treppe hinauf, als hätte sie Bastians nagelneues Mischpult geklaut.

Sein »Ciao Lisa!« hörte sie gar nicht mehr. So schnell wie sie gekommen war, war sie auch wieder weg. Wer verstand, wie Lisa tickte, hatte sich den Nobelpreis verdient.

Das schaffst du schon

Lisas Besuch war jetzt zwei Tage her. Meist hörte Bastian nach einer solchen Gelegenheit wieder wochenlang nichts von ihr, aber jetzt stand sie plötzlich wieder vor der Tür, noch dazu mit seiner Lieblingskalorienbombe – Schokotorte.

»Für dich, Basti. Weil du so viel um die Ohren hast in deinem Studio.« Angesichts der Schokotorte vergaß er, dass er bei »Basti« eigentlich ganz besonders auf der Hut sein musste.

»Das ist aber schön. Womit habe ich mir die denn verdient?«

»Einfach nur so. Weil ich immer auf dich zählen kann, wenn ich dich brauche.« Die jähe Einsicht verwunderte ihn, aber er freute sich zu sehr, um länger darüber nachzudenken.

»Du bist immer da für mich. Und ich fürchte, ich war nicht immer nett zu dir. Du sollst wissen, dass ich sehr

153

froh bin, dich als meinen Bruder zu haben.« Lucy Hill wurde zu Lucy Schmalz, so kannte er seine Schwester gar nicht. Späte Einsicht auf ihre alten Tage, aber das sagte er zur Sicherheit jetzt nicht, sonst war es vorbei mit der Herrlichkeit. »Alte Tage« hört keine Frau gerne, mit nicht ganz vierzig. Und Lisa schon gar nicht.

»Die Torte essen wir aber gemeinsam!«, schlug Bastian vor.

»Ja, natürlich, aber ich muss in meine Bühnenfetzen passen am Sonntag. Für mich also nur ein kleines Stück! Hast du ein Messer?«

Er hatte eines, und schon schnitt sie ihm eine Kante aus der Torte, mit der man die Hälfte der hungernden Weltbevölkerung hätte ernähren können. Sie selbst nahm sich ein hauchdünnes Scheibchen, durch das man beinahe hindurchsehen konnte, und dann mampften sie gemeinsam Schokotorte wie schon ewig nicht mehr. Lisa wollte auch noch einmal die Ballade hören, und heute gefiel sie ihr schon bedeutend besser. Bastian wusste nicht, ob es an der Schokotorte lag, oder ob sie einfach nur nett sein wollte.

»Kling.« E-Mail von Mr. T. Ob er sich die Zeit nehmen könnte, morgen bei ihm vorbeizuschauen, Mr. T. habe noch etwas mit ihm zu besprechen, stand da. Ganz bestimmt nahm er sich die Zeit, wahrscheinlich würde es um die Planung der Tournee gehen. Mit seinen Kumpels musste er schnellstmöglich reden. Die wussten noch gar nichts davon, dass sie bald nicht mehr in Charlies Kneipe, sondern vor tausendmal so vielen

Besuchern in den größten Hallen Europas aufgeigen würden.

»Hallo Bastian, schön dich zu sehen!« Mr. T. war freundlich wie immer. Bastian saß wieder auf dem alten Ledersofa, Mr. T. hatte einen Packen Zettel in der Hand, die er ihm gönnerhaft über den Glastisch rüberreichte.

»Schau mal, die elenden Zahlenheinis wollen doch einen Vertrag. Ich habe hier etwas zusammengestellt. Lies dir den bitte durch und schick ihn mir unterschrieben retour, Bastian.«

Bastian war so voller Euphorie, dass er einfach den Wisch nahm, unterschrieb und ihn Mr. T. zurück über den Tisch schob.

»Ich habe vollstes Vertrauen!«

Nachdem Mr. T. seine Sekretärin gebeten hatte, eine Kopie des Vertrages anzufertigen, fragte er ihn, ob er schon mal seine Waage probiert hätte. Die sei ein echtes Goldstück, heute mehrere tausend Euro wert. Okay, wenn er ihm damit eine Freude machen konnte, stellte sich Bastian eben auf das komische Ding. Der rote Zeiger begann sich zu drehen und hörte gar nicht mehr auf damit. Prima, hundertzwanzig Kilo. Mit seinen einen Meter zweiundachtzig wies Bastian zweifellos eine erhebliche Untergröße für dieses Gewicht auf. Die letzten Monate im Studio waren doch nicht ganz rückstandsfrei an seinem Körper vorübergegangen. Mr. T. legte seine Hand freundschaftlich auf Bastians Schulter und meinte: »Das schaffst du schon. Alles Gute!«, und Bastian freute sich, dass der ehrwürdige Plattenboss so großes Vertrauen in seine musikalische Zukunft setzte. Über die große Hallen-Tournee hatten sie dann doch nicht gesprochen, dafür war ja noch jede Menge Zeit.

Den Vertrag bekam Bastian mit nach Hause, er würde bestimmt ein paar Minuten Zeit finden, um ihn genau durchzulesen. Heute war das nicht mehr möglich, denn er musste seine Kumpels darüber informieren, dass sie bald als Vorgruppe von Lucy Hill vor zehntausenden von Besuchern rocken würden. In Charlies Kneipe spielte heute eine andere Band, die aber völlig unterging. Kein Wunder, man war anderes gewohnt hier. Darum war der Laden auch nur halbvoll. Aber Bastians Jungs waren trotzdem alle da, so wie fast jeden Abend.

»Was gibt's, Bastian? Du lachst, als ob du im Eurolotto den Jackpot geknackt hättest.« Der Hosenscheißer schaute ihm erwartungsvoll ins Gesicht.

»Wer braucht schon den Jackpot? Ich hab da was viel Besseres.«

»Was Besseres als den Jackpot? Bastian, ich glaube, der Holzhobeldampf hat dir dein Hirn vernebelt. Das sind vierzig Millionen, es gibt nichts Besseres als das!« Der Hosenscheißer verstand nicht ganz.

»Mit vierzig Millionen würde ich mir eine Finca auf Ibiza kaufen und jeden Tag die heißesten Bräute antanzen lassen.« Georg kam ins Träumen und sein Gesichtsausdruck erinnerte Bastian an den Hirtenhund seines Nachbarn, wenn er einen riesengroßen Knochen verputzte.

»Nein, wartet ab. Wir brauchen keine Millionen, für uns heißt es ab jetzt: ›Let's rock!‹«

»Let's rock? Was soll das denn heißen? Also wenn ich mich entscheiden müsste, ich würde die Millionen ...«, meinte Konstantin, neben Georg der zweite E-Gitarren-würger in der Band.

»Hört mir einfach mal zu. Ich war bei Mr. T., weil ich ihm einen neuen Song vorspielen wollte. Und stellt euch vor, Mr. T. war begeistert!«

Jetzt waren sie erstmals alle still. Aber nur für kurze Zeit.

»Gratuliere, Bastian.« Georg donnerte ihm wieder mal seine Pranke auf die Schulter. »Aber was hat das alles mit uns zu tun?«

»Ja«, mischte sich jetzt auch der Hosenscheißer wieder ein, »du hast schon ein paar Lieder für Lucy Hill geschrieben, die – das muss ich zugeben – gar nicht mal so schlecht waren.«

»Das ist es ja gerade! Dieser Titel ist nicht für Lisa, Mr. T. möchte den Song mit mir machen.«

»Was? Mit dir? Bist du sicher? Das heißt, du sollst den Song performen. Im Fernsehen? Auf den großen Büh-nen?« Und nach einer kurzen Nachdenkpause: »Sorry, aber so eine richtig coole Bühnenfigur hast du ja nicht gerade.«

Danke, Georg, sehr nett. Bastian war diese spitzen Bemerkungen über seine körperlichen Ausmaße schon gewohnt.

»Und außerdem, du hast ja nicht mal eine Band ...« Doch bei diesem Satz kam Georg plötzlich ins Stocken.

Stille.

Peter, der Schlagzeuger, erfasste als erster die ganze Tragweite dieser Diskussion. »Du glaubst jetzt aber nicht, dass wir ...« Weiter kam er nicht, denn blitzartig wurde den Kumpels klar, was das bedeuten konnte.

»Ja.« Bastian versuchte, die kurzfristig lahmgelegten Atemzentren der vier Wahnsinnigen rund um ihn wieder in Gang zu bringen. »Genau das glaube ich. Mr. T. möchte, dass wir gemeinsam auf Tour gehen. Als Supporting Act für Lucy Hill. Ihr wisst, was das bedeutet?«

Der Hosenscheißer war knapp davor, seinem Namen alle Ehre zu machen. Er wurde blass wie eine frisch gestrichene Toilettenwand, und man musste befürchten, dass er gleich auch danach riechen würde. »Meinst du, dass wir das bringen?«

»Natürlich! Wir sind die Besten! Fünf Verrückte, die sich gefunden haben, um die Hallen zu rocken. Das kann gar nicht schiefgehen«, versuchte sich Bastian als Motivationstrainer.

Georg war sich da nicht so sicher. »Darf ich doch die Finca ...«

Aber jetzt fiel ihm sein Gitarrenbruder Konstantin ins Wort: »Wir schaffen das! Ganz bestimmt. Die werden Lucy Hill nach uns gar nicht mehr auf die Bühne lassen, wenn wir so richtig Vollstoff geben. Der Song ist ja bestimmt ein echter Reißer, oder Bastian?«

»Na ja, eher eine Ballade!«

»Was? Eine Ballade?«, hörte man vierstimmig.

»Aber eine sehr coole, ihr werdet begeistert sein! Und außerdem habe ich schon neues Material komponiert.

Songs, die so richtig zu uns passen, wo wir Gas geben können und die Fans gar nicht anders können, als mitzufeiern und abzutanzen.«

Und dann marschierten fünf verrückte Kumpels vor die Kneipe und Bastian spielte seinen Freunden auf dem Handy den Song vor, der das Zeug haben sollte, ihre musikalische Zukunft völlig zu verändern. Und alle waren begeistert. Trotzdem blieben noch einige Zweifel. Es war aber auch wirklich eine Ausnahmesituation, die Aussicht auf eine Direttissima von Charlies Kneipe in das Velodrom Berlin oder die Olympiahalle München musste man schließlich erst einmal verkraften.

Nach einigen Runden Bier, Bacardi Cola und zum Schluss Wodka pur waren aber auch diese Zweifel endgültig verflogen und jeder fühlte sich dazu bereit, mit Bastian die Welt zu erobern. Wie lange diese Aufbruchsphase anhalten würde, wusste man noch nicht und Bastian fürchtete, dass seine Kumpels noch einige zusätzliche Motivationsseminare dieser Art brauchen würden. Aber er würde das gerne für sie machen, auch wenn diese Lehrgänge ganz schön anstrengend für Geist und Körper waren. Morgen würden sie alle wieder die altbekannte Rockband unter ihrer Schädeldecke spüren, die nicht aufhören konnte, *Smoke On The Water* durch ihre gepeinigten Gehirnwindungen zu jagen.

Leberkäse und Rindsrouladen

Am nächsten Tag tauchte Lisa wieder auf, diesmal mit einem ganzen Ziegel Leberkäse, den ihr am Vortag angeblich ihr Tourleiter geschenkt hatte. Sie habe als Veganerin ja keine Verwendung dafür, erzählte sie Bastian. Der war nicht wirklich begeistert von diesem neuen Trend. Für ihn waren das alles Mitläufer, die einfach hip sein wollten und daher statt Fleisch nur Gemüse und Tofukram in sich hineinstopften, der so aussehen sollte wie Fleisch, aber so schmeckte, wie Tofukram halt schmeckt. Für Bastian einfach grauenhaft.

Aus für gewöhnlich gut informierter Quelle wusste Bastian, dass Lisa eigentlich nur eine Gelegenheitsveganerin war. Bei den Rindsrouladen von Mama vergaß sie plötzlich das Leid der armen Tiere, die dafür sterben mussten. Da kratzte sie nicht nur den Gemüsematsch aus der Rindfleischhöhle und kaute ein paar Salatblätter dazu, nein, da schaufelte sie begeistert das Rindvieh in ihren Rachen. Wenn Lisa so eine halbe Kuh verputzte, hatte das für Bastian was von Kannibalismus.

Bei ihm war das anders. Er war so etwas wie ein Negativ-Veganer. Bastian hätte alles verdrücken können, außer Gemüse, aber Susi achtete auf seine Gesundheit und schummelte ihm immer wieder gut versteckt Zucchini, Brokkoli und andere unnötige Sachen in die Saucen und Beilagen seiner fleischlastigen Mahlzeiten.

Kurz, Bastians Schwesterherz wusste genau, dass sie jemanden vor sich hatte, der ihren Leberkäseziegel richtig schätzen konnte. Noch dazu, wo der so phänomenal roch.

Bastian wunderte sich nicht mal, warum Lisa plötzlich so oft seine Nähe suchte und noch dazu so nett war, ihm immer etwas mitzubringen. In diesem Augenblick war es ihm auch völlig egal, er schnitt einfach eine dicke Scheibe ab und stopfte sie sich in den Mund. Lisa lächelte aufmunternd und meinte, er könne sich ruhig noch eine Portion leisten. Bei der vielen Arbeit in seinem Betrieb und dann noch dazu jeden Abend im Studio, da brauche der Körper einfach etwas mehr Proteine. Und Bastian sah das genau wie sie.

Ein ganzes Monat lang schon stiefelte Bastians Schwesterherz jetzt fast jeden zweiten Tag in sein Studio und versorgte ihn mit feinsten Leckereien, die alle eines gemeinsam hatten, sie waren entweder zuckersüß oder trieften nur so vor Fett. Gestern war wieder eine Kardinalschnitte dran. Die letzten Stücke schob sich Bastian gerade in seinen Rachen, als er plötzlich Susi die Treppe runterkommen hörte.

Sie war völlig aufgelöst: »Bastian, hast du dir eigentlich schon deinen Vertrag durchgelesen?«

»Bisher noch nicht.« Um ehrlich zu sein, er hatte das völlig vergessen. Er war viel zu beschäftigt mit seiner Ballade und zusätzlich hatte er auch einige neue Songs komponiert, die dann auf den ersten Longplayer kommen sollten.

»Steht was Böses drin?«, fragte er Susi.

»Und ob! Da steht unter Punkt 8, dass du ... aber schau, lies selbst!«

Und dann las er selbst. Und mit jedem Wort lösten sich seine Rockstar-Träume in einem rosaroten Leberkäsenebel auf und verschwanden in einem Nirvana aus Schokotorten und Kardinalschnitten.

»Um den Interpreten Bastian Berger als glaubhaft wirkenden Rocksänger zu positionieren, muss auch die äußere Erscheinung diesem Bild entsprechen. Daher erklärt sich Bastian Berger bereit, ein Gewicht von 95 (in Worten ›fünfundneunzig‹) Kilogramm nicht zu überschreiten. Einen Monat vor Veröffentlichung der Single mit dem Titel *Aber irgendwann* wird dieser Vertragspunkt überprüft. Sollte er nicht erfüllt werden, wird das gesamte Projekt von Star Records storniert, bis dahin entstandene Kosten sind vom Interpreten Bastian Berger zu tragen. Der Song *Aber irgendwann* darf in diesem Fall von Star Records anderweitig verwertet werden. Bastian Berger wird jedoch in jedem Fall als Urheber dieses Songs geführt.«

Auf einen Schlag wurde ihm vieles klar. Wieder hatte Lisa ihre dreckigen Hände im Spiel. Diese falsche Hexe hatte alle Hebel in Bewegung gesetzt, um ihn bei Star Records anzuschwärzen. Für Bastian gab es nur eine Erklärung: Lisa hatte es geschafft, ihn als fetten Sänger darzustellen, der von den Leuten nie und nimmer als Rockstar angenommen wird. Was war er nur für ein Idiot! Und warum war er da nicht eher draufgekommen. Bastian war verzweifelt.

Dass sein Schwesternmonster plötzlich so nett und liebenswert war und ihn jeden zweiten Tag mit Essen versorgte, das Tonnen von Kalorien beinhaltete, hätte ihm sofort zu denken geben sollen. Stattdessen hatte er sich galaxienweit von dem verlangten Gewicht von fünfundneunzig Kilo weg entfernt. Er konnte sich gar nicht mehr erinnern, jemals weniger als hundert gewogen zu haben. Hatte nicht schon sein Geburtsgewicht knapp darüber gelegen? Warum war er so idiotisch gewesen und hatte diesen Scheiß-Vertrag nicht gelesen? Wieder einmal hatte Susi für ihn denken müssen, aber in diesem Fall war es viel zu spät.

Bis zur Veröffentlichung von *Aber irgendwann* blieben noch anderthalb Monate, in fünfzehn Tagen sollte er sein Kampfgewicht erreicht haben. Anstatt abzunehmen, hatte er im letzten Monat Gewicht zugelegt. Seine Waage schrie laut um Hilfe, als er draufstieg, sie zeigte hundertsiebenundzwanzig Kilogramm an. Lisas Futterlieferungen und die langen Studionächte ohne Bewegung hatten ihn noch fetter gemacht. Bastian hatte das nicht bemerkt und Mr. T. vertraut. Eigentlich war er selbst schuld an dem Ganzen, das war ihm klar. Er war sich ziemlich sicher, dass er die fünfundneunzig Kilo auch so nie erreicht hätte, zumindest nicht ohne Komplettamputation von Armen und Beinen.

Bastian bekam sofort einen Termin bei Mr. T. So nach und nach bestätigt ihm der schwitzende Musikmanager, dass Lisa ein- oder zweimal angemerkt hätte, Bastian würde dem Druck auf der Bühne nie standhalten.

Außerdem würde er schon nach den paar Stufen in den Keller schwitzen wie ein Schwein. Sport wäre sowieso ein Fremdwort für ihn, und man könne froh sein, wenn Bastian es schaffe, seine Familie und die Tischlerei unter einen Hut zu bringen. Daher musste er sich einfach absichern, erklärte Mr. T.

In diesen schwierigen Zeiten könne man im Musikbusiness nichts mehr dem Zufall überlassen, dozierte Mr. T. weiter. Bei einem Hit müsse das Gesamtpaket zu hundert Prozent stimmen, Interpret und Song müssten perfekt aufeinander abgestimmt werden. *Aber irgendwann* sei sensationell, doch Bastian als Interpret einfach zu – Mr. T. drückte es nett aus – voluminös.

Und so kam Mr. T. auf den Punkt: Es tue ihm leid, da es anscheinend nicht mehr möglich sei, Paragraph 8 des Vertrages zu erfüllen, müsse er das ganze Projekt abblasen. Weil Bastian aber als Komponist für Lucy Hill so gut wie zur Familie gehörte, verzichtete er großzügig auf die Unterklausel, die besagte, dass Bastian die bisher angefallenen Unkosten berappen müsse.

Bastians Welt brach zusammen. Gestern noch hatte er die gigantischsten Träume und wollte die Welt erobern, heute fühlte er sich plötzlich wie ein kleines, mickriges Insekt, auf das der Stiefel der Gnadenlosigkeit herabfährt, um es unbarmherzig zu zerquetschen. Er war so enttäuscht, dass er sich schwor, nie, nie wieder einen Song zu schreiben. Diese »Scheiß-Musik«, wie er sie in seinem Hass auf die gesamte Welt abschätzig nannte, ging ihm ab jetzt am Arsch vorbei! Bei seinem letzten Besuch im

Keller bekam eine völlig schuldlose Akustikgitarre seine Wut zu spüren und konnte danach nur mehr als Heizmaterial für den Winter verwendet werden. Auch einige goldene Schallplatten, die er für seine Lucy-Hill-Songs erhalten hatte, mussten dran glauben. Bevor er noch das ganze Studio abfackelte, traten schließlich Susi und Papa dazwischen.

Die beiden hatten ganz schön zu tun, um Bastian davon abzuhalten, alles zu vernichten, was ihm in den letzten vierzig Jahren heilig gewesen war. Gemeinsam schafften sie es, ihn die Stiegen hoch zu schleifen, und Papa spendete seine letzten Rotweinflaschen aus dem Kartoffelsackversteck, um mit Bastian die Nacht durchzusaufen. Alkohol ist vielleicht nicht immer eine Lösung, aber diesmal war es ganz bestimmt die beste.

Schlimmer geht's immer

Obwohl dieses Scheiß-Coronavirus immer noch nicht aufgegeben hatte, war es nach dem Lockdown wieder für kurze Zeit möglich, sich mit Freunden zu treffen. Also konnte es auch eine kleine Börthday-Party zu Bastians Vierziger geben. Aber Bastian war die Lust am Feiern vergangen.

Doch seine Kumpels überredeten ihn schließlich doch dazu. Sie waren wieder beim Wirt ihres Vertrauens, die Stimmung war allerdings mehr als gedämpft. Wie sie ausgefallen wäre, wenn heute seine Single veröffentlicht worden wäre, wollte sich Bastian nicht ausmalen. Es hatte nicht sein sollen, und dementsprechend lustlos dümpelte diese Geburtstagsparty vor sich hin. Keine Spur von brennenden Vorhängen oder Luftgitarrenshows der Klasse »Voll krass!« Sogar die beiden Fernseher, die man an die Wand genagelt hatte, um Fußballweltmeisterschaften und sonstige Katastrophen zu übertragen, waren in Betrieb. Der Dorfgastronom hatte wohl gehofft, er könne dem Trübsinn mit ein bisschen Erheiterung aus der Dose abhelfen, und schlimmer konnte es ohnehin nicht mehr werden.

Irrtum! Sogar viel schlimmer, denn plötzlich war Lisa da. Nicht persönlich, sie lachte aus vollem Hals von den Bildschirmen an der Wand. Formatfüllend! Bastian schrie »Lauter drehen!«, und schon stürzte er komplett in den Abgrund.

»... hat die bekannte Rocksängerin Lucy Hill heute den Song *Aber irgendwann* auf den Markt gebracht. Alle Experten sind sich einig, dass das ihr nächster Mega-Hit wird!«

2030: WASSER WIRD ÜBERSCHÄTZT

Chill mal deine Base

Aber irgendwann wurde Lisas größter Erfolg. Er stellte
alles in den Schatten, was sie bisher gemacht hatte. Keiner
sprach mehr von der Schlagertante Hanne Hunter, jetzt
war Lucy Hill wieder dort, wo sie hingehörte – ganz oben.
Erstmals wurde ein Song von ihr übersetzt, auf Englisch,
Französisch und Spanisch. Er ging auf der ganzen Welt ab
wie eine Rakete. Lisa wurde damit zum internationalen
Superstar, ihre Tourneen führten sie durch ganz Europa,
in die USA und nach Südamerika, selbst in Russland und
China waren ihre Konzerte ausverkauft.

Während sie um die Welt jettete, legte sich Bastian
einen Hund zu, um auf andere Gedanken zu kommen.
Nüchtern betrachtet hätte er schon im ersten Jahr nach
Aber irgendwann überglücklich sein können mit seinem Leben. Er hatte nach einigen deutschsprachigen
Top-Nummern nun auch einen echten Welthit geschrieben und damit finanziell ausgesorgt. Seine Familie war
immer noch toll. Okay, meistens! Manchmal wollten die
von der Pubertät gebeutelten Berger-Kids unbedingt herausfinden, wie lange es dauerte, bis selbst Stahlseilnerven
brüchig wurden. Und wenn es dann so weit war, bekamen
die Berger-Eltern ein lapidares »Chill mal deine Base!«
zu hören von den Pickelgesichtern, die ihre Kinder waren.
Aber eigentlich entwickelten auch sie sich großartig und

wollten nichts mit dem Musikbusiness zu tun haben. Bis auf die alte Familientradition, die es schon seit mehreren Generationen schaffte, immer weitergegeben zu werden: Laura und Felix waren mehr als würdige Nachfolger im Luftgitarrenwürgen auf der Wohnzimmercouch. Auch die weiße Unterhose hatten sie übernommen, so wie es sich gehörte.

Der Teufel hat den Schnaps gemacht

Also nochmals, nüchtern betrachtet wäre alles in Ordnung gewesen. Nur nüchtern war Bastian nur noch selten, nach dieser *Aber-irgendwann*-Sache. Sein Kellerstudio wurde für ihn zur Sperrzone, er setzte keinen Fuß mehr hinein. Die dadurch gewonnene Zeit musste er daher totschlagen. Er hätte sich mehr um seine Familie und seine Tischlerei kümmern können, aber er konnte sich nicht dazu durchringen. Und da kam ihm Charlies Kneipe gerade recht.

»Anstatt mit Noten zu jonglieren, mach ich das ab nun mit Bieren!« Haha, mit solchen tiefsinnigen Sprüchen wollte er seine Kumpels unterhalten. Die hatten Tränen gelacht. Oder war das geweint? Fremdgeschämt? So genau konnte Bastian das selbst nicht mehr unterscheiden, in jenem Jahr gleich nach seinem vierzigsten Börthday, in dem er seinen Hauptwohnsitz in die heruntergekommene Kneipe von Charlie verlegte. Zu Beginn des Schlamassels war Susi noch nicht wirklich beunruhigt und zeigte sich verständnisvoll, weil sie annahm, es wäre nur eine kurze Phase der Enttäuschung.

Eigentlich war es ein kleines Wunder, dass Susi das alles ertrug. Mutter Theresa wohnte in Singing, aber irgendwann hat jeder Engel die Schnauze voll. Anfangs versuchte sie noch, Bastian mit überschäumender Liebe wieder zurückzuholen ins normale Leben. Ihre einfühlsame Art schnürte ihn jedoch ein, er fühlte sich, als ob ihm die Luft zum Atmen genommen wurde. Echte Freiheit spürte er nur in Charlies Kneipe. Wenn er es dann wieder mal völlig zugeknallt nicht schaffte, den Hausschlüssel im Schloss seiner Eingangstür zu versenken, brachte Susi vorsorglich die Kinder in Sicherheit, weil er dann ziemlich laut und wütend werden konnte. Da passierte es schon mal, dass die Glasscheibe der Wohnzimmertür zu Bruch ging, weil er seinem Zorn freien Lauf lassen musste.

Bastian mochte sich in dieser Zeit selbst nicht mehr, aber er kam aus dem Teufelskreis auch nicht raus. Eigentlich hätte er zu dieser Zeit in Brasilien das Stadion rocken sollen, aber dort war stattdessen seine Schwester und spielte seine Songs vor hunderttausend Zuschauern. Und weil er den Rocker in sich rauslassen musste, tat er das eben zuhause. Gut kam das nicht an. Was ihn wieder zu Charlie trieb, wo seine Kumpels waren, die ihn wirklich verstanden. Dachte er.

Irgendwann kamen aber auch seine Kumpels nicht mehr regelmäßig, denn selbst ihnen war er zu peinlich. Also musste Bastian alleine bechern oder mit völlig unbekannten Leuten, die im Handumdrehen seine ziemlich besten Freunde wurden. Ein paar Lokalrunden und schon hatte er neue Kumpels, mit denen man wenigstens ordentlich saufen konnte, wenn einen die alten Freunde schon so schamlos im Stich ließen. Das Geld war ihm völlig egal. Daher verstand er es auch nicht, warum ihm Charlie oft keinen Alkohol mehr gab, wenn er wieder mal so richtig stockbesoffen etwas ausfällig wurde. Dann gab's Zoff, aber so richtig!

»Ich kaufe deine verschissene Kneipe, du Arschloch!« Das waren noch die harmlosesten Aussagen, die er damals über den Tresen schleuderte. Charlie versuchte einiges, aber wenn Bastian einmal in Fahrt war, konnte ihn keiner beruhigen. Da musste alles raus, was sich aufgestaut hatte. Und das war jede Menge.

Selbst Susi hatte schließlich genug, gab ihre Rolle als Mutter Theresa auf und schmiss Bastian raus. Sie könne das den Kindern nicht länger zumuten, rief sie mit Tränen in den Augen.

»Was kannst du den Kindern nicht zumuten? Dass sie einen Musikmillionär zum Vater haben? Das kannst du ihnen nicht zumuten?«

Mit zwei Wodkaflaschen in der Hand schrie er dann etwas, das ihm schon wenig später unendlich leidtat, aber in diesem Moment hatte irgendein Teufel von ihm Besitz ergriffen: »Lisa hatte schon recht, du bist eine Schlampe! Und jetzt lebst du von meinem Geld in meinem Haus! Und vögelst mit meinen Freunden! Ich hätte auf Lisa hören sollen, du Schlampe, Schlampe, Schlampe!«

Dass er von diesem Zeitpunkt an nicht mehr ins Haus durfte, war nicht weiter verwunderlich. Und weil er schon so in Fahrt war, bekamen Mama und Papa auch noch ihr Fett ab. Aber nur, weil keine einzige Rotweinflasche mehr im Jutesackversteck war, er aber seinen Wodka mit Zweigelt Reserve runterspülen wollte. Aber außer Wasser aus dem Gartenschlauch gab es nichts, das er hätte saufen können, und ein elender Loser, der Wasser gurgelt, war er nie und nimmer. Er trank Champagner. Und Whiskey. Und Wodka. Und Rotwein. Aber den gab's an diesem Tag nicht.

»Papa, das Saufen hab ich von dir! Wahrscheinlich hast du das gebraucht, um Mama zu ertragen! Mit ihrer blöden Putzerei den ganzen Tag ist sie dir immer schon am Arsch vorbeigegangen, das weiß ich doch. Mir auch, immer nur putzen, putzen, putzen!«, schrie Bastian auf der Straße und warf eine ganze Ladung Kieselsteine gegen Fassade und Fensterscheiben, von denen nach mehreren Versuchen auch einige klirrend zerbrachen.

»Wo sind die Rotweinbottles in der Garage? Da ist nichts mehr! Hast du Mama erzählt, dass du dort immer hingegangen bist, um zu saufen? Die weiß nicht mal, dass du da deinen ganzen Alkoholvorrat eingebunkert hast?« Für das Wort »Alkoholvorrat« brauchte er mehrere Anläufe.

»Mama, das hat er alles ausgesoffen. Nur damit er dich erträgt! Hast du das gewusst? Sicher nicht! So eine tolle

Ehe, der Mann säuft, und die Frau weiß nichts davon. Schöne Familie!«

»So, jetzt ist aber Schluss!« Susi nahm all ihre Kraft zusammen, öffnete die Haustür, kam vor Zorn bebend auf Bastian zu und schien überhaupt keine Angst vor ihm zu haben. »Schlaf deinen verdammten Rausch aus, aber lass uns in Frieden! Ich will dich hier nie wieder sehen! Außerdem will ich die Scheidung, du versoffener Arsch!«

Bastian war etwas verwundert. Das hätte sie lieber nicht sagen sollen! Sie hatte überhaupt keinen Respekt vor ihm. Vor ihm! Dem Hitschreiber von Lucy Hill. Er fabrizierte Welthits und seine eigene Frau hatte keinen Respekt vor ihm. Das ging ja mal überhaupt nicht. Er ballte seine rechte Hand, holte weit aus und knallte seine Faust gegen den Mülleimer, der völlig unvorbereitet eine gelangt bekam, mit der er nicht hatte rechnen können. Eigentlich war sie für jemand anderen gedacht, aber davor, auch noch so tief zu sinken, bewahrte Bastian ein letzter Funken Anstand.

»Verzieh dich und komm nie wieder!« Susi machte kehrt, lief weinend ins Haus und verriegelte die Tür. Durch die kaputten Fensterscheiben sah Bastian Laura und Felix, die entsetzt und mit Tränen in den Augen in seine Richtung starrten. Er war sich jedoch sicher, dass sie im nächsten Moment zu ihrer Mama laufen und erbarmungslos über ihn herziehen würden. Aber so ging man nicht mit seinem Vater um, die würden sich noch wundern. Alle würden sich wundern.

Am nächsten Morgen machte er sich auch in seinem Betrieb lächerlich, weil er einem seiner mittlerweile acht Angestellten beweisen wollte, dass man auch schwer besoffen eine Stichsäge bedienen kann. Finger weg! Zum Glück betraf es nur die Kuppe des linken Zeigefingers, der ohnedies nicht wichtig war. Nicht mal zum Luftgitarrenspielen hätte man den gebraucht, aber das war Bastian zu diesem Zeitpunkt völlig egal. Wenn ihn seine Arbeiter nicht mit unsanftem Druck aus der eigenen Firma gedrängt und die Türen bombenfest versperrt hätten, hätte er sich in Zukunft beim Kauf von neuen Lederhandschuhen bestimmt sämtliche Fingeraufsätze sparen können, denn er wollte weiterschneiden, weitersägen und weiterhobeln. Susi hatte letztlich gemeinsam mit seinem Papa das Kommando übernommen, alle Schlösser der Tischlerei ausgetauscht und Bastians Belegschaft dazu gebracht, gegen ihn zu meutern. Was ihm gar nicht gefiel.

Als er am Abend die Scheiben der Werkstatt einschlug, hörte sein Papa das Klirren und verständigte die Polizei. Es gab eine Riesenüberraschung, als die Einsatzkräfte sahen, wer für den Einbruch verantwortlich war. Der Chef persönlich, der ja wohl ein Fenster in seinem Betrieb einschlagen und sich in seinem Keller, bei seinen Hackschnitzeln, auch eine Zigarette anzünden durfte. Als Bastian durch die Luke ein blaues Licht blitzen sah, dachte er, er wäre endlich im Himmel. Sein Leben hatte keinen Sinn mehr. Außerdem war es plötzlich so warm. Nein heiß! Nein, plötzlich auch wieder nass und eiskalt. Bastian befürchtete, nicht im Himmel, sondern ganz woanders gelandet zu sein. Okay, vielleicht hatte er sich das im letzten Jahr auch verdient, aber davor war er doch ein anständiger Kerl gewesen. Er wollte nicht in die Hölle!

Es war auch keineswegs der Satan, der ihn da einwässerte, sondern die Feuerwehr, die den Brand im Hackschnitzelkeller im letzten Moment löschen konnte. Bastian wollte den Kameraden der Feuerwehr noch helfen: Eine viertelvolle Wodkaflasche erwies sich allerdings als ungeeignetes Löschmittel. Bastian musste mit einer ordentlichen Rauchgasvergiftung und einigen Brandwunden in das Krankenhaus eingeliefert werden.

Wer braucht schon Magentee?

Dass Susi ihn gleich am nächsten Tag besuchte, verwunderte ihn etwas. In seinem benebelten Hirn war zwar nicht mehr alles abrufbereit, aber er wusste doch, dass er ganz schön fies zu seiner Frau gewesen war. Und es auch bestimmt bald wieder sein würde, wenn man ihm nicht endlich etwas Richtiges zu trinken brachte. Bei dem Magentee bekam man ja Läuse! Was sollte einer wie Bastian mit Magentee?

»Bastian, wir müssen reden!«, meinte Susi. Und dann redeten sie. Susi nannte ihm zwei Alternativen: Scheidung oder Therapie! Ha, Bastian brauchte doch keine Therapie! Er hatte sich voll im Griff, zumindest war er felsenfest davon überzeugt. Allerdings wollte er auch

keine Scheidung, denn trotz seiner vom Alkohol benebelten Sinne spürte er, dass ihm seine Frau und seine
Familie immer noch sehr wichtig waren. Also vertröstete
er Susi auf den nächsten Tag und dann nochmal auf den
übernächsten, während er hoffte, endlich etwas Hoch-
prozentiges zu trinken zu bekommen, damit er wieder
klar denken konnte.

Er bekam drei Tage keinen Tropfen. Wasser und Tee
schon, aber das war ja nichts zu trinken, das zählte nicht.
Susi kam jeden Tag und stellte immer dieselbe Frage.
Am dritten Tag waren auch Laura und Felix dabei. Sie waren sehr besorgt und wollten einfach ihren Vater wieder
zurück. Obwohl sie sich jetzt schon als Teenager sahen,
waren sie immer noch seine Kleinen, die es nicht ver-
dienten, Angst davor zu haben, dass ihr Alter wieder
besoffen vor dem Haus randalierte und die ganze Sied-
lung in Brand steckte. Ja, und als letzter kam auch noch
der Hund.

Aber vor dem Hund kamen noch der Hosenscheißer
und der Rest der Gang. Bastians Kumpels wollten ihn
eigentlich gleich am ersten Tag besuchen, aber Susi hatte
alles minutiös geplant und ihnen einen freien Termin am
vierten Tag zugeteilt.

»Gut schaust wieder aus!«, meinte der Hosenscheißer.
Bevor Bastian noch antworten konnte, schickte Georg ein
»Na ja, richtig gut hast du ja eigentlich noch nie ausge-
schaut« hinterdrein und gab ihm einen freundschaftli-
chen Faustschlag auf das Brustbein, dass ihm kurz die
Luft wegblieb.

»Was hast du denn mit dem Finger gemacht? Hat dich die Luftgitarre gebissen?« Seine Kumpels ließen ihn einfach nicht zu Wort kommen.

Die erste kurze Stille musste er sofort nutzen: »Hat wer was zum Gurgeln?«

Jetzt wurde die Stille noch stiller. Alle schauten belämmert in die Gegend, jeder in eine andere Richtung, nur Bastian schaute keiner mehr an.

»Ha, das war ein Witz! Gelungen, nicht wahr?«

Er musste die Situation entschärfen, doch seine Frage war alles andere als ein Witz. Wenn er nicht bald was Ordentliches zu trinken bekam, würde er das Scheiß-Bett aus dem Fenster schmeißen. Und sich selbst gleich hinterher. Das behielt er lieber für sich, denn er sah, wie sich fünf Gesichtsstarren augenblicklich auflösten.

Georg ließ wieder einmal seine Pranke auf Bastians Schulter donnern. »Wir sind alle trocken! Ab jetzt!«

So sicher war sich Bastian da aber nicht. Wenn er in diesem Augenblick die Wahl zwischen seinen Kumpels und einer Flasche Whiskey gehabt hätte, er hätte den Whiskey genommen. Die Wahl hatte er nicht, also blieb ihm nichts anderes übrig, als mit seiner Band Zukunftspläne zu schmieden. Sie waren ein Jahr lang nicht mehr gemeinsam auf der Bühne gestanden, was sie so rasch wie möglich ändern wollten. Dass das jemals wieder so werden würde wie früher, konnte sich Bastian allerdings nicht vorstellen. Außerdem, er wollte endlich was zum Gurgeln.

Lisa hatte er schon seit einem halben Jahr nicht mehr gesehen. Zwischen ihren Auftritten all over the world gab es keine freie Zeit, auch nur für einen Tag in Singing vorbeizuschauen. Papa und Mama waren verzweifelt. Die Tochter jettete um die Welt, und sie sahen sie höchstens ab und zu im Fernsehen, der Sohn hatte einen geregelten Tagesablauf als Alkoholiker und dröhnte sich permanent die Birne voll. Manchmal fragten sich die Berger-Eltern schon, ob ihnen da nicht der eine oder andere Fehler in der Erziehung unterlaufen war.

Lucy-Hill-Superstar rief alle heiligen Zeiten mal an, um nachzufragen, ob zu Hause alles in Ordnung sei. Aber bevor ihr die Eltern erzählen konnten, dass ihr lieber Bruder der mit Abstand beste Gast in Charlies Kneipe geworden war und sich dort jeden Tag hochprozentig niederbecherte, sprudelte es aus Lisa raus wie aus einem Mittelwellenradiogerät beim Sendersuchlauf. Es war ihr eigentlich völlig egal, was sich zuhause tat, sie wollte einfach mitteilen, dass sie die Größte, Beste und Schönste war. Egal ob in New York, Moskau oder Peking. Die ganze Welt lag ihr zu Füßen, das musste sie einfach mal loswerden. Dass ihr Bruder zum Säufer geworden war, hatte sie gar nicht mitbekommen.

AC/DC

Und dann trat endlich dieser Hund in Bastians Leben. Gerade als er am letzten Abend vor der Entlassung auf einer Inspektionsrunde war, in der Hoffnung, es gäbe in der Klinik doch etwas Fusel zu kaufen, lief im Gang des ersten Stocks ein Mops an ihm vorbei. Verfolgt von zwei Schwestern in Weiß und einem Pfleger, der anscheinend gerade aus dem Operationssaal kam und noch eine OP-Maske trug.

»Haltet den Hund auf!«, hörte man die Verfolger schreien, und immer mehr Personal, aber auch einige Patienten beteiligten sich an der abenteuerlichen Jagd nach dem kleinen Mops. Doch der war wieselflink, schlug Haken wie ein liebestoller Hase, kläffte, dass es von den Wänden hallte, machte dann plötzlich kehrt und lief genau auf Bastian zu. Vor ihm blieb er stehen, setzte sich brav auf seine Hinterläufe und hechelte ihn an, als wäre er sein bester Freund.

»Nimm ihn! Halt ihn!«, schrie der Pfleger, der sich mittlerweile seine Maske vom Mund gerissen hatte. Also bückte sich Bastian zu dem Mops hinunter, und ehe er zugreifen konnte, sprang ihm das Vieh bellend in die Arme. So als ob er ihm sagen wollte: »Nimm mich! Halt mich!« Und dann schleckte er begeistert mit der nassen Zunge über Bastians Lippen. Das war der Beginn einer wunderbaren Freundschaft.

Dieses kleine Wunder hatte allerdings eine traurige Vorgeschichte. Das Herrchen von Daisy, wie das kleine Mops-Mädchen hieß, war ein 78 Jahre alter, alleinstehender Pensionist gewesen, der am Morgen jenes Tages völlig desorientiert vor einen Autobus gelaufen war. Die Ärzte hatten alles versucht, aber dem Mann war nicht mehr zu helfen gewesen. Er war im Operationssaal verstorben. Daisy Mops ging an der Leine, als es der alte Herr mit dem Autobus hatte aufnehmen wollen, sie hatte den Unfall aber unbeschadet überlebt und war vom Beifahrer des Notarztwagens kurzerhand ins Krankenhaus mitgenommen worden.

In einem Besucherzimmer winselte der verzweifelte Hund gezählte zwei Stunden lang um sein Herrchen. Alle Besänftigungsversuche der Schwestern waren sinnlos, selbst die Bestechung mit Wurst und Käse aus der Kantine hatte nur kurzfristig Erfolg. Die kleine Hundedame war völlig von der Rolle – bis sie aus ihrem Gefängnis entkam und Bastian geradewegs in die Arme sprang. Im Nullkommanix hatte sie ihn adoptiert, und Bastian sich ebenso schnell in Daisy Mops verliebt. Da ihr Herrchen alleinstehend gewesen war und keine Angehörigen gehabt hatte und Bastian am nächsten Tag ohnehin dieses Etablissement verlassen würde, durfte Miss Mops ausnahmsweise in seinem Zimmer übernachten.

Überraschenderweise hatte er plötzlich überhaupt kein Verlangen mehr nach Whiskey, Wodka oder sonstigem Alkohol, sondern kümmerte sich nur noch um seine neue Freundin, die er von Daisy auf »AC/DC« umtaufte, was der Mops-Lady völlig egal war. Sie hörte von nun an auf beide Namen. Oder auch nicht.

Als ihn Susi und die Kinder am nächsten Tag abholten, gab es daher eine Riesenüberraschung. Die Twins hatten immer schon einen Hund haben wollen, aber dass es jetzt so schnell ging, hätten sie nicht für möglich gehalten. Bastians Sauferei hatte also doch was Gutes! Seine Eltern waren überglücklich, ihren Sohn ohne Alk-Fahne zu erleben und alle waren verdächtig freundlich und nett zu ihm. AC/DC bekam ein eigenes Körbchen und auch er durfte wieder zuhause einziehen.

Allerdings schlief Bastian in der ersten Zeit auch in einem eigenen Körbchen, nämlich auf der Couch im Wohnzimmer. Susis Bett durfte er vorerst nicht teilen. Das fehlte ihm mehr, als er für möglich gehalten hatte. Schon immer hatte er es geliebt, mit Susi gemeinsam aufzuwachen, in ihre hellblauen Augen zu schauen, wenn sie über die Decke zu ihm rüberblinzelte, und sie lachen zu sehen, wenn die Sonne ihre ersten Strahlen durch das Fenster schickte. Aber Susi war noch nicht so weit. Die Aussicht darauf, ihre Nähe zurückzugewinnen, machte es Bastian jedoch leichter, einer Therapie zuzustimmen, die eine Woche später beginnen sollte. Bis dahin schliefen AC/DC und er in ihren Körbchen nebeneinander im Wohnzimmer und schnarchten um die Wette.

Im Wasser steckt die Wahrheit

Zur Therapie durfte er AC/DC mitnehmen. Schon bei der ersten Sitzung wurde den Patienten klargemacht, dass es keine Schande war, ein Alkoholproblem zu haben. AC/DC, die nicht von seiner Seite wich, war das egal, aber von den anderen zwölf Teilnehmern hatte kein einziger das Gefühl, wirklich ein Problem zu haben. Nein, sie waren alle nur überarbeitet, überlastet, enttäuscht oder sonst irgendwie vom Leben gezeichnet. Und da würde man doch wohl ein paar Gläser trinken dürfen, ohne gleich als Alkoholiker abgestempelt zu werden. Aber in den nächsten Wochen stellte sich heraus, dass sich einige von ihnen ohne Fusel im Leben gar nicht mehr zurechtfanden. Und mit Fusel auch nicht. Bastians Mops-Lady war die Einzige, die über den Dingen stand, sie brauchte nur Wasser und etwas Futter und schon war sie glücklich. Aber was sollte der Rest mit Wasser anfangen?

Nach und nach wurde allen ins Hirn gehämmert, dass es auch andere Möglichkeiten gab, um Frust abzubauen. Sport zum Beispiel. Hobbys wie Heimwerken, Basteln oder Musik. Musik? War da nicht mal was?

Zum ersten Mal kam Bastian der Gedanke, sein Studio zu reaktivieren, sobald er aus der Trinkeranstalt herauskam. Mit jedem Tag wurde das Kribbeln stärker, er sehnte sich richtig danach, endlich wieder im Keller sitzen zu dürfen, an neuen Songs zu feilen, zu komponieren und zu texten. Es war ein unbeschreibliches Gefühl, als er spürte, wie die Leidenschaft zurückkehrte. Und zugleich lebte auch seine Leidenschaft für Susi wieder auf.

Bastian wurde bewusst, wie wichtig sie in seinem Leben war und was sie im letzten Jahr alles durchgemacht hatte. Er hoffte inständig, sie würde ihm verzeihen. Und auch die Kinder sollten ihren Vater nicht als alten Saufkopf in Erinnerung behalten, seine Eltern sollten wieder stolz auf ihren Sohn sein. Und Lisa, Lisa war ihm irgendwie egal. Die konnte von ihm aus einbeinig Tango tanzen, wenn sie wollte. Es war ihr Leben, und Bastian würde sich da bestimmt nicht mehr einmischen.

»Haltet euch eines stets vor Augen: Dass ihr hier seid, ist der erste und wie ich meine wichtigste Schritt, um von dieser Krankheit geheilt zu werden. Ihr habt es selbst in der Hand!«

In den Therapiesitzungen wurde den Patienten eingetrichtert, dass sie niemandem die Schuld geben sollten für das eigene Versagen. Nur sie selbst könnten sich ändern, sie selbst könnten sich befreien von Zwängen und Verlockungen, die sie wieder zum Säufer machen wollten. Sie selbst hätten es in der Hand, ein freies Leben zu führen, ohne Angst, Verzweiflung oder Hass. Genau in diesem Moment beschloss Bastian, dass er in seinem Leben einiges ändern wollte. Vor allem wollte er nur mehr mit jenen Menschen zu tun haben, die ihm wichtig waren und die ihm guttaten. Sollte Lisa doch ihren Egotrip fortsetzen, auch weiterhin der von allen umjubelte Superstar bleiben, immer und überall im Mittelpunkt stehen und vögeln mit wem und wo sie wollte, Bastian würde ab jetzt sein eigenes Leben führen. Dieses Leben würde zweifellos entspannter und sorgloser ablaufen, wenn er nur mehr das machte, was er wirklich gut konnte. Und das war, Lisa mit tollen Songs zu versorgen und dafür großartige Tantiemen zu kassieren. Im Hintergrund ließe es sich bestimmt angenehmer leben, er musste nicht unbedingt als Rockstar selbst auf die Bühne springen, um sich nach dem Konzert im Backstage-Raum wieder hemmungslos volllaufen zu lassen. Auch wenn er dafür einen Traum aufgeben musste.

Die sechs Wochen waren wie ein »Reset« für seinen Körper. Bastian war wieder er selbst, war voller

Motivation für die Zukunft. Nichts konnte ihn aufhalten, alles brannte in ihm, wieder neu durchzustarten. Man hatte ihnen in der Therapie eingebläut, niemals wieder auch nur einen Schluck Alkohol zu trinken. Schon ein Stück Likörpraline könnte von neuem das Verlangen wecken, und schon wäre man wieder derselbe Saufkopf wie zuvor. Also gab er sich selbst das Versprechen, es durchzuziehen. Und obwohl sich Bastian erst an den Geschmack von Wasser gewöhnen musste, wurde diese Flüssigkeit ab jetzt zu seinem Hauptdurstlöscher. Darin waren sie sich also einig, AC/DC und er.

Die Zeit danach war nicht einfach. Aber er durfte doch recht bald aus seinem Körbchen im Wohnzimmer in Susis Körbchen im Schlafzimmer wechseln. AC/DC war am Anfang etwas beleidigt, akzeptierte es aber schließlich zähneknirschend. Versüßt wurde ihr diese bittere Pille dadurch, dass ihr Herrchen das Joggen entdeckte und sie mitlaufen durfte. Zuerst war es eher ein Kriechen und Hecheln, aber mit jedem Training wurden die beiden schneller, und als dann auch die Twins dabei waren, kamen sie ganz schön ins Keuchen. Auch zwischen Bastian und den Kindern war wieder alles in Ordnung, selbst in der Firma konnte sich Bastian wieder blicken lassen und von neuem den großen Chef spielen. Über Witze, die vorwiegend von verkürzten Fingern und Rauchverboten im Hackschnitzelkeller handelten, konnte er mittlerweile wieder lachen.

Und dann traute er sich auch in den Keller, und plötzlich war ihm alles vertraut. So als ob er niemals weggewesen

wäre. Nur dass da plötzlich ein kleiner Mops mit einge-
drückter Nase im Studio herumhoppelte und ihm von Zeit
zu Zeit schwanzwedelnd Rumba-Rasseln und sonstige
Percussion-Instrumente vor das Mischpult legte. »Ich will
spielen!«

Es tut so weh

Bastian hielt sein Versprechen und machte einen weiten Bogen um jede Form von Alkohol. Selbst als vor drei
Jahren plötzlich das Herz seines Papas aussetzte. Mitten
im Schlaf. Als Mama Berger ihren Gustav am nächsten
Morgen wecken wollte, spielte der sein Luftgitarrensolo bereits hoch droben auf einer Wolke. Oder vielleicht
spielen die dort Luftharfe? Man weiß es nicht. Bastian
war verzweifelt, er konnte sich ein Leben ohne seinen
Papa, der mehr als nur sein Erzeuger, sondern sein bester
Freund und sein musikalisches Vorbild gewesen war, einfach nicht vorstellen. Sein Papa war immer da gewesen,
wenn er ihn gebraucht hatte. Bastian hatte mal gelesen,
dass mit dem Tod eines Elternteils die eigene Jugend zu
Ende gehe. Genau das Gefühl hatte er in diesem Augenblick, auch wenn er selbst bereits ein recht anständiges
Alter erreicht hatte. Sein erster Gedanke war, sich eine
Flasche Whiskey zu besorgen, aber Susi konnte ihn davon abhalten.

Zum Begräbnis sollte auch Lisa kommen. Man wollte
es jedoch vor der Presse geheim halten, und Bastians
publicitygeile Schwester war sogar damit einverstanden.

Es hatte den Anschein, als sei die Beerdigung von Papa selbst ihr zu »heilig«, um daraus eine Werbeveranstaltung für Lucy Hill zu machen. Bastian hatte ihr nach *Aber irgendwann* noch einige Hits geschrieben, aber keiner kam mehr an diesen Megaerfolg heran. Das nagte etwas an ihrem Selbstwertgefühl, die Schuld daran trug natürlich Bastian. Nur dank seiner fürchterlichen Alkoholvernichtungsphase und der anschließenden Trockenlegungstherapie ließ er diese Beschuldigungen nicht mehr an sich heran. Was Lisa noch wütender machte.

Wenn einer Prinzessin die Steine aus der Krone fallen, dann ist das keine angenehme Erfahrung. Für niemanden, nicht für die Prinzessin und noch weniger für ihren Hofstaat, als den Lisa alle Menschen rund um sich betrachtete. Weil sie sich selbst noch immer als unfehlbar wahrnahm, waren alle anderen dafür verantwortlich, dass Lucy Hill zwar immer noch die deutschsprachigen Charts anführte, aber international etwas leiser treten musste. Irgendwann war ihr dieser Misserfolg zu nahegegangen, ein »Misserfolg«, der für den Rest der Musikkollegen immer noch eine großartige Sache gewesen wäre. Aber wer einmal ganz, ganz oben gestanden hat, der will da niemals wieder runter, nicht einmal einen Zentimeter.

Unsympathische Kobolde hatten den Bergers etwas in die Gene gemixt, das jetzt auch bei Lisa zu erheblichen Problemen führte. Der Alkohol war früher schon mehr als nur ein Trostpflaster für sie gewesen. Jetzt aber hatten sich die beiden zu »best friends forever« entwickelt.

Lisa war schon immer das experimentierfreudigere von den beiden Berger-Kids gewesen. Bereits als Kind hatte sie viel mehr ausprobiert, als sich Bastian je getraut hätte. Und so gab es neben der Sauferei auch immer wieder ein paar Drogen, die sie mir nichts, dir nichts einwarf.

Gut tat ihr das beileibe nicht. Mit der Zeit wurde sie unberechenbar. Zu ihren Auftritten war sie anfangs nur zu spät gekommen, später gar nicht. Ihr Management hatte eigene »Aufpasser« für Lucy Hill engagieren müssen, die nur darauf zu achten hatten, dass sie, wenn am Abend ein Konzert anstand, den Tag einigermaßen frei von Alkohol und Drogen hinter sich brachte. Sie hatte ihre Texte vergessen, war im Dusel über die Bühne gestolpert und hatte immer wieder ihr Publikum beschimpft. Es gibt keine größere Todsünde für einen Künstler als die, sein eigenes Publikum nicht mehr zu respektieren.

Mittlerweile hatten viele ihrer Fans genug von der abgehobenen Diva, die anscheinend nicht mehr wusste, wem sie eigentlich all den Ruhm zu verdanken hatte, nämlich ihrem Publikum. So betrachtet war es nur einleuchtend, warum Lisa Papas Beerdigung nicht zu einem Selbstbeweihräucherungs-Event machen wollte. Weil es einfach nichts mehr zum Selbstbeweihräuchern gab.

Plötzlich war Papa nicht mehr da. Völlig überraschend. Bastian hätte ihm noch so viel zu sagen gehabt, so viele Fragen zu stellen, und jetzt war es zu spät. Und obwohl es Bastian hundsmiserabel ging, musste er den Starken spielen. Susi half ihm beim Organisieren der Beerdigung. Mama war dazu nicht zu gebrauchen, sie saß mit feuerroten Augen in der Küche und weinte vor sich hin. Nicht einmal ihre Lieblingsbeschäftigungen, Putzen und Kochen, brachten sie auf andere Gedanken.

Einzig AC/DC, die kleine Mops-Dame, schaffte es, Mama Berger ein Lächeln abzuringen. Sie sprang vergnügt hin und her und wunderte sich, warum die großen Zweibeiner so schlechte Laune hatten. Die Zwillinge vermissten ihren Opa ebenfalls und erst, als sie Oma in ihrer herzzerreißenden Trauer beistanden, kamen sie selbst mit ihren Gefühlen zurecht. Auf andere Gedanken aber kam Mama Berger erst, als ihre Tochter vor der Beerdigung mit einem neuen Stecher vor der Tür stand.

Notarzt am Friedhof

Jeronimo Giuseppe gab's schon lange nicht mehr, Lisa hatte ihm vor Jahren schon den Laufpass gegeben. Er war der letzte Lover, von dem sich Bastian wenigstens noch den Namen gemerkt hatte. Okay, fast, aber ob Jeronimo oder Giuseppe war auch schon egal. Bei allen anderen seither hatte es keinen Sinn gehabt. Lisa wechselte die Liebhaber wie Bühnenklamotten. Ihr aktueller Lebensabschnittspartnersupersack, von Bastian kurz LAPSUS genannt, war optisch eine Mischung aus Bruce Willis und einem islamischen Selbstmordattentäter. Keine Fransen auf der polierten Glatze, dafür aber einen Wuschelkopf mitten im Gesicht, der pechschwarz bis weit unters Kinn reichte und Bastian irgendwie an die Schambehaarung eines ostanatolischen Bergschafs erinnerte. Mama schrie laut auf, als sie die Tür öffnete und LAPSUS sich alleine vor ihr aufplusterte, weil Lisa noch etwas aus dem Auto holen musste. Um ein Haar hätten die Bergers eine Doppelbeerdigung organisieren müssen. Bevor Mama aber um Hilfe schreien konnte, war Lisa schon neben LAPSUS, stieß ihn unsanft zur Seite und umarmte ihre Mutter.

»Mama, das ist alles so traurig!« Mama aber hatte in diesem Moment kurzfristig völlig vergessen, was geschehen war. Sie hatte einfach Angst vor LAPSUS! Angst vor diesem Gesichtswischmopp, der keine Freundlichkeit ausstrahlte, sondern eher das Gegenteil.

»Wer ... wer ist das?«, stotterte sie, ohne auf Lisas Satz einzugehen.

»Wen meinst du? Ah, den da. Das ist nur mein Freund!« Selbst Lisa konnte sich anscheinend die Namen ihrer Flachleger nicht mehr merken.

»Kannst du bitte die Koffer holen?«, zischte sie ihm zu. Und ihr Stecher trottete brav wie ein abgerichteter Sennenhund zum Porsche und holte das Gepäck.

Zu dritt saßen sie in der einsamen, kalten Küche und quatschten über Papa. LAPSUS wurde von Lisa mit dem Hinweis fortgeschickt, sie würde ihm Bescheid geben, wenn er sie abholen könne. Bei seinem Aussehen hatte Bastian etwas Angst, ob sich unter seinem grellblauen Sommerhemd nicht ein Sprengstoffgürtel oder sonst irgendeine Höllenmaschine versteckte, die er jeden Moment zünden könnte. Aber er war ganz harmlos und verschwand mit einem nicht sehr arabisch klingenden

»Servus, dann hol i mia moi irgendwo a gescheits Biert-scherl!« aus dem Berger-Haus.

Lisa war wie ausgewechselt. Papas Tod ging ihr sehr nahe. »Das ist alles so schnell gegangen! Ich kann es nicht glauben, dass ich Papa nie mehr wiedersehe.« Und dann heulte sie so herzzerreißend, dass Bastian sie einfach in den Arm nehmen musste. Und Mama auch. So standen sie im Kreis in der Mitte ihrer Küche und drückten sich so fest sie konnten.

»Papa war so stolz auf dich!«, sagte Mama zu Lisa. Und dann sah sie ihrem Sohnemann in die Augen und fügte hinzu: »Aber auf dich natürlich auch, Bastian. Ihr zwei habt seinen Traum gelebt.«

»Ich weiß, dass er stolz auf uns war. Aber ich hätte ihm öfter sagen sollen, wie sehr ich ihn liebe«, schluchzte Lisa.

»Er wusste das auch so«, beruhigte Mama sie.

»Bastian, es tut mir leid, dass ich manchmal so ein Biest war«, hauchte Lisa in Richtung ihres Bruderherzes, und Bastian wusste, dass sie es diesmal ehrlich meinte.

»Ist schon gut. Lucy Hill war das Biest, du bist einfach nur Lisa, meine kleine Schwester.«

»Ich habe euch so lieb. Auch wenn ich es euch nicht immer gezeigt habe. Jetzt haben wir nur noch uns. Wir müssen zusammenhalten, denn unsere Familie ist etwas ganz Besonderes.«

Nie hätte Bastian gedacht, dass er das einmal aus Lisas Mund hören würde. Schade, dass erst so ein Anlass hatte kommen müssen, ehe er seine Schwester wieder einigermaßen normal erleben durfte. Da war keine Spur von »Superstar«, sie war traurig, fast verzweifelt, aber doch voller Mitgefühl für Mama, der es noch schlechter ging als ihr selbst. Die langen Gespräche in der Küche aber schienen auch Mama gut zu tun. Zwischendurch lachten sie alle sogar, wenn manche von Papas Aktionen zur Sprache kamen. Schließlich waren ja nicht wenige davon ganz schön wahnsinnig gewesen. So traurig der Anlass auch war, es hatte doch etwas Schönes für Bastian, mit Lisa und Mama zusammenzusitzen und gemeinsam an Papa zu denken.

Nicht so schön verlief das Begräbnis selbst. Lisas Kobolde hätten ihr nicht so viele Sauf-Gene in die Wiege legen sollen. LAPSUS und sie hatten die Nacht durchgemacht. Ihr Stecher hatte zwei Tage zuvor tatsächlich »a gscheits Biertscherl« aufgetrieben und die fragliche Kneipe musste er Lisa unbedingt zeigen. Die Zeigerei dauerte etwas länger, genauer gesagt bis zum nächsten Morgen. Somit hatte Lisa an dem Tag, an dem ihr Papa beerdigt wurde, eine Vollknarre, die knapp an einer Eintragung ins *Guinness Buch der Rekorde* vorbeischrammte. Sie und ihr LAPSUS hatten eine Fahne, die selbst Tote hätte auferstehen lassen. Oder nur beinahe, bei Papa Berger half das leider nicht.

Die Familie saß im Halbkreis um den Sarg, der vor dem Altar in der Kirche stand. Der speckige Pfarrer hielt die Totenmesse, Mama weinte leise in sich hinein, und auch der Rest des Berger-Clans hatte dicke Tränen in den Augen. Lisa aber schluchzte ohrenbetäubend, sie keuchte und hechelte wie sonst nur

AC/DC vor dem leeren Futternapf, und zwischen ihren Verzweiflungsschüben waren kurze Rülpser zu hören. Irgendwann stand sie einfach auf und torkelte zur Kanzel. »Nicht schon wieder!«, rief Bastian, und er war bestimmt nicht der Einzige, der befürchtete, dass Lisa von neuem auf die Kanzel kletterte, um ein Lied zu schmettern.

Ein leichtes Raunen ging durch die Menge, und selbst der dicke Pfarrer hielt den Atem an und beobachtete ganz genau, was vor sich ging. Lisa hatte die Treppen erreicht, es herrschte Totenstille in der Kirche, was selbst bei einer Beerdigung ungewöhnlich war. Sie taumelte aber an dem Stiegenaufgang vorbei, denn sie wusste, dass sich dahinter eine Tür befand, die in einen kleinen Raum unter der Kanzel führte. Als Kinder hatten sich die Berger-Kids oft hier versteckt. In einem Regal wurden dort alte Messgewänder aufbewahrt, auf einem kleinen Tisch standen ein paar Kerzenständer, und in der Mitte stand ein großes Weihwasserbecken, das in der Osternacht zum Einsatz kam. Lisa schloss die Tür hinter sich, angesichts der verrosteten Türbänder und ihres Zustands mit der Dezibel-Anzahl eines startenden Düsenjets.

Lisa fühlte sich in diesem Lagerraum sicher, doch so schallgedämmt, wie sie es sich gewünscht hätte, war er beileibe nicht. Als sie mit Hingabe in das große Weihwasserbecken kotzte, bekam das die ganze Singinger Dorfgemeinschaft mit, die vollständig versammelt war. Mama schluchzte jetzt besonders laut. Um die eklige Geräuschkulisse aus dem Kanzel-Lager zu übertünchen, bekam Bastian einen

Hustenanfall der Bronchialkatarrh-Extraklasse. Susi und die Twins verstanden sofort und stimmten ein, und irgendwann hustete und prustete die gesamte Kirche. So ein Dorf hält ja doch zusammen, vor allem in schweren Stunden.

Lisa kam irgendwann wieder hervor, und der ebenfalls hustende Pfarrer konnte die Messe zu Ende führen.

Papa Bergers letzter Weg auf den Friedhof war für Bastian das Schrecklichste, das er bis dahin erlebt hatte. Susi und er stützten Mama von beiden Seiten, weil sie jeden Moment zusammenzubrechen drohte. Lisa und ihr LAPSUS gingen stumm hinter ihnen her. Irgendetwas hatten sie sich vorhin eingeworfen. Bastian hatte es nicht genau gesehen, aber ihren geweiteten Pupillen nach waren es bestimmt keine Hustenbonbons gewesen. Solang sie die Klappe hielten und die Andacht nicht störten, sollte es ihm recht sein, dachte Bastian. Als Lisa die beiden Kameras am anderen Ende des Friedhofs bemerkte, war es jedoch augenblicklich mit dieser Andacht vorbei. Anscheinend hatte doch eine Fernsehanstalt mitbekommen, dass Lucy Hills Vater gestorben war. Lucy Hill war zwar nicht mehr der angesagte Superstar, aber sie hatte zu dieser Zeit immer noch einen Bekanntheitsgrad von achtundneunzig Prozent, wie ein Schmierblatt ermittelt hatte. Diese Story würde bestimmt einschlagen, mochte sich die TV-Anstalt gedacht haben.

Und Lisa auch, nur wollte sie die Dramatik noch etwas erhöhen. Und das gelang ihr, indem sie vor dem offenen Grab zusammenbrach. Theatralisch warf sie eine weiße

Rose auf den Sarg, griff sich ans Herz und kippte mit einem lauten »Papa!« bühnenreif nach hinten, wo sie auf dem Hügel mit der frisch ausgegrabenen Erde aufschlug.

Die Beerdigung konnte erst nach dem Abtransport von Lisa fortgesetzt werden. Der Notarzt nahm auch gleich LAPSUS mit, einen Drogentest auf dem Singinger Friedhof ersparte man den beiden. Im Krankenhaus aber sollte man jede Menge verbotener Substanzen in den Adern von Lisa und LAPSUS finden. Bastian war so wütend auf seine hirnverbrannte Schwester, dass er ihr am liebsten auch gleich die Drogenfahndung auf den Hals gehetzt hätte. Wenn die ihre Sachen durchsucht hätten, wär's vorbei gewesen mit der Herrlichkeit. Er wollte aber jetzt beim Begräbnis seines Papas keinen zusätzlichen Stunk mit seinem Schwesternmonster beginnen. Es war schon so traurig genug.

Papa Berger konnte dann doch noch halbwegs würdig beerdigt werden. Mama hatte gar nicht mitbekommen, dass Lisa stockbesoffen war. Die Sorge um ihre Tochter, die am offenen Grab zusammengeklappt war, nahm ihr etwas vom Schmerz um ihren geliebten Gustav, mit dem sie mehr als vierzig Jahre verheiratet gewesen war. Dieser Schmerz war zwar immer noch grenzenlos, aber viel mehr zählte für Mama jetzt, dass Lisa wieder gesund wurde.

»Ich möchte nicht beide verlieren!«, hatte sie Bastian an diesem Abend weinend erzählt.

»Lisa wird bald schon wieder auf den Beinen sein, du musst dir keine Sorgen machen!«, versuchte er, sie zu beruhigen. Insgeheim aber war er sich nicht so sicher, ob er am nächsten Tag nicht zum Action-Rächer werden, sich eine Pumpgun kaufen und Lisa das Licht ausblasen würde.

Nie mehr wieder

Machte er nicht. Aber er war knapp davor. Lisa wurde der Magen ausgepumpt und das war's. Mehr nicht. Leider! Die ganze Prozedur hatte ihr wahrscheinlich nicht einmal besondere Schmerzen bereitet, sie war so im Delirium, dass sie bestimmt nicht mal was gespürt hatte. Dabei hatte sich Bastian so gewünscht, dass auch sie mal litt, aber nicht alle Wünsche gehen in Erfüllung. Die Ärzte verordneten Lisa und LAPSUS eine Drogentherapie, aber niemand wusste, ob sie die jemals angetreten hatten.

Bastian war so wütend, dass er seine Schwester in der Klinik in Tornadostärke anbrüllte: »Komm ja niemals wieder in meine Nähe! Ich will dich nie mehr wieder-sehen!«

»Aber Bastian, ich wollte das ja nicht. Die Aufregung. Die Trauer um Papa. Und dann der Kreislauf.«

»Lisa, erzählt mir nichts vom Kreislauf. Dein ganzer Kreislauf dreht sich nur um deine verschissene Karriere und den Alkohol!«

LAPSUS wollte seiner Freundin zur Hilfe kommen: »Geh stöll di jetzt net so an, Bastian! Die Lisa war doch so fertig zwengan Tod von ihrn Papa. Des muasst do verstehn, do is man oafoch in ana Ausnahmesituation.«

»Ausnahmesituation? Ha, dass ich nicht lache! Eine Ausnahmesituation wäre, wenn ihr zwei euch mal nicht jeden Tag die Kante geben würdet.« LAPSUS machte ihn noch wütender.

»Geh, so oarg isses ja goar net!«

»Genau, Bastian.« Jetzt versuchte es Lisa wieder. »Beruhige dich und wir vergessen einfach, was gestern passiert ist. Okay?«

Bastian aber wollte sich nicht beruhigen, und vergessen konnte er das Ganze schon gar nicht. Und damit die beiden das ebenfalls ihr ganzes Leben lang in Erinnerung behalten würden, nahm er im Zorn die volle Urin-Schüssel, die da unter Lisas Bett stand, und stülpte sie ihr über den Kopf. War nicht gerade die feine Art, das wusste er. Aber es musste einfach sein ...

Drei Jahre schon hatte Bastian keinen noch so kleinen Furz von Lisa gesehen und gehört. Auch in den Medien kam sie praktisch überhaupt nicht mehr vor. Die letzten Fotos in den Schundblättern zeigten Lucy Hill, wie sie mit irrem Blick am Erdhügel neben Papas Grab lag und ein anatolisches Bergschaf ihr helfen wollte, wieder auf die Beine zu kommen. Seither herrschte Funkstille um den ehemaligen Superstar. Lisa war wie vom Erdboden verschwunden. Bastian war nicht traurig deswegen. Nur Mama tat ihm leid. Sie zog sich immer mehr in ihre eigene Welt zurück. Immerhin putzte sie jetzt wieder den ganzen Tag, aber glücklich schien sie das nicht zu machen. Ihre Familie versuchte zwar vieles, um ihr neues Leben einzuhauchen, doch allem Anschein nach hatte sie sich aufgegeben wie ein alter afrikanischer Savannenbüffel, der nur mehr darauf wartet, von Löwen gefressen zu werden.

In einem Monat war der Fünfziger von Bastian angesagt. Grad noch fünf, dachte er, plötzlich fünfzig! Wenn früher die alten Menschen gesagt hatten »Du wirst sehen, wie schnell du alt wirst!«, hatte er noch gelacht. Die waren damals höchstens vierzig, er war jetzt schon zehn Jahre drüber, und ganz so schlimm kam es ihm heute gar nicht mehr vor. Es ändern sich die Perspektiven, wenn man selbst dem Greisenalter nah ist. Manchmal zog Bastian Bilanz und fand, dass es das Schicksal bisher nicht schlecht mit ihm gemeint hatte. Okay, da waren die paar kleinen Problemchen mit der Sauferei, aber die waren schon längst Vergangenheit. Und dass ihm Susi und die Twins die alkoholbedingten Ausraster verziehen hatten, zeigte nur, wie stark ihre Familienbande waren.

Mit seinen Kumpels spielte er dreimal im Monat in Charlies Kneipe. Charlie verdiente zwar nichts mehr an Bastian, weil der statt Wodka nur noch Wasser nuckelte, dafür brauchte er auch keine Angst zu haben, dass ihm ein wahnsinniger Musiker in seine Kneipe kotzte. Papa ging Bastian immer noch ganz schön ab, und Mama würde er auch gerne wieder einmal lachen sehen, aber sonst hatte sich alles wieder eingerenkt. Also Grund genug, eine ordentliche Geburtstagsparty zu schmeißen.

Ob er Lisa auch einladen sollte? Doch gleich im nächsten Augenblick wurde ihm bewusst, wie bescheuert dieser Gedanke war. Lisa hatte immer nur für Katastrophen gesorgt. Wo sie war, war das Chaos. Mehr noch, wann immer etwas in Bastians Leben schiefgelaufen war, hatte Lisa ihre Finger im Spiel gehabt. Warum er also auf diesen Gedanken kam, war ihm nicht ganz klar. Aber sie war seine Schwester, und eigentlich würde er sie doch gerne wieder einmal sehen. Wissen, was aus ihr geworden war. Er hoffte, dass es ihr gut ging. Auch wegen Mama. Die hatte es nicht verdient, dass sie seinetwegen ihre Tochter nicht mehr zu Gesicht bekam. Obwohl, das war nicht seinetwegen, das hatte sich Lisa selbst zuzuschreiben. Aber trotzdem ...

Einfach weg

»Hallo! Weißt du vielleicht, wo Lisa steckt?« Bastian wusste gar nicht mehr, wie oft er diesen Satz heute schon von sich gegeben hatte. Sein linkes Ohr war vom vielen Herumtelefonieren bereits siedend heiß. Keiner konnte ihm helfen. Aber jeder hatte etwas gehört.

»Ist die nicht durchgebrannt mit einem Millionär?«

»Die lebt bestimmt im Kloster!«

»Sie war doch schwanger? Oder irre ich mich da?«

Keine Spur von Lisa, seine mit einem Millionär durchgebrannte und in einem Kloster schwanger gewordene Schwester war wie vom Erdboden verschluckt.

Als letzter Ausweg fiel ihm noch Mr. T. ein. Die vom Label würden ja wissen, wo Lisa sich aufhielt, irgendwohin mussten sie ja die Tantiemen überweisen.

Bastian beschloss also, den Big Boss von Star Records anzurufen, obwohl er fürchtete, dass das letzte Telefonat nicht besonders förderlich für ihre Freundschaft gewesen war. Live aus Charlies Kneipe hatte Bastian ihm damals Dinge an den Kopf geworfen, die er besser für sich behalten hätte sollen.

Um genau zu sein, hatte er Folgendes gesagt, als Mr. T. ihn damals gefragt hatte, ob er betrunken wäre: »Das geht dich gar nichts an! Und wenn ich den ganzen Tag saufen würde ...«, was er damals ja auch getan hatte, »könnte es dir egal sein. Du hast Millionen mit mir gescheffelt. Aber als ich selbst durchstarten wollte, mit meinen eigenen Songs, hast du mir keine Chance gegeben. Dabei wäre ich der geborene Ro-, Ro-, Rocker.« Das Wort hatte ihm einfach nicht aus dem Mund gewollt.

Und weil er schon am Stottern gewesen war, hatte er noch ein »Du, du, du ...« nachgelegt. Ihm war aber absolut nicht eingefallen, als was er den Big Boss der Plattenfirma denn nun bezeichnen wollte. Weil in Charlies Kneipe jedoch ein Bild von einem lachenden Affen hing, war Bastian ein »dreckiger Pavianarsch!« herausgerutscht.

Nicht nett, das wusste er jetzt. Damals hatte er sich richtig stark gefühlt, mit seinen geschätzten zehn Promille im Blut.

Umso überraschter war er, als Mr. T. ins Telefon lachte: »Hi Bastian, dich gibt's auch noch? Wie geht's?«

Er wollte ihm jetzt nicht die ganze Geschichte erzählen, Mr. T. wusste bestimmt von seinem internen Nachrichtendienst, was sich bei Bastian in den letzten Jahren so abgespielt hatte. Also erwiderte er kurz: »Danke, sehr gut! Und selbst?«

»Noch ein paar Wochen, dann verlasse ich dieses Irrenhaus hier. Man wird nicht jünger. Die paar Jahre, die ich noch habe, möchte ich ruhiger angehen.«

»Was? Du gehst in Pension? Und ich dachte, du fällst lieber tot von dem alten Drehsessel, bevor du dein Lebenswerk freiwillig aufgibst.« Mr. T. war seit Jahrzehnten eine Institution, es war für Bastian unvorstellbar, dass dieser Prototyp von Musikmanager irgendwann nicht mehr die Zügel von Star Records in der Hand halten sollte.

»Irgendwann kommt für jeden die Zeit.« Nach einer kurzen Nachdenkpause schnaufte er in das Telefon. »Warum hast du eigentlich angerufen? Das kannst du mir ja persönlich sagen, oder ist es so eilig? Ich würde mich wirklich freuen, dich noch einmal zu sehen, bevor ich dann weg bin. Wie wär's nächsten Dienstag?«

Es gab immer wieder Überraschungen. »Ja, gerne! Ich freue mich!«

Bevor Mr. T. auflegte, sagte er noch beiläufig: »Und wenn du neues Songmaterial hast, dann bring es einfach mit. Vielleicht ist ja wieder mal was dabei?«

»Natürlich, ich hab da zufällig ein ganz besonders Lied, das spiele ich dir vor, nächste Woche«, flunkerte Bastian.

»Na dann. Ciao Bastian! Mach's gut, bis Dienstag!«

Bastian hatte doch glatt vergessen, nach Lisa zu fragen. Das konnte er ja nächste Woche noch machen, jetzt hatte er anderes zu tun. AC/DC würde die nächsten Tage mit ihm und seinem Mischpult im Keller verbringen müssen.

Nichts mit Joggen, jetzt hieß es komponieren bis die Synapsen glühten! Endlich spürte Bastian wieder dieses Kribbeln in den Fingern, die es gar nicht erwarten konnten, auf den Tasten des Keyboards zu klimpern und an den Reglern des Mischpults herumzufummeln. Er brannte darauf, neue Texte zu schreiben und in das Mikrophon zu jaulen, und AC/DC zum zwölften Mal die Rumba-Rassel aus dem Maul zu klauen.

Und wirklich, schon in den ersten Studiosessions gelang ihm ein Song, der das Zeug zum absoluten Megahit hatte. Zumindest fand Bastian das. *Einfach weg*. Da war alles drin, was derzeit gefragt war. Ein moderner Blues mit jazzigen Elementen und Bläsersätzen, die einem die Ohren wegfetzten. Von Lisas Abschied inspiriert geisterte die Geschichte des Songs wie von selbst durch seine Gehirnwindungen. Jeder braucht mal ein Time-out vom Leben, aber irgendwann kommt es wieder zum Time-in, man muss nur auf das richtige Timing warten. Die Wörter flogen förmlich über die Notenzeilen, und in ganzen dreiundzwanzig Minuten stand auch der Text. Die restlichen Tage verbrachte Bastian damit, *Einfach weg* hammermäßig zu arrangieren und abzumischen. Dann war er bereit, diesen Song der großen, weiten Musikwelt vorzustellen.

Dass Mr. T. kein dreckiger Pavian-Arsch war, hatte Bastian schon zuvor gewusst. Jetzt aber wollte er ihn regelrecht abbusseln. *Einfach weg* war der erste Song seit Jahren, der Mr. T. so richtig aus den Socken haute. »Wahnsinn!«, wie er es in seinen knappen Worten sagte.

Dazu war ein Grummeln aus den tiefsten Regionen seines massigen Körpers zu hören. Und das sagte eine ganze Menge! Leider habe er aber zurzeit keinen geeigneten Interpreten dafür. Im Moment sei nicht wirklich viel los in der Branche. Seit Lucy Hill untergetaucht war, schien der Wurm drin zu sein.

»Ähm«, erlaubte sich Bastian zu sagen, »wenn es weiter nichts ist, wie wär's, wenn du mir noch eine Chance gibst und den Song mit mir produzierst?« Damit war es draußen. Eigentlich hatte Bastian das gar nicht so vorgehabt, aber die Gelegenheit war günstig. Vielleicht würde es ja doch noch etwas mit seinem Traum?

»Du?« Mr. T. fixierte ihn mit starrem Blick. »Hast du abgenommen? Du bist nicht mehr so fett wie früher.«

»Vielen Dank!« Dieses Kompliment konnte Bastian leider nicht zurückgeben, Mr. T. saß wie eine tibetanische Buddha-Statue in seinem abgefuckten Drehsessel, und es war ein kleines Wunder, dass dieser Stuhl gegen die Gesetze der Physik seinem Gewicht standhielt. Das ließ Bastian zur Sicherheit unerwähnt und bestätigte dem Buddha stattdessen nicht ohne Stolz, dass er in den letzten Jahren mehr als zwanzig Kilo verloren hatte. Und dass er nicht vorhabe, diese wiederzufinden.

»Was ist eigentlich mit deinem Finger passiert?«

»Kriegsunfall.«

»Vielleicht könnten wir es wirklich mal probieren.« Kurz und knapp, wie er nun mal war, verkündete er Bastian die Erfüllung all seiner Träume. Der war sprachlos.

Buddha T. wackelte zu seinem alten Schrank, holte zwei Gläser heraus und goss sie randvoll mit bestem Scotch.

»Jetzt stoßen wir mal gemeinsam an. Du bist zwar nicht mehr der Jüngste, aber dieser Titel passt zu einem alten Knacker wie dir!« Vielen Dank, sehr nett.

»Auf Bastian Berger! Lass mich nicht vergessen, wir müssen uns einen ordentlichen Namen für dich ausdenken. Bastian Hill wäre was!« Bastian wurde etwas flau im Magen.

»Haha, war nur ein Spaß! Nein, da finden wir schon was. Cheers! Auf deinen Erfolg, Bastian.«

Wusste der nicht Bescheid? Bastian wusste nicht, was er tun sollte. Einmal eine kleine Ausnahme? So schnell würde man bestimmt nicht wieder zum Saufkopf?

»Na, was ist, Bastian? Oder machst du jetzt einen Rückzieher?« Mr. T. schaute ihn leicht hämisch an und prostete Bastian auffordernd zu.

»Nein, ich bin weg von dem Zeug!«, erwiderte Bastian tapfer. »Bekomme ich hier irgendwo ein Wasser?« Er hoffte, er hatte Mr. T. nicht zu sehr verärgert. Ein Rockstar, der Wasser trank, wo gab es denn sowas?

»Bingo! Wir sind im Geschäft! Bastian, ich sehe, ich kann mich auf dich verlassen. War nur ein Test, um festzustellen, ob du es ernst meinst. Also, willkommen im Team. Ich mache dich zum Superstar!«

In diesem Augenblick begann Bastian, Wasser wirklich zu lieben.

I believe I can fly

Der einzige freie Termin für die Aufnahme im Studio des Plattenlabels war am folgenden Samstag. Die Kumpels und Bastian hatten zwar am Abend zuvor einen Gig bei Charlie, aber das sollte kein Problem sein.

»Bitte sei pünktlich und lass mich nicht hängen! Du bist meine letzte Produktion, bevor ich mich nach Kanada abseile, in die Pension. Da soll nichts schiefgehen. Ich glaub an dich, Bastian!«

Was sollte schon schiefgehen? Bastian konnte fliegen, so locker-flockig fühlte er sich, als er das Büro von Mr. T. verließ. Dass auch Mr. T. keine Adresse von Lisa hatte, störte Bastian überhaupt nicht. Im Gegenteil! Sie sollte nur so weit wie möglich von ihm wegbleiben, irgendwo in Dschibutistan oder noch weiter. Diesmal nämlich wollte er sich seinen Traum nicht zerstören lassen, schon gar nicht von seinem Schwesternmonster.

Obwohl ihm das sehr schwerfiel, hatte Bastian absolut dichtgehalten. Um auf Nummer sicher zu gehen. Bis auf Susi wusste niemand davon, dass er am nächsten Tag seinen Song *Einfach weg* in den geheiligten Star-Records-Studios aufnehmen sollte. Ein halber Tag kostete dort schon ein fünfstelliges Vermögen. Für Bastian war der ganze Samstag reserviert, dazu kamen noch fünf Studiomusiker, Aufnahmeleitung und Tontechnik sowie drei etwas voluminösere Chorsängerinnen, die zwar nicht besonders heiß aussahen, aber Stimmen zum Niederknien hatten. Schiefgehen konnte also wirklich nichts mehr. Nur noch schnell den Gig bei Charlie, dann rasch ins Bett, und morgen begann er dann, sein großer Traum, auf den er fast fünfzig Jahre gewartet hatte.

Alles voll! Es waren zwar nur dreiundvierzig Besucher, aber die sorgten in Charlies Kneipe für eine Mörderstimmung, die die etwas wahnsinnige Partie auf der Bühne zu Höchstleistungen trieb. Heute ging wieder mal so richtig die Post ab, Bastian und seine Kumpels würgten ihre Instrumente, als ob es kein Morgen gäbe. Zu echten Bluesmusikern gehörten Zigaretten und Whiskeyflaschen auf der Bühne einfach dazu, andernfalls hätte man die Glaubwürdigkeit dieser Musik und die Coolness der Interpreten gehörig in Frage gestellt. Auch die Kumpels mussten also vor ihrem Publikum entsprechend cool wirken. Früher war in den Whiskeyflaschen auch wirklich das drin, was vorne draufstand, aber mittlerweile war nur mehr der Hosenscheißer eine echte Blues-Sauf-Legende. In die übrigen Bottles hatten sie stinknormalen Apfelsaft gefüllt. Auch Helden werden älter und reifer.

Von »reif« waren die fünf aber mittlerweile wieder meilenweit entfernt. Wie in ihren besten Tagen – und die waren schon lange vorbei – ließen sie alles raus, was tief in ihnen geschlummert hatte. Und da gehörte eine alles in den Schatten stellende Luftgitarrenshow einfach dazu. Bevor sich Bastian in altbewährter Weise seines Hemdes entledigte, nahm er noch einen tiefen Schluck aus seiner Whiskeyflasche, die eigentlich mit Apfelsaft hätte gefüllt sein sollen. Aber nichts da, der Hosenscheißer hatte seine Flasche etwas zu weit in Bastians Hoheitsbereich gestellt, und wie es das Schicksal so wollte, erwischte Bastian genau diese Flasche, setzte an und gurgelte sie einfach aus. Ohne Luft zu holen. Ohne nachzudenken. Warum Apfelsaft so brannte, am Gaumen, und gleich drauf in der Birne, war Bastian völlig egal. Schmeckte gar nicht so schlecht. Irgendwie vertraut. Einfach runter damit.

Bastians Kumpels fielen beinahe ihre Instrumente aus den Händen und sie schauten ihn entsetzt an, als er in den schönen Bühnenvorhang krachte und sich die silbernen Lamettafäden in tausend kleine Einzelteile auflösten. Das Publikum tobte, weil es heute eine ganz besondere Show erleben durfte. Mit einem kräftigen Ruck riss sich Bastian das Hemd vom Körper, die Knöpfe sprangen wie wildgewordene Zirkusflöhe in alle Richtungen. Und weil es gerade so schön war, zog er gleich auch seine Jeans runter. Es schmiss ihn zweimal auf den Parkettboden, bevor er das Ding endlich in den Händen hielt, triumphierend über dem Kopf schwang und zuletzt in die Menge warf. Ekstase pur in Charlies Kneipe. Seine Kumpels, die alten Musikveteranen, passten sich der ausufernden Situation an und jammten, als ginge es um ihr Leben.

Die ganze Euphorie, der brennende Apfelsaft aus der Flasche vom Hosenscheißer und sein angeborener Hang zum absoluten Wahnsinn ließen Bastian zu einer Bühnensau mutieren, die alles um sich vergaß. Wie in Trance drosch er in seiner weißen Unterhose auf die Luftgitarre ein. Auch wenn es ihm fast den Schädel zerriss, so gut hatte er sich noch nie gefühlt. Und weil gleich ein bombastischer Schlussakkord anstand, wollte er diesen

Moment mit einer einzigartigen Stagediving-Performance krönen. Bei dreiundvierzig Zuschauern waren bestimmt jede Menge dabei, die ihn sanft über die Tanzfläche tragen würden. Also – ein kleiner Sprung für die Menschheit, aber ein großer für Bastian. Los ging's! Etwas schwerfällig löste er sich vom Bühnenboden und sprang elegant wie ein übergewichtiger Skiflugweltmeister in die grölende Menge.

Zu Bastians Pech bestand diese Menge in dem Moment nur aus einem fünfzehnjährigen Milchbubi, das verzweifelt versuchte, sich in Sicherheit zu bringen. Es gelang ihm auch im letzten Augenblick, und Bastian knallte ungebremst auf die harten Steinfliesen, die sich weigerten, auch nur im Mindesten nachzugeben.

Eine weiche Landung sah anders aus. Die Musik verstummte. Und auch sonst war es plötzlich still in der Kneipe. Aber nur kurz. Charlie schrie wie am Spieß: »Einen Notarzt! Wir brauchen einen Scheiß-Notarzt!« Warum Notarzt? War was passiert? Das wollte Bastian sich ansehen! Aber als er versuchte, auf die Beine zu kommen, merkte er, dass er sie nicht mehr spüren konnte. Auch die Hände nicht. Wie eine Schildkröte auf dem Panzer lag er da, und ungefähr dreiundvierzig für ihn unglaublich hässlich aussehende Menschen mit großen Augen und offenen Mündern starrten ihn an. Er war etwas erleichtert, als endlich der Scheiß-Notarzt mit seinen Lakaien eintraf. Behutsam legten sie ihn auf eine Bahre und trugen ihn aus Charlies Kneipe. Unter seiner Schädeldecke spielt es *Smoke On The Water*, da blitzte und donnerte es, und bei jedem Takt des Gitarrenriffs hatte er das Gefühl, sein Kopf würde explodieren. Da tat sich wenigstens etwas, im Rest des Körpers herrschte absolute Funkstille.

Während des Abtransportes kam Bastian der Gedanke, dass er das Studio morgen eventuell vergessen konnte.

2040: 60 JAHRE UND KEIN BISSCHEN LEISE

Weiße Rosen aus Athen

Delfinweibchen können bis zu sechzig Jahre alt werden, die Männchen nur fünfzig. Wie das bei Berger-Männchen aussehen würde, wusste niemand, aber wäre Bastian ein Delfinmännchen gewesen, ...

Nach seinem Köpfler ins Nichts wurde Bastian erst einmal kaltgestellt – Verdacht auf Wirbelbruch. Er lag drei ganze Tage lang niedergespritzt und festgebunden im Krankenhaus und konnte sich kein bisschen bewegen.

Währenddessen erfolgten alle möglichen Untersuchungen, ebenfalls in völliger Bewegungslosigkeit. Darüber, wie er seine inneren Werte in flüssiger und fester Form loswerden musste, wollte er nie reden. Es war eine Zeit zum Vergessen. Wenn es am linken Nasenflügel juckt, dann kratzt man sich. Normalerweise. Aber so einfach geht das nicht, wenn die Hände links und rechts an den Körper gefesselt sind. Und das Jucken hört nicht auf. Nein, je mehr man daran denkt, desto intensiver wird es, das blöde Jucken. Irgendwann wünscht man sich, dass die Decke über einen einstürzt, damit ein Mauerteil genau auf die juckende Stelle fällt und dem ganzen Wahnsinn ein Ende bereitet.

Aber nichts dergleichen passierte. Im Gegenteil, bald juckte nicht nur der linke Nasenflügel, auch der rechte ließ sich nicht lumpen. Genauso wenig wie hunderte andere Stellen am Körper, von denen Bastian zuvor nicht die geringste Ahnung hatte. Als hätte ihm jemand Juckpulver unter die Decke gestreut. Ob das eine Foltermethode in Guantanamo war? Über einen völlig wehrlosen, bewegungsunfähigen Katheterpinkler ein Kilo Juckpulver zu streuen?

Susi war im ersten Moment völlig von den Socken, als sie mitten in der Nacht ins Krankenhaus gerufen wurde. Vor allem hatte sie schreckliche Angst, er könnte querschnittsgelähmt sein, aber sie merkte auch, dass Bastian verdammt nach Alkohol roch. Womöglich traf sie das sogar noch stärker als die Aussicht, ihren Schatz in Zukunft rollend an ihrer Seite zu haben. Sie verlor jedoch kein Wort darüber, sondern war einfach nur für Bastian da. Jeden Tag schon beim Frühstück fütterte sie ihn wie ein Baby. Er sabberte auch wie eines, denn es war nicht wirklich einfach, flachliegend Kaffee zu trinken und klebrige Marmeladebrötchen zu kauen.

Doch Bastian hatte alles Glück der Welt, die Untersuchungen ergaben, dass er nur eine Quetschung der Wirbelsäule davongetragen hatte, in ein paar Wochen würde er wieder einigermaßen einsatzfähig sein. Er musste einige Tage im Krankenhaus verbringen, dann aber war er wenigstens wieder ein freier Mensch. Zumindest ein bewegungsfreier, Bastian konnte sich in seinem Bett hin und her wälzen, wie er wollte. Er konnte auch wieder selbstständig aufs Klo gehen, was überhaupt das Größte war. Und er hatte endlich Zeit, sich bei Mr. T. zu melden.

Zuvor wollte er aber mal die Lage checken und so telefonierte er mit Kathy, einer der Chorsängerinnen. Was er von ihr hörte, war noch schlimmer als befürchtet.

Der Kardiologe von Mr. T. hätte an diesem Samstag beinahe eine Sonderschicht einlegen müssen, denn der Doyen der Plattenbosse, der in den letzten fünfzig Jahren gleichzeitig gefürchtete und verehrte Macher der größten Stars, der Entscheider über unzählige Karrieren von Gesangstalenten und solchen, die sich dafür hielten, hatte bei seiner letzten Tat vor dem Abflug auf das falsche Pferd gesetzt. Nämlich auf Bastian Berger, den lahmenden Ackergaul, den er so gerne zum fliegenden Pegasus gemacht hätte. Geflogen war Bastian ja, aber leider nur völlig besoffen von der Bühne. Stagediving der besonderen Art, in eine Menge, die sich plötzlich in Luft aufgelöst hatte.

Wie seine Träume.

Früh am Morgen war Mr. T. noch bester Laune gewesen, doch mit jeder Minute, die er hatte warten müssen, wurde sein Gesicht einen Zacken dunkler. Von hellem Schweinchenrosa hatte es nach und nach in dunkelstes Purpurrot gewechselt. Und in derselben Geschwindigkeit, in der seine Gesichtshaut sämtliche Rot-Nuancen der standardisierten RAL-Farbpalette durchlaufen hatte, hatte sich auch sein Herzschlag und damit das Ausdünstungsverhalten seiner mächtig vielen Körperporen beschleunigt. Kurz gesagt, Mr. T. hatte wie Sau geschwitzt und war auf hundertachtzig gewesen. Er hatte alles versucht, um Bastian zu erreichen.

Keine Chance, da war nur die Mailbox, aber kein Bastian Berger gewesen, dem er ins Ohr hätte schreien können, dass seine nie begonnene Karriere nun endgültig vorbei war. Mr. T. hatte das gesamte Team unverrichteter Dinge nach Hause schicken müssen. Bei voller Bezahlung, versteht sich. Studiomusiker und Tontechniker auf diesem Level konnten problemlos rund um die Uhr Arbeit finden, und somit war ihnen durch einen ungenutzten Tag ein erheblicher Verdienstausfall entstanden.

Laut Kathy hatte Mr. T. an diesem Tag Worte benutzt, die, vom amerikanischen an den nordkoreanischen Präsidenten gerichtet, den dritten Weltkrieg ausgelöst hätten.

Keine guten Voraussetzungen also für Bastian, als er mit zittriger Hand die Nummer von Mr. T. wählte.

»Bastian! Du bist erledigt! Ein für alle Mal! Ich will nie mehr wieder etwas von dir hören!«

»Ja, aber, lass es mich doch erklären ...« Er hatte keine Chance.

»Nichts da! Du bist ja noch schlimmer als deine Schwester!« Damit traf er Bastian mitten ins Herz. Das hatte ihm noch niemand gesagt.

»Aber ich ... Querschnittslähmung ... Alles wieder gut ...« Bastian versuchte, ihn mit einer stakkatoartigen Kurzfassung der Ereignisse zu überzeugen. Es war aber nichts zu machen.

»Lass es, ich habe schon gehört, dass du wieder säufst, du verdammtes Arschloch!«

»Eben nicht, das war ein Versehen. Ich bin vollkommen trocken«, stammelte Bastian. Aber es hatte keinen Zweck,

Mr. T. wollte einfach nicht zur Kenntnis nehmen, dass das alles eine Verkettung unglücklicher Umstände gewesen war, weil der Hosenscheißer seine Flasche zu weit in Bastians Einflussbereich geschoben hatte, er den vermeintlichen Apfelsaft auf ex ausgetrunken hatte und plötzlich davon überzeugt gewesen war, er könne fliegen. Das alles wollte er Mr. T. zu seiner Entschuldigung in den Hörer winseln, doch der ließ ihm keine Gelegenheit, die Sache geradezubiegen. Für ihn war das Telefonat und – was bedeutend schlimmer war – leider auch ihre Zusammenarbeit damit zu Ende. Bevor er den Hörer auf die Gabel knallte, was man natürlich so nicht mehr tat, weil es keine Gabel mehr gab, obwohl man das immer noch sagte, schrie er:

»Das Einzige, das du noch singen kannst, ist *Weiße Rosen aus Athen* mit deiner bekloppten Schwester. Frag doch gleich mal nach, vielleicht haben die im Irrenhaus auch für dich noch einen Platz frei.« Wusch! Aufgelegt! Nicht auf die Gabel, aber so hörte es sich an.

Was Mr. T. mit diesen letzten Worten gemeint hatte, war Bastian nicht wirklich klar. Was weiß der von *Weiße Rosen*? Und warum Irrenhaus? Er stand völlig auf dem Schlauch, bis Susi in sein Zimmer stürmte. Genau um fünf Uhr am Nachmittag so wie jeden Tag, pünktlich wie die Uhr. Sie hatte Mama dabei, die sich außerordentlich freute, ihren Sohn zu sehen. Susi aber wirkte ziemlich aufgeregt.

Genau um fünf begannen auch die Nachrichten im Fernseher, der schräg gegenüber von Bastians Bett montiert war. Normalerweise gab es von Susi zur Begrüßung immer einen dicken Kuss auf die Lippen, aber diesmal rief sie ihm schon von der Tür aus aufgeregt zu, er solle den Fernseher anmachen. Sie könne es nicht glauben, was sie auf der Fahrt hierher im Radio mitbekommen habe, das würde ganz bestimmt jetzt in den Nachrichten gebracht werden. Und wirklich, Susi hatte Recht, in den Fünf-Uhr-Nachrichten gab es nur ein Thema.

»Lucy Hill, der Superstar aus längst vergangenen Tagen, der schon seit Jahren keinen Hit mehr landen konnte, wurde heute in die psychiatrische Anstalt am Guggerberg eingeliefert. Was ist nur aus der beliebten Lucy Hill geworden, was muss passieren, damit jemand so tief stürzt? Obwohl es für uns alle sehr tragisch ist, zusehen zu müssen, wie weit eine einst gefeierte Diva sinken kann, halten wir es doch für unsere journalistische Pflicht, dem Publikum diese Aufnahmen zu zeigen.«

Mit Elvis in der Klapse

So etwas tat man nicht, das hatte mit journalistischer Pflicht nichts zu tun, sondern war Rufmord in Vollendung. Okay, Lucy Hill war wirklich in die Klapse gebracht worden, aber das musste man ja nicht so breittreten. Der Scheiß-Sender zeigte zuerst mehrere Schnappschüsse der Einlieferung von Bastians völlig desolat wirkender Schwester. Als Höhepunkt wurde auch noch ein Video eingespielt, das Lucy Hill singend vor den großen Toren der psychiatrischen Anstalt Guggerberg zeigte. Und was sie sang, war ja wohl klar. Nicht einen ihrer großen Hits, sondern *Weiße Rosen aus Athen,* das Schlager-Liedchen, das sie schon als Kind gehasst hatte. Genau wie ihr Bruder. Diesmal war es ein Hilfeschrei, zumindest sah Bastian das so. Sie wollte wieder das Lied singen, das sie einst für Tante Finni geträllert hatte, damals, als die Welt noch in Ordnung gewesen war.

Lisa sehnte sich in die Zeit zurück, als sie mit Bastian zur Oma flüchten konnte, wenn es ihr zu Hause zu eng wurde. Später hatte sie nirgendwohin flüchten können. Sie hatte ständig unter Beobachtung gestanden und im Grunde keine Sekunde Ruhe gekannt. Keine Ruhe vor der Presse. Keine Ruhe vor den Fans. Und auch keine Ruhe vor ihrem Ego, das sie immer weiter hineintrieb in das Universum ihrer vermeintlichen Vollkommenheit und Unfehlbarkeit. Und wer immer perfekt sein muss, egal ob beim Performen auf der Bühne, auf dem Red-Carpet bei glamourösen Veranstaltungen oder auch nur beim Einkaufen im Supermarkt um die Ecke, wo Lisa innerhalb von Sekunden von unzurechnungsfähigen Lucy-Hill-Fans belagert wurde, der wird irgendwann verschlungen von diesem Gefühl, es allen recht machen zu müssen.

Bastian sah in Lisas Auftritt vor der Klapse einen verzweifelten Versuch, wieder der Mensch zu sein, der sie vor ihrem Ruhm gewesen war. Ihre traurigen Augen, die mutlos und angsterfüllt in die Kamera starrten, erweckten in ihm sofort wieder den Instinkt des großen Bruders, der seiner Schwester einfach helfen musste. Egal, was sie ihm angetan hatte. Susi sah ihn auffordernd an, als wollte auch sie ihm sagen, sie müssten Lisa auf der Stelle beistehen. Mama starrte immer noch gebannt auf den Bildschirm.

»Hat Lisa wieder einen neuen Hit?«, wollte sie wissen.

»Ich finde, das ist ein tolles Lied. Das wird bestimmt ein großer Erfolg!«, legte sie nach.

»Schön, Mama, wenn es dir gefällt.«

Mama wurde von Tag zu Tag vergesslicher, die Demenz hatte voll zugeschlagen. Allein die Liebe zum Putzen war ihr geblieben, und zum Glück auch die Liebe zur eigenen Familie. Meistens wusste sie noch, wer sie waren, wenn Susi, Bastian oder die Twins vor ihr standen. Manchmal rutschte ihr zwar ein »Gustav« heraus, wenn sie mit ihrem Sohn sprach, aber im Großen und Ganzen waren sie alle doch noch ein Teil ihrer speziellen Welt, in die sie sich mehr und mehr zurückzog.

»Mir kommt das Lied irgendwie bekannt vor«, grübelte sie, »aber mir fällt nicht und nicht ein, wo ich diese Melodie schon mal gehört habe.«

Weiße Rosen aus Athen, der Song, der sie siebzig Jahre lang begleitet hatte, war nur mehr nebulös in den hintersten Winkeln ihrer Gedanken vorhanden. Doch zumindest gefiel ihr das Lied, das Lisa bei ihrer Einlieferung in die Anstalt im Drogenrausch gesungen hatte.

Etwas auszusetzen hatte Mama aber trotzdem: »Hätte man unsere Lisa nicht ein bisschen besser schminken können? Diese Maskenbildnerin muss ja eine Anfängerin sein, man sieht ja gar nicht mehr, wie hübsch mein Mädchen ist.«

Und der Video-Clip dazu war ebenfalls nicht ganz nach Mamas Geschmack, aber die jungen Leute sahen das heutzutage ja bestimmt ganz anders.

Als Bastian nach einigen Tagen das Krankenhaus endgültig verlassen konnte, führte ihn sein erster Weg in die Anstalt zu Lisa. Das Wort »Klapse« vermied er dort besser, obwohl es ihm in der letzten Woche richtiggehend in den Schädel gehämmert worden war. Seine Kumpels, die Mitarbeiter im Betrieb, Charlie mit einigen Schnapsdrosseln aus der Kneipe und zum Schluss sogar zwei Krankenschwestern und ein Oberarzt, sie alle berichteten ihm brühwarm, sie hätten Lucy Hill vor der »Klapse« *Weiße Rosen aus Athen* singen sehen. Lisa bekam also wieder jene Aufmerksamkeit, die sie sich immer gewünscht hatte. Aber Bastian war nicht überzeugt, ob sie es sich so vorgestellt hatte.

Vor der Anstalt standen drei Übertragungswagen von internationalen Fernsehstationen. Bastian stellte seinen Wagen daher auf dem Personalparkplatz ab, der sich hinter dem riesengroßen Gebäude befand. Herrschaftlich stand es mitten im Grünen und wirkte von außen so ganz und gar nicht wie ein psychiatrisches Krankenhaus. Eher wie eine der luxuriösen, überdimensionalen Villen, die oft von internationalen Superstars oder auch den Familien alter Grafengeschlechter erworben wurden, um hier am Waldrand Ruhe vor der Welt außerhalb ihrer Sphären zu finden. Lucy Hill hätte sich in ihren besten Tagen dieses Domizil bestimmt locker leisten können. Jetzt durfte sie zwar für einige Zeit darin wohnen, aber nicht als Gräfin, sondern als Patientin mit einem überdimensionalen Dachschaden, wie die Zeitungen berichteten.

»Hallo, bist du der Guitar Man?« Der kleine Mann war nicht höher als ein Bonsai, aber beinahe genauso breit, und stapfte in einem viel zu großen, schneeweißen Overall mit allerlei Glitzerzeug auf Bastian zu. Warum der ihn kennen sollte, war Bastian zwar ein Rätsel, aber als alter Luftgitarrentiger wollte er ihm eine Freude machen und antwortete lapidar mit: »Ja, natürlich.«

»Hi, I bin da Elvis!« Elvis hielt Bastian seine Pranke entgegen und versuchte, sich ein schräges Lächeln ins Gesicht zu fabrizieren, das eher so aussah, als hätte er just in diesem Moment einen Schlaganfall mit halbseitiger Gesichtslähmung.

»Ich warte seit Years auf meinen Guitar Man! What the fuck war los mit dir? Do you don't know, wer i bin?« Elvis schnauzte Bastian in einem Mischmasch an, das von Englisch so weit entfernt war, wie Memphis vom Guggerberg. Prima, Lisa war in bester Gesellschaft. Wenn schon ein Star wie Elvis in diesem Etablissement wohnte, würde sich Lucy Hill ganz bestimmt wohlfühlen.

Bastian hatte keine Ahnung, wie er seine Schwester finden sollte, in diesem Gewirr aus Menschen, die unmöglich alle verrückt sein konnten. Im Gegenteil, die meisten machten einen ganz vernünftigen Eindruck. Es gab welche, die nur leise vor sich hinmurmelten, andere schrien unverständliche Töne in die Luft, und wieder andere standen einfach da und bewegten ihre Oberkörper ganz sanft vor und zurück, wie Tannen im Wind. Die hielten sich doch wohl nicht wirklich für einen Baum? Was würde AC/DC machen, wenn sie jetzt hier wäre? Das Bein heben und gegen die Tanne pinkeln?

»Na, was ist, Guitar Man? Where is dei Gitarr'?« Elvis holte Bastian wieder zurück ins Hier und Jetzt.

»Sorry, Elvis, aber ich bin der Guitar Man von Lucy Hill. Weißt du, wo ich sie finden kann?«

Selten hatte man einen so enttäuschten Elvis gesehen. Sein Lächeln ging nahtlos in ein hemmungsloses Flennen über. Nichts mehr da vom alles überstrahlenden Beckenschwinger. Der kleine Elvis umfasste Bastian mit beiden Händen in der Höhe der Nabelgegend, legte den Kopf auf Bastians Brust und sang mit Tränen in den Augen *Love me Tender*. Plötzlich hörte er damit auf, ließ Bastian los, legte seinen Kopf in den Nacken, schaute ihm tief in die Augen und sagte trocken: »Gang entlang, zweite Tür links. Good luck, Guitar Man!« Der Schlaganfall hatte ihn wieder, und schon stapfte der viel zu kleine Elvis mit seinem viel zu schrägen Lächeln und seinem viel zu großen Overall davon.

»Bitte hol mich hier raus!«

Hatte Bastian gerade ein »Bitte« gehört? War Lisa wirklich verrückt geworden? Bisher hatte er nicht erlebt, dass dieses »Bitte« überhaupt zu ihrem Wortschatz gehörte. Was sich allerdings nicht verändert hatte, war ihr Hang zum Befehlston. Und einen Gruß in der Art von »Hi Bastian, schön dich zu sehen« gab es auch nicht.

Also war noch nicht alles verloren, gut möglich, dass Lisa wieder ganz die Alte werden würde.

»Hab eben Elvis getroffen. Du bist in guter Gesellschaft, Lisa.«

»Ha!«, fauchte sie ihn an, »stell dir vor, was bei meinem ersten Geschwafel mit den Bekloppten passiert ist.« Lisa erzählte ihrem Bruder von der ersten Sitzung im Patientenkreis, den sie lapidar »Narrenrunde« nannte. Bevor sie sich vorstellen konnte, war sie von allen anderen bereits begrüßt worden. Jeder nannte seinen Namen, und Elvis war einfach Elvis, der King of Rock'n'Roll.

Der Rest der bunten Narrenrunde hatte alle möglichen psychischen Probleme, aber wenigstens wussten sie manchmal, wer sie waren. Elvis war für alle anderen der Überbekloppte, einer, der seine eigene Identität aufgrund einer multiplen Persönlichkeitsstörung völlig aufgegeben hatte. Was ziemlich selten vorkam. Meist hatten Patienten mit dieser Diagnose verschiedene Persönlichkeiten in sich vereint, in die sie einfach hineinkippen konnten. Aber nur in den seltensten Fällen blieb jemand in einer dieser Identitäten gefangen. Elvis war eine dieser Ausnahmen.

Bis Lisa Berger gekommen war und sich als Lucy Hill vorgestellt hatte. Jeder kannte Lucy Hill! Selbst Elvis. Er hätte sie sogar schon ein paar Mal backstage getroffen, erklärte er allen anderen in dieser ersten Narrenrunde. Aber diese Lucy Hill, die sich von ihm Tipps für Gesangstechniken und Bühnenshows hatte geben lassen, hätte völlig anders ausgesehen als jene, die ihm hier gegenübersaß, hatte er beteuert.

Lisa hatte in diesem Augenblick gewusst, dass es ein Fehler gewesen war, sich mit ihrem Künstlernamen vorzustellen. Aber sie war es so gewohnt, schon seit Jahrzehnten öffnete ihr allein die Nennung dieses Namens sämtliche Türen. Hier in der Klapse wäre »Lisa Berger« die eindeutig bessere Wahl gewesen. Elvis hatte geschrien »Das ist nicht Lucy Hill!«, einige Patienten hatten ihm lautstark recht gegeben, andere wieder hatten sich zugeflüstert, dass sie das Gesicht schon mal gesehen hätten, und am Ende der ersten Narrenrunde hatte es eine ziemlich heftige Schlägerei gegeben, angezettelt von Elvis und einem Zweimeterriesen, der Bastians Schwester hatte verteidigen wollen. Sie hatte ihm leidgetan, denn wer so verrückt war, die Identität dieser völlig verkorksten Lucy Hill anzunehmen, der hatte in seinen Augen mehr als psychologische Hilfe notwendig.

Es waren mehrere Pfleger notwendig gewesen, um die Streithähne zu trennen. Elvis war einige Tage lang mit einer geschwollenen Nase und einem Cut über dem ramponierten rechten Auge herumgelaufen.

Hummeln im Arsch

»Was ist eigentlich passiert, Lisa?«, fragte Bastian, sobald Lisa mit ihrer Erzählung am Ende war. »Warum hat man dich hier eingeliefert? Warum war die Presse dabei? Und warum gerade *Weiße Rosen aus Athen*?«

»Ich weiß es nicht mehr. Stephanos hat Kekse gebacken.«

»Wer ist Stephanos?«

»Stephanos ist mein Freund. Nein, halt, er war mein Freund. Aber, egal, ich hab ihn in Athen kennengelernt.«

»Du warst in Athen?«

»Ja, ich wollte einfach weg. Und dann läuft mir dieser schnuckelige Grieche über den Weg, und mit ihm bin ich dann einfach durchgebrannt. Ich hab's nicht bereut! Er hat mich nicht als Lucy Hill gesehen, er hat Lucy Hill nicht mal gekannt. Eigentlich eine Frechheit, oder?« Bastian wusste nicht, ob sie das ernst meinte, denn wenn es um Lisas Eitelkeit ging, war ihr alles zuzutrauen.

»Aber er hat mich zum Lachen gebracht. Und zum Weinen. Und die Nächte waren sowieso ...«

»Halt, Lisa, so genau möchte ich das gar nicht wissen«, unterbrach sie ihr Bruder, bevor sie vollends ins Schwärmen geriet.

»Er hat ein Haus auf Mykonos, und da waren wir die letzten beiden Jahre und haben aufs Meer hinausgeschaut.«

Das passte ja so gar nicht zu Lisa. Bei ihr musste immer die Post abgehen. Sie hatte Hummeln im Arsch, länger als ein paar Minuten konnte sie nicht stillsitzen. Nicht einmal, wenn ihr das Mittelmeer und dieser griechische Herzensbrecher gleichzeitig die Sinne vernebelten. Und weil Bastian gar so zweifelnd dreinblickte, erzählte sie ihm die *ganze* Wahrheit.

»Okay, wir zwei waren nicht alleine dort. Wir waren zu zwölft. Außer mir alles ehemalige Gastarbeiter, die sich in Deutschland kennengelernt hatten. So eine richtige kleine Aussteiger-Kommune, wie man das aus uralten Hippie-Filmen kennt. Wir hatten alles, wofür es sich zu leben lohnt. Wie damals in den sechziger Jahren. Love, Peace and Rock'n'Roll. Was wir brauchten, bauten wir selbst in unserem Garten an. Und was wir rauchten auch.« Lisa zwinkerte Bastian zu, und ihm war klar, dass es eigentlich »Love, Peace and Drugs« hätte heißen müssen.

»Du kannst dir nicht vorstellen, wie toll das war! Da gab's keine Streitereien, jeder hat dem anderen geholfen, und wenn ich mal keine Lust auf meinen schnuckeligen Stephanos hatte, dann war da ein anderer Grieche, mit dem ...«

»Nein, Lisa – bitte nicht!«

»Oh doch, Bastian, das hätte dir auch gefallen. Ganz bestimmt! Dort musste man kein schlechtes Gewissen haben, wir waren alle Freunde, und wir vögelten miteinander, wann immer wir Lust hatten. Und hinterher standen wir alle wieder gemeinsam im Garten und bauten unser Gemüse an. Und wenn es so richtig heiß wurde, sprangen wir ins Wasser und kühlten uns ab. Es war das Paradies!«

»Ja, und dann? Wer hat dich aus diesem Paradies vertrieben, das so wunderschön war?«

»Stephanos, dieser Arsch! Er hat sich in eine kleine Touristin aus Schweden verliebt. Verliebt! Verstehst du, Bastian? Verliebt. Das gehört sich einfach nicht. Man verliebt sich nicht, wenn man in einer Hippie-Kommune wohnt. Was hat das dann alles für einen Sinn?«

Das fragte er sich schon lange.

»Als dann aber wir anderen auch mal mit der kleinen Schlampe vögeln wollten ...«

Hatte Lisa soeben »wir« gesagt? Da musste ja ordentlich was los gewesen sein, im alten Griechenland.

»... da hat Stephanos plötzlich durchgedreht. Er hat ein Messer genommen und ist damit auf uns losgegangen. Roberto, unser italienischer Hippiebruder, musste sogar ins Krankenhaus, aber insgesamt ist nicht viel passiert.«

Nicht viel passiert, na prima. Eine kleine Messerstecherei, nur so aus Langeweile wahrscheinlich.

»Auf jeden Fall ist seine kleine Schlampe geflüchtet, und Stephanos war völlig durch den Wind. Ich hatte aber genug von ihm, wo kommen wir denn da hin, wenn sich der Arsch auf einmal verliebt? Ich wollte nur noch nach Hause. Stephanos war das aber gar nicht mehr recht und den anderen auch nicht. Aber wenn ich mir etwas in den Kopf setze, dann hat keiner eine Chance. Das weißt du doch, Basti, oder?«

Und wie er das wusste.

»Aber mein Flug ging erst zwei Tage später. Um die Zeit nicht unnütz zu vergeuden, haben wir eine längere Abschiedsparty gestartet, und die ist wohl etwas aus dem Ruder gelaufen.«

»Wie bitte? Was soll das heißen, etwas aus dem Ruder? Wegen so einer blöden Abschiedsparty landet man doch nicht im Irrenhaus.« Er drängte Lisa, weiterzuerzählen.

223

»Du darfst dir eine Abschiedsparty bei ein paar ausgeflippten Blumenkindern nicht so vorstellen wie einen
gemütlichen Samstagabend in Charlies Kneipe. Nein,
das lief völlig anders. Zuerst haben wir sämtliche Me-
taxa-Flaschen aus unserem Bestand ausgeschlürft. Und
als die leer waren, gab's noch einige Kanister Wodka, die
uns irgendein russischer Oligarchen-Arsch gespendet
hat. Weil er so begeistert war, dass er für ein paar Tage
bei uns wohnen durfte. Okay, er durfte auch an unseren
Spielereien im Bett, auf der Terrasse und sonst wo teil-
nehmen. Und er war echt davon hingerissen. Wusstest
du übrigens, dass die Russen beim Sex ...«

»Nein!« Lisa verstand, dass ihm der Russe völlig egal
war.

»Schlaf gab's keinen. Am zweiten Tag hat Stephanos
dann in seinem Gemüsebeet Pilze geerntet, aus denen
er für uns Kekse gebacken hat. Vielleicht hat er bei der
Rezeptur etwas verwechselt, denn kaum hatte Joseph
eine Handvoll davon eingeworfen, fiel er um, zuckte zwei
Mal wie so ein elektrifizierter Breakdancer und war ganz
plötzlich ganz leise. Maria-Ann ging's genauso. Georgios
klaute eine Straßenwalze aus dem Bauhof ganz in der
Nähe und fuhr damit quer durch den Garten. Er zerstörte
die gesamte Botanik in unserem Reich, und wir sangen
Weiße Rosen aus Athen.

Stephanos wollte dann noch ein Abschiedsfeuerwerk
organisieren. Ich kann mich nur noch vage daran erinnern, wie ich ihn angefleht habe, er solle die Ruder nicht
mit dem Benzin aus unserem Motorboot tränken, weil

sie nun mal keine Feuerwerksraketen waren, sondern schlichte Holzpaddel. Das wollte er allerdings nicht gelten lassen. Als unser Strandhaus in Flammen aufging, sprang er voll Leidenschaft in die Glut und musste ins Krankenhaus eingeliefert werden. Die Ambulanz nahm dann auch gleich Joseph und Maria-Ann mit, die irgendwo rumlagen und sich totstellten. Niemand wusste, wer den Krankenwagen überhaupt gerufen hatte, ich war's bestimmt nicht. Glaube ich zumindest. Aber mir fehlt einiges in meiner Erinnerung.

Ich weiß nur, dass ich gemeinsam mit Roberto und Silvia die Einrichtung des Hauses demoliert habe, mit einem Baseballschläger, der so rumstand und mir befahl, alles kurz und klein zu schlagen. Hatte wohl auch etwas mit den Keksen zu tun, die einfach zu lecker waren. Ein paar davon habe ich mir in meine Handtasche gestopft, bevor ich auf einem feuerspeienden Drachen zum Flughafen geritten bin. Manches Mal sah dieser Drache aus wie ein stinknormaler Taxifahrer mit schütterem Haar und dunkelschwarzem Griechenschnauzer, dann wieder wie Roberto, mit dem ich zuvor noch das Haus zerlegt hatte, aber gleich darauf fauchte er mir seinen heißen Atem wieder mitten ins Gesicht.«

Eigentlich hatte Bastian schon lange den Überblick verloren. Ihm war nur klar, dass da eine Drogenparty ersten Ranges abgegangen sein musste.

»Wie ich dann allerdings in das Flugzeug gekommen bin und was sonst alles passiert ist, davon hab ich keinen

Schimmer. Ich weiß auch nicht mehr, warum ich in dieser Bruchbude gelandet bin. Plötzlich stand ein Typ vor mir, der sich Elvis nannte und für mich *Love Me Tender* sang.«

Allem Anschein nach hatte Elvis nicht allzu viele Songs in seinem Repertoire.

Singkreis Guggerberg

Gemeinsam mit AC/DC besuchte Bastian seine Schwester jeden zweiten Tag und auch Susi und die Kids waren manchmal mit von der Partie. Sie fanden die Anstalt gar nicht so schlimm. Elvis war mittlerweile so etwas wie Lisas bester Freund in der Klapse. Die Patienten waren überhaupt meist freundlich, und wenn es da nicht einen Hans-Jochen gegeben hätte, der in schönster Regelmäßigkeit ohne Vorwarnung die Hosen runterzog, um in eine Ecke zu scheißen, dann hätte Bastian manchmal fast den Eindruck gehabt, er wäre in einem Vier-Sterne-Hotel.

AC/DC wirbelte die gesamte Anstalt durcheinander. Sie hatte auf besondere Anweisung der Leitung freien Auslauf im gesamten Areal, weil sich das positiv auf die Psyche der Insassen auswirken sollte. Eckenscheißer Hans-Jochen war nun nicht mehr allein mit seinen Auswürfen, wobei AC/DC ihr großes Geschäft doch etwas dezenter im Garten erledigte.

Lisa blühte richtiggehend auf. Endlich musste sie niemandem etwas vorspielen, keinem etwas beweisen. Sie konnte so sein, wie sie war, denn hier würde man ihr alles verzeihen. Die Ärzte wollten sie nach vier Wochen als einigermaßen wiederhergestellt entlassen. Der Dachschaden, den sie schon seit Jahren gehabt hatte, konnte auch hier nicht mehr behoben werden, aber die Nachwirkungen der Drogenparty waren erfolgreich behandelt worden. Lisa blieb freiwillig einen Monat länger. Sie musste diese Verlängerung aus eigener Tasche berappen, aber Geld hatte sie ja immer noch genug auf der hohen Kante.

Obwohl es kein Problem gewesen wäre, die verbotensten Sachen reinzuschmuggeln, verzichtete Lisa auf jede Form von Alkohol und andere Stimmungsaufheller. Sie nahm lediglich ihre schwach dosierten Antidepressiva und wirkte so richtig glücklich.

Vielleicht lag das auch daran, dass sie in der Gesangsgruppe die Führungsrolle übernommen hatte. Elvis war kein wirklich begnadeter Sänger. Sein Vorbild wäre im Grab zum Ventilator geworden, wenn er hätte hören müssen, was diese schlechte Kopie so von sich gab. Als aber Lisa anfing zu singen, fielen den Chorgenossen die Ohren vom Kopf. So etwas hatten sie noch nie gehört. Und Lisa genoss die Aufmerksamkeit. Hier hatte sie ein dankbares Publikum, und selbst der Eckenscheißer verhielt sich überraschend unauffällig, sobald Lisa ein paar Songs zum Besten gab.

So wurde ein irrer Klapsenchor gebildet, der sich natürlich nicht so nannte, sondern »Singkreis Guggerberg«. Lisa wählte die besten Stimmen aus und gab ihnen die Hauptparts. Dem Rest impfte sie ein, sie wären für die Fülle und den Klangteppich zuständig, der aber leise und bedächtig sein solle, damit was Großes entstehen könne. Sie konnte sehr gut mit den Patienten umgehen. Woran das wohl lag?

Als Bastian mit Susi und den Twins an einem Sonntagnachmittag in Guggerberg eintrudelte, war ein Chorkonzert angesagt. Bastian war überrascht, denn er hatte in seinem Leben schon schrägere Töne gehört. Die Stimmhalter sangen wie – sorry – verrückt, und die Klangteppichfüller summten leidenschaftlich im Hintergrund. Die Leadstimme übernahm, wie konnte es anders sein, Lisa. Sie wirkte dabei jedoch nicht arrogant oder abgehoben wie sonst, sondern freute sich ehrlich darüber, dass es so wunderbar klappte.

Es waren viele Angehörige der Patienten gekommen, die ganz schön überrascht waren, als sie Lucy Hill erkannten, die mit dem Klapsenchor »Singkreis Guggerberg« alte Volkslieder zum Besten gab. Zwischen den Songs gab es Standing Ovations. Lisa genoss es, wieder auf einer Bühne zu stehen. Und Bastian freute sich mit ihr.

Plötzlich aber stand einer der Besucher auf, stolzierte vor zur Bühne und äffte einen Moderator nach, indem er in ein imaginäres Mikrofon sprach: »Lucy Hill und ihr Idioten-Chor! Verrückt und zugedröhnt, wie wir sie alle kennen. Heute, hier und jetzt, nur auf dieser Bühne! Es fehlt eigentlich nur noch *Weiße Rosen aus Athen*. Könnt ihr das auch, ihr Narren?«

Es gab ein lautes Murren im Saal, und in diesem Moment war das Konzert zu Ende. Lisa ging wortlos zu dem streitsüchtigen Radaubruder, verpasste ihm einen Haken mit ihrer Rechten, dass es nur so krachte, und verließ den Saal. Einige Gesangskollegen wurden zu Nachahmungstätern und besorgten es dem Blindgänger auf dieselbe Weise.

Das Personal hatte wieder mal alle Hände voll zu tun, um die Situation unter Kontrolle zu bringen. Der Rest vom Singkreis Guggerberg wollte sich verbeugen, wusste aber ohne Chefin nicht so recht, wie das gehen sollte, und so gab es auch auf der Bühne einen kleinen Tumult. Irgendwann rannten sie in sämtliche Windrichtungen davon und mussten mühsam wieder eingefangen werden. Etwas früher als geplant war damit der Musiknachmittag zu Ende. Und der Eckenscheißer fand eine Ecke – und war glücklich.

Bei dem Unruhestifter handelte es sich nicht um den Angehörigen eines Patienten, sondern um den Berichterstatter eines Käseblattes aus der Stadt. Er wollte Lisa provozieren, um eine gute Story zu erhalten, und das war ihm auch gelungen. Aber wenigstens musste er mit Schmerzen dafür bezahlen, was ihm mehr als recht geschah.

Obendrein ging seine Reportage nach hinten los, denn die Anstaltsleitung Guggerberg besaß beste Kontakte zu anderen Medien, die es nicht nötig hatten, sich Storys auf fragwürdige Art zu erschleichen. Plötzlich war Lucy Hill wieder auf vielen Titelblättern zu sehen, weil sie den Patienten in ihrer selbstlosen Art ermöglicht hatte, sich musikalisch auszudrücken. Und weil sie ihren

Chor vehement gegen die unqualifizierten Aussagen eines Schundheftreporters verteidigt hatte.

Lisa war erstmals wieder positiv in den Schlagzeilen, und Bastian war ebenso glücklich wie sie. Trotzdem versandete Lisas Karriere nach dieser Geschichte genauso wie schon die letzten Jahre zuvor. Und die von Bastian hatte immer noch nicht begonnen.

Abgehalftert, aber Diva

Mittlerweile hatte er sich damit abgefunden, dass da nicht mehr viel passieren würde. Seinen Aufstieg in den Rock-Olymp hatte er verpasst. Er würde wohl auch weiterhin vor dreiundvierzig Zuschauern in Charlies Kneipe auftreten. Obwohl, seit Lisa bei seinen Kumpels eingestiegen war, gab es eine zweite Location für ihre glanzvollen Auftritte, bei denen auch die Luftgitarrenshows nicht fehlen durften. Der Star ihrer Combo war aber eindeutig Lucy Hill.

Der Chef eines Clubs in der Stadt hatte mitbekommen, dass man mit ihrem Namen immer noch Geld verdienen und ein paar zusätzliche Leute in seinen verrauchten Keller bringen könnte. Und er hatte recht behalten. Meist war der Laden ausverkauft, und dort passten gut und gern dreihundert Leute hinein. Wenn Lucy Hill als Special-Guest auf die Bühne kam, brannte die Bude.

Für Bastian und seine Kumpels war das eine große Sache, für Lisa eher weniger. Die Kumpels hatten ihre

Besucherzahl fast verzehnfacht, Lucy Hill aber hatte bei ihren Konzerten in den großen Stadien ein Publikum von bis zu hunderttausend Menschen gehabt. Das waren jetzt doch einige weniger, aber sie trug es mit Fassung. Meistens. Manches Mal wurde sie auch jetzt noch zur Diva. Sobald nämlich ein paar Schnapsnasen vor der Bühne standen und Autogramme von Lucy Hill wollten, mutierte Lisa für kurze Zeit wieder zum strahlenden Superstar aus alten Zeiten.

Mit einem breiten Lächeln im Gesicht nahm sie sich Zeit für ihre Fans, obwohl hinter der Bühne angeblich schon Reporter und jede Menge Groupies auf sie warten würden, wie sie nebenbei fallen ließ. Dass da hinten nur der Hosenscheißer, den man jetzt nicht mit dem Eckenscheißer verwechseln sollte, und der Rest der Gang an ihren Whiskeyflaschen voll Apfelsaft nuckelten, mussten die Stalker ja nicht wissen. Ja, auch der Hosenscheißer hatte jetzt Apfelsaft in seiner Flasche, man konnte schließlich nie wissen.

Zwei Jahre vor Bastians Sechziger war auch Mama Berger mal in diesem verrauchten Kellerloch. Die Familie musste all ihre Überredungskunst aufbringen, um sie dazu zu bewegen. Sie war nur einverstanden, weil Susi und die Twins auch dabei waren und Bastian alle gemeinsam zuvor auf ein Eis in die größte Konditorei der Stadt einlud.

Nach der Eisschleckerei wollte Mama gleich wieder nach Hause. Aber am Ende schaffte er es doch, sie in den Club einzuschleusen, der Altersschnitt wurde durch sie in Sekundenschnelle enorm in die Höhe getrieben. Mama lächelte nur selig, als auf der Bühne die Post abging. In der Pause fragte sie Bastian, ob sie nicht das schöne Lied spielen könnten, mit dem Lisa vor einigen Jahren im Fernsehen war. Dass sie *Weiße Rosen aus Athen* meinte, war allen sofort klar. Da waren er und Lisa sich einig, dieses Scheißlied würden sie nie, nie, nie und nimmer in ihrem Leben mehr spielen. Und in diesem Augenblick nutzten sie beinhart Mamas Demenz und spielten einen Blues von Nora Jones. Mama war begeistert und glücklich, ihre beiden Kinder auf der Bühne zu sehen, die nur für sie ihr Lieblingslied spielten, an das sie sich nicht mehr erinnern konnte, das aber eine so schöne Melodie hatte.

Ein Herzenswunsch zum Abschied

Leider war dieser Ausflug in die Stadt ihre letzte gemeinsame Unternehmung. Mama Berger schlief eine Woche danach friedlich ein. In Bastians Armen. Sie war beim Überqueren der Straße vor ihrem Haus von einem Laster überfahren worden. Das heißt, »überfahren« war vielleicht nicht das richtige Wort, denn der Lenker hatte seinen geräuschlosen Elektro-Brummer gerade noch rechtzeitig anhalten können, als die alte Frau mitten auf der Fahrbahn ihre Schürze hatte ausziehen wollen. Richtig überfahren war allerdings AC/DC worden, die ihr altes Frauchen hatte schützen wollen und hinterhergehetzt war, als Mama Berger auf die Straße gewackelt war. AC/DCs Rettungsaktion hatte punktgenau unter den mächtigen Zwillingsrädern des noch mächtigeren Zugfahrzeuges geendet.

Die Mopsdame war in den letzten zehn Jahren ein unverzichtbares Familienmitglied geworden, meist der Mittelpunkt des Berger-Clans. Wenn alle gut drauf gewesen waren, hatte sie sich mit ihnen gefreut und war herumgehüpft wie ein hippeliges Känguru. Wenn sie traurig gewesen waren, hatte das kleine Hundemädchen versucht, sie zu trösten. Und wenn sie auf Mama hatte aufpassen müssen, hatte sie das ohne Rücksicht auf Verluste getan. Und eben das war ihr am Ende zum Verhängnis geworden, dieser kleinen Heldin. Das war leider nicht alles.

Warum Mama plötzlich mitten auf der Straße stehengeblieben war, wusste niemand. Wahrscheinlich hatte sie einen Schmutzfleck auf ihrer Schürze entdeckt und wollte diesen sofort und auf der Stelle beseitigen. Dass fünfzig Meter vor dem Haus eine 90-Grad-Kurve jedem Fahrzeug die Sicht auf den weiteren Straßenverlauf nahm und Mama ihren Kindern immer eingehämmert hatte, nur über den hundert Meter weiter entfernten Schutzweg die Straße zu überqueren, war in diesem Augenblick in ihren verzwickten Gehirnwindungen nicht mehr abrufbereit gewesen. Früher hätte man so eine Dreckschleuder von LKW meilenweit zuvor gehört, aber seit sich diese Elektrokutschen durchgesetzt hatten, war es vorbei mit akustischen Warnsignalen in Form von röhrenden Auspuffen und hämmernden Dieselmotoren. Ein leises

Surren war das Einzige, was einen fahrenden E-Truck von einem stehenden unterschied.

Dieses Surren war aber für Mamas fast taube Ohren weit unter der Wahrnehmungsgrenze gewesen, und so war sie plötzlich auf dem Mittelstreifen dem riesengroßen Lastwagen Auge in Auge gegenübergestanden, der keine zwei Meter vor ihr zum Stillstand gekommen war. Genau auf AC/DC, aber das hatte Mama nicht bemerkt. Ihr war eigentlich gar nichts passiert, aber sie war trotzdem ins Krankenhaus eingeliefert worden, weil sie keine Luft mehr bekommen hatte. Ihre Lippen waren dunkelblau gewesen, und bei jedem Atemzug hatte man ein gurgelndes Geräusch gehört, als würde sie irgendwo in der Südsee nach Perlen tauchen.

Die Ärzte hatten Bastian Mut gemacht, denn sie hatten gemeint, es wäre nur eine kleine Warnung vom Herzen gewesen. Am nächsten Tag könnte er Mama bestimmt wieder mit nach Hause nehmen. Er hatte jedoch eine böse Vorahnung und blieb die ganze Nacht bei ihr im Zimmer. Zum Glück. Er hätte sich nie verziehen, wenn er sie in ihren letzten Stunden alleingelassen hätte.

Sie hatte überall Sensoren am Körper gehabt, die ihre Herztätigkeit hatten messen sollen. Im Schwesternzimmer wäre ein Alarm losgegangen, sobald auch nur die kleinste Unregelmäßigkeit aufgetreten wäre. So hatte man es Bastian zumindest erklärt, aber es hatte keinen Alarm gegeben, obwohl seine Mama immer schwerer geatmet hatte. Er hatte ihre Hand gehalten, die von Minute zu Minute schlaffer geworden war. Aber auf ihrem Gesicht hatte wieder ihr seliges Lächeln gelegen, das ihn daran erinnert hatte, dass sie noch vor einer Woche bei ihrem Gig im Kellerlokal gewesen war.

Damals hatte sie sich ihr Lieblingslied gewünscht, aber Lisa und er hatten ihr einen anderen Song vorgesungen, der damit nichts zu tun hatte. Warum eigentlich? Das Scheißlied blieb zwar ein Scheißlied, aber für Mama hätten sie doch noch einmal über ihren Schatten springen und der alten Dame ihren Herzenswunsch erfüllen können. Heute hatte Bastian eine zweite Chance, und die würde er nicht ungenützt verstreichen lassen. Also hatte er für Mama ganz leise *Weiße Rosen aus Athen* gesungen. Ein allerletztes Mal. Dann war sie für immer eingeschlafen. Ganz sanft und ruhig. Im Schwesternzimmer war dann doch der Alarm losgegangen.

Seit zwei Jahren dachte er fast täglich an seine letzte Nacht mit Mama im Krankenhauszimmer. Oft kann man etwas erst so richtig schätzen, wenn man es verloren hat. So ähnlich stand es auf diesen abscheulichen Kalenderblättern, die auch in Mamas Küche die Wände verunstaltet hatten. Die kamen gleich nach dem Scheißlied, Bastian konnte diesen Kitsch kaum ertragen. Aber in diesem Fall war doch etwas Wahres dran. Er war glücklich, ihr ihren letzten, nicht mehr ausgesprochenen Wunsch noch erfüllt zu haben. Und auch mit *Weiße Rosen aus Athen* hatte Bastian seinen Frieden geschlossen. Es war zwar immer noch dasselbe Scheißlied, aber es hatte jetzt seinen Tante-Finni-Schrecken verloren. Trotzdem oder gerade deshalb wusste er, dass er es nie, nie, niemals wieder singen würde. Mama sollte der letzte Mensch auf Erden bleiben, der dieses Lied von ihm gehört hatte.

Irgendwann bleib i dann dort

Es hatte sich also ganz schön was getan in den letzten zehn Jahren, normalerweise würde das für ein ganzes Leben reichen. Wie damals nach seinem verunglückten Bühnenstunt lag Bastian jetzt wieder regungslos da, diesmal aber am weichen Strand von Mykonos. Susi kuschelte sich ganz dicht an ihn, gemeinsam starrten sie in den wunderschönen Sternenhimmel. Bastian war glücklich, er wusste, dass er einen Engel an seiner Seite hatte. Einen Engel, dessen Flügel dank ihm oft ganz schön ramponiert worden waren, der aber trotzdem immer ein Engel blieb. Und der immer zu ihm gehalten hatte, egal welcher Irrsinn ihm durch den Kopf gegangen war.

»Sternderlschaun« am Strand von Mykonos war genauso traumhaft wie zuhause im eigenen Garten. Bastian und Susi verstanden sich auch ohne Worte, und der zauberhafte Nachthimmel wäre auch ohne diese kitschige Sternschnuppe perfekt gewesen, die gerade hell leuchtend über sie hinweg zog.

Eine Nacht noch, dann würde Bastian im Club der Sechziger ankommen. Eigentlich war da eine große Party angesagt, wie üblich bei ihrem Wirten im Dorf, der seinen Betrieb schon vor Jahren an seinen Sohn weitergegeben hatte. Aber nach all den Aufregungen in den letzten Jahren wollte Bastian es etwas ruhiger angehen. Außerdem fehlte ihm Mama, eine Geburtstagsfeier ohne sie konnte er sich einfach nicht vorstellen. Auch seine Kumpels hatten nach längeren Diskussionen eingesehen, dass er diesmal kein großes Gelage veranstalten wollte, und so waren sie hier in Griechenland gelandet, wo Bastian mit seiner Susi diese herrliche Sommernacht am Strand genießen konnte.

Plötzlich spürte er, wie sich jemand links von ihm in den immer noch warmen Sand legte und seine Hand nahm. Lisa! Noch vor ein paar Jahren hätte so etwas als Katastrophe größten Ausmaßes geendet, aber die Zeiten hatten sich geändert. Zum Glück. Und noch zwei weitere vertraute Gestalten gesellten sich dazu. Jetzt waren sie komplett, Felix und Laura, Susi – und Lisa, die mittlerweile auch wieder zur Familie gehörte. Die fünf lagen Hand in Hand am einsamen Strand von Griechenland und genossen die laue Sommernacht.

Für den nächsten Tag hatte Bastian einen Tisch in einer kleinen Taverne am Hafen reserviert, wo sie ganz gemütlich seinen Geburtstag feiern wollten. Vorher jedoch gab es noch eine kleine Angelegenheit, die sie erledigen mussten. Stephanos, Lisas griechischer Ex-Lover, hatte sich vor einiger Zeit gemeldet, weil er sie gerne wiedersehen wollte. Sie müsse keine Angst haben, hatte er Lisa am Telefon versichert, angeblich wäre er ganz bieder geworden. Seine Hippie-Kommune hatte sich nach Lisas Abgang aufgelöst, und Stephanos lebte auf dem Anwesen jetzt mit Frau, Schaf und dreizehn Hühnern. Bevor die Bergers also am nächsten Tag in die Taverne fahren würden, wollten sie noch kurz bei Stephanos vorbeikommen. Bastian hatte zwar so etwas wie eine Vorahnung, aber er wollte Lisa diese Freude nicht nehmen.

Der Blick in die Sterne dauerte bis in die späte Nacht, denn keiner von den fünf wollte den Platz am Strand freiwillig verlassen. Dementsprechend müde saßen sie um zehn Uhr morgens beim Frühstück. Danach brachen sie auf zu Lisas ehemaligem Lieblingsgriechen. Lisa spielte mit gekünstelter Stimme Navigationssystem und dirigierte sie durch die engen Küstenstraßen bis zu einem schneeweißen Haus direkt am Meer. Himmelblaue Fensterläden leuchteten ihnen entgegen. Griechenkitsch pur. Aber soooo schön!

»Lisa, mein Schatz! Endlich! Wie habe ich dich vermisst!« Stephanos hatte Tränen in den Augen, als er Lisa begeistert um den Hals fiel. »Lass dich ansehen, du hast dich ja überhaupt nicht verändert! Wenn ich noch etwas jünger wäre, ich würde doch glatt ...«

»Ja, ja, lass es gut sein«, meinte Lisa, »manchmal fühle ich mich schon wie eine alte Schachtel!« Fishing for compliments nennt man so etwas, denn Stephanos musste da heftig widersprechen und kam aus dem Schwärmen gar nicht heraus. Schließlich konnte er sich doch von Lisa lösen und stellte seine Frau, sein Schaf und seine dreizehn Hühner vor. Frau und Schaf hatten einen eigenen Namen, die Hühner hießen alle »Bibibi« oder so ähnlich. Bis jetzt machte alles einen ganz normalen Eindruck. Die

Lage dieser ehemaligen Hippiezentrale war allererste Sahne. Die Wiese, auf der kunterbunte Blumen blühten, verlief leicht abschüssig vom kleinen Haus bis zur weißen Sandbucht, auf der dunkelblaue Wellen mit den Sandkörnern Fangen spielten.

Doch plötzlich änderte sich dieses idyllische Bild, denn aus dem Haus flitzten ein paar Halbnackte und stürmten kreischend auf Lisa zu. Die Bibibis schwirrten aufgeschreckt davon und Lisa gackerte aufgeregt, als wäre sie selbst zum Huhn geworden. Bastian wusste sofort, dass dieses seltsame Empfangskomitee die Wahnsinnigen aus Lisas Hippie-Kommune sein mussten, von denen sie so oft erzählt hatte.

»Da ist sie, da ist sie!!!«, schrien sie begeistert. Bussi links, Bussi rechts, noch ein Bussi links und dann ein fester Griff auf den Arsch von Lisa. Egal ob Männlein oder Weiblein, sie alle wollten anscheinend wissen, ob Lisas Arsch noch dieselbe Festigkeit hatte wie früher. Bastians Schwester, die immer schon stolz auf ihr knackiges Hinterteil gewesen war, fand überhaupt nichts dabei und gab den netten Willkommensgruß gerne zurück. Welch ein Glück, dachte Bastian, dass sie dieses Begrüßungsritual nicht mit nach Hause genommen hatte, Elvis hätte vor Schreck seine Stimme verloren.

Auch der Rest wurde begrüßt, als würden sie schon seit Jahrzehnten zur Familie gehören. Inklusive Arschanfassen, was aber nicht von allen erwidert wurde. Aber das war dem in die Jahre gekommenen Hippiegeschwader egal. Stephanos kriegte sich gar nicht mehr ein,

Bastian schien, er würde bei seinem Schwesterherz gerne mehr als nur den Arsch auf Festigkeit prüfen. Weil aber seine Frau mit einem leicht gequälten Lächeln neben ihm stand, beherrschte er sich und fiel Lisa lediglich ein zweites Mal um den Hals. »Du hast mir gefehlt. Es ist so schön, dass du wieder da bist. Das müssen wir feiern!«

»Ja, ich freue mich auch wahnsinnig. Endlich wieder zu Hause!«

Aha, das also war Lisas Zuhause? Bastian dachte, das wäre ganz woanders, irgendwo in der Nähe von Guggerberg?

»Und das ist meine Familie. Mein Bruderherz, von dem ich euch schon so viel erzählt habe. Und wisst ihr, was das Beste ist? Bastian hat heute Geburtstag! Er wird sechzig!«

»Waaaaaasss? Gibt's ja nicht!«, kam es mehrstimmig zurück, und im nächsten Augenblick hob ein internationaler Hippie-Chor inbrünstig und voller Leidenschaft an, *Happy Börthday!* für Bastian zu jaulen. Und selbst das Schaf und die dreizehn Hühner schienen mitzusingen.

Stephanos haute Bastian seine Pranke auf die Schulter, wie er es früher nur von Georg gekannt hatte. »Du siehst gar nicht aus wie sechzig! Was habt ihr nur für besondere Gene in eurer Familie?«

Da waren schon einige ganz schön Verdrehte dabei, aber das behielt Bastian für sich. Außerdem hatte Stephanos das bestimmt schon selbst herausgefunden, schließlich kannte er ja seine Schwester.

»Wo ist eigentlich Roberto?«, fragte Lisa.

»Ähm, weiß ich nicht. Der wird schon noch kommen ...«, entgegnete Stephanos.

Und stellte eine Schale Kekse auf den Tisch ...

2050: MIT 70 FÄNGT DAS LEBEN ERST AN

Griechischer Wein

Trotz aller Befürchtungen waren die Wahnsinnigen aus Lisas Hippie-Kommune um keine Spur wahnsinniger als die Berger-Sippe. Aber wenn man sie zusammen auf einem Haufen sah, dann waren selbst die Insassen von »Guggerberg« Waisenknaben. Kurz, man verstand sich ausgezeichnet. Anfangs wurden noch alte Geschichten aufgewärmt, Bastian erfuhr Sachen über Lisa, die er nicht unbedingt wissen wollte. Wären Laura und Felix mit ihren achtundzwanzig Jahren nicht auch schon ziemlich aufgeklärt gewesen, er hätte ihnen die Ohren zugehalten. So aber bekam das Bild, das die Twins von Tante Lisa hatten, noch einige Farbnuancen dazu. Wobei »Farbnuancen« eine maßlose Untertreibung war, es waren riesengroße, kunterbunte Kleckse in besonders schrillen, grellen Farben, die nicht immer harmonisch zusammenpassten.

Lisa war in Griechenland noch enthemmter gewesen als in der Heimat. Nichts war ihr heilig gewesen, und sie hatte sich sogar mit der Regierung angelegt. Stephanos erzählte, wie die beiden Beamten der griechischen Baubehörde plötzlich im Garten gestanden waren, als Lisa die Rosen zurückgeschnitten hatte. Nackt, wie Gott und einige an ihr reich gewordene Schönheitschirurgen sie erschaffen hatten. Weiße Rosen waren es übrigens gewesen.

»Na, was schaut ihr so bekloppt? Habt ihr noch nie eine nackte Frau gesehen?«, hatte sie ihnen zugerufen.

Die zwei Spanner hatten offenbar nur Bahnhof verstanden. Jedenfalls hatten sie ganz und gar nicht vor gehabt, von der Pracht, die sich ihnen da bot, die Augen abzuwenden. Bis Lisa schnurstracks auf sie zu marschiert war, sich zwischen sie gestellt und beiden gleichzeitig in den Schritt gegriffen hatte. Eiermassage de luxe, sozusagen.

»Na, rührt sich da was bei euch?«

Bei den Herren hatten sich beileibe nicht nur die Enden ihrer dunkelschwarzen Schnauzbärte aufgestellt, aber trotzdem hatten sie die Aktion nicht wirklich lustig gefunden. Eigentlich waren sie angetanzt, erzählte Stephanos, weil ein lieber Nachbar sich beschwert hatte, dass im Paradiesgarten der Kommune jede Nacht hemmungslose Ausschweifungen stattfinden würden und niemand im Umkreis von zwanzig Kilometern schlafen könnte. Und so hatten die Petzen von nebenan auch noch ins Telefon gestichelt, sie hätten ganz genau gewusst, dass es keine offizielle Genehmigung für Stephanos Haus hier am Strand gegeben hätte.

Die beiden Unruhestifter waren offizielle Organe der griechischen Baubehörde gewesen und hatten den Fall ganz besonders sorgfältig geprüft. Tatsächlich hatten sie einen Fehler in der Bauanzeige gefunden, der darin bestanden hatte, dass es überhaupt keine Bauanzeige gegeben hatte. »Skatá!«, erklärte uns Stephanos, was auf Griechisch »Scheiße!« hieß.

Lisa aber hatte ihren Fehler wieder gut gemacht. Sie hatte eiskalt ihren immer noch bekannten Namen genutzt und über die deutsche Botschaft in Athen einen Termin im Ministerium für Bausachen bekommen. Und diesem Beamten dürften Lisas Überredungskünste sehr gutgetan haben. Im Gegensatz zu seinem niederen Gesinde war er völlig einverstanden mit Lisas Massagen, die aufgrund des höheren Ranges des Ministerialrates intensiver und leidenschaftlicher ausgefallen waren als bei den Untergebenen. Letzten Endes war ein Baubeschluss ausgestellt worden, um ein Jahrzehnt zurückdatiert, und alles war in Ordnung gewesen.

Das Hippie-Geschwader lachte Tränen bei den Schilderungen von Stephanos. Und die Bergers ebenso. Im Nullkommanichts war eine mächtige Verbrüderung im Gang.

»Wer hat Durst?«, rief Stephanos in die Menge. Alle hatten Durst. Aber weil Stephanos inzwischen bieder geworden war und vom Metaxa- und Wodkasaufen immer so arges Sodbrennen bekam, war er auf griechischen Weißwein umgestiegen. Mit einem Fass Retsina in den Armen quälte er sich auf die Terrasse und schlug es mit routinierten Bewegungen an. »So, Retsina für alle!«

Und weil die Sonne so schön vom Himmel knallte, das Meer so blau und das Gras so grün war, weil Susi so gut drauf war, seine Kinder ihn anlachten, Lisa Stephanos leicht verliebt anschmachtete, Stephanos Frau das aber nicht bemerkte, kurz, weil alles so war, wie es war, nämlich perfekt, sprang Bastian über seinen Schatten und ließ sich von Stephanos ein volles Glas Retsina aufschwatzen.

Eigentlich musste er gar nicht lange schwatzen, Bastian war einfach in der Stimmung dafür. Susi und die Twins schauten zwar etwas überrascht, sagten aber nichts. Mit einem gewaltigen »Jamas« prosteten sie sich zu, und Bastian ließ die Hälfte des Glasinhalts eiskalt durch seine Kehle laufen. Als sich der pechige Geschmack des Gesöffs in seinen Schleimhäuten festsetzen wollte, zeigten sich diese nicht besonders gastfreundlich und zogen sich zusammen, als wären sie mit purem Essig in Berührung gekommen. Er konnte gar nicht anders, als den im Gaumen verbliebenen Rest zielgenau in die Flamme der Kerze auf dem Tisch zu spucken.

Kurz dachte Bastian, dass sich seine Geschmacksnerven durch die lange Entbehrung zurückgebildet hätten und mit einem guten Tropfen Weißwein nichts mehr anfangen konnten. Dann aber hörte er Stephanos sagen: »Ja, Retsina muss man lieben lernen! Man sagt, erst nach fünf bis sechs Gläsern gewöhnt man sich an ihn, dann aber möchte man gar nicht mehr damit aufhören.«

Bastian wollte sofort aufhören damit, und das tat er dann auch. Aber schon die im Vergleich zu seinen besten Säuferzeiten homöopathische Dosierung versetzte seine Schädeldecke in leichte Drehbewegungen. Er konnte jedoch noch einigermaßen klar denken, und irgendwie wurde ihm bewusst, dass die besoffene Berger-Partie um ihn herum es heute unmöglich schaffen würde, wie geplant in der kleinen Taverne am Strand seinen Geburtstag zu feiern. Daher musste er dort telefonisch absagen und dabei war ihm, als hätte er aus dem Hörer im Hintergrund ein mehrstimmiges Grölen gehört.

Während die anderen Retsina becherten, ließ Bastian sich mit Wasser vollaufen, das Ringelspiel im Kopf verließ ihn trotzdem nicht mehr. Er musste etwas essen. Und weil da gerade so eine schöne Schale mit Schokocookies stand, nahm er sich einen.

Leckere Kekse

»Hmm, die schmecken gut«, war sein erster Gedanke. Also nahm er sich noch ein paar ...

Plötzlich stand Susi vor ihm, sah ihn entsetzt an und schrie »Bastian! Halt! Du weißt doch!«

Nichts wusste er mehr, in diesem Augenblick. Oder doch? Ja, da war doch was mit diesen Keksen und Lisa? »Das werden doch nicht ...«

»Keine Angst«, beruhigte sie Stephanos. »Ich habe inzwischen die Rezeptur verändert, davon wirst du höchstens etwas fröhlich ...«

Was, fröhlich? Bastian war schon vor den Keksen fröhlich genug gewesen.

»... aber mehr passiert nicht! Ich habe sie mit Schokolade verfeinert! Na, da guckst du, wie gut die schmecken, oder?«

Magic Mushrooms mit Bitterschokolade, eine Wahnsinnskombination. Langsam bekamen die Sträucher im

Garten alle möglichen Farben und Konturen, aber sonst konnte Bastian keine Nebenwirkungen feststellen. Außer vielleicht, dass er wahrscheinlich bereits genauso dämlich grinste, wie das aufgekratzte Hippiegeschwader rund um ihn, das schon unter erheblichem Alkoholeinfluss stand.

»Wenn Bastian die so gut verträgt, dann lasst sie uns auch versuchen«, schrie sein Schwesternmonster Lisa euphorisch. Und schon hatte sie einen der psychedelischen Schokocookies in sich reingestopft. Weil genug da waren, probierten alle diese Weihnachtsbäckerei, die das Meer in wunderschönes Rosa tauchte. Susi zierte sich lange. Ohne die drei Gläser Retsina zuvor wäre es unmöglich gewesen, ihr diese Kekse schmackhaft zu machen, doch durch den Wein war sie knapp davor, sich wahnsinnsmäßig erstmals an die gebürtigen Bergers anzugleichen. Nach dem Genuss ihres Cookies hatte sie diesen Schritt dann endgültig geschafft.

Stephanos fütterte seine antike Musikanlage mit noch antikeren Schallplatten und gab dezibelmäßig Vollgas. Spätestens von dem Zeitpunkt an, als Bastian auf einmal davon überzeugt war, seine wahnsinnigen Kumpels im Garten zu sehen, lief das Fest aus dem Ruder. Das konnte gar nicht sein, die waren ganz bestimmt nur eine Halluzination aufgrund der leckeren Schokocookies. Er unternahm mehrere Versuche, einfach durch sie hindurchzulaufen. Da das aber nicht gelingen wollte, musste er irgendwann einsehen, dass es wirklich seine Kumpels waren, die er rammte wie ein amoklaufender Footballspieler.

Die hatten ebenfalls schon einen anderen Aggregatszustand angenommen. Der Hosenscheißer, Georg und der Rest der Gang waren zu Bastians Geburtstag eingeflogen, um ihn am Abend in der Taverne zu überraschen. Da der Flieger aber bereits am Morgen gelandet war und ihnen dadurch jede Menge Zeit zum Vorglühen geblieben war, hatten sie schon eine ganz schöne Knarre. Georg erzählte, dass der Taxifahrer heilfroh gewesen war, sie aus dem Auto zu bekommen, bevor eine komplette Innenreinigung notwendig geworden war.

»Das ist aber eine Überraschung!« Bastian grinste die komisch gefärbten Gestalten an und fiel ihnen nacheinander um den Hals. Der Rest der leicht angetörnten Partybande machte es ihm nach. Die Kumpels wunderten sich trotz ihres Zustandes darüber, dass ihnen diese unbekannten Althippies zur Begrüßung an den Arsch griffen, aber spätestens nach der ersten Ladung Kekse war diese kulturelle Unstimmigkeit vergessen.

»Da, nehmt ein paar, die sind von Weihnachten übriggeblieben!« Stephanos musste Tonnen davon gebacken haben.

Weil gerade das giftgrüne Schaf vorbeikam und Bastian so blöd anstarrte, warf er ihm ein paar Cookies ins rote Gras. Von dem Moment an wurde das Froschschaf zum Löwen. Nein, eher zum Tiger. Tom Jones war ein sexueller Waisenknabe gegen die Triebhaftigkeit dieses Tiers. Weil der Hosenscheißer anscheinend eine animalische Anziehung hatte, versuchte das Schaf permanent, ihn zu begatten. Liebestoll wie ein ausgehungerter Rammelhase galoppierte es hinter dem Hosenscheißer her, der versuchte, sich laut schreiend in Sicherheit zu bringen.

In seiner Not lief er durch die Terrassentür ins Haus, das Schaf hinterher, und dann hörte man nur noch ein Klirren und Krachen aus dem Wohnzimmer. Nach einigen Sekunden keuchte der Hosenscheißer rechts vom Haus hervor und stürzte wie ein Besessener zur immer noch offenen Terrassentür. Er war durch den Hinterausgang entkommen und konnte jetzt vorne gerade noch im letzten Moment die Tür zuschlagen. Das geile Vieh war im Haus gefangen. Das war gerade nochmal gut gegangen für den Hosenscheißer, denn einen Bruchteil von Sekunden später donnerte das ziemlich enttäuschte Schaf in voller Erregung von innen gegen die Terrassentür und sah Sterne.

Aus den Boxen dröhnte *Hells Bells*. Für einen kurzen Moment dachte Bastian an seinen treuen Hund, der so gar nichts Höllisches an sich gehabt hatte. Dafür gab es hier umso mehr davon. Was jetzt noch fehlte, war für den Großteil der Bergers sonnenklar: Luftgitarrenekstase! Bastian war sehr stolz, dass seine Twins die Ersten waren, die dem Manko abhelfen wollten. Dass sie sich dabei splitternackt auszogen, war zwar nicht geplant, aber Tante Lisa schloss sich ihnen unverzüglich an. Schließlich war Sommer, auch Bastian wurde plötzlich heiß, und im Nu standen die vier in Originalbesetzung auf der Gartenbank und würgten ihre Luftgitarren zu *Hells Bells*.

Zum ersten Mal am heutigen Tag sah man die Alt-Hippies doch etwas erstaunt. Dieser kostbare Moment dauerte nur wenige Sekunden, denn gleich darauf zogen auch sie das Wenige, das sie noch anhatten, einfach aus und tanzten wie besessen zu den Rocknummern, die aus den Lautsprechern dröhnten und zu denen die Bergers ein Open-Air-Guitarreros-Spektakel lieferten, das man so noch nie gesehen hatte. Selbst Susi war dabei, ebenfalls splitterfasernackt. Als echtes Berger-Clan-Mitglied gehörte jetzt auch sie zur Combo.

Luftgitarre spielte sie allerdings nicht. Ihr Instrument war nicht ganz erkennbar. Es sah so aus, als hätte sie sich eine unsichtbare Triangel geschnappt, auf die sie zur Betonung einzelner Takte mit einem geradezu vornehm wirkenden Schlag einhämmerte. War sie nicht im Einsatz, stand sie in der Gegend herum, wippte sanft vor und zurück und lächelte vor sich hin. Tausend Euro für ihre Gedanken.

Hier spricht die Polizei

Doch mit einem Schlag war diese sensationelle Geburtstagsfeier zu Ende. Plötzlich waren laute Sirenen zu hören, über die schmale Zufahrt rasten Polizeiautos mit grell leuchtendem Blaulicht heran und helle Scheinwerferspots wanderten über den Garten.

»Hier spricht die Polizei!«, dröhnte eine metallische Stimme über den Zaun. Natürlich auf Griechisch, aber man wusste auch so, was gemeint war. Keiner brauchte die Übersetzung von Stephanos, der zuvor noch mit einem Stein die Musik ausgemacht hatte und jetzt kreidebleich auf dem Boden lag, die Hände über dem Kopf. Er zischelte den anderen zu, dasselbe zu tun. Weil sie die nächsten Worte der Bullen vor dem Gartentor nicht verstehen konnten, folgten sie seinem Rat. Womöglich hatten die griechischen Polizisten ja gerade eine Warnung ausgerufen, dass sie jeden abknallen würden, der nicht waagrecht im jetzt wieder grünen Gras lag. Aber trotz des massiven Polizeiaufgebots waren Bastians Gedanken nur bei dem liebestollen Schaf. Wenn es jetzt die Terrassentür durchbrechen würde, dann wären sie alle im Arsch.

Zwei Griechenbullen nahmen Lisa in die Mangel. Diesmal hatte sie keine Chance, die grimmig dreinblickenden Polizisten mit zärtlichem Eierkratzen auf andere Gedanken zu bringen. Erst als sie im Dienstauto verstaut war, erlaubte das Einsatzkommando, dass alle anderen wieder aufstanden. Nach einer kurzen Diskussion mit Stephanos zog das griechische Geschwader ab. Keine Sekunde zu früh, denn in diesem Augenblick sprang das lüsterne Schaf spektakulär durch das Terrassenfenster und setzte seine Jagd auf den Hosenscheißer fort. Doch weil es sah, dass seine Zuneigung nicht erwidert wurde, verging sich der Wolltiger stattdessen an einem abgesägten Baumstumpf.

Keiner wusste, was eigentlich los war. Stephanos erzählte etwas von einem »versuchtem Mord«, in den Lisa verwickelt sein sollte. Doch da war man sich einig, Lisa war vieles zuzutrauen, aber ein Mord ganz bestimmt nicht. Da es sich also nur um ein Missverständnis handeln konnte, waren alle etwas beruhigt und beschlossen, sich morgen darum zu kümmern. Sie räumten das Schlachtfeld auf, banden das Schaf an den Baumstumpf, mit dem es jetzt die ganze Nacht Liebe machen konnte, und legten sich an den immer noch warmen Sandstrand.

»Sterndlschaun«, mal ganz anders! Aber es gab genug Sterne für alle. An Schlaf war nicht zu denken. Es wurden die irrsten Geschichten erzählt, unglaublich, was die Hippie-Meute früher alles angestellt hatte. Und während Susi dann doch sanft in Bastians Armen einschlief, ging ihm eines nicht mehr aus dem Kopf. Wo war Roberto? Er war nie mehr gesehen worden, seit er damals vor zehn Jahren Lisa zum Flughafen gebracht hatte.

Hinter Gittern

Am nächsten Tag wollten die Bergers sofort Lisa besuchen. Doch die griechische Justiz war gnadenlos. Niemand durfte zu ihr, und selbst die Versuche, bei der Botschaft mit ihrem Namen zu punkten, brachten nichts. Aber man half Bastian wenigstens dabei, einen Anwalt zu besorgen. Der durfte als einziger zu Lisa, machte ihnen aber keine großen Hoffnungen, denn sie galt als Mittäterin bei einem Mordversuch. Der Hauptangeklagte war – welch ein Wunder – Roberto, der schon seit einigen Jahren das Essen im Knast von Athen genoss. Kein Wunder also, dass ihn niemand mehr zu Gesicht bekommen hatte. Die erste Zeit war er untergetaucht, danach hatte man ihn eingekerkert. Aber was damals genau geschehen war, konnte auch der Anwalt nicht sagen. Die Bergers mussten Lisa alleine in Griechenland zurücklassen und flogen schweren Herzens nach Hause.

Drei Monate später bekam Bastian endlich einen Anruf von Lisas Anwalt. Wenn alles gutging, konnte sie nächste Woche entlassen werden. Roberto hatte Lisa schwer belastet, erzählte der Anwalt am Telefon, aber jetzt wäre alles ausgestanden. Also flog Bastian nochmals nach Griechenland, um seine Schwester aus dem Knast zu holen. Er wollte ihr einfach in dieser schweren Zeit beistehen.

Lisa sah entsetzlich aus. Sie lächelte nur kurz, als sie ihren Bruder vor dem mächtigen Tor der Strafanstalt warten sah, aber sie wirkte hochgradig verwirrt, so ähnlich, wie er sie schon damals in der Klapse gesehen hatte. Diesmal aber sang sie wenigstens nicht *Weiße Rosen aus Athen*.

»Bastian, vielen Dank, dass du da bist. Es war die Hölle da drinnen! Auf dich kann ich mich immer verlassen. Ich hab dich so lieb!«

Und dann fiel sie ihm um den Hals und schmatzte ihm einen feuchten Kuss auf die Wange, dass Bastian dachte, AC/DC wäre wieder auferstanden und schlabbere ihn vor Begeisterung klitschnass. Lisa wollte so rasch wie möglich weg aus Griechenland. Sie hatten noch Zeit, bevor sie zum Flughafen mussten, und so suchten sie sich ein schönes Restaurant, wo Lisa erstmals seit Monaten keinen Gefängnisfraß vorgesetzt bekam, sondern ein schönes, dickes Steak der Haubenklasse 1a. Und dazu einen süffigen griechischen Rotwein, der ihr langsam ins Leben zurückverhalf.

»Ich weiß jetzt wieder, was damals geschehen ist. Warum ich in das Irrenhaus eingeliefert wurde«, erzählte sie Bastian beim zweiten Glas Athos Vineyards 2035.

Während ihr Bruder an seinem Wasser nippte und ein Moussaka in sich hineinstopfte, wurde Lisa richtiggehend aufgekratzt.

Bastian konnte sich ein »Weil du nun mal so bist, wie du bist – einfach einen Tick zu wahnsinnig für diese Welt?« nicht verkneifen.

Lisa lachte. »Ja, das sicher auch. Da ist wirklich einiges zusammengekommen, damals. Zum Glück ist ja nicht viel passiert.«

Seine Schwester war jetzt nicht mehr zu bremsen. Sie erzählte ihm etwas von »dissoziativer Amnesie«. Bastian konnte das Wort nicht mal buchstabieren, geschweige denn erraten, was es bedeuten sollte. Aber Lisa erklärte ihm, dass es sich dabei um eine vorübergehende Erinnerungslücke handle, ausgelöst durch traumatische Erlebnisse. Und die Fahrt damals zum Flughafen war ein solches traumatisches Erlebnis.

»Meinst du nicht, dass du einfach zu viele von diesen Keksen verdrückt hast? Für mich sah das eher nach Drogendampf aus.«

»Basti, hör mal zu! Mir ist das Ganze erst jetzt wieder richtig bewusst geworden. Die haben mich permanent verhört, bei Tag und bei Nacht. Und zuerst hatte ich überhaupt keinen Tau davon, was damals los war. Aber so nach und nach kam die Erinnerung zurück.«

»Willst du sagen, dass der Knast in Athen bessere Arbeit geleistet hat als die psychiatrische Anstalt Guggerberg, wo übrigens Elvis immer noch auf dich wartet?«

»Beim Heimdüsen werde ich dir alles erzählen. Du wirst es nicht glauben.«

Über den Wolken

Sie behielt Recht. Auf dem Heimflug wurde ihnen die Zeit fast zu knapp, so viel hatte Lisa zu sagen. Und es war wirklich unglaublich, was Bastian da zu hören bekam.

»Wir sind mit Robertos alter Karre zum Flughafen gefahren. Und wir waren ein wenig zugedröhnt, das muss ich schon zugeben«, begann Lisa. »Nach ein paar Kilometern stand plötzlich ein Polizeiwagen am Straßenrand. Mutterseelenallein, kein Mensch in Sicht. Roberto meinte, da machen wir uns einen Spaß und klauen den einfach. Du weißt ja, Basti, im Delirium macht man solche Sachen.«

Vorsicht, sie hatte Basti gesagt, und nein, das wusste Bastian nicht. Solche Sachen macht man nicht. Weder im Delirium noch sonst irgendwann.

»Als wir in das Bullenauto stiegen, lagen da zwei Waffen auf den Sitzen. Aber immer noch war niemand zu sehen. Wir spielten Räuber und Gendarm mit den Pistolen. Es war so lustig!« Lisa hatte ihre rechte Hand zur

Pistole umfunktioniert und fuchtelte damit vor ihrem Gesicht herum, als wäre sie Jane Bond und wolle gerade dem Beißer die Eier wegschießen.

»Und dann stürzten auf einmal die Bullen aus dem Gebüsch. Oder besser gesagt, eine Bullin und ein Bulle. Sie mussten sich aber noch die Uniform richten, weil die zwei da drinnen intensiv zugange waren. Stell dir vor, Basti, gevögelt! Zwei Bullen!«

Na und, dachte Bastian. Du hast bestimmt auch schon mit Bullen gevögelt, und wie er sie kannte, vermutlich auch mit zweien gleichzeitig. Da er aber ihren Redefluss nicht stören wollte, behielt er seine Gedanken für sich.

»Da haben wir dann einfach die Waffen genommen und sie etwas geärgert, die beiden Loser. Zuerst vögeln und dann winseln, wenn man ihnen die Waffe an die Schläfe hält!«

»Das ist nicht dein Ernst, Lisa. Ihr habt den beiden Polizisten die Waffe an die Schläfe gehalten?«

»Ja, aber nur aus Spaß. Die wussten ja, dass wir das nicht ernst meinen.«

»Lisa ...«

»Egal, Roberto hat die beiden dann nach Namen und Dienstnummer gefragt. Und die Bullenschlampe hat allen Ernstes gemeint, sie heiße Mouskouri. Mouskouri, Basti, verstehst du? Mouskouri!«

Nein, Bastian verstand nicht, aber Lisa legte nach.

»Nana Mouskouri war die Sängerin von *Weiße Rosen aus Athen*, diesem Scheißlied. Die Schlampe dort hieß zwar nicht Nana, sondern Aegina, aber egal. Roberto und ich konnten uns nicht mehr halten vor Lachen.«

»Lisa, ich weiß nicht, was daran lustig sein soll. Ihr bedroht zwei Polizisten mit einer Waffe, weil eine davon Mouskouri heißt? Ihr seid ja völlig geistesgestört!«

»Es ist ja nichts passiert! Wir waren eben gut drauf, und außerdem waren die beiden selbst schuld. Wer vögelt am helllichten Tag in einem Gebüsch in Griechenland und lässt sein Auto am Straßenrand stehen? Und überhaupt, Bastian, das waren Polizisten! So etwas macht man nicht. Nicht als Polizist.« Lisa lachte ihrem Bruder offen ins Gesicht.

»Lisa, ihr wart völlig high damals. Zugedröhnt bis unter die Oberkante. Nicht zurechnungsfähig, weil ihr diese Scheiß-Pilzkekse und Hektoliter von Wodka intus hattet. Ihr hättet die beiden umbringen können, in eurem Drogendusel. Und du erzählst es mir, als ob es einfach ein Lausbubenstreich gewesen wäre. Ich versteh dich nicht. Was ist los mit dir?«

»Bastian, du bist immer noch der alte Arsch! Ich sag dir doch, es ist nichts passiert. Und die beiden Bullen waren selbst schuld an dem Ganzen. Das kannst du wieder mal nicht verstehen. So wie du mich nie verstanden hast, du selbstgerechtes Arschloch.«

Stück für Stück kam die alte Lisa zum Vorschein. Bastian hatte zwar gehofft, sie wäre für alle Zeit abgetaucht, aber seine Schwester verwandelte sich vor seinen Augen wieder zum Monster. Und der Auslöser war Bastian selbst, weil er nicht verstanden hatte, dass sie es als Spaß betrachtete, zwei griechischen Polizisten Todesangst einzujagen. Aber es kam noch schlimmer.

»Es war so irre komisch, wir haben Tränen gelacht, Roberto und ich, als die beiden Loser auf den Knien vor uns gewinselt haben. Um sie zu beruhigen, habe ich einfach zu singen begonnen. *Weiße Rosen aus Athen.* Sing mit, Nana Mouskouri, habe ich zu der Schlampe gesagt. Sing mit, Mouskouri! Aber sie wollte nicht. Sie kannte das Scheißlied gar nicht. Die Bullenschlampe! Kommt aus Athen, heißt Mouskouri, vögelt ihren Kollegen, aber kennt *Weiße Rosen aus Athen* nicht. Das geht ja gar nicht.«

Bastian bekam es mit der Angst zu tun. Seine Schwester war ein Fall für die geschlossene Anstalt auf Lebenszeit.

»Wenn sie schon nicht singen wollten, mussten sie halt tanzen. Roberto hat die Griechenbullen aufstehen lassen und im Takt vor ihnen in den Boden geschossen. Während ich gesungen habe.« Lisa hatte vor Lachen Tränen in den Augen.

»Die sind gesprungen wie behinderte Kängurus. Hahaha, das war so schräg! Bastian, es war zum Schießen.«

»Lisa, du bist krank! Guggerberg war viel zu wenig für dich. Du gehörst weggesperrt, für immer. Wenn du so etwas lustig findest, bist du eine Gefahr für die Welt. Vor dir ist niemand sicher!«

»Basti, sei kein Arschloch! Es war halb so schlimm. Gut, ich habe auch ein paarmal geschossen. Und einmal habe ich dem Bullen in seinen Knöchel geballert. Das kann ja mal passieren. Er hat's überlebt, also war es wohl ganz harmlos. Und mit einer Spende, die übrigens nicht gering ausgefallen ist, habe ich es geschafft, heute wieder aus dem Knast rauszukommen. Also alles in Ordnung!«

»Lisa, du bist wahnsinnig!« Und wirklich, sie hatte wieder ihr irres Lächeln aufgesetzt, das ihn schaudern ließ.

»Was ist eigentlich mit Roberto? Warum hast du den nicht rausgeboxt?«

»Du hast ja keine Ahnung, wie teuer es schon ohne Roberto war. Die beiden Bullen wollten Bares sehen, der Anwalt, der Richter und noch ein paar Typen, die etwas zu sagen hatten. Nein, Roberto soll selbst schauen, wie er da rauskommt.«

Das passte haargenau zu Bastians Schwesternmonster. Sie war der Mittelpunkt der Gestirne, und nur um sie hatte sich alles zu drehen. Kollateralschäden wie Roberto, die steckte sie einfach weg, ohne mit der Wimper zu zucken.

»Willst du gar nicht wissen, wie es dann weitergegangen ist?«, fragte sie erwartungsfroh.

»Nein, will ich nicht. Du musst zur Therapie. Wenn wir zu Hause sind ...«

»Nichts da, ich brauche keine Therapie. Nur weil wir etwas Spaß hatten, damals? Wir sind dann übrigens mit der Bullenkiste losgefahren, aber Roberto war so vollgepumpt, dass er eine Kurve übersehen hat und wir an einen Baum gedonnert sind. Ich weiß bis heute nicht, warum der Scheiß-Streifenwagen angefangen hat zu brennen. Ich weiß nur noch, dass Roberto mich rausgezogen hat. Und dann ist da ein uralter Griechen-Grufti mit seiner Eselkarre vorbeigekommen und hat uns zum Flughafen gebracht.«

»Lisa ...«, begann Bastian, aber sie unterbrach ihn sofort wieder.

»Ich schwör dir, Basti ...«

Er für seinen Teil schwor sich, sie, wenn sie noch einmal Basti zu ihm sagen würde, aus dem Flugzeug zu werfen.

»Ich wusste nichts mehr von all dem, was da passiert ist.«

»Lisa, bei dem was du getan hast, ist es völlig klar, dass dein Hirn es vergessen möchte. Schon aus reinem Selbstschutz. Dein Gehirn hat Angst vor dir. Was ihr getan habt, darf nicht passieren! Niemals! Nicht bei normalen Leuten. Es ist völlig krank. Und dass du das auch heute so siehst, zeigt, dass du irre bist. Ich sag's nicht gerne, aber du gehörst sofort in Behandlung.«

»Ganz bestimmt nicht. Und ich warne dich. Die Geschichte bleibt unter uns, denn sonst ...« Lisa sprach nicht mehr weiter, weil die Flugbegleiterin sie zum dritten Mal ersuchte, leiser zu sein.

Lisa war so aufgekratzt, dass sie die letzten Wörter nur so aus sich herausschrie. Erst jetzt bemerkte Bastian, dass viele Fluggäste ängstlich zu ihnen herübersahen, und irgendwie konnte er sie verstehen. Auch ihm machte Lisa Angst.

»Was willst du?«, schnauzte Lisa die nette Dame in Uniform an. »Kümmere dich um deinen eigenen Scheiß!«

Die Flugbegleiterin war geschult im Umgang mit schwierigen Passagieren. Sie blieb weiterhin nett, aber nach kurzer Diskussion flüsterte sie Lisa etwas ins Ohr. Augenblicklich war Lisa still.

»Die Schnalle meint, hinter mir würden zwei Air-Marshalls sitzen«, erklärte Lisa. »Die würden sofort eingreifen, falls ich weiterhin hier herumschreie wie eine Verrückte. Und ich würde ja bestimmt keinen Wert darauf legen, in Handschellen aus dem Flugzeug abgeführt zu werden, denn das wäre wirklich keine gute Presse für Lucy Hill.«

Kaum hatte sie das gesagt, hellte sich plötzlich ihr Gesicht auf, als käme nach fünfjähriger Pause die Sonne wieder hinter dem Berg hervor. »Die hat mich erkannt, Bastian. Man kennt mich noch. Lucy Hill is back! Yeah, das Leben ist schön!«

Im selben Augenblick schaltete Lisa wieder in ihren Diven-Modus zurück. Gerade noch Beinahe-Mörderin mit riesengroßem Wahnsinnspotential, Sekunden später Superstar, ebenfalls mit einem gehörigen Dachschaden. Als Lucy Hill konnte sie es sich natürlich nicht leisten, wie eine Verbrecherin aus dem Flugzeug geworfen zu werden. Nein, das war keine Option. Daher machte sie auf vornehm, flüsterte nur noch ganz leise, nahm eine leicht überhebliche Pose ein, und die restlichen Passagiere wunderten sich, warum dieser alte Drache, den bis auf die Flugbegleiterin noch niemand je zuvor gesehen hatte, plötzlich so wohlwollend lächelte.

Lisa war wieder ganz die Alte. Nein, sie war schlimmer als je zuvor. Dabei hatte Bastian gehofft, sie hätte ihre »schwierige Phase« längst hinter sich gelassen. Seit dem Tod ihrer Eltern war Lisa wieder ein Teil seiner Familie geworden. Susi und Lisa kochten manchmal sogar gemeinsam, was früher undenkbar gewesen wäre. Bei Mamas Schweinsbraten kamen die beiden sehr nahe an das Original heran. Lisa hatte zwar beim Servieren des Ergebnisses meist einen sitzen, weil sie selbst beim Kochen ihre Inspirationen nur in einer Flasche Prosecco fand, aber sonst war alles in Ordnung. Sie war etwas verrückt, aber auf eine liebenswerte Art. Man konnte sagen, dass ihr Familienleben durch sie ungleich bunter wurde. Und die Kinder vergötterten ihre Tante Lisa geradezu.

Doch jetzt hatte Bastians Schwester ihre Maske abgelegt. Was dahinter zum Vorschein kam, war abscheulicher, als er es jemals für möglich gehalten hatte. Sie selbst fühlte sich großartig. Nach ihrem Erweckungserlebnis durch die Flugbegleiterin begann sie sich die Scharen von Fans auszumalen, die am Flughafen auf Lucy Hill warten würden. Aber niemand war da. Kein einziger. Ihre einstigen Anhänger hatten nicht einmal mitbekommen, dass Lucy Hill für drei Monate in einen Athener Knast gewandert war. So bedeutungslos war sie inzwischen. Es gab auch keinen aufstrebenden Nachwuchsreporter, der sich die Mühe gemacht hätte zu recherchieren, was dieser abgehalfterte Star zurzeit so trieb. Nichts dergleichen, Lucy Hill war für die Welt genauso interessant wie eine Blumenvase, die im hintersten Tadschikistan von einer Fensterbank knallt. Dabei war sie einmal ein Star gewesen. Und zwar nicht irgendeiner, sondern die absolute Nummer eins unter den Topstars.

Doppelt hält besser

Bei Bastian hatte das ja trotz aller Mühen nicht geklappt. Trotzdem hatte er es um vieles besser getroffen als Lisa. Und auch in seinem privaten Umfeld war alles in Ordnung. Den Chef-Hobel seiner Tischlerei hatte er schon lange an Felix abgegeben. Manches Mal »durfte« er noch mitarbeiten, er musste dem neuen Boss jedoch versprechen, dass er sich keine Zigarette anzünden werde, wenn er mal wieder im Hackschnitzelkeller übernachten wollte.

Felix war schon seit Jahren mit Helene zusammen, die haargenau zu Bastians Sohnemann passte. Nicht, weil sie vielleicht genauso wahnsinnig gewesen wäre, wie Felix es als Original-Berger-Ableger einfach sein musste. Nein, Helene war das Gegenteil, sie war besonnen und sachlich. Aber trotzdem herzlich und sympathisch. Ein wenig erinnerten sie Bastian an Susi und ihn selbst. Sie ergänzten sich optimal – Wahnsinn und Bodenständigkeit passen gut zusammen.

Dasselbe galt auch für Laura und Tom, sie wurden von Amors Pfeil auf dem Linienflug von Frankfurt nach Athen getroffen. Pilot Tom stieß bei einem kurzen Ausflug aus dem Cockpit mit Laura zusammen, die für das Kabinenservice zuständig war. Dabei bekam Tom einen vollen Teller Spaghetti, der eigentlich für die Business Class vorgesehen war, auf sein blütenweißes Hemd. Der Versuch Lauras, Tom die langen Nudeln einzeln vom Stoff zu pflücken, endete für beide mit einem Lachkrampf und einer Verabredung beim Italiener. Spaghetti vermieden sie beide, aber spätestens bei Scampi e Calamari und einer Flasche Barolo wussten sie, dass sie mehr gemeinsam hatten als nur die Fliegerei. Viel mehr!

Die Berger-Twins hatten vor einigen Jahren somit beide ihre Lebensmenschen gefunden. Was lag also näher, als das Ganze mit einer alles in den Schatten stellenden Doppelhochzeit zu feiern?

»Papa, was hältst du davon, wenn ich Tante Lisa frage, ob sie meine Trauzeugin werden möchte?«

Oh, keine gute Idee! Als Laura ihren Vater das drei Monate vor der Hochzeit fragte, bekam der wieder seine roten Flecken. Am liebsten hätte Bastian alles abgeblasen. Lisa als Trauzeugin? Das konnte nur in einer Katastrophe enden, dessen war er sich sicher.

»Hast du dir das gut überlegt, Laura?« Er erinnerte sich nur allzu gut an seine eigene Hochzeit, die Lisa zerstört hatte.

»Ja, ich weiß, was damals passiert ist, denn du hast es uns ja ungefähr tausend Mal erzählt. Aber noch einmal wird sie bestimmt nicht besoffen von der Kanzel fallen, da bin ich mir sicher.«

Laura liebte ihre Tante nun einmal, und es war ihre Hochzeit. Also sollte auch sie entscheiden, wer ihr diese vermiesen durfte.

»Aber wir verstecken alle Whiskeyflaschen vor ihr.« Laura war einverstanden.

Entgegen allen Befürchtungen hatte sich Lisa bei der Trauung aber alkoholtechnisch und zickenmäßig voll im Griff. Als sie es in der Kirche wagte, auf die Kanzel im Gotteshaus zu steigen, stockte allen zwar kurzfristig der Atem, aber sobald sie *Can't Help Falling In Love* von Elvis Presley sang, gingen in den Reihen, auf die sie dieses wunderschöne Lied hinunterhauchte, die Taschentücher aus.

Es war eine großartige Feier, genauso wie es sich die »Kleinen« verdient hatten. Bastian und Susi konnten stolz sein auf ihre Familie, und weil sie nun einmal so glücklich waren, dauerte auch dieses Fest etwas länger. Warum sich Felix gerade den Hosenscheißer als Trauzeuge ausgesucht hatte, war Bastian nicht wirklich klar, aber auch der machte seine Sache ganz ordentlich. Und alle hatten ihren Spaß, als der DJ die alten Rocksongs auspackte und durch den Saal hämmerte.

Bis auf den Moment, als der völlig besoffene Georg, der wie der Rest von Bastians Kumpels auch mit von der Partie war, über das Stromkabel der Musikanlage stolperte. Plötzlich wurde es leiser im Saal. Zumindest die Rocker hatten Pause, aber das Hämmern und Klopfen der Drums und des Basses hörte man immer noch. Zwar nicht immer genau im Takt, aber es waren doch mehr oder weniger regelmäßige Beats, die da von der Tür der Rumpelkammer herüberklangen. Dazwischen gab es immer wieder mal schrille »Ah!«-Laute, als ob eine Triangel versuchte, sich bemerkbar zu machen. Und dann sprang mit einem lauten Krach die altersschwache Holztür aus den Angeln, weil sie sich vermutlich dachte: »Jetzt ist es aber mal genug mit euch beiden!«

Eine sehr zerzaust wirkende Lisa und der Hosenscheißer mit sperrangelweitoffenem Hosenstall plumpsten
vor den Hochzeitsgästen auf den Boden, schauten belämmert in die Menge und blieben erschöpft liegen. Kein
Wunder, dass die beiden abgekämpft waren, wer weiß,
seit wie vielen Rocknummern der Hosenscheißer schon
seinen Taktstock geschwungen und Lisa an die arme
Rumpelkammertür geknallt hatte? Aber sie fingen sich
bald wieder, der Hosenscheißer schloss seinen Stall und
bemerkte trocken: »Hallo Schwager!«

Die Hochzeit der Twins war eine Hammerparty, und
von der Vögelkunde in der Rumpelkammer sprachen
die Gäste noch lange danach. Der Hosenscheißer wurde
natürlich nicht Bastians Schwager, sondern blieb auch
weiterhin der ewige Junggeselle, der sich mal da mal
dort in etwas verbohrte, das er jedoch spätestens nach
drei Wochen wieder gegen ein neues Modell eintauschen
wollte. Und für Lisa war es nicht mehr als »Business as
usual«. Die Anzahl ihrer Quickies würde mit ziemlicher
Sicherheit für einen Eintrag im Buch der Rekorde reichen.

Obwohl sein Trauzeuge ihm eine Lehrstunde in sexueller Aufklärung gegeben hatte, war Felix nicht von
Anfang an produktiv. Laura und ihr Pilot fackelten da
nicht so lange. Fünf Monate nach der Hochzeitsnacht
fand bereits die Auslieferung eines neuen Bonsai-Bergers
statt, auch wenn für gewöhnlich dafür etwas mehr Zeit
vorgesehen war. Aber wer will da schon pfennigfuchsend
genau nachrechnen, wenn endlich wieder so ein kleiner
Miniaturscheißer durch die Gegend schoss, der sich bei

seinen ersten Unterrichtsstunden im Luftgitarrenspielen gar nicht so schlecht anstellte?

Charly hieß der kleine Bursche, und er sollte nicht lange alleine bleiben. Kurz nach seiner Ankunft im verrückten Berger-Clan hatten endlich auch Felix und Helene den Dreh raus und sorgten dafür, dass die alten Familientraditionen nicht nur im musikalischen Bereich fortgeführt wurden. Die Zwillinge Henriette und Kuno waren der schlagende Beweis dafür, dass echte Berger-Kerle auch beim Produzieren von Nachwuchs mit vollem, oft doppeltem Einsatz bei der Sache waren.

Bei der Namensgebung wurde Bastian mal wieder nicht gefragt. »Henriette« und »Kuno« waren bereits in seiner Jugend ziemlich uncool. Wer so hieß, hatte eigentlich vom Start weg verloren. Warum Eltern ihren Kindern solche Namen antaten, war ihm immer schon schleierhaft gewesen. Da hätten sie ihren Kleinen auch gleich Herbert taufen können. Der Name war damals noch uncooler als Kuno. Aber alles wiederholt sich anscheinend im Laufe der Zeit. So wie diese beschissenen Rapperhosen wieder modern wurden, gab es nun offenbar auch eine Renaissance bescheuerter Namen.

Kuno und Henriette waren sogar ziemlich angesagt. Herbert immer noch nicht, der würde bestimmt auch irgendwann mal wieder aus der Versenkung kommen. Beim Namen von Lauras Sohn Charly vermutete Bastian eine Hommage an seinen musikalischen Hauptwohnsitz, aber Laura und ihr Flieger erklärten ihm die wahre Herkunft dieses Namens. Nicht Kneipenbesitzer

Charlie stand Pate für den kleinen Berger-Bonsai, sondern Charles Lindbergh, der die erste Alleinüberquerung des Atlantiks mit einem prähistorischen Flugzeug geschafft hatte. Piloten-Tom hatte sich durchgesetzt, Laura wollte ihren Liebling eigentlich Herbert taufen lassen, wie sie ihrem Vater irgendwann später mal verriet. Glück gehabt, kleiner Charly!

Das war anders geplant

Bastian und seine Kumpels waren immer noch dieselben Grenzgänger wie früher. Da änderte auch die Tatsache nichts daran, dass schon drei von ihnen anstatt blutjunger Groupies gleichaltrige Großmütter im Bett an ihrer Seite hatten. Sie wurden älter, aber niemals reifer. Ihre Auftritte konnte man auch nach vierzig Jahren auf der Bühne noch mit dem Prädikat »Ziemlich abgefahren« versehen. Qualitätsmäßig gab es nichts zu bemängeln. Obwohl sie alle nur aus reinem Spaß ihre Instrumente schlugen, zupften und malträtierten, konnte sich das, was sie fabrizierten, hören lassen. Und sehen, denn auch die Luftgitarreneinlagen gehörten immer noch zu den Highlights ihrer Performance. Bald Siebzigjährige, die sich auf der Bühne aufführten wie spätpubertäre Teenager, bekam man nicht allzu oft zu bewundern. Daher waren ihre Konzerte schon lange viel mehr als nur ein Insider-Tipp. Von Zeit zu Zeit hatten sie bis zu achthundert Besucher.

Manches Mal war auch Lisa dabei. Auf den Plakaten konnte sie jedoch nie groß angekündigt werden, denn man wusste nie mit Sicherheit, ob sie es auch wirklich zum Auftritt schaffen würde oder sich gerade irgendwo volllaufen ließ. War sie da, so hatte sie ihr Publikum im Griff. Manchmal kamen welche, die sensationslüstern den Verfall eines Idols mitansehen wollten, aber die waren in der Minderheit. Hin und wieder wünschten sich ein paar Freaks aus reiner Bosheit *Weiße Rosen aus Athen*, aber das ewige Scheißlied hatten die Kumpels nicht im Repertoire. Nach Lisas Knallerei in Griechenland war Bastian dieser Song noch unsympathischer als zuvor.

Zwei Jahre vor Bastians Siebziger rief plötzlich Star Records an. Mr. T. war schon lange Geschichte, aber sein Nachfolger wollte eine Retro-Show auf die Beine stellen. Mit Lucy Hill als Haupt-Act. Ob der wusste, was er sich damit einhandelte? Die gewieften Werbestrategen des Plattenlabels hielten den Zeitpunkt geradezu für optimal, weil sich die Menschen nach alten Zeiten zurücksehnten. Man las jetzt auch wirklich immer öfter den Satz «Früher war alles besser!" und Bastian hätte gerne gewusst, was man später über die jetzige Zeit denken würde, die dann ja auch »früher« war.

Die Plattenfirma war von der Aktion jedenfalls begeistert. Wenn die Show ein Erfolg würde, und davon gingen die Werbefritzen aus, wollte man sogar darüber nachdenken, neue Produktionen mit Lucy Hill auf den Markt zu bringen. Lisa war Feuer und Flamme und sagte sofort begeistert zu. Und ihr Bruder sollte sie mit seinen Kumpels begleiten.

Soweit es Lisa betraf, war das beschlossene Sache, Widerrede gab es nicht. Bastian selbst war sich da jedoch nicht so sicher. Wollte er sich das wirklich zumuten, mit seinem Schwesternmonster zusammenzuarbeiten? Er kannte sie nur zu gut und wusste von Beginn an, dass so etwas nur wieder in einem Chaos enden konnte. Weil aber seine Kumpels musikalisch unbedingt noch einmal was erleben wollten, ließ er sich breitschlagen.

Sie probten, was das Zeug hielt. Lisa war überehrgeizig und kam sogar pünktlich zu allen Proben. Die Diva hatte sie hintangestellt, sie war mit vollem Einsatz bei der Sache. Sie stank nicht länger nach Alkohol und hatte auch keine dunkelschwarzen Augenringe mehr, wenn sie frühmorgens im Proberaum hinter Charlies Kneipe erschien. Man sah, sie wollte diese – ihre letzte – Chance wirklich nutzen.

Geplant war die Show in einer Sporthalle, die knapp fünftausend Besucher fassen würde. »Zeiten wie diese ... – das Comeback von LUCY HILL« stand in riesengroßen Buchstaben auf den Plakaten. Dazu kamen Fotos aus Lucy Hills besten Zeiten – von dem Konzert in Rio, wo sie vor hunderttausend Menschen aufgetreten war. Klitzeklein in die rechte untere Ecke gequetscht war auch ein briefmarkengroßes Bild von den Kumpels abgedruckt. Um das zu sehen, musste man das Plakat mit einem Feldstecher unter die Lupe nehmen, doch davon ließen sich Bastian und seine Freunde nicht die Laune verderben. Sie würden dabei sein, wenn der größte Star der vergangenen Jahrzehnte sein Comeback feierte.

Dass dieser Star zufällig und so ganz nebenbei Bastians bescheuerte Schwester war, tat nichts zur Sache. Alles war bis ins kleinste Detail organisiert. Auch die Gage würde möglicherweise beträchtlich sein, war jedoch zum Großteil von den verkauften Eintrittskarten abhängig. Wenn ein paar tausend Besucher kamen, winkte ordentlich Zaster für alle. Obwohl die Aufteilung der Gage ungefähr nach der Größe der Fotos auf den Plakaten vereinbart wurde, war der zu erwartende Betrag nicht zu verachten. Alles hätte so schön sein können, eigentlich sogar perfekt.

Leider aber war das Interesse der Leute an dieser Show gelinde gesagt überschaubar. Lisa konnte Star Records trotzdem davon überzeugen, dass nur die PR-Aktivitäten verstärkt werden müssten, um die Halle doch noch voll zu bekommen. Wie sie das zuwege gebracht hatte, war Bastian schleierhaft. Ihre sexuellen Reize konnte sie schwerlich eingesetzt haben, denn die waren nicht mehr so ausgeprägt wie vor zwei Jahrzehnten. Seine Schwester sah zwar immer noch passabel aus, aber das Leben hatte in ihr früher so makelloses Gesicht tiefe Furchen gezeichnet, die mit den Schluchten des Grand Canyon durchaus vergleichbar waren.

Verbergen ließ sich das nicht, da half auch die zentimeterdicke Schminke nichts, mit der Lisa sich das Gesicht vollkleisterte. Der feuerrote Lippenstift sah nicht mehr verrucht, sondern eher peinlich aus, vor allem weil der Großteil auf den Zähnen kleben blieb. Und wenn Lisa kokett ihren früher so unwiderstehlichen Augenaufschlag probierte, bröselten von den Liddeckeln ein paar Körner ihrer farbenfrohen Kriegsbemalung über die fahl gewordene Lederhaut. Letztere hatte Lisa sich erarbeitet, indem sie einen nicht unwesentlichen Prozentsatz ihres Lebens in Bräunungsstudios verbracht hatte.

Bastian wusste also wirklich nicht, warum die Werbefritzen von Star Records sich dazu entschlossen hatten, aber sie nahmen noch mal eine schöne Stange Geld in die Hand und butterten es in weitere Anzeigen in den größten Printmedien des Landes. Sogar einige TV-Spots wurden geschaltet, und so waren alle zuversichtlich, den entfesselten Zuschauern vor vollem Haus eine Wahnsinnsshow bieten zu können. Lisa ließ sich sogar überreden, den legendären Luftgitarrenpart einzubauen, der bei einem bald siebzigjährigen Musik-Irren zwar nicht mehr ganz so draufgängerisch und elastisch rüberkommen würde, aber für umso mehr Aufmerksamkeit sorgen sollte.

Sie probten wie verrückt, Bastian und seine Kumpels schoben sogar Sonderschichten ein, um ihre Technik zu verbessern. Lisa stieg von ihrem hohen Ross herunter und nahm Gesangstraining bei einem Vocal-Coach, der ihr nie das Wasser reichen konnte. Doch Lisa hatte ihre Stimme schon seit Jahren nicht mehr intensiv benutzt und wollte vermeiden, dass die Stimmbänder wegen Überbelastung den Geist aufgaben. Schon als Dauergast in den großen Konzerthallen hatte Lucy Hill immer wieder Probleme mit Entzündungen im Kehlkopfbereich gehabt, zweimal während ihrer langen Karriere hatte sogar ein Konzert verschoben werden müssen. Diesmal wollte sie kein Risiko eingehen. Bei ihrem fulminanten Comeback musste sie topfit sein. Die Fans wollten eine perfekte Lucy Hill sehen, das stand für Lisa völlig außer Frage.

Den meisten Leuten war allerdings eine perfekte Lucy Hill vollkommen egal. Nicht mal eine weniger perfekte war interessant. Eine Woche vor dem Konzert waren nicht mehr als ein paar hundert Karten verkauft. Den Anruf der Plattenfirma hörte keiner von den Kumpels, weil sie zu diesem Zeitpunkt gerade ihre bombastische Schlussnummer probten. Daher vereinbarten sie wie jeden Tag, sich morgen früh um acht Uhr wieder zu treffen und diese Nummer noch bombastischer zu machen. Es war die letzte Nacht mit der Hoffnung, es jetzt doch noch auf eine große Bühne zu schaffen. Zwar nur als Begleitband von Lucy Hill, aber immerhin!

Im freien Fall

Am folgenden Morgen um acht Uhr waren alle pünktlich versammelt, nur Lisa fehlte! In früheren Zeiten hatte das dem Normalzustand von Bastians Schwesternmonster entsprochen, denn zu den Allüren der Diva, die sie ständig heraushängen ließ, gehörte es nun einmal, zu spät zu kommen. Die Diva war in den letzten Monaten jedoch wieder zur ehrgeizigen Profimusikerin geworden, die sich nichts sehnlicher wünschte, als noch einmal auf der Bühne zu stehen. Daher wurden alle etwas unruhig, als Lisa um neun Uhr immer noch nicht aufgetaucht war. Sie ging auch nicht ans Telefon, und gerade, als Bastian knapp vor zehn ins Auto steigen wollte, um sie zu suchen, bog ein schwarzes Mercedes-Taxi in die Straße ein. Lisa! Endlich!

»Basti! Ich habe nichts Bares dabei, ka..., ka..., kannscht du den komischen Typen mit der großen Schnapschnasche da vorne bezahlen?«, lallte sie, während sie vergeblich versuchte, aus dem Wagen zu steigen und schließlich auf die Straße knallte. Der komische Typ mit der großen Schnapsnase war noch so nett und half Bastians völlig betrunkener Schwester auf die Beine.

»Greif mich nicht an, du alter Knacker«, herrschte sie den Taxifahrer an, der bestimmt zwanzig Jahre jünger war als Lisa. »Oder soll ich dir deine Eier massieren?« Prompt hatte sie ihre Hand wieder dort, wo sie schon einmal bei den zwei griechischen Beamten für ein Überraschungsmoment gesorgt hatte.

Bastian zog Lisa weg von der gutmütigen Schnapsnase. Er konnte sich lebhaft vorstellen, wie Lisa mit dem Fahrer umgesprungen war. Mitleidig betrachtete er ihn, er hatte wirklich eine große Nase, aber das war noch lange kein Grund, sich von seiner völlig aus dem Ruder geratenen Schwester beleidigen und demütigen zu lassen. Der Fahrer lächelte dankbar, als Bastian ihm ein gewaltiges Trinkgeld zusteckte, ehe er mit quietschenden Reifen davonraste.

»Euren Gig könnt ihr kübeln, ihr Loser!«, schrie Lisa, rappelte sich auf und stöckelte bedrohlich auf die

Kumpels zu. Die beiden Ausrutscher mit nachfolgendem Bodenkontakt nahmen ihr etwas von der Bedrohlichkeit, aber Lisa wurde immer bösartiger und schrie mittlerweile wie am Spieß: »Das ist alles eure Schuld. Das hat man davon, wenn man sich mit Arschlöchern wie euch einlässt. Ihr bringt einfach nichts auf die Reihe!«

Was war geschehen? Bastian hatte keinen Tau, was Lisa so in Rage gebracht hatte. Ihre Augen funkelten gefährlich wie zwei rote LED-Lampen und irgendwie hatte er den Eindruck, ihr wären gerade auch zwei Hörner gewachsen. Die Kumpels flüchteten in den Proberaum und gingen auf der Bühne hinter ihren Instrumenten in Deckung. Erst hörte man nur die Einschläge von Lisas Schuhen im Boden, dann ihr vertrautes Fluchen, und schließlich schaffte sie es sogar persönlich, ebenfalls auf die etwas erhöhte Bühne zu gelangen. Dabei schnaufte sie, als ob die gerade mal sieben Stufen auf den Everest führten.

Ihre nach allen möglichen scharfen Getränken stinkende Fahne verriet Bastian, dass nicht nur eine mangelnde Kondition für ihren erneuten Zusammenbruch verantwortlich war. Ihr Gipfelsturm war beendet, und kurz ruhte sie sich auf den Brettern aus, die für sie beide ein ganzes Leben lang die Welt bedeutet hatten. Aber leider wirklich nur kurz. Sekunden später zog sie sich an dem Ständer einer Monitorbox in die Höhe, und als sie endlich stand, krachte die Box auf den Boden. Auch so konnte man das Bühnenequipment zerstören. Bravo, Lisa!

»Lisa, was ist los?« Aus seiner Deckung in sicherer Entfernung traute sich Bastian endlich, sein Schwesternmonster anzusprechen.

»Was los ist? Du fragst mich wirklich, was los ist? Du, du ...«

Da ihr partout nicht einfiel, was sie sagen wollte, half ihr Bastian aus: »Arsch. Das kenn ich ja schon. Wichtiger wäre uns allen, endlich zu erfahren, was überhaupt passiert ist.«

»Star Records hat die Veranstaltung gecancelt. Das ist passiert. Mein Comeback! Wegen euch! Weil euch niemand sehen möchte, euch verdammte A..., A...«

Arschlöcher wollte sie bestimmt sagen, aber sie hatte bereits derart große Sprachprobleme, dass ihr kein Logopäde dieser Welt hätte helfen können.

»Arschlöcher?«, Bastian hielt es doch nicht aus und musste ihren Satz vervollständigen.

»Ja, ihr verdammten Arschlöcher! Arschlöcher! Arschlöcher!« Dazu sprang sie wie das Rumpelstilzchen im Kreis.

»Okay, Lisa, jetzt beruhige dich erst mal und sag uns, warum die Show nicht stattfinden wird. Bitte!« Ihr Bruder versuchte es auf die nette Art, was Lisa für gewöhnlich nie sonderlich beeindruckte, aber ein paar erklärende Worte brachte sie immerhin heraus.

»Die verdammten Arschlöcher!« Offenbar gab es davon noch andere, Bastian und seine Kumpels waren nicht die einzigen Vertreter dieser Spezies. »Die haben angeblich zu wenig Karten verkauft. Und jetzt haben sie die ganze Show abgesagt, weil euch niemand sehen möchte!«

Hatte die Show nicht eigentlich das fulminante Comeback von Lucy Hill werden sollen? Dass sie zum Desinteresse des Publikums auch beigetragen haben könnte, ja, dass sie dabei im Grunde die Hauptrolle spielte, fiel Bastians wahnsinniger Schwester nicht im Traum ein.

Er wagte es trotzdem, diese Möglichkeit kurz zu erwähnen:

»Lisa, nur kurz zur Erinnerung: Die Show sollte dein Comeback werden! Du warst auf allen Plakaten, ganz groß, nicht zu übersehen. Wir waren der kleine Fleck rechts unten. Deine Begleitband, aber mehr nicht. Im Fernsehen sind wir gar nicht erwähnt worden. Nur du. Uns kannst du also überhaupt nichts vorwerfen.«

Jetzt drehte Lisa völlig durch. »Bastian, mit dir kann man nichts Großes erreichen. Du warst schon immer ein Loser. Wenn ich nicht gewesen wäre, hättest du deine verschissenen Songs höchstens in dieser verschissenen Kneipe mit deinen verschissenen Idiotenkumpels singen können.«

Lisa plusterte sich auf wie eine Weihnachtsgans. »Das Einzige, was du singen kannst, ist *Weiße Rosen aus Athen*, du verschissenes Arschloch! Und deine Idioten können dich dabei begleiten, die verschissenen Stümper.«

Langsam wurde Bastian Lisas Fäkalsprache zu viel, aber sie war einfach nicht zu bremsen. Wie ein an den Starkstrom angeschlossenes Suppenhuhn zappelte sie auf der Bühne hin und her und ließ ihre Schimpftiraden ab.

»Ihr seid alle nur …« lauteten Lisas letzte Worte. Man wird nie mehr mit Bestimmtheit sagen können, was sie denn alle waren. Genies? Großartig? Großartige Genies? Bastian befürchtete zwar, sie wollte ihnen etwas ganz anderes mitteilen, aber möglich war alles, und genau würde es keiner mehr erfahren. Lisa übersah in ihrem Wahn ein Mikrokabel, kam ins Stolpern und krachte verkehrt vom Everest, sprich von der einen Meter hohen Bühne, auf den harten Fliesenboden.

Zuerst dachten Bastian und seine Kumpels: »Endlich Ruhe«. Gleich darauf aber kam Bastian die Ruhe zu lang vor. Bei Lisa gab es keine Redepausen, die länger als fünf Sekunden dauerten, etwas konnte ganz entschieden nicht in Ordnung sein.

Keiner von ihnen hätte jemals für möglich gehalten, dass man sich verletzen konnte, wenn man von dieser Liliputbühne flog. Bastian hatte da ganz andere Höhen relativ unbeschadet überstanden, aber leider war Lisa dieses Glück nicht vergönnt. Im Gegensatz zu ihrem Kanzelsturz damals bei seiner Hochzeit war es für sie diesmal nicht mehr machbar, sich am nächsten Tag von einem ihrer Handywichser verwöhnen zu lassen.

Das Schicksal hatte ganze Arbeit geleistet. Genickbruch. Aus! Tot!

Obwohl Lisa es allen verdammt schwergemacht hatte, sie bedingungslos zu lieben, war sie doch tief in ihren

Herzen eingebrannt. Es war ein unglaublicher Schock, als Bastian sie da unten am kalten Fliesenboden liegen sah. Im ersten Moment rief er ihr noch zu, sie solle sich nicht so blöd anstellen. Dabei war sie einfach nur unglücklich gelandet. Wie oft hörte man, dass jemand von der untersten Sprosse einer Leiter gefallen war und sich dabei tödlich verletzt hatte. Bisher war das für Bastian unvorstellbar gewesen, Lisa aber hatte ihm gezeigt, dass es möglich war.

Bastian begann hemmungslos zu weinen. Und seine Kumpels mit ihm. Wie oft hatten sie Lisa schon zum Teufel geschickt. In Gedanken, aber doch nicht so. Das hatte ihr niemand gewünscht. Bastians Schwester war zwar durchtrieben, hinterhältig, egomanisch und imstande, über Leichen zu gehen, aber im Grunde ihres Herzens wollte sie nur geliebt werden. Sie war ihr Leben lang immer das kleine Mädchen geblieben, das davon träumte, von der ganzen Welt angehimmelt zu werden. Sie hatte es geschafft, ihren Traum zu verwirklichen, aber der Preis dafür war viel zu hoch gewesen.

Wieder ganz oben

Singing musste gesperrt werden. Auf dem Friedhof herrschte Ausnahmezustand. Der Hügel, der hinter den Gräbern hunderte von Metern weit bis zum Waldrand reichte, war bevölkert mit den Fans von Lucy Hill und glich einem gigantischen Ameisenhaufen. Vom

Bundespräsidenten abwärts war die gesamte Regierungsspitze in den kleinen Ort gekommen, und auch die Crème de la Crème der Musikbranche erwies Lisa die letzte Ehre.

Aus einer Mega-Lautsprecheranlage, die am Kirchturm befestigt worden war, erklangen als letzter Gruß die großen Hits von Lucy Hill. Mehr als fünftausend Trauergäste waren gekommen, um sich bei der Beerdigung von ihr zu verabschieden. Was wäre gewesen, wenn sich all diese Menschen eine Karte zu Lisas Comeback-Show gekauft hätten? Bastian war überzeugt davon, dass seine Schwester ihren wiedererrungenen Glanz ausgekostet hätte. Bestimmt wäre sie auch wieder in ihre lang antrainierte Rolle als Diva geschlüpft, doch sie würde noch leben. So aber ließ sie ihn allein zurück. Alle waren sie weg, Oma, Tante Finni, Mama, Papa und jetzt auch noch Lisa. Obwohl er mit seiner eigenen Familie mehr als gesegnet war, fühlte er sich nach Lisas Tod mutterseelenallein.

Das alles lag nun zwei Jahre zurück. Lucy Hill war wieder der Superstar wie zu ihren besten Zeiten, posthum quasi. Ihre alten Produktionen gingen weg wie die warmen Semmeln. Es gab permanent Neuauflagen ihrer ehemaligen Hits, Best-of-Sampler wurden zusammengestellt, und Bastian war sich ziemlich sicher, dass seine Schwester bis über beide Ohren grinsend auf ihrer Wolke in dem neu gewonnenen Ruhm baden würde.

Er hoffte zumindest, dass sie eine Wolke ergattert hatte. Lisa hatte sich so einiges zuschulden kommen lassen, was für einen anderen Aufenthaltsort im Jenseits sprach, aber wenn der da oben etwas von Musik verstand, dachte

Bastian, würde er vielleicht etwas genauer schauen auf die Leidenschaft, die Gefühle und Hoffnungen, die Lisa mit ihren Liedern den Menschen gegeben hatte. Und vielleicht würde er dann bei seinem Urteil über die anderen Eigenheiten seiner Schwester ein Auge zudrücken, sodass die Himmelstür sich doch für sie öffnete. Womöglich hatte man ihr sogar eine eigene Show-Wolke verpasst, auf der sie weiterhin etwas Diva spielen konnte. Ganz alleine, weit weg vom Rest der Engelsgarde. Bastian hätte es ihr von ganzem Herzen gewünscht.

Kirchenwirt reloaded

Langsam trudelten die ersten Gäste ein. Nachdem Bastians letzter runder Börthday in Griechenland gefeiert worden war, war diesmal wieder sein Haus- und Hofwirt an der Reihe. Ganz ohne Schokocookies und Polizeisirenen, dafür mit Malakofftorte und Rockmusik. Und für den Hosenscheißer hoffte Bastian, dass er diesmal nicht vor einem liebestollen Schaf flüchten musste. Außerdem hatte der vor einigen Jahren doch noch die wahre Liebe gefunden, spät, aber besser als nie! Bei einem Urologentermin hatte er sich die hübsche Assistentin angelacht und vier Monate später geheiratet. Die Hochzeit mit Mariella war nicht nur für den Hosenscheißer ein Haupttreffer, auch alle anderen profitierten davon. Von jetzt an gab es keine langen Wartezeiten mehr beim »Lulu«-Arzt, wie Felix ihn einmal genannt hatte. Bastian und seine Kumpels, alles Männer in den »besten Jahren«, mussten da ja schon öfter mal hin.

Wer heute vorzeitig das Fest verlassen wollte, würde von ihm aus seiner Freundesliste entfernt, gab Bastian als Devise aus. Familienmitglieder eingeschlossen. Er hatte endlich wieder so richtig Lust zu feiern. Seit zwei Jahren war das Leben beschaulicher geworden, die großen Aufregungen waren anscheinend vorbei. Er hätte zwar Lisa gerne dabeigehabt. Der unglaubliche Erfolg ihrer Songs nach ihrem Tod hatte ihm den Abschied etwas erleichtert. Sie hatte jetzt genau das bekommen, was sie mit ihrem Comeback hatte erreichen wollen.

Vor ein paar Jahren war der fünfzigste Jahrestag von Falcos Tod gefeiert worden. Bastian fand, dass es eigentlich ein blödes Jubiläum war, warum feierte man, dass jemand vor fünfzig Jahren gestorben war? Kurz vor seinem Autounfall in der Karibik hatte Falco in seinem Song *Out Of The Dark* die Frage gestellt: »Muss ich denn sterben, um zu leben?« Bei Lisa war es so. Sie lebte in ihren Liedern weiter. Und Bastian ging es auch ganz gut dabei, denn die Tantiemen flossen wie auf dem Höhepunkt von Lucy Hills besten Zeiten.

Für ihn war das Geld im Grunde nicht mehr wichtig, doch für Laura und Felix sah die Sache anders aus. Immer erhielten die Erben noch bis siebzig Jahre nach dem Tod des Urhebers die Tantiemen ausgeschüttet, so besagte es das Urheberrecht. Bei Bastian ging es da um keine kleinen Summen, seine Twins konnten beruhigt in die Zukunft blicken.

Wenn Laura und Felix mit ihren Familien bei den Bergers einfielen, konnte es schon passieren, dass Susi sich am liebsten aus dem Fenster stürzen wollte. Dann nämlich, wenn sich die heißeste Luftgitarrentruppe der Welt wieder einmal anschickte, auf der Couch ein Wahnsinnskonzert zu geben. Spätestens jetzt startete Bastians Schatz zum Workout durch das Haus, verschloss in Panik alle Fenster und ließ mit zittrigen Händen die Rollos herunter. Niemand sollte mitbekommen, wie verrückt der Berger-Clan wirklich war.

Die bergerischen Luftgitarrensessions waren inzwischen exzessiver als je zuvor. Und weil Felix der neue Leadgitarrist war, durfte auch er ganz alleine die weiße Unterhose tragen, wenn sie auf dem Sofa *Smoke On The Water* zelebrierten. Die Bergers hatten famose internationale Erfolge vorzuweisen, denn selbst in Griechenland sprach man noch heute von ihrem denkwürdigen Konzert auf Mykonos.

Dieser Wahnsinn war also tief in ihre DNA eingebrannt. Und auch diese Party heute war ganz nach ihrem Geschmack. Auch die jüngsten Bergers, Charly und die Miniatur-Twins Henriette und Kuno, durften dabei sein. Aber langsam wurde die Musik doch etwas heftig und so richtig laut! Daher verfrachtete man die Bonsais zur Sicherheit in den Virtual-Reality-Raum am anderen Ende des Gasthauses, wo sie mit den Wirtshaus-Minis ausnahmsweise einige 5D-Movies *acten* konnten. So nannte man dieses neumodische, interaktive Zeug. Die Kids waren mittendrin im Film, der ganze Raum wurde von

5D-Beamern mit Bildern überflutet, und je nachdem wie sich die »Actors«, also die bergerischen Bonsais verhielten, veränderte sich auch die Handlung. Bastian dachte zurück an die Steinzeit-Adventure-Spiele am Computer seiner Jugend. In den letzten fünfzig Jahren hatte sich doch einiges geändert.

Der junge Wirt kannte den Musikgeschmack des Berger-Clans und ließ Rocknummern in einer Lautstärke durch die Boxen hämmern, als stünden Deep Purple persönlich im Wirtshaus. Dass die mittlerweile schon ganz woanders hämmerten, vielleicht sogar gemeinsam mit Lucy Hill, war eine andere Geschichte. Auch die übrigen Helden aus Bastians oder eigentlich Papa Bergers Jugend waren schon lange in die ewigen Jagdgründe der Musiklegenden eingegangen. Es gab zwar immer wieder hoffnungsvolle Nachwuchsrocker, im Grunde waren sie aber alle ein müder Abklatsch dieser weit über der Wahnsinnsgrenze dahingaloppierenden Bühnenschweine von früher. Sex, Drugs and Rock'n'Roll wurden im Laufe der Zeit zu DAX, Facts und Internet.

Es gab mittlerweile Musikgruppen, die an der Börse notiert waren. Seit einer weltweiten Gesetzesänderung schossen immer mehr sogenannte Sing-Sang-Aktiengesellschaften aus dem Boden, die mit dem Kapital ihrer Anleger spektakuläre Touren, aufwendige Produktionen und oscarreife Videoclips finanzierten. Meist gab es eine ordentliche Dividende am Jahresende, oft mehr als man bei herkömmlichen Firmen erwarten durfte. Es war jedoch unglaublich, welche musikalischen Blindgänger unter diesen Fahnen mitsegelten. Viele hatten es durch die neue HoloLens-Technologie geschafft, zu Stars zu werden. Als vor gefühlten hundert Jahren die ganze Virtual-Reality-Welle startete, brauchte man noch Brillen, um sich eine perfekte Welt oder auch eine unglaublich schlechte Band ins Haus zu holen. Jetzt ging das bedeutend einfacher, die neuen Holo-Beamer konnten einem alles Erdenkliche vorgaukeln.

Sie projizierten ein dreidimensionales Bild, wohin man es auch haben wollte, und von der Wirklichkeit ließ es sich so gut wie gar nicht mehr unterscheiden. Da entstand im Garten plötzlich ein Wasserfall in Niagara-Dimension, die Einrichtung der Küche wurde von altbacken auf hypermodern umgestylt und talentfreie Musiker gaben ein Konzert mitten im Wohnzimmer. Und weil das alles so cool war, wurden sie zu Mega-Stars. Das wäre früher nicht möglich gewesen, aber so war sie, die neue Zeit.

Dem Junior-Wirten war das egal, er drehte die Boxen noch einen Tick lauter und ließ Bruce Springsteen von den United States of America träumen. Was der Hobby-DJ mit dem nächsten Song bezwecken wollte, konnte Bastian nicht verstehen, aber er verzieh ihm großzügig den musikalischen Fehlgriff ins Klo. Der Junior-Wirt war ein kleiner Schlingel und so mussten die Gäste *Weiße Rosen aus Athen* tapfer über sich ergehen lassen. Aber gleich danach ging es schon wieder munter weiter mit Bon Jovi und Nirvana. Im Nirvana waren auch diese Herren schon längst alle, aber heute bliesen sie noch einmal die muffige Luft aus dem morbiden Festsaal des

Kirchenwirtes, dem diese Frischzellenkur richtig guttat.

In dem ganzen Getöse verpasste Bastian vier Telefonanrufe einer unbekannten Nummer. Als er wieder einmal für große Königstiger musste, was in seinem Alter inzwischen öfter vorkam, wurde er doch etwas neugierig. Wer so spät am Abend und noch dazu während seiner Geburtstagsfeier die Frechheit besaß, einen regelrechten Telefonterror zu veranstalten, der hatte sich auch verdient, dass Bastian ihn zurückrufen und zur Schnecke machen würde.

»TV 1«, meldete sich eine Stimme.

Da war Bastian doch etwas überrascht. TV 1 war der größte Fernsehsender des Landes.

»Herr Berger?«

2060: MIT 80 AUF DER ACHTERBAHN

Zwölf Anrufe, kein Plan

Der Anruf kam unerwartet. Bastians erster Gedanke war, dass sich da jemand einen Spaß machte. Und er hatte auch schon einen Verdacht.

»Geh, du alter Hosenscheißer! Lass mich in Ruh!« Damit legte er auf. Als aber plötzlich der Hosenscheißer zum Pieseln reinspazierte, kam er ins Grübeln.

»Na, gehst du aufs Klo telefonieren? Hast du eine neue Freundin? Oder hat dich das Fernsehen angerufen ...«

Also doch der Hosenscheißer, aber wie hatte er das gemacht?

»... weil sie einen alten Knacker fürs Teleshopping brauchen? Da könntest du prima Prostata-Tabletten verkaufen, so oft wie du pinkeln gehst.«

Oder doch nicht? »Selbst wenn ich mir in den Stoff pullere, habe ich immer noch das kleinere Problem von uns beiden. Du nämlich wirst demnächst als passionierter Hosenscheißer beim Teleshopping Windeln verkaufen. So schaut's aus!« Bastian grinste ihn an.

»Das machen wir dann gemeinsam, Prostata und Seniorenwindeln, vielleicht noch Haftcreme und einen Rollator mit Navigationsgerät. Wir sind zwar uralt, aber steinreich.«

Eigentlich fühlte sich keiner von ihnen alt. Siebzig war ja nur knapp über dem Teenageralter, und das musste

man einfach feiern. Da waren sich die beiden Teilzeitwahnsinnigen einig.

Es wurde eine lange Nacht. Als Bastian am nächsten
Morgen um zwölf Uhr mittags erwachte, waren sechs
neue Anrufe auf seinem Telefon eingegangen. Düdeldü,
düdeldü, düdeldü! Anruf Nummer zwölf musste Bastian
einfach annehmen. Sonst würde das überhaupt nicht
aufhören.

»Herr Berger! Gut, dass ich Sie endlich erreiche! Windinger mein Name, ich bin Produzent der Talkshow *Dinge
gescheh'n! Nach zehn!* Wir hätten Sie gerne bei uns, über-
morgen Abend. Passt das bei Ihnen?«

Jetzt war Bastian perplex. Herrn Windinger kannte das
ganze Land, in der Regel nannte man ihn nur Windinger.
Das »Herr« ließ jeder weg und es gab so gut wie keinen,
der seinen Vornamen wusste.

»Sind Sie sicher, dass Sie mit dem richtigen Berger
sprechen? Was soll ich denn bei euch? Ich weiß, was ge-
schieht, nach zehn. Da passiert nicht mehr viel, meist
bereite ich mich vor aufs Schlafengehen.«

»Ha, ha, Sie sind ja witzig. Nein, im Ernst! Wir machen eine Sendung über ihre Schwester, über Lucy Hill.
Und wir wissen, dass niemand sie so gut gekannt hat wie
Sie. Sie haben ja schließlich auch alle ihre großen Hits
geschrieben.«

Okay, das war ein Argument. Also sagte Bastian zu.
Wenn die eine Sendung über Lisa machten, dann war es

vielleicht gut, wenn einer dabei war, der sie verteidigte, sich für sie einsetzte, einer, der darauf achtete, dass ihr guter Ruf nicht beschädigt wurde.

Dinge gescheh'n! Nach zehn!

Zwei Tage später fuhr er mit Susi ins TV-Studio. Bastian hatte seinen schönsten Anzug an, Susi hatte ihm auch eine Krawatte aufgeschwatzt. Er selbst hatte dieses Scheißding um den Hals noch nie ausstehen können. Windinger begrüßte ihn im legeren Sommerhemd mit offenem Kragen und kurzen Ärmeln. Danke Susi, fiel Bastian im ersten Moment ein! Im Grunde wusste er, dass sie es nur gut gemeint hatte. Sie selbst trug ein Kostüm, das zuletzt vor dreihundert Jahren modern gewesen war.

»Toller Anzug«, meinte Windinger. Da hatte Bastian schon das Sakko ausgezogen und die Krawatte über einen Lampenschirm geworfen.

»Da sieht man den alten Rocker!«

»Mit alt könnten Sie recht haben, zum Rocker hab ich es nie geschafft«, grinste Bastian.

»Aber Sie haben jede Menge Hits geschrieben. Lassen Sie uns darüber in der Sendung reden. Und über Lucy Hill, Ihre Schwester. Die Leute haben ein Recht, alles aus erster Hand zu erfahren. Es kursieren so viele Geschichten über sie, zum ersten Mal haben wir jemanden im Studio, der sie wirklich gekannt hat.«

Nach ein paar Sätzen zum Ablauf erklärte Windinger, der nicht nur Produzent, sondern auch Moderator der Sendung war, er müsse sich jetzt noch rasch vorbereiten, aber seine Produktionsassistentin würde sich gleich um Bastian kümmern.

»Noch eine Minute!«, kam es aus dem Off. Dass es sich um eine Live-Sendung handelte, war eine Überraschung für Bastian. Er hatte mit einer Aufzeichnung für einen der nächsten Tage gerechnet. Oh Mann, was würde das hier bloß werden? Gina, die nette Produktionsassistentin, führte ihn zu einer knallroten Couch, wo er sich zwischen zwei stattliche Herren zwängen musste. Gegenüber saß Windinger. Plötzlich fiel Bastian auf, dass er der einzige männliche Gesprächsteilnehmer ohne Krawatte und Sakko war. Auch Windinger hatte sich umgezogen und saß in Galakleidung vor ihm. Verdammt, er begann zu schwitzen, mit dem Sakko als Deckmantel hätte man das nicht gesehen. Das war leider draußen zwischengeparkt. Bald würde er tropfen wie ein defekter Durchlauferhitzer.

Links außen lümmelte eine junge Frau auf der Couch, die Bastian schon einmal gesehen hatte. War das nicht das neue gehypte Popsternchen, das die letzte Casting-Show gewonnen hatte und seither als Dauergast in jeder Musiksendung auftrat? Susi und er hatten in ihrem Wohnzimmer schon oft gerätselt, warum ihnen dieses Gesicht so bekannt vorkam, aber sie kamen einfach nicht drauf. Neben dem Mädchen saß ein älterer, auf jung getrimmter Mann vom Typ »Vollkoffer«, wie Bastian sofort bemerkte.

Und diese Fresse kannte er auch, da war er ganz sicher. Aber so sehr er auch nachdachte, es wollte ihm einfach nicht einfallen. Wer die anderen beiden Typen waren, zwischen deren massigen Körpern ihm beinahe die Luft wegblieb, war ihm ebenfalls schleierhaft.

»Tam, tam, tamtamtamtam, tam.«

Die Signatur der Talkshow kannte jedes Kind. Zumindest wenn es solange aufbleiben durfte. Die Sendezeit von zweiundzwanzig Uhr war so spät angesetzt, weil es auch um Themen ging, die man nicht wirklich als »jugendfrei« einordnen konnte. Von der Pornoindustrie über russischen Mädchenhandel und ganz banale Wirtschaftskriminalität gab es keinen Bereich der Gesellschaft, über den nicht schon mal in *Dinge gescheh'n! Nach zehn!* berichtet worden war. Heute würde es eine vergleichsweise langweilige Sendung werden, dachte Bastian, die Musikbranche gab doch gar nicht so viel her.

»Meine Damen und Herren, schön, dass Sie auch heute Abend wieder eingeschaltet haben!« Windinger trug die üblichen Begrüßungsfloskeln vor, erklärte, dass es heute um den einzigen internationalen Superstar ging, den das Land je hervorgebracht hatte, um Lucy Hill, und stellte dann seine Diskussionsrunde vor. Er begann mit Bastian.

»Bastian Berger, meine Damen und Herren, ist der Bruder von Lucy Hill, die mit bürgerlichem Namen Lisa Berger hieß. Er kannte Lucy Hill so gut wie niemand sonst auf dieser Welt. Und, was vielleicht nicht jeder weiß, Bastian Berger hat alle Hits von Lucy Hill komponiert und getextet.«

Es gab Applaus vom Saalpublikum. Nur aus der linken Ecke der Couch glaubte Bastian ein leises Murren zu vernehmen.

Windinger fuhr fort mit der Vorstellungsrunde. Das Mädchen links außen war Alysha, der von vielen Musikexperten zugetraut wurde, die Nachfolge von Lucy Hill anzutreten. Neben ihr saß ihr Vater, Josef Mayerhofer. In seiner Glatze spiegelten sich die Scheinwerfer der Studiodecke, und plötzlich fiel Bastian ein, woher er diesen arroganten Wichtigtuer kannte. Es war LAPSUS, Lisas Lebensabschnittsstecher, der sich mit seiner Schwester am Tag vor Papas Beerdigung die Kante gegeben hatte. Nicht mal mit abrasierten Gesichtsfransen fand Bastian seine Fresse sympathisch. Was wollte der denn hier?

Die beiden Schwergewichtsboxer neben Bastian waren Musikexperten, die Lucy Hill zwar niemals persönlich begegnet waren, aber anscheinend alles über sie wussten. Windinger faselte zuerst belangloses Zeug und wollte dann von Bastian wissen, wie Lucy Hill denn zur Musik gekommen sei. Er erzählte, dass Papa ihnen das Talent in die Wiege gelegt hatte, erwähnte aber nichts von seinen Luftgitarrenausritten in der Unterhose auf dem Wohnzimmersofa. Stattdessen berichtete er, dass er sich mit zwanzig ein Tonstudio im Keller ihres Elternhauses eingerichtet hatte, in dem er mit Lisa die ersten Aufnahmeversuche gestartet hatte. Da es in dieser Sendung ja um Lucy Hill ging, vergaß er auch nicht, Lisas außergewöhnliche Stimme zu rühmen. Bastian erzählte von dem großen Wiedererkennungswert, und dass es für ihn klar gewesen war, welch sagenhafte Karriere sie vor sich hatte.

»Wollten Sie selbst nie ins Rampenlicht?«, fragte ihn Windinger.

Bastian war pudelnass geschwitzt, aber die beiden Fettwänste an seiner Seite transpirierten noch mehr, und ihr Aroma verätzte ihm fast die Nasenschleimhäute. Es war richtig heiß im Studio. Diese Frage machte ihn noch heißer. Trotzdem blieb er äußerlich so cool wie es ging: »Nein, mir war das Komponieren und Texten viel wichtiger.«

Was für eine Lüge. Aber sollte er jetzt vor einem Millionenpublikum seine ganze Geschichte ausbreiten? Dieser gesichtslosen Masse anvertrauen, dass er alles versucht hatte, um selbst durchzustarten, mit seinen eigenen Songs, dass er eigene Träume hatte verwirklichen wollen? Nein, dafür war es jetzt zu spät, und er würde sich höchstens zum Gespött machen. Also erzählte er weiter, dass er es genoss, mit seinen Kumpels im kleinen Rahmen aufzutreten. Für das Füllen von Stadien mit hunderttausend Menschen war seine Schwester zuständig gewesen.

»Bastian Berger, meine Damen und Herren! Er hat alles gegeben für seine Schwester. Hat Hits für sie geschrieben und blieb selbst bescheiden im Hintergrund. So etwas gibt es nur noch ganz selten in der heutigen Zeit! Ich bitte um Applaus!«

Und das Publikum klatschte artig.

Dann versuchten die beiden Schwergewichtsschwitzer, das Phänomen Lucy Hill zu erklären. Lauter dummes Geschwätz. Sie analysierten ihre Geschichte, wussten genau, wann sie wen getroffen hatte, der sich für ihre Karriere als nützlich erwies, welche Songs sie wie und vor allem weswegen gesungen hatte, und kamen zu dem Schluss, dass sie zwar eine tolle Stimme besessen hatte, der größte Teil ihrer Karriere aber simplem Glück zu verdanken war.

Bastian griff sich an den Kopf. Für diese Erkenntnis brauchte man nun wirklich keine Experten, das wusste jeder minderbemittelte Nachwuchssänger schon bei der musikalischen Früherziehung. Eine Karriere wie die von Lucy Hill konnte man nie und nimmer planen. Man konnte einige Voraussetzungen schaffen, aber damit jemand so durch die Decke ging wie Bastians Schwester, gehörte mehr dazu. Nämlich unsagbares Glück. Und unsagbare Qualen. Sein Schwesterherz war zwar die umjubelte Königin der Musik, aber tief in ihrem Herzen war sie einsam und voller Zweifel.

Auch das brachte Bastian nicht zur Sprache. Es ging einzig Lisa und ihn etwas an. Er lächelte nur milde, bis die beiden Stinker ihre Analysen beendet hatten, und war gespannt, welchen Scheiß LAPSUS erzählen würde. Und das Pop-Mädel war ja auch noch da. Beide hatten bisher noch keinen Ton herausgebracht.

Windinger übernahm wieder das Kommando, aber nach ein paar Worten war die Werbung an der Reihe. Während dieser Pause war es totenstill im Studio. Susi lächelte ihrem Schatz aus dem Publikum zu, aber etwas stimmte hier nicht. Als es wieder losging, konnte Bastian die Anspannung förmlich riechen.

Alysha

Windinger lachte noch kurz in die Kamera, wurde dann plötzlich ernst und schaute Bastian theatralisch ins Gesicht: »Herr Berger, Sie haben alle Hits von Lucy Hill geschrieben?«

»Ja, das stimmt.« Bastian wusste nicht, worauf er hinauswollte.

»Es gibt hier aber eine junge Dame, die das bezweifelt. Meine Damen und Herren, bitte begrüßen sie noch einmal Alysha! Die Tochter von Lucy Hill!«

Stille. Endlos lang. Sekunden, die Bastian wie eine Ewigkeit vorkamen. Dann erstes Murmeln im Publikum, ganz leise, wie ein Windhauch, der sich langsam emporsäuselte, sich vom Luftzug zum Sturmwind steigerte, bis er in einem alles zerstörenden Orkan seine ganze Wirkung entfaltete. Genau so spürte Bastian es in seinem Herzen. Es blieb für einige Sekunden stehen, bis es wenige Augenblicke später versuchte, die verlorene Zeit wieder aufzuholen. Lisa hatte eine Tochter! Mit LAPSUS, diesem verdammten Versager. Jetzt wurde Bastian klar, warum ihm Alysha so bekannt vorkam, sie hatte eindeutig Lisas Züge. Dass ihm das nicht früher aufgefallen war! Aber nicht einmal bei seiner Schwester, die immer für eine Überraschung gut war, hätte er mit so etwas gerechnet.

»Herr Berger? Hallo? Sind Sie noch bei uns? Soll ich Ihnen ein Glas Wasser holen?« Windinger stand vor ihm, fuchtelte mit der Hand vor Bastians Gesicht herum und sah nun wirklich besorgt aus. Aber nur kurz. Als Bastian ihm ein »Alles in Ordnung« zuflüsterte, wich die Sorge augenblicklich aus seinem Gesicht. Stattdessen entwischte ein dramaturgisch nicht sehr passendes »Na also, geht doch!« seiner jetzt wieder lächelnden Moderatorenvisage.

»Herr Berger, die junge Dame ist ihre Nichte!«

Ja, soviel hatte sogar Bastian mitbekommen. In einer der unsäglichen Kitschsendungen am Samstagabend würden sich Onkel und Nichte wild schluchzend in die Arme fallen, wenn sie sich zum ersten Mal in ihrem Leben gegenüberstanden. Aber etwas hielt ihn davon ab. Und auch Alysha sah nicht wirklich so aus, als würde sie diese Familienzusammenführung genießen.

Windinger verschärfte die Anspannung noch: »Herr Berger, Alysha und ihr Vater erheben schwere Anschuldigungen gegen Sie, denn ihrer Meinung nach hat Lucy Hill die meisten Songs selbst geschrieben.«

»Ja!«, schrie LAPSUS aufgebracht in die Runde. »Und er hot sie soweit brocht, ihm die Rechte zu überschreiben. Aus purem Mitleid!«

Der anscheinend wieder zum Christentum konvertierte Mayerhofer hatte zwar seinen Gesichtsbesen abgelegt, war aber immer noch derselbe Vollidiot wie damals, vor mehr als zwanzig Jahren. Bevor Lisa nach Griechenland abgetaucht war, musste sie Alysha zur Welt gebracht haben. Und LAPSUS war der Vater von diesem Lapsus. Welche Ironie! Anscheinend hatte Alysha dieselben hochmütigen, selbstgefälligen, anmaßenden Gene wie ihre Mutter. Oder dieser glattrasierte Vollbartwichser hatte ihr das eingeflüstert, um an die Tantiemen von Lucy Hills Hits zu kommen.

Äußerlich blieb Bastian ruhig. Tief in ihm aber meuterten gerade sämtliche Organe, und die Schweißdrüsen kamen mit der Regulation seines Wärmehaushalts nicht mehr hinterher. Jetzt wurden die beiden Brummer an seiner Seite zu kläglichen Nachwuchsstinkern degradiert, denn gegen seinen Transpirationsausbruch war eine Vulkaneruption ein Kindergeburtstag. Und dann entschloss sich Bastians gepeinigter Körper zu der in diesem Augenblick angenehmsten Lösung. Da seine Pumpe ja bereits zuvor einen kurzfristigen Herzstillstand erfolgreich geprobt hatte, konnte es jetzt von diesem Erfahrungsschatz zehren und setzte längerfristig aus.

Eins und eins ist drei

Zwei Tage später erwachte Bastian auf der Intensivstation und wunderte sich über die Brandblasen auf seiner Brust. Was war geschehen? Überall Schläuche, im Hintergrund piepste ein Gerät im Dreivierteltakt, davor tauchte schemenhaft eine entsetzlich aussehende Susi auf, die sich laut schluchzend über ihn warf: »Du lebst!«

Erst viel später erfuhr Bastian die ganze Geschichte. Lisa hatte vor dreiundzwanzig Jahren Alysha zur Welt gebracht. LAPSUS war zwar der Vater, aber auch er hatte nichts von seinem Glück gewusst, weil ihm Lisa schon Monate davor den Laufpass gegeben hatte. Da sie sich mit der Kleinen überfordert gefühlt hatte, hatte Lisa das Mädchen zur Adoption freigegeben, ehe sie sich nach Griechenland abgesetzt hatte. Dass sie jedoch eine Tochter hatte, die bei fremden Menschen aufwuchs, weil Bastians Schwesternmonster nicht für sie sorgen konnte oder wollte, das wusste niemand.

Aber auch abgeschobene Mädchen werden größer, und in jedem verlassenen Menschen lodert das Verlangen auf, seine Herkunft zu ergründen. Genau so war es auch Alysha ergangen. Mit achtzehn hatte sie begonnen, nachzuforschen, wer ihre Eltern waren. Eigentlich sollten die Adoptionsgesetze verhindern, dass Kinder ihre Eltern aufspürten, aber Alysha war hartnäckig geblieben und hatte auch etwas Glück gehabt. So gelangte sie schließlich zu LAPSUS, der mit bürgerlichem Namen Josef Mayerhofer hieß und ihr Vater war.

Obwohl Bastian ihm nicht zutraute, es bis drei zu schaffen, war er immerhin in der Lage gewesen, eins und eins zusammenzuzählen. Somit wusste er von diesem Zeitpunkt an, dass auch notorische Loser Väter werden können. LAPSUS war überglücklich gewesen, dass Alysha ihn gefunden hatte. Und Alysha war überglücklich gewesen, als sie erfahren hatte, dass sie zwar einen Vollidioten als Vater hatte, zum Ausgleich dazu aber Lucy Hill ihre Mutter war. Leider hatte Lucy Hill zu diesem Zeitpunkt bereits zwei Meter tiefer gelegen, und Vater und Tochter waren gemeinsam durch die Welt gezogen. Geld war Mangelware und sie wussten, dass Lucy Hill ihr gesamtes Vermögen verprasst hatte. Was sie nicht wussten, war, dass Bastian sogar noch einige ihrer Schulden hatte abzahlen müssen. Mit den Tantiemen seiner Songs war das kein großes Problem gewesen, und genau auf diese Tantiemen waren die beiden jetzt scharf. Lisa hatte LAPSUS, als sie sich wieder einmal missverstanden und nicht geachtet gefühlt hatte, angeblich erklärt, sie hätte alle ihre Hits selbst geschrieben und ihr Bruder wäre nur ein verschissener Verlierer, der ihr die Songs auf hinterhältige Weise abgeluchst hätte.

Alysha hatte die Stimme und das Talent, und zum Glück auch das Aussehen von Lisa geerbt. Da war ihr eine dieser jetzt wieder überall aus dem Boden schießenden Casting-Shows gerade recht gekommen. Alysha hatte haushoch gewonnen und war zum »Rookie of the Year« gekürt worden. Und weil sie nun über erste Kontakte im Musikbusiness verfügt hatte, hatte sie auch einen gewieften Medienanwalt kennengelernt, dem sie von den Songs erzählt hatte, die man ihrer Mutter gestohlen hatte. Dieser, in der Branche als »Krokodil« bekannte Profi, war damit an die Öffentlichkeit gegangen. Und das Ergebnis war die Talk-Show, in der man Bastian ins offene Messer hatte laufen lassen.

Das Krokodil und der Bär

Die Presse war voll mit der Sensationsmeldung, der Bruder von Lucy Hill habe dem Superstar anscheinend jahrzehntelang Tantiemen vorenthalten. LAPSUS konnte seine Klappe nicht halten, und so wurden weitere Details über Alysha, die Adoption und ihren Idioten-Papa publik. Noch im Krankenhaus informierte Susi ihren Bastian über alle Einzelheiten, allerdings nicht ehe der Arzt ihr versichert hatte, dass ihn die Nachrichten nicht nochmals umschmeißen würden. Taten sie auch nicht. Im Gegenteil, sie brachten ihn in Rekordzeit wieder zurück ins Leben, denn diese Vorwürfe konnte er nicht auf sich sitzen lassen. Er nahm sich einen Anwalt, der ihm versprach, dass die Gegenseite überhaupt keine Chance haben würde, auch nur einen Cent der ihm zustehenden Tantiemen zu sehen.

Dass sein Rechtsverdreher von allen nur »Bär« genannt wurde, hätte ihm vielleicht zu denken geben sollen. Er sah auch so aus wie einer, doch statt als Grizzly Zähne zu zeigen, entpuppte er sich als Schmusebär, der einem Krokodil in keinster Weise gewachsen war. Das Krokodil war mit allen Wassern gewaschen und wusste genau, wo es die Hebel ansetzen musste und welche Schweinerei am schnellsten zum Ziel führte. Da die Songs ordnungsgemäß angemeldet und abgerechnet worden waren, hatte Lisas Gruselduo keine Chance, über die Verwertungsgesellschaft an Bastians Geld zu kommen. Es blieb nur eine Privatklage, und genau die brachte das Krokodil ein: »Unterschlagung und arglistige Täuschung«. Begleitet von einer aufwendigen Medienkampagne gegen Bastian, die schon alleine ein kleines Vermögen gekostet haben musste.

Bald hatte das ganze Land mitbekommen, dass Lucy Hill um ihre Tantiemen geprellt worden war. Die beiden fetten Musikexperten aus der Sendung wussten es sowieso schon lange, denn jemand, der so talentiert war wie Lucy Hill, musste ganz einfach an den großartigen Songs zumindest mitgeschrieben haben.

Aha, dachte sich Bastian. Waren es neben dem »simplen Glück«, von dem die beiden Typen in der Talkshow gelabert hatten, also doch auch die tollen Songs gewesen, die Lucy Hill an die Spitze gebracht hatten? Aber es kam noch schlimmer. Eigentlich spräche alles dafür, dass es sich sogar zu hundert Prozent um ihre eigenen Songs handelte, orakelten die beiden weiter. Die Dummschwätzer waren sich nicht zu blöd dafür, die Texte von Lisas Songs mit den Vorkommnissen in ihrem Leben zum Zeitpunkt der Entstehung der Lieder zu vergleichen und wollten eindeutig festgestellt haben, dass man aus jeder Zeile eindeutig Lucy Hills »Seele«, wie sie es ausdrückten, heraushörte. Dass diese »Seele« einzig und alleine die des geschmähten Bruders war, zog das infernale Expertenduo nicht in Betracht.

Bastians Freunde und die echten Profis aus dem Musikbusiness kannten die Wahrheit. Aber leider waren das nicht mehr als ein paar vertrocknete Gänseblümchen auf einem riesengroßen Misthaufen. Für das Land, eigentlich für die ganze Welt, war er plötzlich der niederträchtige Bruder, der auf seine Schwester, die strahlende Musikgöttin, eifersüchtig gewesen war, ihr den einzigartigen Erfolg nicht gegönnt hatte und noch dazu die Tantiemen für die vielen Hits in die eigene Tasche gesteckt hatte, statt seiner notleidenden

Nichte damit ein menschenwürdiges Leben zu ermöglichen.

Chapeau, Lisa. Ein paar Jahre lang war Bastian sicher gewesen, dass er nach ihrem Abschied von dieser Welt ein ruhiges Leben vor sich hatte. Da wusste er noch nichts von Alysha, und LAPSUS war schon lange irgendwo in den endlosen Weiten seiner Gehirnwindungen verschwunden gewesen.

Die Richterin war gefühlsmäßig auf Bastians Seite. Dass LAPSUS sie anschmachtete wie ein brunftiger Zwölfender hinterließ keinen guten Eindruck bei der aparten Dame in schwarzer Robbe. Und die arrogante und selbstgefällige Art von Alysha, die auf jede Frage mit schnippischen Antworten reagierte, konnte sie ebenfalls nicht ausstehen. Ohne sich ein Blatt vor den Mund zu nehmen, gab sie Bastians Chaos-Nichte den guten Ratschlag, nicht die Diva zu spielen. Hier im Gerichtssaal sei oft jemand vom Sternenhimmel knallhart auf den Boden der Tatsachen geprallt. Und wenn es sein müsse, würde Alysha ihre Aussagen in Handschellen zu Protokoll geben müssen.

Leider aber half das alles nichts. Es stand Aussage gegen Aussage, und das Krokodil gewann gegen den Bären mit zehn zu null. Alyshas Anwalt hatte unter anderem die beiden Scheiß-Experten als Zeugen geladen. Auf Bastians Seite trat der Hosenscheißer in den Zeugenstand, der es gut meinte, aber alles andere als eine große Hilfe war. Das Krokodil zerlegte ihn mit einer Präzision, um die ihn jeder Neurochirurg beneidet hätte.

Nach den bei Gericht üblichen Eröffnungsfloskeln und der Vereidigung wurde der Hosenscheißer befragt: »Hat Bastian Berger die Songs für Lucy Hill tatsächlich selbst komponiert und geschrieben?«

»Natürlich hat er das«, folgte postwendend die Antwort.

»Warum wissen Sie das so genau?«

»Bastian ist ein musikalisches Genie, der ...«

Das Krokodil fiel ihm ins Wort »Es geht jetzt nicht um das Talent von Bastian Berger, sondern einzig und allein um die Frage, ob er die Lieder selbst verfasst hat.«

»Aber ich wollte doch gerade erklären, dass Bastian musikalisch ein außerordentliches ...«

»Herr Etsch!«, das Krokodil nannte ihn konsequent bei seinem richtigen Namen, »Herr Hosenscheißer« hätte auch nicht wirklich gepasst angesichts des ehrwürdigen Gerichts. »Bitte bleiben Sie bei der Sache und sagen Sie uns, ob Sie jemals selbst dabei waren, als Bastian Berger einen Song für Lucy Hill geschrieben hat.«

Bastians lieber bester Freund wusste nicht mehr, wem der Schädel auf seinem Hals gehörte. Für ihn stand fest, dass Bastian die Songs geschrieben hatte, aber selbst war er nie dabei gewesen. Also stotterte er: »Nein, dabei war ich nie. Aber ...«

»Sie konnten sich also niemals mit eigenen Augen davon überzeugen, dass Bastian Berger Songs für Lucy Hill komponiert und getextet hat?«

»Nein, ich war nie dabei. Aber Bastian hat ...«

Das Krokodil vervollständigte den Satz vom Hosenscheißer, allerdings mit seinen eigenen Worten: »Aber Bastian hat immer davon gesprochen, dass er die Songs gemacht hat. Das wollten Sie doch sagen, nicht wahr?«

»Nein, das wollte ich ...«

»Das wollten Sie nicht? Also waren Sie doch dabei und können bestätigen, dass Bastian Berger der Urheber von Lucy Hills Liedern ist?«

»Nein, ich war nicht dabei ...«

»Hoher Rat! Ich denke, das sagt alles. Niemand, nicht einmal sein bester Freund kann bestätigen, dass Bastian Berger diese Songs geschrieben hat. Ich habe keine weiteren Fragen.«

Das Krokodil wirkte so verdammt selbstzufrieden. Vom Hosenscheißer konnte man das nicht behaupten, er marschierte bedrückt aus dem Saal und warf Bastian einen verzweifelten Blick zu.

Für die Geschworenen, die alle das Alter hatten, um die Glanzzeiten von Lucy Hill miterlebt zu haben, war dies ein weiteres Puzzlestück, das ihre bereits vor Prozessbeginn festgeklopfte Meinung zementierte: Ohne Frage hatte Bastian Berger ihrem großen Idol und dessen unschuldiger Tochter auf heimtückische Weise Millionen vorenthalten.

Der Prozess zog sich endlos hin. Bastian hätte nie gedacht, dass man ihn mit einer Zermürbungstaktik so kleinkriegen konnte, aber irgendwann wollte er einfach nicht mehr. Er war körperlich am Ende, sein Herz gab ihm des Öfteren zu verstehen, dass es sich eine

Ruhepause verdient hatte, und als die Gegenseite einen Vergleich vorschlug, ließ er sich darauf ein. Obwohl ihn das fast seine gesamten Ersparnisse kostete, war er heilfroh, endlich aus diesem Albtraum zu erwachen.

Für Bastian war es eine Niederlage, sein Bär aber freute sich. Zumindest hatte er erreicht, dass die Rechte an den Songs bei Bastian blieben und alle zukünftigen Tantiemen an ihn ausbezahlt wurden. Aber von den Einnahmen der letzten zehn Jahre musste er fünfzig Prozent an Alysha und LAPSUS zahlen. Dazu kamen noch die Gerichtskosten. Auf den Punkt gebracht: Bärs »Erfolg« machte Bastian pleite. Siebzig Jahre alt hatte er werden müssen, um so gut wie sein gesamtes Geld zu verlieren. Herzlichen Glückwunsch, Bastian. Das macht dir so schnell keiner nach!

Pleite, Pech und Luftgitarre

Dabei war ihm seine eigene Kohle gar nicht so wichtig. Susi und er hatten immer noch ihr schönes Zuhause, und sie hatten sich. Das konnte ihnen niemand nehmen. Aber in seiner Generation war es üblich, dass man etwas zur Seite legte, damit es die Kinder einmal besser hatten. Als Bastian diesen Spruch vor seinen Twins losließ und sich bei ihnen entschuldigte, weil sie von ihm jetzt keine nennenswerte Unterstützung mehr zu erwarten hatten, fingen beide laut an zu lachen.

»Wir hätten dein Geld sowieso nicht genommen«, verkündete Laura.

»Keinen müden Cent«, stimmte ihr Bruder ihr zu. »Irgendwann hätten wir euch damit auf Weltreise geschickt oder einen Jaguar mit Diamantfahrwerk gekauft. Falls du es nicht mitbekommen hast, meine Tischlerei läuft prima, ich brauche deine Millionen nicht. Und Laura schon gar nicht. Die verdient mehr als ich, seit sie für das gesamte Kabinenpersonal in München zuständig ist. Stimmt's, Schwesterherz?«

Laura pflichtete Felix bei und legte den Arm um ihren Vater. »Sei nicht traurig. Geld ist nicht alles«, tröstete ihn seine Tochter.

Felix war indessen aufs Sofa gesprungen. »Ich weiß, wie man dich wieder etwas aufheitern kann«, rief er und zog sich bis auf die Unterhose aus.

Laura legte *Smoke On The Water* auf, und gleich darauf würgten drei Bergers ihre Luftgitarren, bis jeder Gedanke an das verlorene Geld dem Triumph eines gelungenen Gigs auf der Wohnzimmercouch weichen musste.

Alysha und ihren Vollidioten-Papa hatte Bastian seither nie mehr gesehen. Aber trotz allem ging ihm Alysha nicht aus dem Kopf. Eigentlich war sie auch eine Berger. Sie war die Tochter von Lisa, sie war seine Nichte, und auch Mama und Papa hätten sich bestimmt nichts sehnlicher gewünscht, als sie alle gemeinsam als glückliche Familie vereint zu sehen. Stattdessen waren die beiden mit seinen Moneten nach Amerika ausgewandert, weil Lisas

Katastrophengöre eine Karriere in Hollywood starten wollte.

Zum Glück war Bastian kein junger Spund mehr, als das alles geschah. Fünfzig Jahre früher wäre wahrscheinlich auch er ausgewandert, weil er sich wegen der Schande nirgendwo mehr blicken lassen konnte. Das Alter hat eben auch seine guten Seiten, man wird abgebrühter und dickhäutiger. Dick genug war seine Haut jedoch auch im Alter nicht. Bastian war gebrandmarkt als Abkassierer, als einer, der seine Schwester hintergangen und ausgenommen hatte. Sein ganzes Leben lang hatte er gearbeitet, Musik komponiert, getextet und nebenbei auch noch einen florierenden Tischlereibetrieb aufgebaut, nur um jetzt als Gauner dazustehen, der noch dazu pleite war.

Er hatte ein reines Gewissen, seine Familie und seine Freunde standen hinter ihm. Dasselbe galt für einen Großteil der echten Musikexperten, die Lisas wahres Talent genau gekannt hatten – das Talent, zu intrigieren, andere schlechtzumachen, sich die Rosinen rauszupicken und sich divenhaft im Scheinwerferlicht zu sonnen. Sie hatte eine herausragende Stimme, aber damit hatte es sich mit ihrem musikalischen Talent. Komponieren und Texten gehörten nicht zu ihren Stärken, das war den wahren Kennern des Business klar. Die aber hatten im Prozess leider nichts zu melden gehabt.

Abgetaucht und zurückgekommen

Es war und blieb für Bastian unfassbar, dass man mit dieser Masche einfach so durchkommen konnte. Alysha war noch fieser drauf als ihre Mutter, obwohl ihm das fast unmöglich schien. Zudem hatte sie LAPSUS an der Seite, und gemeinsam hatten sie gerade seinen Glauben an das Gute zerstört.

Sein gesamtes Leben hindurch hatte er eine rosa Brille getragen. »Think pink« war für ihn mehr als nur ein Slogan auf T-Shirts, und bis auf die kurze saufmäßig verschissene Periode vor Jahren war »Positiv« sein zweiter Vorname gewesen. Jetzt aber war sein Weltbild völlig auf den Kopf gestellt. Er vergrub sich in seiner eigenen Welt, ließ nicht mal Susi, geschweige denn die Twins oder seine Kumpels in seinen persönlichen Seelenschmerzbereich eindringen und war erfüllt von Zorn auf das ganze Universum. Nicht mal für exzessive Luftgitarrenshows mit seinen Kindern und Enkeln war er mehr zu haben. Und auf Gigs in Charlies Kneipe hatte er schon überhaupt keine Lust.

Susi war es, die ihn aus seiner Seelenkrise herausholte. Eines Tages machte sie ihm eine derartige Szene, dass sich sogar die Sonne hinter den Wolken verstecken wollte. Susi wollte endlich ihren Bastian zurück. Einen Bastian, der nach vorne schaute und nicht den ganzen Tag im Bett verbrachte, sich nicht mehr rasierte und auch mit dem Duschen mehr als nachlässig war.

»Schau dich an, wie du aussiehst!«, schmetterte Susi ihm mitten ins Gesicht. »Bastian, was soll das bringen?

Du machst dich fertig, aber niemanden in der Welt interessiert das. Den Leuten ist völlig egal, dass du dich vor lauter Selbstmitleid aufgibst, keinen Tag mehr aus dem Haus gehst und stumpfsinnig aus dem Fenster schaust! Denen ist das egal. Aber mir nicht. Und den Kindern auch nicht. Du machst uns das Leben zur Hölle! Wir könnten es so schön haben, alles wäre in Ordnung, wir kommen auch ohne dieses blöde Geld über die Runden. Nur du, du machst alles kaputt!«

Die letzten Sätze schrie sie mit Tränen in den Augen, ihre Hände fingen an zu zittern, und dann lief sie fuchsteufelswild aus dem Zimmer und schlug die Tür hinter sich zu.

Bastian überlegte. Was meinte sie damit, er würde ihr das Leben zur Hölle machen? Was für ein Blödsinn! Ihn hatte das hintertriebene Luder, diese Alysha mit ihrem LAPSUS, ausgenommen wie eine Weihnachtsgans, er hatte seinen guten Ruf verloren, man hatte ihm seine Ehre genommen und alles, was ihm wichtig war. Als er vor Zorn die Nachttischlampe gegen die Wand schleuderte, ging im Zimmer das Licht aus. Aber in ihm wurde es hell. Obwohl es rund um ihn völlig dunkel war, hatte er das Gefühl, sein Herz würde von innen zu strahlen beginnen und ihm schrittweise neues Leben einhauchen. Bastian stand einfach nur da und genoss den Augenblick. Diesmal war es kein Infarkt, im Gegenteil, diesmal brachte ihn seine Pumpe zurück ins Leben.

Man hatte ihm die Ehre genommen? Pah, so ein Stumpfsinn! Nur weil eine geldgierige Göre nicht genug bekommen konnte? Sollte sie glücklich werden mit seiner Kohle.

Er hatte seinen guten Ruf verloren? Und selbst wenn – war es nicht völlig egal, was fremde Leute von ihm dachten, solange die, die ihm wichtig waren, zu ihm hielten und wussten, wie das Ganze wirklich gelaufen war? Langsam spürte Bastian, wie der Kämpfer in ihm zurückkehrte. Er hatte immer noch die Rechte an seinen Songs. Vielleicht kam in den nächsten Jahren doch noch etwas rein. Und wenn er abtreten musste, würden seine Twins noch jahrzehntelang mit kleinen, aber feinen Tantiemen versorgt. Es gab also keinen Grund, sich so aufzuregen. Letzten Endes schadete er damit höchstens seinem Herz, und gerade jetzt, wo es so gut zu ihm war, wollte er das nicht riskieren.

Bastian nahm sich in diesem Augenblick vor, mehr auf ein gesundes Leben zu achten, viel zu spazieren und ab und zu mal im Kellerstudio etwas zu klimpern. Er war zwar kein Superstar wie Lisa, aber die Musik war immer noch sein Leben. Und seine Susi! Und seine gesamte Familie!

Man mag sich vorstellen, was los war, als er nach einer ausgiebigen Dusche frisch rasiert, geschniegelt und geschnäuzt in seinen schönsten Anzug schlüpfte, zu Susi in den Garten ging, sie innig küsste und einfach sagte: »Ich bin wieder da!«

Castingshow mal anders

Und dann kam wieder ein Anruf einer Fernsehstation. Diesmal ging es jedoch nicht um die Einladung zu einer Talk-Show, sondern es kam noch schlimmer. Bastian wurde gefragt, ob er als Juror bei einer neuen Casting-Show mitmachen würde.

»Nie und nimmer«, bellte er ins Telefon.

Der Redakteur, der sich als Herr Walter vorstellte, blieb hartnäckig.

»Herr Berger, wir wissen, wie übel Ihnen mitgespielt wurde. Und Sie wissen hoffentlich, dass das mit unserem Sender nichts zu tun hat, weil das nicht unsere Art ist. Wir von UBF haben immer neutral und fair über den Prozess berichtet, und wie Sie sich vielleicht erinnern, haben wir in unserer Reportage damals starke Zweifel daran geäußert, dass Lucy Hill wirklich jemals einen Song selbst geschrieben hat.«

Bastian konnte sich nicht erinnern, aber er brauchte erst einmal Zeit, um seine Gedanken zu sortieren und vertröstete Herrn Walter auf die folgende Woche. Dass er eigentlich viel zu alt für diesen Job war, wurde ihm erst nach dem Gespräch bewusst.

»Was hältst du davon, wenn ich als Juror bei einer Casting-Show mitmache?«, fragte er belustigt seine Susi nach dem Telefonat.

»Prima, das wär ja toll!« Mit dieser Antwort hatte er nicht gerechnet. »Bei UBF?«

»Ja, aber warum weißt du …?« Susi schaffte es immer noch, ihn zu überraschen.

»Und warum heißen die eigentlich UBF?« Das hatte er sich schon lange gefragt.

»Sag, liest du keine Zeitung? Dass UBF mittlerweile zum größten Privatsender Europas aufgestiegen ist, ist ja kein Geheimnis. Selbst für dich nicht, oder?« Sie lachte ihn an.

Als er keine Antwort gab, fuhr sie fort: »UBF ist die Abkürzung für ›United Broadcast Foundation‹, das hab ich irgendwann mal gegoogelt. Aber seit den Werbespots vor ein paar Jahren glaubt jeder, es würde ›Unser Bananen-Fernsehen‹ heißen. Da war doch der Affe, der sich an einer Liane durch den Dschungel schwang und immer wieder ›UBF, UBF, UBF‹ kreischte. Bis er bei der Baumhütte von Tarzan vorbeikam und von diesem auf einen Fernsehabend eingeladen wurde. Beide mampften Bananen, während sie sich auf der Mega-Videowall die Neuverfilmung von *King Kong* anschauten. Und als dann groß ›UBF‹ auf dem Bildschirm erschien, prosteten sich die beiden Urwaldgestalten mit den Bananen zu und grölten begeistert ›Unser Bananen-Fernsehen‹.«

Dunkel konnte sich Bastian daran erinnern. Diese Werbung war so bescheuert gewesen, dass sie schon wieder genial war.

»Und genau dieses Bananen-Fernsehen möchte ein völlig neues Casting-Format probieren. Senioren mit ihren Enkelkindern im Duett. Das hat es angeblich noch nie gegeben. Schon beim Lesen gestern in den *Daily News* habe ich die Idee großartig gefunden.«

So also war Bastian auf seine alten Tage in einer Casting-Show gelandet. Obwohl er dieses TV-Format früher nie gemocht hatte, weil man darin Menschen vorführte wie Tiere und ihnen oft jede Selbstachtung und Würde nahm. Jahrzehntelang war es ziemlich ruhig in der Casting-Ecke gewesen, die vor dreißig, vierzig Jahren als großer Renner galt. Gesangs-, Model-, Talentwettbewerbe jeder Art waren auf diese Weise ausgetragen worden, aber nach einigen Jahren hatten die Leute genug von diesen Demütigungsshows gehabt. Erst in den letzten Jahren hatte man dieses uralte Format wiederbelebt, und Lisas Tochter Alysha war eine der ersten Gewinnerinnen gewesen.

Allein das hätte Grund genug sein sollen, diesen Juroren-Job nicht anzunehmen. Aber so ein Grufti-Enkel-Casting, das hatte schon Charme, fand Bastian. Daher wartete er keine Woche, sondern rief Herrn Walter gleich am nächsten Morgen zurück und sagte zu. Außerdem war auch die Gage nicht zu verachten, und irgendwie hatte er das Gefühl, es könnte jetzt doch noch einmal alles gut werden.

Herr Walter war das völlige Gegenteil von Windinger. Er wusste zwar ganz genau, was er wollte, ließ aber auch die Meinung anderer gelten, konnte gut zuhören und versuchte, aus zahlreichen Vorschlägen ein optimales Konzept für die Sendung zu erstellen. Neben dem Redaktionsteam von UBF waren auch die restlichen

Jury-Mitglieder beim ersten Redaktionstreffen dabei. Bastian war der mit Abstand älteste in der Viererbande. Zweiter im Bunde war der auch nicht mehr ganz taufrische, dunkelhäutige und immer in Schwarz gekleidete »Buddy«, einer der erfolgreichsten Schlagersänger der letzten vierzig Jahre, der seit einiger Zeit von schwülstigen Schmuseliedern auf peinliche Partyhits umgesattelt hatte und mittlerweile so etwas wie Kultstatus besaß. Und dann war da noch Ice-Man, ein junger Gangsta-Rapper, der mit seiner ersten Produktion vor einem Jahr völlig überraschend Platinstatus erreicht hatte. Gangsta-Rap war in den letzten vierzig Jahren schon mehrmals mega-out gewesen, weil er Gewalt verherrlichte und Frauen diskriminierte. Trotzdem schwappte immer wieder eine neue Welle aus Amerika herüber und sorgte dafür, dass dieser Musikstil wieder als hip galt.

Last but not least war da noch Janine. Sie war eine besonders hübsche, schon in der Mitte ihrer Vierziger stehende Musikproduzentin, bei der ganz zufällig Ice-Man unter Vertrag war. Und die mehr für ihn zu sein schien als nur Produzentin. Obwohl es da mehr als zwanzig Jahre Altersunterschied gab, waren die beiden ein Paar. Das sollte die Jury unter keinen Umständen ausplaudern, denn sonst konnte das womöglich tausende von Mädchen vor den Kopf stoßen, für die Ice-Man der absolute Hero war, auch wenn er sie in seinen Songs nur »Bitches« nannte.

Man traf sich dreimal wöchentlich in den Redaktionsbüros des Fernsehsenders und erarbeitete gemeinsam ein Konzept für die Show. Jedes Jurymitglied bekam eine Rolle zugeteilt. Bastian sollte der ausgleichende Typ sein, der durch seine langjährige Erfahrung im Musikbusiness und sein Verständnis für die ältere Generation als so etwas wie ein Anwalt für in die Jahre gekommene Talente rüberkommen sollte.

Buddy sollte für Stimmung und Partyfeeling sorgen, ganz so, wie es sein Publikum von ihm gewohnt war. Den wahren Buddy kannte dieses Publikum jedoch nicht, denn im richtigen Leben wollte er einfach nur seine Ruhe haben. Wie er als Partyhitsänger Kultstatus erreicht hatte, konnte sich Bastian beim besten Willen nicht erklären. Aber so wie jetzt bei der Show spielte er auch auf der Bühne seine ihm zugedachte Rolle. Dort ließ er so richtig die Sau raus, animierte das Publikum zum Mitsingen, Mittanzen, Mitklatschen und Mitsaufen, bevor er nach Hause fuhr und vor dem Fernseher einschlief. Seine wilden Zeiten hatte er früher gehabt, als er noch Herz-Schmerz-Schlagerkitsch geträllert hatte. Da war die Post abgegangen, wie er Bastian augenzwinkernd gestand.

Ice-Man sollte eine freche, jugendliche Note reinbringen, vor allem die Enkelfraktion bedienen, aber durchaus bei den Gruftis einige Konflikte anzetteln, um die ganze Show noch interessanter zu machen.

Janine war für die Frauenquote in der Jurybesetzung wichtig – und zweifellos auch, um die Männerquote vor den Fernsehgeräten etwas anzuheben, denn sie war überaus liebenswert und noch dazu ausnehmend attraktiv.

Als absoluter Profi im Business sollte sie den frischen wie auch den klapprigen Gesangstalenten mit Tipps beistehen, wie sie sich gesanglich und vielleicht auch modisch am besten ausdrücken konnten.

Die Verantwortlichen des Senders zeigten sich sehr zufrieden mit der Jury-Besetzung. Und Bastian war es auch, denn seine drei Mitstreiter waren ganz in Ordnung. Bis auf die Hosen von Ice-Man. Vierzig Jahre waren diese unförmigen Dinger, bei denen der Schritt bis in die Knie hängt, in der wohlverdienten Versenkung verschwunden gewesen. Ice-Man hatte sie wieder modern gemacht, auch wenn er damit aussah wie ein Haremswächter aus einem uralten Schwarzweißfilm.

Kamera läuft

Endlich war es soweit: Am nächsten Tag um fünfzehn Uhr sollte die Aufzeichnung zur ersten Show beginnen. Doch es gab ein ernsthaftes Problem. Buddy wurde vor seinem Haus von einem Auto niedergemäht, als er mit seinem Boxerrüden Gassi ging. Ganz in schwarz war auch wirklich keine optimale Bekleidung für einen dunkelhäutigen Partysänger in einer sternenlosen Neumondnacht, noch dazu mit einem schwarzen Boxerhund an seiner Seite. Und weil in Buddys Wohngegend seit einer Woche das Straßenlicht ausgefallen war, konnte der Lenker den finsteren Stimmungsmacher beim besten Willen nicht sehen. Er rammte ihn frontal und Buddy wurde ins nächste Unfallkrankenhaus eingeliefert.

Bei der Notfallsitzung der Redaktion brach Panik aus. Woher sollte man auf die Schnelle einen Ersatz für Buddy bekommen? Genau in diesem Moment watschelte Ice-Man an Bastian vorbei, wie eine fipsige Ente mit ausgebeultem Arschgefieder, und Bastian musste sofort an den Hosenscheißer denken. Der könnte doch einspringen! Die Redakteure waren begeistert. Vermutlich hätte Bastian vorschlagen können, wen er wollte, es hätte auch der Boxerhund von Buddy sein können, Hauptsache, die Jury war wieder komplett. Doch der Hosenscheißer hatte im Gegensatz zum Boxer sogar einen Bezug zur Musik. Die Redaktion verpasste ihm schnell noch ein mediengerechtes Image und wies die restlichen Jurymitglieder darauf hin, dass sie ihn im Fernsehen nicht »Hosenscheißer« nennen sollten.

Hannes Etsch war laut Redaktion ein erfolgreicher Studiomusiker, er war unter anderem bei Arrangements und Aufnahmen von Lucy Hill maßgeblich beteiligt gewesen und füllte auch heute noch mit seiner hammermäßigen Blues-Band die Konzertsäle. Ganz gelogen war das nicht. Er hatte mit Bastian wirklich mal fünf Noten eines Demosongs für Lucy Hill umarrangiert. An den letzten Auftritt der hammermäßigen Blues-Band konnten sie sich beide nicht mehr erinnern, aber ja, sie hatten mal Säle gefüllt. Okay, Säle war vielleicht etwas übertrieben, Charlies Kneipe war ja bekanntlich mit dreiundvierzig Besuchern schon rammelvoll. Aber es muss ja auch kleine

Säle geben. So oder so saß der Hosenscheißer, der auf einmal Hannes Etsch genannt werden musste, gemeinsam mit Bastian in der ersten Staffel eines neuartigen Teenie-Senioren-Castings, das die Chance hatte, in die Geschichte des Fernsehens einzugehen.

Als die Aufzeichnung begann, war Bastian ganz schön nervös. Den anderen ging es genauso. Nur der junge Ice-Man saß lässig in seinem Stuhl und kaute an seinen Nägeln. Nicht alle der Kandidaten waren auch wirklich Opa, Oma oder Enkelkind. Laut UBF waren Abweichungen erlaubt, weil man befürchtete, es würden sich zu wenige Sänger melden. Man konnte sich also einfach ein Enkelkind ausborgen. Oder auch einen Opa. Wichtig war, dass die Kids nicht älter als sechzehn, die Gruftis nicht jünger als sechzig waren.

Bei den ersten Kandidaten handelte es sich um einen Jungen von gerade zehn Jahren und seinen Nachbarn, der seinem Aussehen zufolge schon knapp am Neunziger schrammte. Er musste also ungefähr so alt sein wie das Lied, das sie einstudiert hatten, *My Way* von Frank Sinatra. Doch der Senior erklärte aufgeregt, er hätte vorige Woche seinen dreiundsechzigsten Geburtstag gefeiert. So kann man sich täuschen.

Obwohl *My Way* nicht wirklich zu einem zehnjährigen Bürschchen passte, machte der Kleine seine Sache gar nicht so schlecht. Aber sein unwesentlich älterer Duett-Partner klang, als stünde da vorne der Boxer von Buddy. Das Jaulen des inbrünstig dahinschmetternden Pulunderträgers fuhr Bastian beim rechten Ohr ungefiltert rein, verursachte in den für harmonische Melodien zuständigen Gehirnbereichen eine Katastrophe mittleren Ausmaßes und verließ seinen Schädel durch die linken Gehörgänge, wo es noch mal einiges an Schaden anrichtete.

Plötzlich war sich Bastian der Schwere seiner Aufgabe bewusst. Wie sollte man dem hoffnungsvollen Leihopa da vorne erklären, dass er es vielleicht lieber mit Kopfrechnen versuchen sollte? Das wäre zumindest geräuschlos. Wie sollte er ausgleichend wirken, wenn der da vor ihnen keinen geraden Ton rausbrachte? Bastian tat der musikalische Juniorpartner des dreiundsechzigjährigen Schrägsängers derart leid, dass er Ice-Man den Vortritt ließ. Sollte der sich doch gleich zu Beginn die Finger verbrennen.

Dem Gangsta-Rapper war das völlig egal. Nach einer netten Einleitung, in der er anmerkte, dass er eigentlich die ältere Generation sehr gerne möge, legte er los: »Super gesungen, kleiner Mann! Aber was Sie betrifft …«, mit dramatischem Blick wandte er sich an den Senioren-Krächzer, »sind Sie wirklich sicher, dass Sie nichts mit den Ohren haben? Und mit den Stimmbändern? Das war so grottenschlecht, wenn ich in dem Alter so singe, möchte ich vorher abkratzen!«

Bumm, das hatte gesessen. Der Rest der Jury war aus dem Schneider, sie mussten keine Bewertung mehr abgeben, denn Großvater Sinatra ging mit dem kleinen Sängerknaben seinen Way und marschierte mit eiserner Miene aus dem Studio. Ohne Gruß und ohne sich noch einmal umzudrehen. Sekunden später hörte man durch die Regieboxen ein aufgeregtes Hecheln, dann lange nichts, und schließlich die Stimme von Herrn Walter, der immer noch Probleme hatte, seine soeben verlorene Fassung zurückzugewinnen: »Pause!«

Super gelaufen! Schon nach den ersten Kandidaten in der kombinierten Kindergarten- und Seniorenresidenz erfolgte der erste Anschiss durch die Produktionsleitung. Herr Walter erklärte der Jury, dass sie zwar durchaus pointierte Meldungen zu den Darbietungen abgeben sollten, aber Witze übers Sterben oder gar übers »Abkratzen« wären angesichts der Altersstruktur der Teilnehmer nicht angebracht. Er sah dabei niemandem direkt ins Gesicht, aber Ice-Man wusste, wer gemeint war. Und lächelte trotzdem.

Als nächstes kam ein glatzköpfiger Achtzigjähriger mit seiner süßen Enkelin, die erst sechs Jahre alt war. Die langen blonden Locken ließen die kleine Elli wie einen Engel über der Weihnachtskrippe aussehen. Bei ihrem Opa Johann war jedoch alles glatt in den obersten Regionen. Die großen Studioscheinwerfer spiegelten sich in der polierten Platte und verpassten ihm einen Heiligenschein, den sich nur besonders erfolgreiche Erzengel verdient hatten.

Ihr Lied war eines aus den aktuellen Charts – *You, Me, And The Whole Damn World* von Justin Bieber und Lourdes, der Tochter von Madonna. Die wenigsten wussten, dass Justin Bieber früher mal ein angesagtes Teenie-Idol gewesen war. Er hatte seit zwanzig Jahren keinen Hit mehr landen können, aber jetzt, mit über sechzig und schulterlangen Dreadlocks hatte er es geschafft, mit einem waschechten Reggae Nummer eins in den USA und in England zu werden.

Elli sang mit so glockenheller Stimme, dass selbst Bob Marley, der Ur-Vater des Reggaes, seine Freude gehabt hätte. Spätestens beim heiligen Johann wäre diese Freude aber vorbei gewesen, denn Johann krächzte wie eine Wildente auf der Balz. Und mit seiner polierten Glatze hatte er so überhaupt nichts von einem Rasta-Sänger, bis auf das rot-gelb-grüne T-Shirt, dessen Aufschrift »Legalize it!« sich über seinem mächtigen Bauch spannte.

Hannes Etsch durfte beginnen, und Bastian war wirklich neugierig, was seinem alten Hosenscheißer denn so einfallen würde. Er enttäuschte ihn nicht: »Liebe kleine Elli! Versprich mir, dass du niemals die Haftcreme für die dritten Zähne deines Opas schlucken wirst. Er hat's nämlich anscheinend getan, und die hat ihm sämtliche Stimmbänder verätzt.« Herr Walter würde schon wieder Atembeschwerden bekommen, das war sicher.

Ice-Man legte nach: »Und den Kopf einschmieren geht auch nicht, da gehen einem die Haare aus!« Vergnügt lachte er das ungleiche Gesangsduo an.

Engel Elli und der heilige Johann standen über den Dingen und lachten mit. Der Hosenscheißer bekam es dennoch mit der Angst vor einem weiteren Anschiss durch die Produktionsleitung zu tun und bekundete reumütig: »Sorry, das musste ich einfach loswerden. Aber ich wollte Sie nicht beleidigen!«

»Alter, scheiß dir nicht in die Hose.« Irgendwie passte diese Antwort nicht zum immer noch hellstrahlenden Heiligenschein, aber der Glatzkopf legte nach: »Ich bin ja kein Gänseblümchen, das bei etwas Kritik verwelkt.«

Das war Bastians Stichwort: »Ja, Hannes, sei kein Hosenscheißer, die verstehen das schon.« Diesmal war Bastian der, der lachte, und die gesamte Jury samt Engel Elli und dem heiligen Kojak vor ihnen lachte mit. Von diesem Zeitpunkt an hieß der Hosenscheißer nicht mehr Hannes Etsch, sondern wurde auch im Fernsehen nur mehr mit seinem alteingesessenen Namen als »Hosenscheißer« tituliert.

Dem süßen Weihnachtsengel und seinem betagten Heiligenschein-Krächzer gab die Jury eine Chance und ließ sie in die nächste Runde aufsteigen.

Schon die Aufzeichnung des Castings war von nun an eine Wahnsinnsnummer. Die Arbeit machte wirklich Spaß, die Jury wuchs immer mehr zusammen. Mit der Zeit wusste jeder, wie weit er gehen konnte, ohne die meist sehr nervösen Gesangsakrobaten allzu sehr vor den Kopf zu stoßen. Deftige Kommentare ließen sich nicht immer vermeiden, denn es war unglaublich, was die Jury zu hören und sehen bekam. Sie versuchten immer, auf die Kinder Rücksicht zu nehmen, aber einige der Senioren-Kandidaten mussten einfach eine Wette verloren haben, anders war es nicht zu erklären, warum man sich vor einem Millionenpublikum derart zum Affen machte.

Dass diese Show auch wirklich ihr Millionenpublikum bekommen würde, hofften sie inständig. Und der Sender ebenfalls. Alle waren nervös, die Produktionsleitung stand unter enormem Druck, denn es war schon eine Menge Kohle in Werbung investiert worden, und es hatte den Anschein, als könne da etwas Großes entstehen. Zuerst aber mussten die Castings abgeschlossen werden, die dann vor den ersten Live-Shows ausgestrahlt werden sollten.

Es war gut, dass dabei kein Publikum, sondern nur die Kameras anwesend waren. Aus der Endfassung konnte man somit Sprüche wie Ice-Mans »Erst wenn sie es schaffen, diesen Song zur Gänze unter Wasser zu singen, dürfen sie wiederkommen« noch rausschneiden. Auch der Hosenscheißer hatte einiges zu vermelden. Hammer wie »Auch als Achtzigjähriger muss man nicht daherkommen wie eine Schießbudenfigur aus der Altkleidersammlung« oder »Ich weiß jetzt nicht, was ich lieber hätte, Darmverschluss oder die Pflicht, Ihnen weiter zuzuhören«, hätten sich in einem generationsverbindenden Enkel-Grufti-Casting vermutlich weniger gut gemacht.

Janine, die weibliche Seele der Jury, war immer objektiv, hatte gute Ratschläge und fiel nie aus dem Rahmen. Bastians Rolle als »Anwalt der Alten« war genau auf ihn zugeschnitten, obwohl die »Alten«, die er zu vertreten hatte, meist jünger waren als er. Sooft Ice-Man oder der Hosenscheißer einen ihrer derben Sprüche losließen, fuhr Bastian dazwischen und verteidigte »seine« Mandanten, selbst wenn sie es musikalisch nicht verdient hatten. Er donnerte so manche Breitseite gegen Ice-Man ab, wenn er zu forsch mit den Kandidaten umsprang. »Dass man auch aus Scheiße Gold machen kann, beweist Ice-Man«, war ihm aber zu schnell rausgerutscht.

Bastian hatte dem zittrigen Tattergreis vor ihm einfach beistehen müssen, der gemeinsam mit seiner zwölfjährigen Enkelin mit *Atemlos* einen Schlager sang, der vor vierzig Jahren ein Hit einer Sängerin namens Helene Fischer gewesen war. Atemlos war nicht nur der Titel, sondern auch der gruftige Musiker schnaufte beim Singen, als ob ihm jemand sein Beatmungsgerät geklaut hätte.

Die Legende lebt

Es kamen mehr als vierhundert Bewerber in allen Altersklassen, von sechs bis sechzehn und von sechzig bis siebenundneunzig. Dazu auch ein Hundertjähriger, der aufgrund einer fehlenden Enkelin mit seinem Rollator ein Duett sang: *Something Stupid* von Nancy und Frank Sinatra. Für Bastian war es das Highlight des gesamten Castings, noch vor einem achtjährigen Johnny-Depp-Verschnitt mit Cowboyhut und Westernstiefel und seiner Oma, einer einundneunzigjährigen Kleiderschürzenträgerin, die von der Osteoporose niedergedrückt tiefgebückt ins Studio wackelte. Als die alte Dame aber plötzlich zu singen begann, strahlte sie die Jury mit hellblauen Augen und roten Wangen an, weil sie für drei glückliche Minuten unbedingt *Einen Cowboy als Mann* haben wollte.

Selbst Bastian konnte sich nur ganz dunkel an diesen Song erinnern, aber gut, er war ja auch erst blutjunge neunundsiebzig, dieses Lied dagegen hatte bestimmt schon seinen Hunderter auf dem Buckel. Irgendwann, so glaubte Bastian, hatte es Tante Finni mal gesungen. Hatte ihr aber nichts genutzt, sie fand ihr ganzes Leben keinen Mann. Schon gar keinen Cowboy.

Dafür vergaß die Oma vor ihnen ihre Osteoporose und tanzte beinahe aufrecht mit ihrem kleinen Liebling, der sie über die Bühne wirbelte, als wäre sie vierzig Jahre jünger. Der Jury blieb der Mund offen und selbst Ice-Man brachte nur ein »Cool« heraus.

Umso mehr fiel ihm jedoch ein, wenn wieder einmal ein auf jugendlich getrimmter, dem Bräunungsstudio entflohener Schwarzhaarperückenträger mit bis zum äußersten gespannter Gesichtshaut vor der Jury stand und mit einer sechzehnjährigen Mogelpackung im megaknappen Outfit Sachen wie *Sex Bomb* hinausposaunte. Mit solchen Nummern gewann man bei keinem in der Jury einen Blumentopf. Selbst Janine wurde dann leicht zynisch und sagte Sachen, die überhaupt nicht zu ihr passten: »Ich fürchte, ihr seid hier völlig falsch. Der Nachtclub ist zwei Straßen weiter. Tom Jones sah sein ganzes Leben lang bombig aus und er sang auch so. Bei euch beiden fehlt es leider an beidem, tut mir leid.«

Ice-Man war noch direkter und wollte unbedingt die Stellschraube am Hinterkopf sehen, mit der man beim überheblich grinsenden Seniorengockel die Gesichtshaut spannen könne. Kurz, wenn diese Typen nicht mit einer Mörderstimme gesegnet waren, hatten sie keine Chance, von der gestrengen Jury in die nächste Runde befördert zu werden.

Die Ausstrahlung des Senioren-Castings entpuppte sich als der Quotenhit des Jahres. Und das, obwohl man einen Namen gewählt hatte, der Tante Finni mit ihrer Englisch-Phobie im Grab hätte rotieren lassen. *Dreams2Generations* hieß die Show, weil sich hier zwei Generationen gemeinsam ihre Träume erfüllen konnten. Ice-Man hatte zwar den seiner Meinung nach viel besseren Vorschlag »Von der Windel bis zur Windel« angebracht, hatte aber keine Chance, damit durchzukommen.

Das Fernsehpublikum liebte die Sendung. Von vier bis hundertvier, alle saßen sie gebannt vor den Bildschirmen und waren fasziniert vom »GruKids-Gucken«. »GruKids« wurde zum geflügelten Ausdruck für die Kombination von Gruftis und Kids und gewann ein Jahr später die Wahl zum Jugendwort des Jahres. Aber nicht nur das Gesangstalent der GruKids kam gut an bei den Zuschauern vor den TV-Geräten, sondern auch den Jurymitgliedern schrieb man einen großen Anteil am Erfolg des Castings zu. Alle Sprüche von Ice-Man und dem Hosenscheißer wurden gezeigt, nichts wurde herausgeschnitten, selbst den Ausfall mit dem »Abkratzen« ließen die Verantwortlichen stehen. Das führte zwar zu gewaltigem Wirbel in den Medien und spaltete das Land in zwei Lager, trieb aber die Einschaltquoten in bisher unbekannte Höhen.

Die einen sahen das Ganze als unappetitliche »Fleischbeschau« von Kindern und alten Menschen, die es nicht nötig hätten, sich so darzustellen. Die überwiegende Mehrheit war begeistert und selbst die Vertreter der Seniorenverbände waren Feuer und Flamme, weil es endlich wieder eine Plattform gab, auf der sich die ältere Generation präsentieren konnte. Auch wenn so manche »Bewertung« der Jury-Mitglieder »entbehrlich« sei, überwiege der positive Aspekt: Mit dieser Sendung bringe man Alt und Jung zusammen.

Sieger der Show wurde weder der Hundertjährige mit seinem Rollator noch die Schürzenträgerin mit ihrem Mini-Johnny Depp und dem Rundrücken. Stattdessen siegte der kleine, knorrige Kurt, der mit seinen achtundachtzig Jahren von seinem vierzehnjährigen Enkel Paul ohne sein Wissen angemeldet worden war. Gemeinsam schmetterten die beiden das *Ave Maria*, als ob sie ihr ganzes Leben in den Opernhäusern dieser Welt verbracht hätten. Dabei war Kurt »nur« ein Landwirt auf einem Bergbauernhof in den Alpen, der vor drei Jahren seine Frau verloren hatte. Sie war sein größter Fan gewesen, für sie hatte er in Küche, Bad und Schweinestall gesungen.

Seit ihrem Tod war es mit Kurts Singerei vorbei gewesen. Ohne seinen Schatz hatte es für ihn keinen Sinn mehr gemacht, und egal, was seine Familie auch probiert hatte, niemandem war es gelungen, ihm auch nur einen Ton zu entlocken. Obwohl der Großteil seiner vierzehn Enkel das Talent von ihm geerbt hatte, war Kurt nicht zu bewegen gewesen, die Volkslieder und Opernarien anzustimmen, die sie früher zusammen gesungen hatten. Doch dann hörte Paul von diesem GruKids-Dingsda und man kam überein, dass das die letzte Chance sein könnte, den Familienältesten wieder zum Singen zu bringen.

Der Rest war Geschichte. Fernsehgeschichte! Und Bastian war dabei – und der Hosenscheißer auch!

Einen Tag vor seinem achtzigsten Geburtstag dachte Bastian wieder mal über sein Leben nach. Plötzlich war er bekannt wie ein rosa Hund mit Regenbogenstreifen. In die Stadt konnte er sich nur noch mit Hut und hochgestelltem Kragen wagen. Wildfremde Menschen wollten ein Selfie mit ihm, es gab sogar noch vorsintflutliche Fans, die nach einem Autogramm fragten, und manche wollten ihn einfach nur berühren. Manchmal konnte das ganz schön anstrengend sein. Und auch nervig. Was hatte Lisa da erst alles hinnehmen müssen? Sie konnte keinen Schritt vor das Haus setzen, zu jeder Tages- und Nachtzeit wurde sie von Fans belagert. Bestimmt war das auch ein Grund, dass sie sich zu einem solchen Scheusal entwickelt hatte.

Bastian musste aufpassen, dass ihm das alles nicht zu viel wurde, er war schließlich nicht mehr der Jüngste. Auf sein Herz musste er besonders achtgeben, meinte der junge Nachfolger seines Hausarztes. Sein alter Dottore, der ihn ein Leben lang gewarnt hatte, war vor zwei Jahren an einem Herzinfarkt gestorben. Als junger Hüpfer von siebzig! Vielleicht hätte er öfter mal seine eigene Pumpe untersuchen sollen. Aber man kann sich eben nicht aussuchen, wann es einen selbst erwischte. Bastians Mama hatte, sooft ein Nachbar oder Bekannter in die Grube fuhr, zu sagen gepflegt: »Wenn sie das nicht ganz abschaffen, wird es auch uns mal treffen.« Dazu hatte sie weise gelächelt, und Bastian hatte gewusst, sie würde damit recht behalten.

Mit achtzig durfte man schon ab und an mal darüber nachdenken, was da noch kommen würde. Seinen Traum vom Rock-Hero hatte Bastian schon lange gekübelt. Mit spektakulären Konzerten in Megahallen und Fußball-Stadien, mit seiner eigenen Band und seinen eigenen Songs würde es zwar nichts mehr werden, trotzdem fühlte er sich gerade wie ein Rockstar. So alt hatte er werden müssen, ehe man ihn doch noch mit Fanpost und Geschenken eindeckte. Na schön, echte Rockstars würden wahrscheinlich Liebesbriefe, Höschen und BHs bekommen, bei Bastian waren es Hausmittel gegen Bluthochdruck und Vitaminpräparate. Aber wenigstens hatte man ihm keine Seniorenwindel geschickt wie dem Hosenscheißer.

Börthday Party und Gangsta-Rap

Der Fernsehsender hatte es sich nicht nehmen lassen, für Bastian eine Geburtstagsparty im feinsten Hotel der Stadt auszurichten. Eigentlich sollte es ein Mega-Event werden, mit jeder Menge Stars aus allen Bereichen der Kultur, des Sports und der Politik. Bastian aber wollte das nicht. Was sollte er mit diesen Schnöseln, die er nicht einmal kannte? Die fressen und saufen sich auf fremde Kosten voll, und obwohl ihm das egal sein konnte, weil das Ganze ja der Sender zahlte, war ihm das Geld dafür zu schade. In seinem Alter musste man auch keine verheißungsvollen Kontakte mehr pflegen, sich bei niemandem mehr einschleimen und keiner Produzentengattin schöne Augen machen.

Das Alter hatte eben doch Vorteile, davon war Bastian immer mehr überzeugt. Dementsprechend konnte er durchsetzen, dass zu der Feier neben seiner Familie und den Kumpels nur seine Kollegen von der Jury und die Mitarbeiter des Senders eingeladen wurden. Das waren die Menschen, die ihm am Herzen lagen. Nur mit denen wollte er seinen Geburtstag feiern, er brauchte keine publicitygeilen Stars, die über einen roten Teppich stöckelten und irgendwelche bescheuerten Wortspenden in die Kameras der Society-Redaktionen hineinrülpsten.

Die Party entpuppte sich als der absolute Hammer. Dass man sich bei Champagner, Froschschenkeln und Kaviar so gut unterhalten konnte, hätte Bastian nicht gedacht. Es gab auch echte Spezialitäten, nämlich Bier, Schweinsbraten, Kartoffelsalat und was eine hungrige Meute wie seine Family und die Kumpels sonst so liebte. Höchstens feiner und kleiner, als sie es gewohnt waren.

Die halbhohen Ableger seiner Twins waren schon seit Wochen ganz aus dem Häuschen, weil ihr Opa ihnen versprochen hatte, dass sie heute dabei sein durften. Seit Stunden belagerten sie Ice-Man, und Bastian fürchtete, dass sie ihm morgen jede Menge megacoole Sprüche vorlabern würden, die ihnen der schadenfrohe Gangsta-Rapper gerade mit großem Genuss beibrachte.

Ice-Mans letzte Produktion hatte sich zum Tophit entwickelt, und zufällig hieß seine aktuelle Single *Number One*. Der absolute Renner in den Charts war derzeit *Bitch Club*, in dem Ice-Man nicht immer jugendfreie Texte zu hawaiianischen Klängen rappte. Durch seine inzwischen Kult gewordenen Auftritte bei der GruKids-Castingshow hatte sich sein Bekanntheitsgrad rasend erhöht, und seine Schnauze stand dem in nichts nach. Bastian prophezeite Ice-Man, dass er, sollte er einmal über den Jordan müssen, in den ewigen Jagdgründen der Sprücheklopfer bestimmt zum Klassensprecher gewählt würde. Aber bis dahin hatte Ice-Man noch Zeit, bei Bastian hingegen war ein solcher Abgang mittelfristig zu erwarten. Bastian versprach Ice-Man, dass er ihm einen schönen Platz reservieren wollte, eine Einser-Wolke mit Pool, Tennisplatz und Bentley-Kutsche in der Himmelsgarage.

Eigentlich hatte der Rapper seinen Himmel schon auf Erden, denn in seiner Villa in absoluter Traumlage waren Pool, Tennisplatz und Bentley bereits vorhanden. Ice-Man war so richtig groß im Geschäft, und trotz Bastians anfänglicher Vorbehalte gegenüber diesem unverbesserlichen Großmaul waren die beiden inzwischen echte Freunde geworden. Oder vielleicht sogar mehr, denn manchmal hatte Bastian das Gefühl, Ice-Man sähe in ihm so etwas wie den Vater, den er nie gehabt hatte. Bastian war auch der Erste, dem er seine neue Freundin vorstellte, nachdem sich Janine von ihm getrennt hatte. Von heute auf morgen hatte sie ihm den Laufpass gegeben, weil sie nicht mehr mitansehen konnte, wie sich blutjunge Dinger vor Ice-Mans Villa auf den Gehsteig legten, um die ganze Nacht hindurch zu warten, bis der große Meister aus dem Haus kam. Janine wusste, dass Ice-Man den Verlockungen erliegen würde und zog die Notbremse.

Der Rapper-Flegel wollte die Trennung am Anfang nicht wahrhaben, und es gab dicke Luft während der Casting-Aufzeichnungen. Aber bald erkannte Ice-Man, wie schön das Leben als freies Teenie-Idol sein konnte und fand sich damit ab, dass seine Produzentin zwar weiterhin für die musikalischen Belange zuständig war, er aber privat tun und lassen konnte, was er wollte. Bis Ella kam und es mit dem Lotterleben wieder vorbei war.

Obwohl er als echter Gangsta-Rapper in den Songs Frauen als Schlampen und Bitches bezeichnete, legte er privat Wert auf eine verlässliche, geradlinige Partnerin, die in ihm nicht den großen Star sah, sondern ihn, wenn er im Begriff war abzuheben, wieder auf den Boden zurückholte. Ella erkannte Ice-Man nicht einmal, als sie sich auf einer Raststation zufällig trafen. Und seine Lieder hasste sie. Trotzdem verliebten sich die beiden Hals über Kopf, und Bastian fiel die Aufgabe zu, zu checken, ob sich in Ella eine »Bitch« oder eine Frau fürs Leben verbarg.

Als Bastian sie fragte, »was sie an dem verrückten Kerl finde«, lachte sie ihn mit großen Augen an und beteuerte, sie sei ja eigentlich in Bastian verknallt, aber da er schon vergeben war, habe sie sich den zweitattraktivsten Juror der Casting-Show geangelt. Bastian wusste sofort, dass dieser vorlaute Käfer perfekt zu Ice-Man passte, und gab ihm seinen Segen: »Die Schnalle kannst du behalten, sie ist in Ordnung!«

Ella war auch heute auf Bastians Party dabei. Susi plauderte schon seit einer kleinen Ewigkeit mit ihr, die beiden verstanden sich großartig und nuckelten bereits an der dritten Flasche Champagner. Irgendwann gab es einen Tusch von der Vier-Mann-Band auf der Bühne, die übrigens auch von der Fernsehanstalt bezahlt wurde, und die versammelte Meute trällerte »Happy Börthday«. Bastian hatte Tränen in den Augen. Er stand inmitten seiner Freunde und Kollegen und durfte seinen achtzigsten Geburtstag feiern. Andere quälten sich in diesem Alter im Rollstuhl durch die Gegend, wenn sie nicht überhaupt schon lange den Löffel abgegeben hatten. Oder sie hatten ihn noch, konnten ihn aber nicht mehr benutzen und eine böse Krankenschwester schaufelte ihnen viel zu heißen Brei in den Mund. Bastian hatte noch fast alle Zähne, ein paar Haare, und er konnte noch ohne Gestotter pinkeln. Das Herz schlug auch mehr oder weniger regelmäßig, und die paar Schmerzen am ganzen Körper beim Aufstehen bewiesen ihm lediglich, dass er noch am Leben war. Mit seinen Twins, seinen Enkeln, die ihn ständig überreden wollten, mit ihnen an der eigenen Casting-Show teilzunehmen, und vor allem mit Susi an seiner Seite konnte es von ihm aus noch ein paar Jährchen so weitergehen.

Obwohl, mit den Nachwuchs-Bergers musste er wohl ein paar ernste Worte reden.

»Nicht schlecht, der Lärm, aber jetzt wäre doch mal etwas coolere Musik angesagt«, versuchte Kuno ihm zu erklären.

»Hast du eben ›Lärm‹ gesagt, du kleiner Scheißer?«, antwortete Bastian schmunzelnd. »Ich werde dir gleich zeigen, was ›Lärm‹ ist«, versprach er und drohte ihm lachend mit seiner Faust.

Der kleine Scheißer war übrigens fünfzehn, und Bastian wusste, dass er als echter Berger auch die alten Rocksongs gut fand, auch wenn er mehr auf Nummern stand, die jetzt in den Charts ganz vorne waren.

»Das sind Rock-Klassiker, die es so nie mehr geben wird. Verstanden? Pass auf, was du sagst, sonst muss ich dich vom Sicherheitsdienst entfernen lassen!«

»Nein, ich habe nicht ›Lärm‹ gesagt! Ich fürchte, du hast was mit deinen Ohren, Opa! Ich habe ›Ich will das hör'n‹ gesagt, denn das sind Rock-Klassiker, die es so nie mehr wieder geben wird. Verstanden?« Kuno veräppelte seinen Opa und lachte ihm frech ins Gesicht. »Aber könnte die Band jetzt nicht doch mal etwas Cooles spielen?« Und schon war er wieder im Getümmel verschwunden.

Musikalisch standen zurzeit wieder mal Electro Funk und Hip-Hop ganz hoch im Kurs. Die Teens trafen sich in trendigen VirtWorld-Clubs, wo man sich mit den Hologrammen der angesagtesten Hip-Hopper Battles lieferte. Bastian musste zugeben, diese Virtual-Reality-Welt war spektakulär, aber heute war seine Börthday-Party, und da brauchte er das Zeug nicht. Er wollte heute keinen Synth Rock hören, bei dem sämtliche Spuren elektronisch generiert werden, sondern echte Gitarren, E-Bass und ein Schlagzeug, das dir die Schuppen aus den Haaren ballert.

Never ever, nie und nimmer

Auch mit kleinen Flaschen Alkohol konnte man eine ordentliche Knarre zusammenbringen. Der Hosenscheißer, Georg und der Rest der Kumpels entpuppten sich als dieselben Spinner, die sie schon in der Schulzeit gewesen waren. Hoch motiviert und beflügelt von Bier, Sekt und sonstigem nicht jugendfreiem Zeug enterten sie einfach die Bühne, auf der die sensationelle Band gerade *Hells Bells* spielte, allerdings in einer Rock'n'Roll-Version à la Elvis. Das hatte Bastian so noch nie gehört. Gern hätte er dieses Wahnsinns-Arrangement noch länger genossen, doch der Hosenscheißer klaute dem Sänger das Mikro und schrie in die Menge: »Meine Damen und Herren, Ladies and Gentlemen! Das war ja bisher nicht schlecht, aber jetzt zeigen euch Bastian und seine Kumpels – das sind übrigens wir vier hübschen Jungs –, wie *Hells Bells* wirklich klingen muss. Vorbei mit der Schwuchtel-Version, jetzt gibt es AC/DC, made by the Kumpels. Seid ihr dabeiiiiiiiiii?« Und noch dreimal: »Seid ihr dabeiiiiii?«

Die Menge tobte wie zu den besten Zeiten in Charlies Kneipe.

»Bastian, rauf zu uns! Schlafen kannst du später auf dem Friedhof! Wird nimmer so lange dauern, aber heute brennen wir die Bude ab.«

Bitte nicht, dachte Bastian nur kurz. Vorhänge hatten sie schon genug angezündet, das musste nicht noch einmal sein. Während er etwas zu lange überlegte, schrie der ganze Saal: »Bastian! Bastian! Bastian!«

Ist ja gut, er kam ja schon.

Was dann abging, war die Krönung ihrer bisherigen Kumpels-Karriere. Vergessen waren zu hoher Blutdruck, Arthrose, Prostata-Beschwerden und vielleicht sogar Hämorrhoiden. Durch ihre alten Knochen wirbelte frisches Leben, als hätten sie Tonnen von aufputschenden Schmerzmitteln eingeworfen. So gut waren sie in ihrem ganzen langen Leben noch nicht gewesen. Die Gitarrenriffs von Georg und Konstantin waren genau am Punkt. Peter, der Schlagzeuger, donnerte auf die Drums, dass man fürchten musste, die Felle würden jeden Moment reißen, und der Hosenscheißer hatte noch niemals seinen Bass so malträtiert wie heute. Okay, vielleicht hätte er am Ende von *Hells Bells* mit der Bassklampfe nicht unbedingt dreimal auf den Verstärker einhämmern sollen, aber echte Rocker machten das so! Auch mit achtzig. Blöd nur, dass das nicht der Bass vom Hosenscheißer war, sondern eine Leihgabe der großartigen Live-Band, die sie von der Bühne gejagt hatten. Daher stand nun ein sehr talentierter, aber blasser Musiker verloren beim Buffet und trauerte um sein nagelneues, viertausend Euro teures Instrument, das heute seine Premiere gefeiert hatte.

Dem Hosenscheißer war das völlig egal. Er schmiss das desolate Stück in die tobende Menge und schrie: »Wollt ihr mehr?« Und die Leute schrien »Yeah!«

Dem Hosenscheißer war das zu leise. Also nochmal »Wollt ihr mehr?« Und noch ein paar Mal, bis auch wirklich alle überzeugt waren. Alle bis auf den Gerade-noch-Bassbesitzer, der seinen Kummer mit dem vierten Glas französischen Cognac ertränkte.

Auf der Bühne schrie sich der Hosenscheißer immer noch die Seele aus dem Leib und kündigte den absoluten Höhepunkt des heutigen Abends an. Angeblich waren die Kumpels damit in allen großen Städten dieser Welt, in Las Vegas, Miami und in Singing aufgetreten. »Ladies and Gentlemen, Mesdames et Messieurs! Bastian Hiller live on his unbelievable Air-Guitar!«

Sein Englisch war niemals besser gewesen, das konnte Bastian aus jahrelanger Erfahrung bestätigen. Die Jungs traktierten ihre Gitarren, die Trommelfelle von Peter hielten immer noch dicht, und der Hosenscheißer hatte sich zwei Rumba-Rasseln geschnappt, mit denen er jetzt mangels Bassgitarre versuchte, eine neue Percussion-Note in *Smoke On The Water* zu bringen. Und dann kam Bastian ins Spiel. Sein Luftgitarrensolo war nichts für schwache Nerven, hundert Gäste headbangten zu »*Ta Ta Ta, Ta Ta Tata*«, und bis vor kurzem von nobler Zurückhaltung gezeichnete Kellner versuchten verzweifelt, die Champagnergläser in Sicherheit zu bringen. Alles klirrte, alles schepperte, die Kristallleuchter schwangen bedrohlich hin und her, und weil es gerade wirklich passte, riss sich Bastian Hemd und Hose vom Leib und fetzte in der weißen Unterhose über die Bühne wie ein völlig enthemmter Irrer mit ADHS. Beim bombastischen Schlussakkord vergaß er alles um sich und warf sich kopfüber von der Bühne in die jubelnde Menge. Das hatten wir schon einmal. Diesmal aber wurde er wirklich gefangen. Hunderte von Händen trugen ihn durch den Saal und setzten ihn ganz behutsam vor seiner Susi ab, die ihm einen endlosen Kuss auf die Lippen drückte. »Du verrückter Kerl. Ich liebe dich!«

Bastian fühlte sich phänomenal, außerirdisch, wahnsinnig großartig. Auch wenn er jetzt jeden einzelnen Knochen im Körper spürte. Er wusste gar nicht, dass er so viele hatte. Im Rücken stach es gewaltig, auch das rechte Knie schmerzte gehörig, und auf den Armen hatte er jede Menge Blutergüsse, die sich auf seiner dünnen, ganz schön faltigen Haut abzeichneten wie Tintenklekse auf zerknittertem Papier. Er war eben nicht mehr der Jüngste, aber das war es ihm wert gewesen.

Auch die anderen Jungs machten keinen allzu frischen Eindruck, bei ihnen war bestimmt auch der erhöhte Alkoholgenuss dafür verantwortlich, dass ihre Elastizität mit den leichtfüßigen Bewegungen, die sie gerade noch auf der Bühne abgeliefert hatten, nicht länger vergleichbar war.

Ice-Man arbeitete sich zu Bastian durch: »Alter, du bist so cool! Lass uns gemeinsam was versuchen.« Und während der Rest der Bande weiterfeierte, schmiedeten die beiden Zukunftspläne. Bastian fühlte sich zurückversetzt in die Zeit, als er zum ersten Mal in seinem selbst gebauten Studio Songs komponiert hatte. Mit all den Träumen und Erwartungen, mit der großen Hoffnung, als Musiker durchzustarten. Gemeinsam mit seiner Schwester Lisa. Sie wollten die Menschen mit ihrer Musik begeistern, die großen Hallen füllen, die Musikwelt revolutionieren. Lisa war das gelungen, er war ihr Erfüllungsgehilfe gewesen, indem er ihr Songs auf den Leib geschrieben hatte, die sie als ihre eigenen ausgegeben hatte.

Das war alles Schnee von gestern. Hier und jetzt quatschte er mit einem der angesagtesten Interpreten der Gegenwart über eine gemeinsame Produktion, die das Zeug haben sollte, die Musikwelt aus den Angeln zu heben. Die Magie des Neuen erfasste Bastian, ein Gefühl, das er schon seit einer Ewigkeit nicht mehr gespürt hatte. Er hätte es sich nie träumen lassen, dass dieses Gefühl noch einmal wiederkommen würde. Er war bereit. »Ja, lass es uns versuchen, Ice-Man. Aber vergiss sofort wieder, was du eben gesagt hast. Vergiss *Weiße Rosen aus Athen*!«

2070: DIE HOFFNUNG STIRBT ZULETZT

Plötzlich Rockstar

Neunzig Jahre alt hatte Bastian werden müssen, genau 32.872 Tage, von denen er bestimmt 30.000 damit verbracht hatte, vom großen Durchbruch als Rockstar zu träumen. Es hat nicht sollen sein, hatte er gedacht und sich Mühe gegeben, sich damit abzufinden. Jetzt aber sah es so aus, als würde dieser Traum doch noch Wirklichkeit werden.

Genau an Bastians neunzigstem Geburtstag hatte Ice-Man sein Konzert im ausverkauften Olympiastadion in München. Und Bastian sollte dabei sein! Das hieß natürlich nur, wenn der da oben es zulassen wollte und Bastians alte Knochen nicht vorher schon schlapp machten. Denn er sollte sich diese Megashow nicht als Zuschauer von der Tribüne aus geben, oder vielleicht backstage im Künstlerbereich, nein, es war vereinbart worden, dass Bastian auf der Bühne gemeinsam mit Ice-Man seinen eigenen Song performen sollte. Der Gangsta Rapper hatte mit ihm einen Hit produziert, der es in fast allen europäischen Ländern zur Nummer eins gebracht hatte. Und jetzt schwappte die Welle auf Amerika über, auch dort wurde der Song in den Radiostationen bereits rauf- und runter gespielt. Es war fast zu schön, um wahr zu sein.

Der Reihe nach: Ice-Man hatte die Idee gehabt, eine Coverversion von Lucy Hills größtem Hit *Aber irgendwann* aufzunehmen. Das neue Arrangement sollte an die heutige Zeit angepasst sein, cool und groovig. Man musste den Song in ein verrücktes, buntes Gewand stecken, um die hippen Fans von Ice-Man genauso zu begeistern wie das gesetztere Publikum, das dieses Lied noch in der Originalfassung kannte. Aus der Ballade, die Bastian damals komponiert hatte, wollte er einen richtig geilen Rap-Song machen.

Der Text war zeitgemäß, vielleicht mehr als je zuvor. Die meisten Menschen liefen immer noch ihren Wünschen und Sehnsüchten nach, wollten mehr vom Leben, mehr von der Liebe, mehr Nervenkitzel, mehr Abwechslung, mehr von allem und vergaßen dabei, einfach zu leben. Der Song war über vierzig Jahre alt, ein Evergreen, der immer noch jede Menge Tantiemen einbrachte, weil er auf den Playlists aller Radiostationen stand. Laut Ice-Man musste man den Song nur etwas entstauben, »fucking new« produzieren, wie er es ausdrückte, und mit einem Knaller aufpeppen. Und weil mittlerweile die ganze Welt Bastians und Lucy Hills Geschichte von *Weiße Rosen aus Athen* kannte, schlug Ice-Man vor, dieses alte Scheißlied in das neue Werk reinzumixen. Als Refrain, der sich direkt in die Ohren fressen und nicht mehr zu entfernen sein würde. Er versprach Bastian, dass der Song abgehen würde wie eine Rakete.

So hoch konnte diese Rakete gar nicht fliegen, dass Bastian es zulassen wollte, *Weiße Rosen aus Athen* mit einer seiner Kompositionen zu kreuzen. Sein Song wurde damit ja automatisch auch zu einem Scheißlied, und das wollte er mit allen Mitteln vermeiden. »Nur über meine Leiche!«, hatte er Ice-Man damals an die Birne gepfeffert, als der ihm mit diesem Vorschlag gekommen war. Ice-Mans Antwort war postwendend gekommen: »Auf die brauche ich nicht mehr lange zu warten«, hatte er versetzt. Zu seinem Glück war er Bastian schon so ans Herz gewachsen, dass er ihm das nicht lange übelnahm.

Ice-Man hatte wochenlang versucht, Bastian von seinem Projekt zu überzeugen. Für Bastian war es einfach eine Blödsinnsidee gewesen, zu der er nie und nimmer seine Zustimmung hatte geben wollen. Dann kam Susi ins Spiel. Sie war mit Ella, Ice-Mans Freundin, und Janine, Ice-Mans Produzentin, und vermutlich auch noch mit Ice-Mans Cousine, Ice-Mans Friseurin, Ice-Mans Katze und Ice-Mans Was-weiß-ich-noch-alles shoppen gegangen. Die Gehirnwäsche, die die Damen ihr dabei verpasst haben mussten, konnte sonst höchstens in den Gefangenenlagern von Afghanistan üblich sein.

Susi war inzwischen zwar schon genauso uralt wie ihr lieber Gatte, aber ihr Hirn verrichtete noch immer einwandfrei seine Dienste. Wenn Bastian etwas vergaß, oder schlimmer, gar nicht mehr wusste, dass er es gewusst hatte, konnte sich Susi noch an jede Einzelheit erinnern. Unglaublich, wie sie das anstellte. Sie ging nie ohne Stock aus dem Haus, weil ihre Wirbelsäule sich verbog wie ein Gummibaum und ihre Gehwerkzeuge langsam den Geist aufgaben, aber die Synapsen unter ihrer Schädeldecke blieben vernetzt wie die Hochsicherheitscomputer des amerikanischen Geheimdienstes. Susi vergaß rein gar nichts.

Und sie wusste auch, wie scheiße ihr Schatz *Weiße Rosen aus Athen* fand. Sein ganzes Leben lang hatte er dieses Lied aus tiefster Seele gehasst. Aber Susi kannte auch Bastians Träume, sie wusste, wie hart er all die Jahre geschuftet hatte, um nicht nur als Komponist ganz an die Spitze zu kommen, sondern auch als Interpret mit eigenen Songs abzuheben.

Ihrer Meinung nach war jetzt der Zeitpunkt gekommen, an dem sich diese Träume doch noch erfüllen konnten. Und dafür sollte er ruhig über seinen Schatten springen und dieses Scheißlied singen. Wer weiß, vielleicht würde es am Ende ja gar nicht mehr so schlimm klingen, erklärte sie Bastian nach dem endlosen Shoppingtag mit Ice-Mans Gehirnwäscherinnen.

Irgendwann gab er sich geschlagen, denn gegen diese geballte Übermacht hatte er keine Chance. Selbst die Twins fielen ihm in den Rücken und meinten: »Worauf willst du noch warten? Wenn nicht jetzt, wann dann?« Und so setzten sich Ice-Man und er schließlich zwei volle Wochen lang ins Studio und bastelten aus einem voll und einem gar nicht beschissenen Lied einen Song, der einfach sensationell war.

Die Rakete hebt ab

Ja, und dann ging *Aber irgendwann* von Ice-Man featuring Bastian Berger ab wie die prophezeite Rakete. Jeden Tag gab es neue Erfolgsmeldungen: Num-

mer eins in Deutschland, zwei Tage später in Öster-
reich und in der Schweiz. Nie zuvor hatte sich ein
deutschsprachiger Titel an die Spitze der französischen Charts gesetzt, aber dieser schaffte es mit
links. England, das Mutterland des Pops, hatte auch
keine Chance, Dänemark, Schweden und Norwegen
schon gar nicht. Nummer zwei in Finnland: Da war
ein pudelmützentragender Rentierzüchter nicht zu
schlagen, der sich singend darüber beklagte, dass
er sein geliebtes Vieh nicht in die Sauna mitnehmen durfte. Weil es in Italien, Spanien, Portugal und
acht anderen Ländern jedoch keine Rentiere gab,
war Bastians Halbscheißlied auch dort die absolute Nummer eins.

Ice-Man ging auf Tour durch sämtliche großen Städte
Europas. Und ab und zu gab es einen »Special-Guest«,
bei dem die Leute völlig ausrasteten, nämlich Bastian.
Wenn seine alten Knochen nicht zu sehr weh taten, waren
Susi und er mit von der Partie. Sie wurden grundsätzlich
heimlich vom Veranstalter eingeflogen. Die Besucher der
Konzerte sollten nie im Voraus wissen, ob Bastian Berger
Aber irgendwann live mit Ice-Man performen oder ob er
nur auf den Videowalls zu sehen sein würde.

Das war auch marketingtechnisch eine coole Sache,
denn ganz Europa rätselte, ob Bastian zum Beispiel in
Göteborg dabei sein würde oder erst wieder in Rom. War
er nicht anwesend, wurde eine eigene Trauerwelle gestartet, ein zehntausendfaches »Ooooohhhh«, das sich, von
Unmengen in die Höhe schnalzender Hände begleitet,

von ganz vorne bis in die letzten Reihen durchzog. Seit einem Konzert in Wien, bei dem sich das ergeben hatte, kam diese »Oldie-Welle« bei jedem Ice-Man-Konzert ins Rollen – inzwischen sogar auch, wenn Bastian live dabei war. Sobald die Anfangstakte von *Aber irgendwann* in die Menge gefetzt wurden, begann in der ersten Reihe die »Oldie-Welle«. Tauchte Bastian dann irgendwo am Bühnenrand auf, ging das »Oooohhhh« nahtlos in ein »Jaaaaaa!« über, und die Leute sprangen wie verrückt herum, tanzten in unkontrollierten Bewegungen und sangen: »Da – Da – Da! Er ist da! Da – Da – Da!«

Es war eine Wahnsinns-Choreographie, die man nie so hätte planen können. Aber wo sich verrückte Teenies treffen, um einen verrückten Alten zu sehen, war eben nichts unmöglich. Die Band von Ice-Man zog diesen Moment absichtlich in die Länge, weil es einfach ein geiles Gefühl war, wenn die ganze Halle in Aufruhr geriet. Legte dann der Song so richtig los, wurde auf den beiden riesengroßen Videowalls links und rechts von der Bühne der aufwendig produzierte Clip dazu gezeigt.

In der Einspielung schob sich Bastian mit einem Rollator schwer keuchend ins Bild, begleitet von einer Mega-Bitch, wie Ice-Man die heiße Blondine im weißen Schwesternmantel nannte, die eine Urinflasche in ihren Händen trug und mit Bastian zu einer großen Tür mit der Aufschrift »WC« wackelte.

Als die Tür wie von Geisterhand geöffnet wurde, tauchten dahinter ein endloser Sandstrand und das türkisblaue Meer auf. Von allen Seiten flogen weiße Rosen durchs Bild, und genau mit diesem Illusionsbild legte Ice-Man los und rappte über vergessene Träume und unerfüllte Wünsche, die einen das ganze Leben lang begleiten. Danach flog ein Rollator in hohem Bogen durch das Bild und landete im Meer, und Bastian sang, dass es jeder selbst in der Hand habe, sich seine Träume zu erfüllen. Sie hatten den Text noch um eine Bridge erweitert, zum Schluss der Strophe hieß es jetzt:

Und wenn es neunzig Jahre dauert,
der Himmel ist nie ausgepowert,
er weiß, dass immer noch was geht,
fürs Glück, da ist es nie zu spät.

Und dann fing der Refrain mit dem Scheißlied an. Aber so wie es Ice-Man arrangiert hatte, hämmerte es ungebremst in die Köpfe des Publikums und keiner bekam es da mehr raus. Da war ihm schon was gelungen, dem vorlauten Gangsta-Rapper, das musste Bastian neidlos anerkennen.

Wenn Susi und er mit von der Partie waren, durften sie in den tollsten Suiten der besten Hotels der Stadt residieren. Das war ein Leben! Womit Bastian das verdient hatte, in seinem Rentnerdasein noch so etwas zu erleben, wusste er selbst nicht. Aber er war unendlich dankbar dafür.

Herzinfarkt im Nachtprogramm

Dem Hosenscheißer ging es leider weniger gut. Bastian und er waren die einzigen der wahnsinnigen Kumpels-Partie, die noch oberhalb der Grasnarbe unterwegs waren. Alle anderen spielten ihren Blues bereits hoch droben über den Wolken. Der Hosenscheißer lag allerdings zusammengefaltet in der neuen Seniorenresidenz neben der Klapse Guggerberg und brachte außer »Schöne Frau« nichts mehr über seine spröden Lippen. Immer wenn ihn Susi und Bastian besuchten, schaute er sie mit großen Augen an und lispelte: »Schöne Frau.«

Mehr ging nicht, hatte seine bärtige Pflegerin vom Typ »ukrainische Kugelstoßerin« versichert. Bastian aber wollte das nicht wahrhaben, und so brachte er ihm in mehreren Sitzungen das Wort »Fahrradschlauch« bei. Daraufhin gab der Hosenscheißer solange lediglich »Fahrradschlauch« vor sich hin, bis ihm Bastian wieder sein »Schöne Frau« eintrichterte, was bei den Krankenschwestern doch bedeutend besser ankam, als die Titulierung als »Fahrradschlauch«.

Vor Jahren schon hatten die beiden ihren Jury-Sitz bei *Dreams2Generations* aufgegeben. Der Hosenscheißer war damals noch besser dran gewesen als Bastian, dem wieder einmal seine Pumpe zu schaffen gemacht hatte. Was ein ganz schönes Spektakel auslöste, denn sein zweiter Herzinfarkt hatte ihn mitten in der Livesendung einer neuen Staffel des Grukids-Castings getroffen. Die Gesangsdarbietungen waren auf einen Schlag egal gewesen, die ganze Nation hatte mitbekommen, wie Bastian vom Sessel gekippt war. Die Regie hatte die Kameras weiterlaufen lassen, während die Notärzte versucht hatten, ihn mit Elektrostößen aus dem Defibrillator zurück ins Leben zu beamen. Die Sendung war mehrmals wiederholt worden und zum überlegenen Quotensieger des Jahres geworden.

Von neuem hatte er diese Brandwunden auf seiner Brust, als er im Spital erwachte. Und von neuem war eine übermäßig besorgte Susi die erste gewesen, die er gesehen hatte, als er mühsam seine Augen aufgeschlagen hatte.

Nach einer langen Rehabilitationsphase war Bastian wieder einigermaßen hergestellt. Die Fernsehsendung wäre jedoch allzu aufregend, hatten ihn seine Ärzte gewarnt. Daher hatte er wohl oder übel seinen Platz geräumt, und der Hosenscheißer hatte sich als alter Freund gleich angeschlossen.

Die Redaktion hatte alles versucht, um wenigstens ihn noch zu halten, aber ohne Bastian hatte er sich den Stress nicht mehr antun wollen. Die paar Jährchen, die er noch vor sich hatte, sollten ruhig verlaufen, ohne die Anstrengungen und den Trubel, der bei den »Dreams2Generations«-Shows herrschte. Drei ganze Monate hatte er es schön ruhig gehabt, bis ihn ein ruchloser Schlaganfall ins Reich der »Schönen Frauen« befördert hatte. Während Bastian sich von seiner Herzattacke inklusive zweier neuer Tätowierungen in der Brustgegend wieder vollkommen erholt hatte, hatte es das Schicksal mit dem Hosenscheißer weniger gut gemeint.

Aber wer wusste das schon so genau? Vielleicht gaukelte es ihm jetzt in seiner Welt jede Menge bezaubernde Ladys vor, weshalb er nun fortwährend sabbernd und lechzend »Schöne Frau« von sich gab. Bastian hatte echte Gewissensbisse, weil er ihm mit seinem »Fahrradschlauch« vielleicht für ein paar Tage sein Paradies zerstört hatte.

Hand in Hand

Bei Bastian rissen Aufregung und Trubel nicht ab. In vier Wochen sollte es so weit sein, das Olympiastadion in München war bis auf den letzten Platz ausverkauft. Ice-Man mobilisierte die Massen, und es wurden offiziell Wetten abgeschlossen, ob auch Bastian Berger dabei sein würde oder ob er seinen neunzigsten Geburtstag, der genau auf diesen Tag fiel, privat feiern würde. Susi und er aber hatten längst beschlossen, sich auch den allergrößten Traum noch zu erfüllen. Den Traum, seinen eigenen Song vor siebzigtausend Zuschauern im riesengroßen Oval des Olympiastadions zu performen.

Es war drei Uhr morgens, Bastian wurde durch einen Donnerschlag geweckt, als ob im Kleiderschrank ein Düsenjet die Schallmauer durchbrochen hätte.

»Susi, was war das?«, fragte er, doch er bekam keine Antwort. Also schaltete er das Licht an, da lag aber keine Susi neben ihm. Jetzt machte er sich doch Sorgen. Normalerweise wurde er sogar wach, wenn sie nur kurz ins Bad verschwand, heute jedoch war er erst durch diesen Knall aufgewacht. Und Susi war einfach weg.

»Susi?«, rief er vom Bett aus. Ganz laut. Und noch einmal: »Susi!«

Plötzlich hörte er ein leises Wimmern. »Susi?« Als er um das Bett herumging, lag sie auf dem kalten Zimmerboden und sah ihm verwundert ins Gesicht. Sie war einfach aus dem Bett gefallen. Anfangs nahm Bastian das Ganze nicht sonderlich ernst. »Willst du nicht lieber unter die warme Decke kommen, Schatz?«, fragte er. »Oder soll ich mich zu dir auf den Fußboden legen?«

Als Antwort erhielt er jedoch nur ein undefinierbares Gestammel. Da war etwas in ihrem Blick, das ihn augenblicklich davon abbrachte, weiter dumme Witze zu reißen. Seine Susi war ihr Leben lang eine starke Frau gewesen, jetzt aber sah sie hilflos und zerbrechlich aus. Sie brachte keinen geraden Satz mehr heraus, sondern murmelte nur: »Bett fall raus.«

Mit zitternden Händen alarmierte Bastian den Rettungsdienst. Er hielt Susis Hand und tupfte ihr mit einem feuchten Tuch die Schweißperlen vom Gesicht. Endlich war der Einsatztrupp da. Zwei stark übermüdet wirkende Jungspunde legten seinen Schatz auf eine Bahre, trugen sie in den Wagen und brachten sie ins Krankenhaus. Obwohl die Sorge um Susi seine Gedanken lähmte, war es doch eine neue Erfahrung, nicht mit einem akuten Herzinfarkt liegend transportiert zu werden, sondern aufrecht sitzend zwischen Fahrer und Beifahrer, die sich leidenschaftlich darüber stritten, welcher Fußballclub in diesem Jahr Meister werden würde.

»Wie fühlen Sie sich, Frau Berger?«, wollte der diensthabende Oberarzt wissen.

»Weh ist!« war keine zufriedenstellende Antwort. Susi verfügte weiter nur über den Sprachumfang einer Dreijährigen. Der Arzt ordnete daher eine umgehende Untersuchung an.

Bastian versuchte, Susi zu trösten. »Bald darfst du wieder ins Bett.« Obwohl sie sich nicht artikulieren konnte, war er sicher, dass sie ihn verstand. »Da springst du dann nicht mehr raus, versprochen?« Vielleicht konnte er sie doch etwas aufheitern. Und wirklich, er glaubte den Anflug eines Lächelns auf ihren Lippen zu erahnen.

Es vergingen weitere zwei Stunden, bis Susi in ein Zimmer geschoben wurde und endlich einschlief. Sie bekam bestimmt nicht mit, dass die Krankenschwester Bastian wieder nach Hause schicken wollte.

Das ließ er nicht zu, er wollte bei seiner Susi bleiben.

»Ich bin mit dem Krankenwagen mitgefahren, wie soll ich jetzt nach Hause kommen?«

»Haben Sie niemanden, der Sie abholen könnte?«

»Nein!«, flunkerte er. »Susi und ich leben alleine!«

»Keine Kinder?«

»Oh ja, aber die sind gerade in Amerika!«, behauptete er bestimmt.

»Nachbarn? Freunde?«

»Nichts! Die Freunde sind alle schon gestorben, und der nächste Nachbar wohnt fünf Kilometer weit weg. Den kennen wir gar nicht. Wissen Sie, wir leben auf dem Land.«

»Aha, auf dem Land. So, so ...« Bastian hatte den Eindruck, als hätte ihn die Schwester durchschaut.

»Meine Frau hat auch hier gearbeitet!«, sagte er schnell. »In der Kardiologie!«

»Oh, eine Kollegin, das ist aber schön!«

Jetzt fiel er mit der Tür ins Haus: »Kann ich nicht einfach in ihrem Zimmer schlafen? Da ist doch noch ein Bett frei. Und ich wüsste wirklich nicht, wie ich nach Hause kommen könnte.«

»Na wenn Ihre Frau eine Kollegin war, Ihre Kinder in Amerika und ihre Freunde alle schon tot sind«, sagte sie augenzwinkernd, «dann werde ich wohl eine Ausnahme machen müssen.«

»Vielen Dank. Schwester! Sie sind ein Engel.«

»Hoffentlich noch nicht so bald. Gute Nacht, Herr Berger.«

Als sie das Zimmer verlassen hatte, rollte er sein Bett so leise wie möglich an das von Susi. Er schob seine Hand unter ihre Decke, und dann schliefen sie ein, wie sie es die letzten sechzig Jahre immer gemacht hatten – Hand in Hand.

Es war hell draußen. Als Bastian am Morgen erwachte, hielt er immer noch Susis Hand. Sein Schatz schaute ihn verwirrt an.

»Was machen wir hier?«

Sie brachte wieder ganze Sätze heraus. »Yeah, du kannst wieder sprechen!«

»Was? Wo sind wir?«

»Weißt du gar nichts mehr von dem, was gestern passiert ist?«

»Nein, aber ich habe entsetzliche Kopfschmerzen. Warum sind wir hier?«

Also erzählte ihr Bastian von ihrem abenteuerlichen Stunt, mit dem sie aus dem gemeinsamen Ehebett flüchten hatte wollen. Susi sah ihn mit großen Augen an. Sie konnte sich absolut nicht mehr erinnern, was gestern geschehen war. Aber sie versicherte ihm treuherzig, das alles habe bestimmt nichts mit ihm zu tun. Und dann lachte sie ihn an, und es war wieder dieses Lachen, das ihre blauen Augen strahlen ließ, dass man glauben konnte, direkt in die Sterne am Himmel zu sehen. Bastian konnte gar nicht sagen, wie sehr er es liebte, wenn sie ihn so anstrahlte. Sein ganzes Leben lang hatte ihn dieses Lachen begleitet. Es war das Erste, das er am frühen Morgen von Susi sah, und wenn sie es ihm am Abend vor dem Lichtausmachen wieder schenkte, wusste er, es war ein guter Tag gewesen. Er hoffte inständig, dass ihn dieses Lachen noch lange begleitete.

Die Visite hatte ihren Spaß, aus dem Nachbarzimmer hörte man aufgeregtes Geschnatter, so als ob im Hühnerstall gerade ein neuer Gockelhahn eingezogen wäre. Bastian hoffte, dass es ein gutes Zeichen war. »Alles wird gut, mein Schatz! Es war nur ein kleiner Schwächeanfall, morgen bist du wieder zu Hause.«

Susi versuchte mühsam, sich im Bett aufzusetzen, aber das funktionierte einfach nicht. Gestern noch war sie eine megastarke Neunzigjährige gewesen, die man locker auf siebzig geschätzt hätte, aber jetzt war sie sogar zu schwach, sich mit ihren Händen am Trapez über dem Bett hochzuziehen. Gemeinsam schafften sie es und lagen sich erschöpft in den Armen. Genau in diesem Moment kam der Arzt mit einem ganzen Harem kichernder Schwestern im Schlepptau herein. Als er die beiden eng umschlungen sah, meinte er nur trocken: »Meine Damen, darf ich vorstellen: Bastian Berger, Nummer eins der Charts und Nummer eins bei den Frauen!« Und dann fing er leise zu singen an: »Weiße Rosen aus Athen.«

Na prima, dachte Bastian. Könnte er ihm, statt ihn mit dem Scheißlied zu quälen, vielleicht endlich erzählen, was seiner Susi fehlte?

»Na, Frau Berger? Da haben sie uns ja einen gehörigen Schrecken eingejagt, gestern Nacht.« Der unverschämt gutaussehende Arzt lächelte Susi ins Gesicht. Er war eindeutig der Hahn im Korb der weißgefiederten Schwesternhühner, die aufgeregt um ihn herumglucksten.

»Leider haben wir den Befund der Magnetresonanztomographie noch nicht, der sollte aber jeden Moment kommen. Wenn ich mir Sie beide so ansehe, würde mich schon interessieren, was Sie gestern aus dem gemeinsamen Bett vertrieben hat.«

Susi lächelte kurz, aber ehe sie antworten konnte, kam ein Pfleger zur Tür herein und hielt ein großes Kuvert mit den MRT-Aufnahmen und dem Befund triumphierend in die Höhe. »Da sind sie!«, meinte er.

»Na, dann wollen wir mal.« Der jetzt wieder *Weiße Rosen aus Athen* summende Oberarzt nahm den Befund aus dem Kuvert, warf einen Blick darauf und wechselte augenblicklich von den glücklichen weißen Rosen in einen deprimierten Chrysanthemen-Modus.

Nur im Nebel ist alles in Ordnung

Er schnaufte zweimal laut durch, dann sah er entsetzt nach Susi. Die bekam das aber nicht mit, weil sie gerade damit beschäftigt war, sich eine Tasse Tee einzuschenken. Der Arzt brauchte einige Zeit, bis er wieder Herr seiner Gesichtszüge war. Er lächelte etwas krampfhaft seinen Hühnern zu und erklärte ihnen, der nächste Patient würde warten. Nach einem kurzen »Auf Wiedersehen« gab er Bastian mit einem schnellen Handzeichen zu verstehen, er solle ihm folgen. In diesem Moment wurde Bastian schummrig vor den Augen und seine Beine sackten zusammen. Er schaffte es gerade noch, sich auf einen freien Sessel fallen zu lassen.

Mit Susis Befund war etwas nicht in Ordnung. Plötzlich waren da so viele Gedanken, die ihm durch den Kopf schossen. Warum hatte der Doktor seine Fassung verloren, warum sollte er mit ihm aus dem Zimmer gehen, warum stand eine Krankenschwester plötzlich über ihm, tätschelte sein Gesicht und schrie: »Herr Berger«?

So viele Fragen. Die letzte konnte Bastian nach einer kurzen Verschnaufpause beantworten, vor den Antworten auf die ersten beiden hatte er Angst. Susi hatte seinen Zusammenbruch mitbekommen, und er versuchte, sie zu beruhigen: »Bin schon wieder da. Ich habe heute noch nichts gegessen ...«

»Na dann schaue ich mir Sie doch auch gleich mal an.« Jetzt hatte der Oberarzt wenigstens einen Grund, ihn offiziell mit nach draußen mitzunehmen.

»Tut mir leid, Herr Berger, aber wir haben auf dem MRT etwas entdeckt, das ich ihnen zeigen muss.«

Er erzählte Bastian ohne Vorwarnung etwas von einem Hirntumor, der an einer ganz heiklen Stelle sitzen würde und mit großer Wahrscheinlichkeit die Ursache dafür wäre, dass Susi einfach so aus dem Bett gefallen war. Bei seinen Fragen, ob sie denn früher schon Beschwerden hatte, ob sie einen hilflosen Eindruck gemacht und nicht mehr gewusst hätte, wo sie sich befand, fiel plötzlich ein feuchter, grauer Schleier über Bastian, wie um ihn vor der grausamen Wahrheit zu schützen, die ihm der Arzt schonungslos ins Gesicht pfefferte. Wie durch kalten Herbstnebel hindurch, gedämpft und in trüben Moll-Harmonien, hörte er Worte wie »bösartig«, »nicht mehr operierbar« und »ein paar Wochen«.

»Herr Berger? Hallo? Sind Sie noch bei uns? Haben Sie verstanden, was ich Ihnen erklärt habe?« Der Arzt redete auf ihn ein, während eine Krankenschwester versuchte, ihn mit feuchten, kalten Tüchern im Gesicht aus dem Nebel zu locken. Bastian aber wäre lieber drinnen geblieben. Langsam wurden die Wörter des Arztes wieder klarer, schärfer, und leider drang diese Schärfe jetzt unbarmherzig in seinen Verstand und offenbarte ihm in vollkommener Klarheit, dass es bald an der Zeit war, von seiner geliebten Susi Abschied zu nehmen.

Als der Arzt seine Tränen sah, versucht er ihn zu trösten. »Ich weiß, das ist ein harter Schlag für Sie. Es kommt auch überaus selten vor, dass bei einem Patienten in diesem Stadium zuvor keine Symptome aufgetreten sind. Dadurch konnte Ihre Frau bis jetzt ein normales Leben führen, ohne Einschränkungen, wie sie bei neunzig Prozent der Patienten mit einem bösartigen Gehirntumor in dieser Größe der Fall sind.«

Bitte sag nicht dieses beschissene Wort, durchfuhr es Bastian. Er wollte es nicht hören. »Bösartiger Gehirntumor.« So etwas gab es bisher nur in Geschichten, die Bekannte über Bekannte von Bekannten erzählten. Nie hätte er gedacht, dass so etwas in seiner Familie passieren würde. Schon gar nicht seiner Susi. Sie hatte das einfach nicht verdient. Warum sie? Warum gerade seine Susi?

»Wir müssen heute noch genauere Untersuchungen durchführen, aber ich kann Ihnen leider keine großen Hoffnungen machen.«

»Wie lange?«, presste Bastian heraus.

»Sie meinen, wie lange Ihre Frau noch zu leben hat?«

Nein, er wollte wissen, wie lange die Cafeteria im Erdgeschoss geöffnet hat, hätte Bastian ihm am liebsten entgegen geblafft. Natürlich war seine einzige Sorge, wie viel Zeit ihnen noch blieb, seiner Susi und ihm.

»So genau kann man das nicht sagen«, antwortete der Doktor schließlich. »Wir werden auf den nächsten MRTs sehen, ob und wie schnell der Tumor wächst, dann kann man es genauer einschätzen. Leider kann es auch sehr schnell gehen.«

Bastian wollte bitte wieder in den Nebel.

»Sie sollten sich überlegen, ob Sie es Ihrer Frau sagen wollen und die letzten Tage ...«

Tage? Er redete von Tagen?

»... dazu nützen wollen, Abschied zu nehmen, oder ob Sie ihr die Wahrheit ersparen möchten.«

Na bumm, könnte er bitte eine dritte Auswahl haben, einen Joker, der alles wieder gut machte? Das konnte es doch nicht gewesen sein. Gestern um diese Zeit war ihre Welt noch in allerbester Ordnung, alles war rosarot. Susi und er hatten zwar Wehwehchen, aber die waren mit neunzig unvermeidlich. Und heute sollte alles vorbei sein?

Bastian wusste genau, wie seine Susi tickte. Und daher wusste er auch, dass es keinen Sinn hatte, ihr etwas vorzuspielen. Das war in den vielen Jahren, die sie zusammen verbracht hatten, noch nie möglich gewesen. Sie würde es sofort herausfinden, wenn er versuchte, ihr die schreckliche Wahrheit zu verheimlichen. Er wusste zwar noch nicht, wie er es ihr beibringen sollte, aber er durfte seine Susi nicht im Unklaren lassen. Der Arzt bestärkte ihn darin. »Ich bin sicher, das ist die richtige Entscheidung.«

Susi lächelte ihn an, als er wieder ins Zimmer kam. »Na, was hat der Doktor mit dir gemacht? Du bist ja immer noch so blass, mach mir jetzt nicht schlapp, so knapp vor dem Olympiastadion.«

Der Auftritt mit Ice-Man in München war auf Bastians Prioritätenliste auf einen Platz ganz weit unten gesunken. Ice-Man würde das Olympiastadion ohne ihn rocken müssen. Er hatte andere Sorgen.

»Susi, ich muss dir etwas sagen.«

Aber wie sollte er das nur anstellen? Bastian wusste nicht, wie er beginnen sollte, stotterte herum, und als ihm Tränen über die Wangen liefen, meinte Susi staubtrocken: »Jeder muss mal sterben.«

Was? Warum sagte sie das? Sie durfte niemals sterben, seine Susi, zumindest nicht vor ihm! Das war zwar ganz schön egoistisch von Bastian, aber er wusste nicht, wie das gehen sollte, ohne Susi weiterzuleben. Alleine? Niemals!

»Bastian, ich wusste doch schon, dass da etwas nicht stimmt. Ich habe schon seit Monaten immer diese Kopfschmerzen, zweimal bin ich auch schon umgekippt und hinterher fehlte mir eine Stunde. Zum Glück immer nur, wenn ich allein zu Hause war. Weißt du noch, diese kleine Platzwunde am Kopf, als ich dir erzählt habe, ich hätte mich am Kühlschrank gestoßen? Das war so ein Blackout. Vielleicht hätte ich es dir nicht verheimlichen sollen, aber wenn du in meiner Nähe warst, ging es mir immer gut. Und ich wollte dich auch nicht damit belasten, im Alter hat man eben seine kleinen Leiden. Also, rück raus, was ist los mit mir?«

Mit Tränen in den Augen erzählte er seinem Schatz, was ihm der Arzt offenbart hatte. Von diesem gottverdammten Hirntumor, der an einer Stelle saß, wo man ihn nicht operieren konnte. Und der auch schon viel zu groß war, um ihn jetzt noch entfernen zu können.

»Der Arzt hat gefragt, ob du schon länger Probleme hast. Viele Patienten verlieren völlig die Orientierung und finden sich im Leben nicht mehr zurecht. Das kann Jahre dauern.«

»Aber ich habe diese Jahre nicht mehr, oder?«, wollte Susi wissen. Sie wirkte völlig gefasst. Wie machte sie das bloß?

Tränen quollen Bastian aus den Augen, als er Susi sagen musste: »Der Arzt meint, es war ein unglaubliches Glück, dass du so lange keine Beschwerden hattest. Aber jetzt ist der Tumor schon so groß ...«

Er konnte unmöglich weitersprechen, der Kloß in seinem Hals wurde immer größer. Er gab auf und heulte hemmungslos in die weiße Bettdecke.

Eigentlich sollte er sie jetzt trösten, aufmuntern, ihr beistehen, aber das ging völlig daneben. Im Gegenteil, Susi war es, die versuchte, ihm die Angst vor der Zukunft zu nehmen. »Bastian, für jeden kommt die Zeit zu gehen. Und was wir beide erlebt haben, war etwas ganz Besonderes, das reicht normalerweise für drei Leben. Ich möchte keine Minute davon missen, du bist das Beste, was mir jemals passiert ist. Auch wenn du etwas wahnsinnig bist, mein kleiner Irrer.«

Liebevoll fuhr Susi mit ihren Händen über seine Wangen und wischte Bastian die Tränen vom Gesicht. »Dass wir beide gemeinsam neunzig Jahre alt werden durften, das ist ein Geschenk. Ich habe keine Angst vor dem, was da jetzt kommen mag. Irgendwann ...« Von dem Punkt an hörte er Susi nur noch gedämpft, als würde sie durch einen riesengroßen Wattebausch reden. Er war wieder in seinem feuchten Nebel, der versuchte, ihn von der unbarmherzigen Wahrheit und der Angst abzuschirmen, die sich in seinem Herzen breitmachte.

Einmal noch gemeinsam »Sternderlschaun«

Laura und Felix waren entsetzt, als Bastian ihnen die grausame Nachricht beibringen musste. Ihre Mama war zwar alt, aber bis auf ihren verbogenen Rücken hatte sie immer kerngesund ausgesehen. Sie saßen die ganze Nacht lang zusammen, weinten und lachten, wenn Streiche aus ihrer Kindheit zur Sprache kamen, die selbst die gutmütigste Mama zur Weißglut gebracht hatten. Sie kramten in alten Fotos, auf denen Susi die Zwillinge fütterte, trug, wusch und mit ihnen schmuste. Die schönsten Bilder waren jene, auf denen sie alle vier unbeschwert in die Kamera lachten. So sah eine glückliche Familie aus. Und die waren sie immer noch! Einstimmig beschlossen sie, mit dem gesamten Berger-Clan im Krankenhaus einzufallen und Susi zu besuchen.

Einige Tage später ging es hoch her in Susis Zimmer. Laura, ihr Mann Tom, Felix und seine Helene füllten den Raum bereits zur Hälfte. Aber auch Henriette, Kuno und Charly waren mit ihren Familien angerückt. Alle drängten sich durch die Tür, und es wurde so richtig eng. Eine laut johlende Rasselbande von fünf enthemmten Urenkeln wollte auch noch Platz finden in dem schmalen Krankenzimmer. Die kleinen Racker krabbelten auf Susi herum, als wären sie Ameisen und Susi ihr Haufen. Sie krochen unter die Decke, sprangen über das Nachtkästchen und probierten alle möglichen Knöpfe für Licht und Alarm aus. Dass der Schalter für das Licht funktionierte, erkannten die Nachwuchsforscher sofort, bei der zweiten Taste musste man etwas warten, bis sich Erfolg einstellte. Aber nicht sehr lange, denn Sekunden später krachten zwei aufgeregte Schwestern ins Zimmer und hatten größte Mühe, Susi unter der kunterbunten Horde zu entdecken.

»Was hat die Susi-Urli?«, fragte Max, der kleinste der fünf Rabauken.

»Sie ruht sich nur aus, bald ist sie wieder zu Hause«, erklärte ihm Bastian, und er hoffte dabei inständig, recht zu behalten.

»Aha, okay.« Schon war Max zufrieden. Wenn seine Uroma bald wieder daheim sein würde, dann war ja alles gut, mehr wollte er nicht wissen. Nur eines vielleicht noch, nämlich ob das Wasser in der Blumenvase wie Zitronenlimonade schmecken würde, weil die Margeriten so schöne gelbe Knöpfe in der Mitte hatten. Sein Interesse an dieser Frage wurde jedoch erst bemerkt, als die Blumen schon am Boden lagen und Max begeistert aus der Vase süffelte.

Nachdem den Kids etwas Respekt vor der Einrichtung des Zimmers eingeflößt worden war, indem ihnen die Erwachsenen von der weißgekleideten Anstaltspolizei erzählt hatten, die alle schlimmen Kinder sofort in den Kerker steckte, marschierte Bastian gemeinsam mit Felix zum Oberarzt. Sie wollten fragen, ob sie Susi mit nach Hause nehmen konnten, um für sie da zu sein, in ihren eigenen vier Wänden. Wo dieser beschissene Tumor weiterwuchs, war doch egal. Womöglich fühlte sich dieser Dreckskerl hier in der Klinik auch noch wohl, während man ihm zu Hause die Flausen austreiben und ihn zur Kapitulation zwingen könnte.

Der Doktor erklärte, er müsse Susi noch einige Tage im Krankenhaus behalten, aber wenn sich der Tumor in dieser Zeit nicht vergrößern würde, wäre eine Entlassung durchaus möglich. Auf dem Rückweg vom Ärztezimmer hörte das Vater-Sohn-Team schon von weitem die Rasselbande, die vollen Stoff gab. Sie öffneten die Tür und waren live dabei, wie die hässliche Nachttischlampe mit einem Mordskrach auf dem Boden explodierte. Kurz war Ruhe im Zimmer, und fünf unschuldig dreinblickende Augenpaare schauten ängstlich zur Tür. Aber sobald sie bemerkt hatten, dass es nicht die weißen Anstaltsbullen waren, die da vor ihnen standen, sondern nur die beiden Opas, ging es in unverminderter Lautstärke weiter mit der geballten Ladung Kids-Power.

Irgendwann wurde der Lärm unerträglich. Susi lächelte zwar tapfer, aber Bastian sah ihr an, dass die Kopfschmerzen zurückgekommen waren. Also flüstere er Laura und Felix leise ins Ohr, dass Susi jetzt ihre Ruhe brauche. Es dauerte zwar noch eine Viertelstunde, bis sämtliche Kinder eingefangen, angezogen und aufbruchbereit waren, dann aber standen sie der Größe nach aufgereiht vor dem Bett ihrer Susi-Urli, und jeder einzelne drückte ihr einen dicken Schmatz auf den Mund.

»Hab dich lieb, Urli.«

»Ich freu mich, wenn du wieder zu Hause bist!«

»Machst du uns dann wieder diesen leckeren Streuselkuchen?«

»Tut mir leid, dass ich deine Lampe kaputt gemacht habe!«

»Das Wasser aus der Blumenvase schmeckt voll scheußlich!«

Als die kleinen Herzensbrecher Tränen in Susis Augen entdeckten, drückten sie sich nochmal ganz fest an sie und Max meinte: »Du musst nicht weinen, wir kommen ja wieder. Papa, gell, nächste Woche sind wir wieder bei Urli, ja?«

Papa Kuno hatte jetzt auch feuchte Augen. Tapfer beteuerte er: »Sicher doch. Wir kommen bestimmt wieder, wenn die Urli nächste Woche nicht schon zu Hause auf uns wartet.«

Die Eltern der Rasselbande gingen mit den Kleinen und Tom und Helene voraus. Susi, Bastian und ihre Zwillinge waren allein im Zimmer, und jetzt brachen alle Dämme.

Es fühlte sich nach Abschied an. Ein schreckliches Gefühl!

Laut schluchzend umarmte Laura ihre Mama. »Ich hab dich so lieb! Ich bete für dich, für uns, dafür, dass alles wieder gut wird. Und dafür, dass dieser beschissene Tumor einsieht, dass er keine Chance gegen dich hat.«

Die beiden hielten sich ganz still in den Armen, so als könnten sie damit die Zeit anhalten. Oder besser noch zurückdrehen und diesen Drecks-Tumor aus Susis Kopf jagen. Gemeinsam rollte die Berger-Family das freie Bett heran und entfernten die beiden Metallteile an den Seiten. Bastian kuschelte sich zu Susi, Laura und Felix legten sich auf das zweite Bett, sie nahmen sich bei den Händen, drückten sie zärtlich, und lagen einfach da zum »Sternderlschaun«. Wie oft hatten sie das gemeinsam gemacht. Wenn es Probleme in der Schule gab, Liebeskummer, oder wenn einfach die Sommernacht allzu schön war – »Sternderlschaun« gehörte zu den Bergers wie die wahnsinnigen Luftgitarrenausritte von Papa. Obwohl heute keine Sterne über ihnen leuchteten, sondern nur die kalte Deckenbeleuchtung eines Krankenhauszimmers, fühlte es sich in diesem Moment richtig an. Es herrschte absolute Stille, sie verstanden sich mit den Herzen, niemand wollte diesen Augenblick zerstören.

Keiner mochte gehen, weil jeder wusste, dass es vielleicht das letzte Mal war, dass sie diese Harmonie spüren konnten. Sie hätten womöglich die ganze Nacht so verbracht. Irgendwann jedoch stürmte Max ins Zimmer und schrie »Kommt ihr jetzt? Wir wollen ein Eis!«

Susi lächelte wie früher, gab ihren beiden »Kleinen« einen Klaps und sagte: »So, fort mit euch! Wir sehen uns bestimmt wieder, keine Angst.«

Ein letzter Kuss und draußen waren sie.

Susi brauchte jetzt wirklich Ruhe, sie wirkte blass und müde, und Bastian spürte, wie sehr die Kopfschmerzen sie quälten. Also wollte auch er nach Hause fahren.

»Morgen komm ich wieder. Bleib mir ja gesund, Schatz!« Er zwinkerte Susi zu.

»Mach ich!« Susi lächelte. »Bastian, eins muss ich dir noch sagen: Egal was passiert, ich möchte, dass du beim Konzert im Olympiastadion dabei bist. Das war dein Traum, ein Leben lang. Es war unser Traum!«

Susi schaute ihn mit entschlossenem Blick an. Bastian war überhaupt nicht in Stimmung, an diesen Auftritt zu denken. Was scherte ihn ein Traum, wenn ein anderer gerade dabei war zu zerbrechen? Ja, es stimmte, er wollte immer in diesem Scheiß-Stadion spielen, seine eigenen Scheiß-Lieder performen, aber jetzt war ihm das alles völlig egal. Er hatte nur noch einen Wunsch, nämlich dass seine Susi wieder gesund wurde und ihnen das Schicksal noch einige schöne Jahre zusammen schenkte.

»Bastian!« Susi holte ihn wieder zurück aus seinen Gedanken. »Bastian! Schau mir in die Augen und versprich mir: Du wirst dort auftreten, egal was passiert. Hörst du? Du wirst dort dabei sein, und ich werde stolz sein, wenn du vor den siebzigtausend Menschen dieses Scheißlied ...«, Susi musste schmunzeln, »singen wirst! Versprich es mir, Bastian! Bitte.«

»Okay Susi, wenn dir das so am Herzen liegt. Ich verspreche es dir, aber ...«

»Nichts aber! Du machst das. Keine Widerrede!« Sie lachte ihn an mit ihren blauen Augen, die funkelten und strahlten, als könnte man die Sterne am Himmel sehen. Und dagegen war Bastian wehrlos.

»In Ordnung, aber nur, wenn du dabei bist. Sonst mache ich das nicht. Ich liebe dich, mein Schatz!«

»Ich bin dabei. Das verspreche ich dir. Ich liebe dich auch. Und jetzt geh, du musst noch etwas üben, wenn du in drei Wochen das Stadion rocken willst.«

Ein letzter Kuss, dann brach er schweren Herzens auf und fuhr mit dem Taxi nach Hause.

Aus und vorbei!

Zwei Uhr morgens! Bastian hatte auf den Wecker neben seinem Bett gesehen. Warum läutete das Telefon? Wer um Himmels Willen rief um diese Zeit an?

Schlaftrunken hatte er abgehoben. »Berger.«

»Grüß Gott, Herr Berger. Doktor Halder hier. Ich habe leider eine schlechte Nachricht. Ihre Frau ist vor dreißig Minuten verstorben!«.

Die letzte Woche war die Hölle für Bastian gewesen. Mit diesem Anruf waren für ihn die Sterne vom Himmel gefallen, dieselben Sterne, die Susi und ihn ein Leben lang begleitet hatten. Alles war nur noch schwarz, da war kein Lichtstrahl, für den es sich noch zu leben gelohnt hätte.

Am liebsten wäre er jetzt gleich mit tot in die Grube gefallen, in der man gerade seine Susi versenkte. Was hatte sie sich dabei nur gedacht, ihn allein zurückzulassen? Bastian hatte eine unbändige Wut. Nicht auf Susi. Auf alles. Auf das Schicksal, den Himmel, die ganze Welt. Warum musste das Leben so grausam sein? Er heulte sich seit einer Woche die Seele aus dem Leib und war überzeugt davon, dass er weiterheulen würde, solange ihn dieses Scheiß-Schicksal am Leben ließe. Er hoffte, dass das nicht mehr lange sein würde. Er wollte zu Susi!

Zum Glück plumpste er wieder in diesen nassen Schleier, der ihn einhüllte und seine Gedanken träge machte. Wie durch eine dicke Schicht aus Nebel ließ er die Beerdigung über sich ergehen. Teilnahmslos. Er spürte nur, dass sich Laura und Felix links und rechts bei ihm eingehängt hatten und ihn stützten. Seine Beine wollten auch nicht mehr, immer wieder sackten sie ein. Warum konnte nicht gerade jetzt sein Scheiß-Herz zu schlagen aufhören und alles wäre gut? Wo war dieser Drecks-Herzinfarkt, wenn man ihn brauchte? «Susi,« versprach er, »bald sind wir wieder zusammen.« Er wollte und konnte nicht ohne sie weiterleben. »Such uns eine schöne Wolke und hol mich nach, ich bitte dich! Sonst werde ich wahnsinnig, hier unten, auf dieser Scheiß-Welt. Ohne dich.«

Zur Beerdigung waren alle gekommen. Die Freunde und Nachbarn, auch Ice-Man mit seiner Ella und sogar die Typen vom Fernsehen. Den Gangsta-Rapper hatte Bastian in seinem schwarzen Anzug fast nicht wiedererkannt. Er hatte rotgeweinte Augen. »Es ist so krass, dass so etwas passieren kann!«, brach es aus ihm heraus. »So schnell. Du weißt, ich habe deine Susi geliebt. Mach's gut, Alter, ich melde mich!«

Das war ehrlich gemeint, das wusste Bastian.

Laura und Felix ließen ihren Vater auch am Abend nicht allein. Nachdem der Rest der Familie inklusive der Rasselbande schon vor Stunden nach Hause gefahren war, saßen die drei im Dunkel der Küche. Nur eine Kerze brannte einsam vor sich hin. Sie hielten sich bei den Händen, statt in die Sterne schauten sie heute nur in Wachslichter. Es würde nie mehr so sein wie früher. Susi fehlte.

Laura hatte sich Urlaub genommen und wohnte für die nächsten beiden Wochen bei ihrem Vater. Wahrscheinlich hatte sie Angst, dass er sich irgendwo eine Pumpgun besorgen und sich umnieten würde. Oder einen Strick, den er sich wie einen Schal um den Hals legen könnte, um vom Dachbalken zu hechten. Bastian hatte an einige Möglichkeiten dieser Art gedacht, aber die waren für einen Neunzigjährigen alle zu mühsam. Also lag er einfach auf dem Sofa, weinte sich die Augen aus dem Kopf und dachte an die Zeiten, als sein Leben noch einen Sinn gehabt hatte. Plötzlich klopfte es, und einige Sekunden später stand Ice-Man mit Laura vor ihm. »Schau mal, wer da ist!«

Was wollte denn der unverschämte Gangsta-Rapper bei ihm? Das war etwas früh. Konnte man nicht ein paar Tage im Selbstmitleid versinken, ohne dass jemand an der Tür klingelte? Bastian freute sich trotzdem, ihn zu sehen. Auch wenn »freuen« das falsche Wort war, weil man sich eben nicht freut, wenn man seine Frau vor zwei Tagen begraben musste. Er würde sich nie mehr wieder freuen, aber trotzdem war es ein gutes Gefühl, den Rapper-Flegel im Haus zu haben. Heulen konnte er später wieder, jetzt redeten sie über alte Zeiten. Bastian war nicht überzeugt, aber Ice-Man meinte, dass ihn das auf andere Gedanken bringen würde.

»In zwei Wochen ist unser Konzert im Olympiastadion.« Nach fünf Minuten gemeinsamer Trauer um Susi kam Ice-Man auf den Punkt.

Erstaunt sah Bastian ihn an. »Es gibt kein Konzert mehr für *uns*!«

»Doch, es ist unser Konzert! Bastian Berger und Ice-Man werden das Olympiastadion rocken.« Er ließ nicht locker, Bastian musste ihm wohl etwas erklären.

»Ich sage dir jetzt mal was. Wie du dich erinnerst, habe ich vorige Woche meine Frau verloren. Du wirst doch nicht glauben, dass ich den Kopf habe, um mit dir in diesem Scheiß-Olympiastadion zu singen? Wie stellst du dir das vor? Ich habe jetzt wirklich andere Probleme, also vergiss das sofort wieder.«

»Aber Susi hat es sich gewünscht!«

Was? Woher wusste er das? »Susi hat sich gar nichts gewünscht. Und außerdem hat sie gesagt, wenn ich dort auftrete, ist sie dabei. Und was hat sie gemacht, sie hat mich einfach allein gelassen, hier auf dieser Drecks-Welt.«

»Bastian, du weißt genau, dass sie es wollte!«

Er wusste es, aber warum wusste es auch dieser arrogante, aufgeblasene Gangsta-Rapper, der überhaupt keinen Anstand hatte und die Frechheit besaß, Bastian in das Olympiastadion drängen zu wollen?

»Sie hat es mir gesagt!«, beantwortete Ice-Man die nie gestellte Frage.

»Wann?«

»Als du am Tag vor ihrem Tod nach Hause gefahren bist, hat sie mich angerufen. Sie hat mir alles erzählt. Von ihrem verpissten Tumor. Von eurem »Sternderlschaun«. Von dir. Dass sie unbedingt wollte, dass du mit mir im Olympiastadion auftrittst. Und dass du es ihr versprochen hast.«

Ice-Man musste sich das ausgedacht haben. Susi war schwach gewesen und hatte Ruhe gebraucht, als Bastian damals ihr Zimmer verließ. Sie konnte unmöglich noch die Kraft aufgebracht haben, mit Ice-Man zu telefonieren. Und warum hätte sie das tun sollen? Aber wie sonst sollte er von den Sternen erfahren haben? Wie sonst konnte er von ihrem Gespräch wissen, von Susis letztem Wunsch. Ja, sie hatte Bastian das Versprechen abgenommen, mit Ice-Man die Bude zu rocken. Da war sie noch am Leben gewesen.

»Bastian, sie hat es gewollt. Es war ihr letzter Wunsch, und den musst du ihr einfach erfüllen.« Ice-Man gab nicht auf.

»Sie hat mir versprochen, dabei zu sein, und dieses Versprechen hat sie gebrochen. Sie hat mich allein gelassen. Ich muss also gar nichts machen.« Tränen stiegen

Bastian in die Augen. Und dann heulte er Ice-Man an wie ein Wolf den Vollmond. »Es tut mir leid, aber ich kann nicht auf der Bühne stehen, wenn Susi nicht dabei ist!«

Am Tag danach war Ice-Man wieder da. Und heute stand er zum dritten Mal vor der Tür. Ein Rudel Mäuse vor einer verschlossenen Käseglocke konnte nicht hartnäckiger sein. Nur ging es hier nicht um Käse, sondern um die Frage, ob Bastian den letzten Wunsch seiner Frau erfüllte oder nicht. Laura und Felix hatten sich sanft, aber bestimmt auf die Seite von Ice-Man gestellt. Auch sie waren inzwischen der Meinung, dass ihrem Vater gar nichts anderes übrig blieb, als in diesem verdammten Olympiastadion aufzutreten.

»Das war doch euer Traum, ein ganzes Leben lang. Mama hat sich nichts sehnlicher gewünscht als das. Das weißt du doch, Papa.« Seine Twins ließen nichts unversucht, um ihn zu überzeugen. Und mit jedem Tag, um den dieses Konzert näherkam, fühlte es sich weniger beschissen an. Ice-Man hatte mit den Veranstaltern bereits alles arrangiert. Bastian sollte im zweiten Teil überraschend auf die Bühne kommen, ihren gemeinsamen Hit *Aber irgendwann* singen und dann wieder verschwinden. Nur einen Song! Vor siebzigtausend Zuschauern. Im Münchner Olympiastadion.

»Und Mama wird dabei sein, das weiß ich ganz bestimmt. Und sie wird weinen vor Glück, da oben auf ihrer Wolke!« Lauras Worte überzeugten ihn endgültig. Wenn Susi wollte, dass er dort auftrat, dann sollte sie ihren Willen haben. Die würde schön schauen! Der ganze Himmel würde staunen. Bastian war überzeugt davon, dass Susi eine Live-Übertragung arrangierte. *Aber irgendwann* würde mit dem beschissenen Refrain von *Weiße Rosen* über die Wolken steigen und die Engel würden begeistert mitsingen.

»Okay, ich mache es! Aber nur den einen Song!«

The Final Countdown

»Es herrscht völliges Verkehrschaos im Bereich um das Olympiastadion. Wir bitten die Besucher des Konzerts von Ice-Man auf öffentliche Verkehrsmittel auszuweichen.«

Schon seit Stunden wurde diese Warnung nach den Nachrichten ausgestrahlt. Man hätte das Stadion ein zweites Mal restlos ausverkaufen können, so groß war der Andrang. Eine Tageszeitung hatte vor zwei Tagen gemutmaßt, Bastian Berger könnte tatsächlich als Special Guest dabei sein, genau an seinem neunzigsten Geburtstag. Die Hoffnung auf dieses besondere Highlight wäre aber gering, weil er vor einigen Wochen seine geliebte Frau hatte begraben müssen. Diese Meldung hatte den Ansturm auf Tickets für das Jahrhundertkonzert zusätzlich angekurbelt. Karten gab es schon seit Monaten nur noch auf dem Schwarzmarkt, zu Preisen, die mindestens dreimal so hoch waren wie üblich. Alle wollten plötzlich dabei sein, wenn Ice-Man und vielleicht auch Bastian Berger in München loslegten. Man spekulierte bereits über ein Folgekonzert in einem halben Jahr, aber Genaueres war noch nicht bekannt.

Für Bastian waren die zurückliegenden Wochen eine Achterbahnfahrt zwischen absoluter Hoffnungslosigkeit und Vorfreude auf das Konzert gewesen. Zuweilen ging es bergauf mit seinen Gefühlen, und dann zog ihn die Trauer um Susi wieder ganz tief hinab. Dorthin, wo keine Musik spielte, außer vielleicht das Requiem von Mozart. Zum Glück gab es auch andere Momente, Augenblicke, in denen er sich zu hundert Prozent sicher war, dass Susi weiterhin an seiner Seite war. Dass sie ihn begleitete, egal wo er war. Und genauso ein Moment war jetzt.

Das Konzert war bereits in vollem Gang, Ice-Man hatte die Massen im Griff. Im riesengroßen Oval des Stadions herrschte eine sensationelle Stimmung, die nahtlos auf Bastian übersprang. Nur kurz hatte er Bedenken, ob er dieses Gefühl auch wirklich zulassen durfte, vier Wochen nach Susis Tod. Im nächsten Augenblick aber verwarf er diese Bedenken wieder, denn genau das hatte Susi sich gewünscht. Wie stolz wäre sie, wenn sie sehen könnte, wie er jetzt darauf wartete, auf die Bühne zu marschieren, um zum ersten Mal in seinem neunzig Jahre langen Leben vor mehr als siebzigtausend entfesselten Fans zu singen. Ein uralter Grufti mit Prostatabeschwerden, Krampfadern an den Beinen und falschen Zähnen auf dem Weg in den Musik-Olymp. Wann hatte es so etwas je gegeben?

Bastian hatte einen tollen Platz hinter der Bühne, von dem aus er alles überblicken konnte. Ihn jedoch sah keiner, weil er von der aufwendigen Bühnenkonstruktion verdeckt wurde. Es war ganz schön was los backstage. Der gesamte Berger-Clan war versammelt. Nur Susi fehlte, die sah bestimmt von weiter oben aus zu. Nein, Lisa fehlte auch. Bastian hoffte, sie sei bei Susi, denn er war nicht sicher, ob sie das Ereignis auch in der Hölle übertrugen. Die Rasselbande legte los, als wäre sie live on stage, doch glücklicherweise machten siebzigtausend Menschen mehr Lärm als fünf völlig aufgedrehte Bonsais. Allzu groß war der Unterschied jedoch nicht.

Pause! Ice-Man und seine Musiker kamen völlig erschöpft nach hinten. »Alter, heute wird sich dein Traum erfüllen. Ich hoffe nur, dass du dich nicht anscheißt bei dieser Stimmung«, rief er Bastian lachend ins Gesicht.

Und plötzlich hörte man von draußen erste zaghafte Rufe: »Bastian! Bastian! Bastian!« Kurz darauf dröhnte es durch das gesamte Stadion: »Bastian! Bastian! Bastian!«

»Hast du was verraten?« Bastian sah Ice-Man fragend an. Doch der Gangsta-Rapper lachte nur kurz und behauptete mit Unschuldsmiene: »Nein, bestimmt nicht. Ich kann's zwar nicht verstehen, aber die wollen dich wirklich! Zieh dich warm an, wenn du rauskommst ...«

Die Begeisterung ging nahtlos weiter, so als ob es nie eine Pause gegeben hätte. Ice-Man peitschte die Stimmung von Höhepunkt zu Höhepunkt.

»Bastian, bist du bereit? Es geht los! Noch dreißig Sekunden!« Der Tourleiter gab dem aufgeregten Alten hinter der Bühne zu verstehen, dass er sich fertigmachen sollte. Bastian konnte nicht behaupten, dass er nicht nervös war. Ice-Man hatte mit seinem Spruch vom Anscheißen vorhin womöglich gar nicht so unrecht, aber noch war er dicht. Jetzt zitterten seine Knochen nicht nur wegen der neunzig Jahre auf seinem Buckel, sondern die Aufregung ließ ihn bibbern wie einen Eskimo, den man nackt aus dem Iglu geworfen hatte. Genauso fühlte er sich, nackt und ungeschützt, aber trotzdem wollte alles in ihm da raus. Raus auf die riesengroße Bühne, wo sein Traum auf ihn wartete. Ein Traum, der ein ganzes Leben in ihm gebrannt hatte, der lange ausgeträumt schien und der es nach diesen Albtraumwochen doch schaffte, in Erfüllung zu gehen.

Ice-Mans Band spielte die ersten Takte von *Aber irgendwann*. Im selben Moment begann die Oldie-Welle, rollte von der ersten Reihe rückwärts über die Tribünen hinauf bis an den Rand des Stadions und darüber hinweg. Weiter, bis in die Wolken rollte ein siebzigtausendfaches »Oooohhhh«.

Susi, siehst du das?

Plötzlich deutete Ice-Man seinen Musikern, langsam den Song ausklingen zu lassen. Was war das? Hatte er es sich anders überlegt?

»Ladies and Gentlemen! Bitches and Bastards! Ich hab da eine Story für euch, die total abgefahren ist, die sich aber genauso abgespielt hat.«

Es war totenstill im Stadion, die Fans hingen ihm an den Lippen, als er davon erzählte, wie er bei der Casting-Show *Dreams2Generations* zum ersten Mal diesen uralten Wahnsinnigen getroffen hatte, der im Herzen

jünger und lebenslustiger war als die meisten Dreißig-
jährigen. Er sprach von der großen, einzigartigen Liebe
dieses Opas zu seiner außergewöhnlichen Frau, die ein
ganzes Leben hindurch zu ihm gestanden hatte. Egal wie
verrückt er gerade gewesen war und was er ausgefressen
hatte, sie war immer bei ihm gewesen. Vor vier Wochen
war nun diese großartige Frau für immer eingeschlafen,
doch ihr letzter Wunsch hatte gelautet, dass ihr verrückter Alter sich am Riemen reißen sollte, um heute hier im
Olympiastadion aufzutreten.

»Ladies and Gentlemen! Give a warm welcome to the
one and only BASTIAN BERGER!«

Siebzigtausend Schreihälse tobten im Stadion.

»Der genau heute seinen neunzigsten Geburtstag fei-
ert!«

Jetzt war die Menge nicht mehr zu halten. Während
Bastian versuchte, so elastisch und federnd wie möglich auf die Bühne zu wanken, sang plötzlich das ganze
Stadion »Happy Börthday«. Als die Menschen auf den
Bildschirmen seine Tränen bemerkten, gab es ein gi-
gantisches »Oooohhhh«, das in einen enthusiastischen
Applaus überging. Wildfremde Menschen fielen sich um
den Hals, und die Band begann ein zweites Mal mit *Aber
irgendwann.*

Ein zweites Mal wirbelte jetzt auch die Oldie-Welle durch das Stadion. »Oooohhhh!« Obwohl Bastian
schon auf der Bühne stand und jeder noch dazu wusste, dass er heute Geburtstag hatte, gab sich die Menge
überrascht und wechselte völlig unvermittelt in den

»Jaaaaaaa!«-Modus und sprang wild schreiend herum, bis alle gemeinsam ihr »Da – Da – Da! Er ist da! Da – Da – Da!« anstimmten.

Es war unglaublich. Siebzigtausend Menschen verloren alle Hemmungen. Dass da plötzlich pinkfarbene Unterwäsche zu ihm raufflog, fand Bastian etwas gewagt. Hoffentlich wurde Susi deswegen nicht böse.

Jetzt tickte das gesamte Stadion aus, die Band gab Vollstoff, *Aber irgendwann* donnerte über die Leute wie ein Abfangjäger im Tiefflug. Ice-Man rappte, Bastian sang, und der Scheiß-Refrain wurde von den Fans begeistert mitgegrölt. Nie hatte es Bastian für möglich gehalten, dass *Weiße Rosen* so abgehen könnte. Das Stadion tobte, wie es die Welt noch nicht erlebt hatte. Und der Himmel bestimmt auch nicht, aber das würde ihm Susi sagen, wenn sie sich auf Wolke sieben oder acht oder auch dreiundfünfzigtausendeinhundertsechsundzwanzig wiedersehen würden. Er fühlte sich plötzlich um siebzig Jahre jünger, seine alten Knochen waren ihm scheißegal, die sollten heute mal sehen, was echte Rocker so draufhatten.

Der Song ging in die letzte Phase, und weil Bastian durch geile Stimmung ein Leben lang an die Grenze des Wahnsinns getrieben worden war, wollte er den ausflippenden Fans ein letztes Highlight mit auf den Weg geben: Bastians unglaubliche Luftgitarrenshow. Als er sich mit einem einzigen Handgriff das Hemd vom Oberkörper riss, sah man doch einige überraschte Gesichter. Von einem Neunzigjährigen hatten sie das nicht erwartet. Die Verblüffung in den Augen der Wahnsinnigen vor ihm wurde noch größer, als der Wahnsinnige auf der Bühne zur Luftgitarre griff und hemmungslos in die Seiten schlug. Jetzt kochte der Kessel. Mit rhythmischem Klatschen und Trampeln trieben ihn siebzigtausend Menschen zur Unsterblichkeit. Mit dem letzten Takt, dem Königsschlag sozusagen, zerfetzte ihm ein ohrenbetäubender Knall das Trommelfell.

Was war das denn? Eine der Megaboxen musste explodiert sein. Oder gleich alle zusammen? Das Stadion taumelte. Die Fans schrien und tobten weiter wie verrückt, hatten die diesen Knall denn nicht gehört? Bastian sah nur mehr weiße Wolken, die sanft am blauen Himmel dahinzogen. Und dann wurde es still. Ganz still. Ein grauer, feuchter Nebel hüllte ihn ein und ließ ihn schweben. Das war cool! Da hatte sich jemand als Schlusspunkt der Show etwas ganz Besonderes einfallen lassen.

Von weit oben sah Bastian, dass plötzlich eine Menge Leute auf dem Platz hin und her liefen, auf dem er zuvor seine Luftgitarre gewürgt hatte. Die Fans, die eben noch entfesselt getanzt und gesungen hatten, gaben keinen Mucks mehr von sich, sondern starrten alle auf die Bühne. Bastian sah nicht, was da los war. Plötzlich spürte er einen Schlag, der seinen ganzen Körper durchfuhr. So wie damals, als er als Kind versucht hatte, mit einem Schraubenzieher das kleine Stromungeheuer aus der Steckdose zu locken, von dem Papa immer erzählt hatte. Die Kinder dürften unter keinen Umständen in die Nähe dieses Biestes kommen, hatte er ihnen eingebläut, weil es sie dann verschlingen würde. Bastian hatte ihm das damals nicht geglaubt, denn wie sollte sich so ein großes Ungeheuer in den zwei kleinen Löchern einer Steckdose verstecken? Also hatte er sehen wollen, ob es wirklich drinnen war.

Damals hatte es sich genauso angefühlt wie jetzt. Autsch, gleich noch einmal. Was machten seine Kinder da unten, die Rasselbande war auch versammelt. Weinten die? Die sollten doch fröhlich sein, sich mit ihm freuen, bei allem, was sie heute hier im Olympiastadion erlebten.

Laura und Felix schauten zu ihm herauf. »Hallo! Seht ihr mich?«

Sie lächelten ihm zu. Na also, ging doch. Sie freuten sich mit ihrem alten Vater.

Susi? Bastian staunte und jubilierte. Wo kam sie denn plötzlich her? Sie war da, wie sie es ihm versprochen hatte. Bastian hätte wissen sollen, dass er sich auf sie verlassen konnte. Seine Susi! Alles war gut.

Der Nebel trug ihn weiter nach oben. Er warf noch einen letzten Blick zurück. Endlich kam etwas Bewegung in die Menschen im Stadion. Das wurde ja auch Zeit, was hatte es denn da auf der Bühne so Interessantes gegeben? Ihm konnte es egal sein, er war unendlich glücklich mit Susi an seiner Seite. Warum begannen die Leute im Stadion plötzlich zu singen? Erst ganz leise, fast zaghaft, aber bald schon hörte er es deutlich und klar. Es war ein Abschiedssong, der ihm sehr bekannt vorkam.

Weiße Rosen aus Athen

Dabei hasste er dieses Scheißlied.

DANKESCHÖN!

Zuerst meine vage Idee, Musiktexter zu werden, dann die Pläne für meine Jakobswege und Bücher darüber zu schreiben, Reisevorträge und andere Auftritte, und jetzt auch noch der Roman »Luftgitarrengott« – egal welche irrwitzigen Gedanken durch meinen Kopf schwirren, du hast mich dabei unterstützt und glaubst immer noch an meine Träume. Meine Susi bist eindeutig du, liebe Moni! Vielen Dank, dass du immer hinter mir stehst. Und vor allem auch dafür, dass du uns zwei großartige Kinder geschenkt hast, auf die wir beide unendlich stolz sind.

Moni, Christoph, Sandra, Melly, Grete und natürlich auch Frau Direktorin Monika Wachlhofer – ihr wart meine ersten Testleser, habt mich inspiriert, auf neue Ideen gebracht und mich ermutigt, das Projekt durchzuziehen. Tausend Dank dafür.

Ein großes Dankeschön auch an meine Freunde aus der musikalischen Ecke, an Heino und seinen Manager Helmut Werner, Jazz Gitti und ihren Roman, Nik P., Emanuel Treu, Hans Ecker und Christian Zierhofer.

Liebe Regine Weisbrod, normalerweise bist du für Größen wie Sebastian Fitzek im Einsatz – vielen Dank dass du auch mich auf dem Weg begleitet und immer motiviert hast, wenn ich mal literarische oder andersartige »Downs« hatte.

Ein großes Glück war, bei Günther Wildner »unterzukommen«. Lieber Günther, du stehst mit deiner

Literaturagentur hundertprozentig hinter deinen Autoren, bist äußerst kompetent, sehr hilfsbereit und noch dazu ungemein sympathisch. Vielen Dank für alles, was du bisher getan hast und was noch kommen mag.

Ich freue mich sehr, dass »Luftgitarrengott« im renommierten Leykam-Verlag veröffentlicht werden konnte. Entgegen dem allgemeinen Trend erweitert Leykam in diesen schwierigen Zeiten sein Verlagsprogramm und gibt neuen Romanautoren eine Chance. Vielen Dank an das gesamte Team und vor allem an den Belletristik-Chef Dr. Rainer Höltschl, der Tag und Nacht für seine Autoren »brennt« (und rennt) und nichts unversucht lässt, um tolle Bücher entstehen zu lassen.

Und last, but ganz sicher nicht least – mein größtes Dankeschön gilt Ihnen, meinen Leser*innen. Es wäre schön, wenn ich Sie mit »Luftgitarrengott« für ein paar Stunden aus dem Alltag entführen konnte. Wenn Ihnen mein Roman nicht gefallen hat – es muss ja nicht jeder wissen. Aber wenn doch, dann dürfen Sie es ruhig weitersagen. Über Ihre Rezensionen und Rückmeldungen würde ich mich sehr freuen. Vielleicht besuchen Sie mich auch auf meiner Homepage www.hirschler.at, auf Instagram (@hirschlerherbert) oder Facebook.

Alles Gute! Bleiben Sie gesund – und glauben Sie immer an Ihre Träume!

Herbert Hirschler

HERBERT HIRSCHLER

Er hat mehr als 700 Musiktitel im Schlager- und Volksmusikbereich getextet, u.a. für die Kastelruther Spatzen, Marianne und Michael, Francine Jordi und Marc Pircher, wofür er bisher fünf Platin- und zehn Goldauszeichnungen bekam.

Autor zweier erfolgreicher Reiselesebücher über Erlebnisse auf den Jakobswegen in Spanien und Portugal: *Himmel, Herrgott, Meer, Musik* und *Himmel, Herrgott, Portugal.*